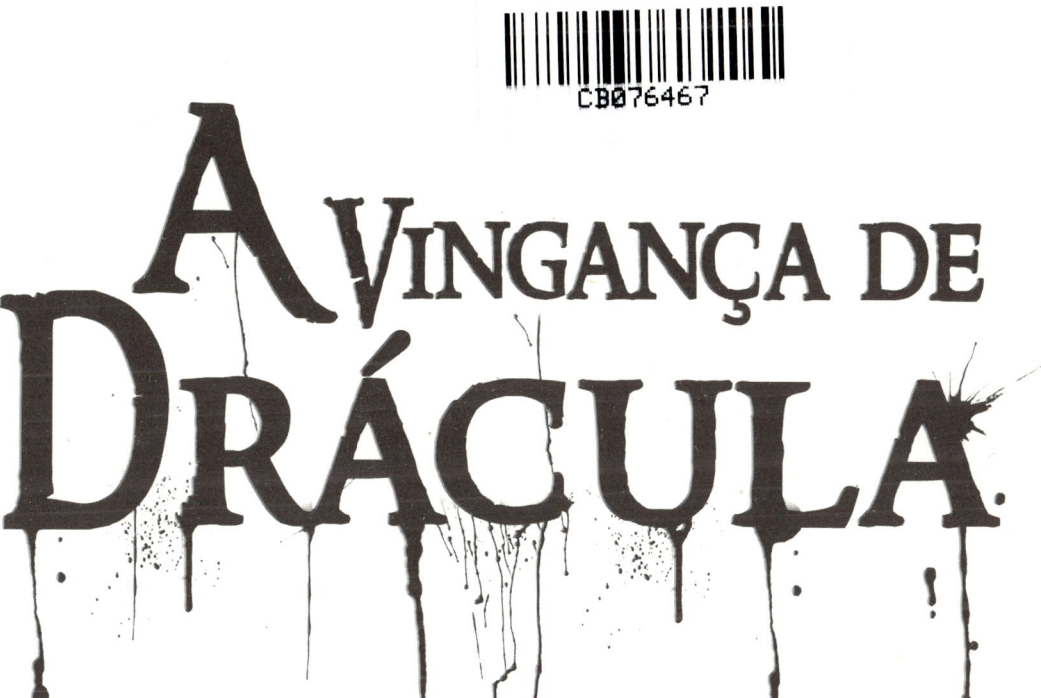

A Vingança de Drácula

A RESSURREIÇÃO DO DRAGÃO

DAVIDSON ABREU

A VINGANÇA DE DRÁCULA

A RESSURREIÇÃO DO DRAGÃO

MADRAS®

© 2016, Madras Editora Ltda.

Editor:
Wagner Veneziani Costa

Produção e Capa:
Equipe Técnica Madras

Revisão:
Jerônimo Feitosa
Maria Cristina Scomparini
Silvia Massimini Felix

Dados Internacionais de Catalogação na Publicação (CIP)
(Câmara Brasileira do Livro, SP, Brasil)

Abreu, Davidson
A Vingança de Drácula – A Ressurreição do Dragão / Davidson Abreu. --
São Paulo : Madras, 2016.

ISBN 978-85-370-0999-4

1. Drácula, Conde (Personagem fictício)
2. Ficção brasileira 3. Stoker, Bram, 1847-1912
4. Vampiros - Ficção I. Título.

16-03823   CDD-869.3

Índices para catálogo sistemático:
1. Ficção : Literatura brasileira 869.3

É proibida a reprodução total ou parcial desta obra, de qualquer forma ou por qualquer meio eletrônico, mecânico, inclusive por meio de processos xerográficos, incluindo ainda o uso da internet, sem a permissão expressa da Madras Editora, na pessoa de seu editor (Lei nº 9.610, de 19/2/1998).

Todos os direitos desta edição reservados pela

 **MADRAS EDITORA LTDA.**
Rua Paulo Gonçalves, 88 — Santana
CEP: 02403-020 — São Paulo/SP
Caixa Postal: 12183 — CEP: 02013-970
Tel.: (11) 2281-5555 — Fax: (11) 2959-3090
www.madras.com.br

Agradecimentos

A Deus, por todas as graças recebidas.

Às entidades que me auxiliam, acompanham-me e com certeza são responsáveis por minhas vitórias.

À minha família, que me ensinou quando criança que "há mais mistérios entre o céu e a Terra do que imagina nossa vã filosofia".

À minha esposa Rosangela da Silva Santana, amiga, confidente e amante, pelo interesse e prévia leitura de todos os meus escritos.

A José Roberto Romeiro Abrahão, "Carpinteiro do Universo", escritor, mago, amigo e conselheiro, que indicou o caminho para a publicação desta obra.

A todos os meus amigos que eu considero mestres e todos os dias me ensinam uma lição, pois só vê aquele que consegue enxcrgar, só escuta aquele que sabe ouvir, e todos têm algo importante a ensinar, seja o certo ou o errado, mestre ou aluno, jovem ou idoso. Basta entender a lição.

Índice

Introdução do Autor 8
Prefácio 12
Ressurreição 17
Um Novo Despertar 27
Igor 32
Amigos 38
Crepúsculo 45
Ashra, a Bruxa Cigana 51
Reunião 54
A Odisseia de Van Helsing 62
Império Austro-húngaro 78
Antes da Tempestade 85
A Surpresa 91
Dr. Jekyll 103
O Médico e o Monstro 109
De Volta à Europa Oriental 115
A Poção do Mal 127
Ressaca 138
O Amaldiçoado 145
Mais uma Dose 152
Europa Oriental Dominada 158

ÍNDICE

Últimas Paradas 164
O Monge Louco 168
Exemplo por Intermédio da Dor 173
Vaticano 177
Orientação 185
Auditorium 192
Sobre Vlad Tepes 203
A Bênção do Papa 213
O Vaticano Contra-ataca 219
A Noite da Agonia 230
Equipe de Intervenção 240
Cruzada Contra o Mal 256
Tocaia 268
Sob Unhas e Dentes 275
A Invasão 284
O Anfitrião 295
Covil do Lobo 303
Um Novo Amanhecer 312
Epílogo 330
Personagens e Homenagens 334

Introdução do Autor

Ainda me lembro de quando eu era bem criança ao assistir na TV o filme *O Conde Drácula* (1970), cuja interpretação do vampiro por Christopher Lee me deixou com muito medo durante anos.

A cena final era inusitada para a morte de um vampiro. Ele ergue uma lança no alto de seu castelo e é atingido por um raio.

Com o passar dos anos fui me interessando pelo tema, assisti a outros filmes, mas nenhum chegava perto dos antigos filmes da Hammer, em virtude da atuação de Lee.

Quando li pela primeira vez *Drácula*, do escritor Bram Stoker,* descobri que os filmes não seguiam fielmente o texto original. Aliás, a maioria dos filmes da Hammer apenas utilizava o personagem e alguns conceitos; boa parte das histórias tinha um conteúdo diverso da obra de Stoker, como, por exemplo, a ressurreição de Drácula, e outros que acabaram fazendo parte da mitologia do vampiro até os dias de hoje.

Em 1992, Francis Ford Coppola dirigiu o filme *Drácula, de Bram Stoker,* que foi o mais fiel até hoje. O livro é um clássico na obra de terror. É muito fácil imitar e até melhorar o que já foi feito, mas o difícil é criar.

Nesse contexto a obra é quase impecável, pois, exceto por alguns detalhes, quase nada foi alterado na concepção do vampiro tradicional, e quando o fazem são criticados por alguns fãs do gênero.

Autores de livros, diretores de cinema e até criadores de jogos de vídeo exploram o tema. Procuram fazer alterações sempre em busca de nichos específicos de fãs. *Blade* para os fãs de quadrinhos e filmes de ação, a *Saga Crepúsculo* para o público feminino, filmes cheios de

---

* N.E.: Obra publicada pela Madras Editora.

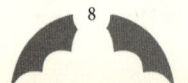

sangue para adolescentes, etc. Mas o passar dos anos nos mostra que o clássico sempre é benquisto.

É impossível falar em Drácula utilizando somente a literatura. Mesmo se tratando de um livro, é indiscutível a contribuição do cinema para a construção do mito.

Bela Lugosi introduziu a capa ao personagem, apetrecho tão marcante quanto seus caninos aguçados.

Cenas como a do vampiro levantando-se do caixão totalmente reto como uma tábua foram utilizadas em *Nosferatu*, novamente em *A Hora do Espanto* e também como homenagem em *Drácula, de Bram Stoker*.

Em um dos filmes estrelados por Christopher Lee há uma cena em que cravam uma estaca no peito de Drácula, mas esta não atinge o coração, então ele a retira. O ator detestou essa cena, mas a ideia mostrou-se tão boa que foi revivida várias vezes em diversos filmes, entre eles *A Hora do Espanto*.

O corcunda lacaio do Conde também foi uma criação do cinema, bem destacado na comédia *A Dança dos Vampiros*.

O próprio romance entre Drácula e Mina foi explorado nas telas e não na obra de Stoker. Daí surgiu a ideia da reencarnação da esposa do Conde como Mina.

Essa ideia foi novamente copiada em *A Hora do Espanto*.

O poder de hipnose que Drácula possui foi aumentado em alguns filmes, muito bem retratado em *Drácula*, de 1979, no qual o Conde é interpretado por Frank Langella.

Versões românticas, violentas e até hilárias foram apresentadas pelo cinema. Até mesmo a inusitada afirmação de que Drácula seria Judas Iscariotes, no filme *Drácula 2000*.

Portanto, literatura e cinema se completam quando o assunto é Drácula. Este é um personagem que encanta gerações. Talvez tenha sido o primeiro vilão a ter a preferência do público.

O herói da trama tinha tudo para ser Jonathan Harker.

Abraham Van Helsing também é muito carismático, ganhou até um longa-metragem com seu nome no título, mas todos acabam encarando Drácula como personagem principal. Ao mesmo tempo frio e

explosivo, com acessos violentos de fúria, elegante, romântico, assassino, mortal.

A Transilvânia, localizada na Romênia, no Leste Europeu, acabou sendo conhecida graças à fama do vampiro, e hoje lucra com isso. Turistas de todo o mundo viajam para lá, onde conhecem as lendas e tradições daquele país.

Para os turistas é apresentado o magnífico castelo de Bram, que erroneamente dizem ser o de Drácula, mas vale a pena a visita.

Ao ler a obra de Stoker, fica a interrogação: qual o motivo de ele ir para Londres?

Por que levar consigo 50 caixas com terra?

Qual o motivo da compra de tantas propriedades?

Responder apenas que ele queria se mudar é muito simplório, e aparentemente ele não tinha motivo para isso.

Sair de seu castelo, onde fica protegido, a população local o teme e ele conta com a ajuda de alguns ciganos, não parece muito conveniente para um vampiro.

Na obra que apresentamos a seguir revelamos as intenções do Conde.

Seus planos foram interrompidos por um acaso, ao se defrontar com amigos da srta. Lucy, que seria apenas mais uma de suas vítimas.

Talvez a mudança o tenha deixado mais desprevenido, o que acabou fazendo com que fosse localizado e destruído com relativa facilidade, levando em conta sua experiência e seus poderes.

Havia um plano grandioso que seria iniciado a partir de Londres, cujos personagens envolvidos sequer tiveram tempo de ser apresentados.

Mas seus aliados não permitiriam sua morte, que será apenas um contratempo para pôr em prática sua empreitada, a qual poderá alterar o destino de toda a Europa.

Esta é uma obra de ficção que utiliza os personagens do livro de Stoker e adiciona outros, cujos nomes homenageiam escritores, atores e outras ilustres personalidades de obras de horror.

Participam também personagens da literatura pertencentes à mesma época e personagens históricos importantes na história europeia. Aborda temas políticos referentes à estrutura da Igreja Católica e debates sobre a Inquisição. Relembra o Drácula histórico, príncipe Vlad Tepes, de maneira realista. Vai a fundo na lenda do vampiro, que era conhecida na Antiguidade por todo o mundo, mas de forma diferente. Revela a origem de Drácula. Faz um paralelo entre como acreditavam que alguém se tornaria um vampiro e como Vlad Tepes se transforma em um. Exige uma pesquisa do autor para levar ao leitor o conhecimento referente à época, desde o tipo de armas existentes, como a geografia, política, e é claro sobre vampiros.

A trama aborda o momento histórico pelo qual o mundo passava no início do século XX.

A história se inicia logo após o fim da obra de Stoker, porém não é necessária sua leitura para compreendê-la.

A personalidade do Conde é a mesma apresentada por Stoker, porém o imagino na figura de Christopher Lee.

Van Helsing possui um humor sarcástico, irônico, muito seguro de si.

A leitura imortaliza uma obra, trabalha em nosso imaginário, transporta-nos através do tempo e de realidades alternativas. Enriquece a mente, sendo um lazer cultural sem precedentes.

Boa leitura!

O Autor

"A emoção mais antiga e mais forte da humanidade é o medo, e o mais antigo e mais forte de todos os medos é o medo do desconhecido." – H. P. Lovecraft

Prefácio

Quando meu querido amigo Davidson Abreu me convidou para escrever o prefácio de seu novo livro *A Vingança de Drácula*, eu me senti honrado e ao mesmo tempo preocupado.

Honrado, pois tenho enorme apreço pelo guerreiro e colega de letras que é o autor da obra, e preocupado porque não acompanho esse "Movimento dos Novos Vampiros", que teve seu apogeu com a hoje tão famosa *Saga Crepúsculo*, obra de excelente qualidade, mas muito diferente de tudo que eu entendo por "vampiros", desde Drácula e Nosferatu, seja em quais interpretações forem, até mesmo o estranho, porém adorável clássico-cult *A Dança dos Vampiros* de 1967.

No entanto, assim que recebi o texto original do livro, não só me tranquilizei como imediatamente me fascinei.

O que me afastou da ficção de terror produzida nos últimos anos foi o que qualifico de "excesso de distanciamento da verossimilitude", fazendo com que o gênero se aproxime demais da ficção científica, em razão da extrema criatividade de seus autores, que afasta o enredo totalmente das possibilidades da realidade mais fantástica.

Não é que eu tenha aversão à ficção científica de terror, apenas não me sinto atraído por ela.

Adorei *O Nome da Rosa*, *Excalibur* e *O Feitiço de Áquila*, todo aquele clima obscuro, medieval, mágico, no entanto crível: isso me comove, emociona, aflora sensações peculiares. Em contrapartida, os efeitos especiais dignos de novas odisseias para além da Via Láctea e aquelas metamorfoses cinematográficas mais fantásticas que aparecem em *Transformers* me fazem encolher na poltrona – e não é exatamente

de medo. Sinto-me constrangido. Incomodado. Pensei em assistir a uma coisa e estava vendo outra... Que coisa!

Mas não foi só *Drácula* quem se vingou aqui!

Creio que não apenas eu, mas muitos apreciadores de terror tradicional sentir-se-ão VINGADOS ao lerem este grandioso trabalho, que é, além do mais, inspirador!

Tanto que, após décadas de militância no ocultismo, me decidi a tomar um novo rumo em minha vida.

Tornar-me-ei um VAMPIRO!

Para tanto, lançarei mão de um antigo e secreto ritual cujas orientações detenho há décadas, mas faltava-me o incentivo para tornar-me um vampiro, coisa que, agora, este livro me deu!

Refiro-me ao "Ritual de Nosferatu", um trabalho de autocriação.

A quem estiver lendo estas linhas, informo que o Ritual a seguir é legítimo, verídico, e não uma obra de ficção.

Portanto, quem tiver a ousadia para prosseguir, que o faça com respeito e cautela.

Esse ritual é baseado em certas tradições de Magia da Romênia, que, segundo a lenda, haveriam sido legadas aos seguidores de Vlad Dracul, que as teria recebido do próprio Príncipe das Trevas.

Quando se fala em Magia, imediatamente se imagina alguém perverso, que aprecia ver o sofrimento alheio, trajado de preto, com adereços bizarros, fazendo o sinal de chifres com os dedos das mãos... Na verdade, quem caminha na senda da Magia é simplesmente alguém que se recusou a ser um ESCRAVO, portanto busca viver uma vida de sucesso e realizações pessoais.

O *self* na tradição dos vampiros: o conceito de *self* nas tradições vampirescas é geralmente o de "não morto", com suas conotações de imortalidade e segredo da vida e morte. Vampiros frequentemente possuem poderes físicos e mentais supranormais, além de um certo gosto excêntrico.

A imortalidade é frequentemente confundida com a recusa de morrer.

O vampiro/magista escolhe viver completa e intensamente essa vida, e não permite que sua consciência se desintegre após sua morte física. Essa sobrevivência da consciência não depende de símbolos mágicos, nomes ou participação em diversos rituais. Depende apenas do reconhecimento do próprio *self* e da vontade de continuar a existir, o que ou onde quer que seja.

O Sangue é muito importante nas tradições de vampiros. Hoje, é visto como simbólico. Por exemplo, a Ordem do Vampiro, do Templo de Set, não vê significado no consumo ou no derramamento de sangue. O sangue simboliza "Vida".

O Mago Negro Vampiro é, portanto, visto como um magista que deseja e pratica a mais alta Vida, enquanto reconhece as energias da Besta interior – as energias primitivas da licantropia e da mutação, que formam outro aspecto da magia dos vampiros.

O ritual que se segue simboliza um despertar solitário e isolado para um estado vampiresco, e uma autoiniciação ao Caminho da Mão Esquerda, "Vama-Marg".

É um ritual que pode ser adaptado ou alterado conforme as circunstâncias ou a inspiração de cada um.

Como em todo ritual mágico, cada um deve assumir seu próprio risco, já sabendo que uma prática como essa não é adequada aos instáveis ou imaturos.

Ao que me consta, este é o PRIMEIRO e ÚNICO PREFÁCIO de uma OBRA LITERÁRIA jamais publicada em toda a HISTÓRIA que traz um RITUAL MÁGICO COMPLETO.

Vamos, portanto, ao ritual propriamente dito:

0 – *Preparatio*
Vestimenta: robe negro;
Vela negra;
Sino;
Cálice com líquido avermelhado;
Um local onde você não seja perturbado;
Uma câmara escura, pintada ou coberta em preto ou similar (por exemplo, azul-escuro);
Ou uma floresta afastada. A escolha é sua.

A ideia é que você se torne o próprio modelo de vampiro que existe em sua mente.

Preste atenção em cada um de seus sentidos: perfume, vestimenta, música, oferendas.

Dê nove badaladas no sino.

Nove, nas tradições, simboliza a evolução dinâmica até a perfeição.

Acenda a chama negra.

I – *Invocatio*

"Nesta noite negra, eu me torno um vampiro: um mestre da vida e da morte.

Eu acendo a Chama Negra em honra ao Príncipe Vlad Dracul, e me torno o vampiro que minha mente cria, ardendo em paixões na perseguição de tudo o que eu desejo.

Eu abandono as restrições do Caminho da Mão Direita, e com Vontade eu me dedico a controlar meu próprio destino.

Eu agora encaro os testes e as tribulações do Caminho da Mão Esquerda.

Eu me encho de Poder com a Essência do Vampiro: ser invisível, mesmo sob o dia escaldante; saber quando ser silencioso e quando orar; saber explorar por completo minha psique.

Eu me desfaço dessa maldição!

Eu, o vampiro (nome), percorro o Caminho da Mão Esquerda, e minha Vontade é impenetrável!

Eu honro o Sangue, que é minha Vida, e me torno mais do que fumaça e sombras.

Abram-se os portais!

Diante da nobre presença do Senhor Vlad, eu proclamo o Juramento que me torna um vampiro, juro ser verdadeiro para com meu próprio Ser e meu Caminho escolhido.

'Salve, Vampiro!'"

II – *Graal Nigrum*

O Cálice é o Graal Negro: a que é sempre buscada, mas raramente encontrada.

O Graal deve estar cheio de líquido vermelho, simbolizando o sangue, como suco de tomate, frutas vermelhas ou vinho (mas NÃO sangue).

Sangria é um ótimo elixir!

Enquanto bebe o elixir, visualize-se apoderando-se dos poderes do vampiro.

Você está comungando de sua própria essência e também a do vampiro, que é parte da divindade que há em seu interior.

III – Fechando os portais
Feche o ritual tocando novamente o sino, nove vezes.

IV – O despertar
Agora, iniciado nos mistérios dos vampiros, você pode ver o mundo com olhos diferentes. Após o primeiro ritual, poderá ter algumas intuições sobre a natureza dessa Magia e de seu controle sobre ela, e de como moldar seu destino.

Contudo, alguma prática pode ser necessária.

Algumas pessoas podem apenas se sentir tolas, por estarem se prestando a essa tarefa, ou mesmo entediadas.

Para essas pessoas, desejamos uma vida feliz e temos certeza de que terão a vida que merecem.

J. R. R. Abrahão – *Vampiro Aeternam*
Autor de *Curso de Magia* **e** *O Quarto Segredo*

Ressurreição

Novembro de 1897, Montes Cárpatos.

Quatro homens já que foi uma mulher, estrangeiros, cansados e feridos, sentem na alma alívio, já que foi saciada a busca por vingança.

Sua viagem de retorno a Londres será tranquila, seguirão seus destinos de forma individual, porém com o conhecimento da existência do mal que é tido, nesse início de Era Moderna, apenas como lendas ou superstições.

Ecoa na mente dos interessados em história que talvez nem todos que foram queimados pela Santa Inquisição fossem inocentes.

Sr. Arthur Holmwood, agora lorde Godalming, deseja voltar a Londres e pôr em ordem os assuntos de sua família que ficaram pendentes em decorrência da morte de seu pai.

Arthur possui uma nobreza de espírito digna de um lorde, independentemente de títulos e honras. Não pestanejou em prestar auxílio nessa empreitada, tanto física quanto financeiramente.

Ausentou-se por poucos dias em virtude do luto de seu genitor e logo voltou com tamanha energia para enfrentar os perigos que o aguardavam. Suas ações cavalheirescas enobreceram ainda mais o bom nome de sua família, fazendo-o merecer sobremaneira o título que agora ostenta.

Dr. John Seward logo começara a pensar nas preocupações de seu dia a dia no hospício que dirige.

Apesar de tudo, essa ausência de seus afazeres médicos foi primordial para alívio de sua mente, que estava voltada quase que totalmente a seus pacientes no último ano.

Em uma época em que a deficiência mental era um grande estorvo e em alguns lugares vista como uma maldição na família, John a enxergava como uma alteração curiosa na mente complexa do ser humano, que devia ser estudada, e quem a carregava devia ser tratado com humanidade, pois muitos de seus pacientes sofreram tanto nas mãos dos considerados sãos que suas patologias certamente pioraram por conta dos maus-tratos de seus entes queridos.

Havia humanidade em seus cuidados e ele exigia isso de seus funcionários. Agora que seus queridos amigos finalmente livraram o mundo do amaldiçoado vampiro, suas preocupações retornaram a seu trabalho.

Começava a ficar preocupado e apressado em retornar, mas algo em sua mente o alertava de que a vida era muito mais que isso, e que deveria cuidar de si para depois se dedicar aos outros.

Jonathan Harker queria viver seu romance interrompido com Mina e seguir seu recente casamento de forma tranquila. Nunca pensou que seu trabalho burocrático o conduziria a tamanho perigo. Que a viagem de negócios ao castelo do Conde, a fim de finalizar as aquisições imobiliárias do nobre na cidade de Londres, teria tamanho desfecho, que colocaria em perigo não só a vida, mas a alma de sua noiva.

Quem em sã consciência, por mais que sua mente vislumbrasse a possibilidade das mais notáveis criaturas paranormais, acreditaria que adentraria mundo tão obscuro, sem nunca ter se envolvido em nada do gênero?

Esse não era seu caminho, portanto queria retornar o mais rápido possível à sua vida e ao caminho que estava planejando. Apenas ser um bom cidadão londrino, dedicado à sua esposa e aos filhos que planejava ter.

Sr. Quincey Morris, infelizmente só seu corpo retornará, pois pereceu enfrentando os ciganos que defendiam o vampiro. Um triste fim para o rapaz americano acostumado com aventuras.

A tristeza ficará no coração de seus amigos, ao lado das boas lembranças, pois a alma desse homem destemido descansa em paz, com a certeza de que cumpriu a missão para a qual veio ao mundo, morrendo como viveu. Lutando.

A srta. Wilhelmina Harker sente-se livre do domínio de Drácula. Lembra-se de que compartilhou de seu sangue e teve sensações das mais estranhas, que nos últimos momentos estava atraída por ele, compartilhando das mesmas emoções.

Não pôde deixar de sentir aflição quando viu o Conde ser atacado. Mas, agora mais do que nunca, sabe que seu coração pertence completamente a Jonathan e é consciente de que a confusão emocional pela qual estava passando era fruto do sobrenatural.

Seus desejos são os mesmos de seu amado. Quer fazê-lo feliz e lhe dar filhos para serem criados com todo o amor e proteção, preparando-os para os desafios que a vida pode oferecer.

O professor Abraham Van Helsing reflete sobre o perigo que viveram. Como cientista, sua mente elabora certos questionamentos, buscando uma causa para os acontecimentos.

Quais seriam as ambições do Conde ao comprar imóveis em Londres? Seus planos teriam sido alterados ao se envolver com a srta. Mina? Acreditaria que ela tinha alguma relação com sua esposa, que falecera séculos atrás, quando ainda era humano? Será que tiveram sorte em destruir uma criatura de quase 400 anos, a qual, durante séculos, ninguém conseguiu derrotar, nem mesmo quando o Conde era conhecido como um príncipe sem poderes sobrenaturais?

O Príncipe Vlad Tepes, em tantas guerras envolvido, com tantos inimigos, algumas vezes encarcerado por estes, jamais tinha sucumbido. Mas homens comuns, que apesar de destemidos não eram guerreiros profissionais, perseguiram, enfrentaram e mataram a criatura, agora conhecida como Drácula, que utilizava o título de Conde. Sem demérito, pois se mostraram homens espetaculares, os quais os meandros da vida fizeram mostrar suas virtudes; fossem tempos de guerra, seriam ótimos soldados. Mas quais teriam sido os inimigos do Conde nesses últimos séculos?

A agora sra. Mina Harker em seu diário relata a morte do vampiro de forma clara, mas aponta como armas um facão que cortou o pescoço de Drácula, por um golpe desferido por seu marido Jonathan Harker ao mesmo tempo em que a faca do sr. Quincey Morris atravessava seu coração. Ele, após esse valente ato, também tombou e veio a falecer.

Mas um simples facão e uma faca dariam cabo do poderoso Conde?

O que não foi dito é que as armas tinham sido forjadas com revestimento de prata, e que, apesar de não terem sido benzidas por um padre, o que as tornaria mais poderosas, foram suficientes para atravessar a carne do vampiro.

Favorecidos também pelo entardecer, pois a noite ainda não havia surgido, os poderes do Conde não estavam convalidados, sendo certo também que já estava debilitado em virtude de sua fuga de Londres, sem relatos de que havia se alimentado nos últimos dias.

Dessa forma, Drácula não contava com sua invulnerabilidade, tampouco seus perseguidores tinham total conhecimento sobre a extensão de seus poderes e de suas limitações. Van Helsing decerto utilizaria sua experiência recente a fim de estudar com maior profundidade as causas e efeitos do vampirismo.

Agora tinham de que partir rapidamente, pois os ciganos seguidores de Drácula, que falharam ao tentar proteger seu mestre, podiam retornar a qualquer momento.

A missão foi cumprida e os envolvidos seguiram sua viagem de retorno mantendo em suas mentes as reflexões sobre os acontecimentos recentes e suas expectativas para o futuro.

A noite estava em seu total esplendor, a Lua despontava no alto, dando uma iluminação prateada à estrada; o vento era gélido, mas a névoa que se mostrava constante no local não estava presente.

Morcegos voavam alvoroçados, uma alcateia uivava incessantemente de uma forma que aparentava ser um lamento pela perda de seu mestre.

De repente, olhos brilhavam bosque adentro, e uma voz é ouvida em dialeto local:

– Venham, eles já estão longe. Temos de agir rápido, talvez o mestre nos perdoe.

Os poucos ciganos se apressaram em pegar o caixão de madeira forrado com terra e o que restou do corpo de Drácula; colocaram-no na carroça e seguiram seu destino. Não havia necessidade de arriscarem suas vidas com a presença dos estrangeiros e sua única preocupação era com o conteúdo do caixão.

Assim que o recuperaram, trataram o objeto com todo o cuidado, como se fosse uma relíquia. Logo chegaram ao castelo, onde foram atendidos por uma figura sinistra.

Um homem com pouco menos de 1,70 metro de altura, corcunda, estrutura forte, com ossos largos, mancando levemente com a perna esquerda e um enorme machado medieval com corte duplo em suas mãos. Aquela figura aleijada em nada parecia com alguém indefeso. Seus braços musculosos portavam sua arma corto-contundente de forma firme e suas mãos fecharam-se tão fortemente, ao avistar de longe os ciganos, que pareciam poder torcer o metal.

– Igor, Igor, venha logo! Aconteceu uma coisa horrível com o mestre.

– Canalhas miseráveis – retrucou o corcunda com sua voz áspera. – Os estrangeiros entraram no castelo e mataram as amantes do mestre.

– Não tivemos culpa, estávamos na escolta da carroça do mestre que retornou às pressas da Inglaterra, fomos atacados por homens armados com rifles; conseguimos ferir um deles, acho até que morrerá, mas não conseguimos enfrentar todos.

– Creio que eles destruíram o mestre – disse outro cigano.

– Calem-se. Fizeram como lhes foi ordenado? – perguntou Igor.

– Sim, sim! Não tocamos em nada, somente fechamos o caixão e o trouxemos com todo cuidado.

– Levem-no para o porão do castelo, e os outros já sabem o que deve ser feito. Vão para a aldeia, mas sejam discretos.

O tempo era primordial para Igor, pelo menos era o que ele acreditava. Imaginava que, quanto antes tomasse as medidas necessárias, maior chance de sucesso teria em sua empreitada. Como tudo aconteceu durante o crepúsculo, eles teriam a noite inteira para concluir o procedimento.

Apesar de ser uma sombra do que foi durante a Idade Média, o castelo era imponente, uma fortaleza assustadora à beira de um precipício.

Mesmo sendo de médio porte, mostrava a imponência do feudalismo, em que a morada dos nobres eram fortalezas, e não palácios.

Sua estrutura era voltada para a defesa contra os inimigos e por vezes para se defender do próprio povo oprimido. Paredes espessas formavam seu muro. Altas torres despontavam ao céu. Gárgulas esculpidas para escoar as águas das chuvas adornavam os telhados, parecendo criaturas transformadas em rochas que a qualquer momento poderiam reviver e proteger a morada.

Somente mais tarde, com o desenvolvimento das armas de fogo, a potência dos canhões e sua fácil locomoção, acabu a sensação de segurança dentro dos castelos.

Os sistemas de defesa se adaptaram de outras formas; era o fim do feudalismo, com o fortalecimento do rei e uma centralização do poder. Então, foram surgindo os palácios, com uma arquitetura mais suave e grande beleza, morada digna da realeza. A defesa agora tinha um aspecto mais territorial; com o poder centralizado, a vigilância maior atuava nas fronteiras, em caso de guerra, e tentava impedir que o inimigo chegasse à capital.

No Japão, por exemplo, culturalmente suas construções eram palacianas, detentoras de requinte e beleza mesmo durante a era feudal; as construções encontradas por lá possuíam aspecto bem diferente das grandes fortalezas, com altos e largos muros de rocha e concreto, como as que se espalharam pela Europa. Mesmo assim, os antigos castelos-fortalezas permaneceram de pé no velho continente. E um desses, de médio porte, mas imponente, pertencia a Drácula.

Os ciganos descarregaram a carroça com cuidado. Desceram os degraus de rocha que levavam ao porão com passos firmes. Deixaram o caixão com os restos mortais de seu mestre sobre uma grande mesa de concreto, onde no teto estava pregada uma roldana que transpassava uma corda com um gancho de ferro.

O local era úmido e gélido; seria apropriado para a conservação e degustação de cerveja em tonéis, mas essa nunca foi a utilidade da estrutura. O ambiente era iluminado por tochas; diferentemente dos outros ambientes, a iluminação era à base de querosene.

A maior parte da Europa era iluminada por sistema de gás, nas principais capitais a luz elétrica chegava aos poucos. No castelo, grande parte ainda utilizava luminárias a óleo, e em locais mais sombrios as tochas remetiam à Antiguidade.

Porões não possuem boa fama, muito menos boas lembranças. Deveriam servir apenas para sustentar a edificação em uma altura segura ou, até mesmo, como depósito de materiais apartado do domicílio, entretanto acabam sendo muito mais do que afastar dos olhos dos moradores a visão indesejada de alguma coisa, mas também de atos escusos. Porões de casas, castelos e até de igrejas eram rotineiramente palcos de todos os horrores de que o ser humano era capaz.

Drácula, em vida, não escondia suas atrocidades quando era o monarca da Valáquia, pois elas serviam como exemplo. Séculos depois, quando optou pelo anonimato, seu castelo inteiro servia como porão, pois era pouco visitado. Mas hoje essa parte da construção terá um valor.

Sozinho e com cautela, o corcunda abriu o caixão que continha terra e os restos mortais do Conde.

Vislumbrou o que restara de seu mestre. Sua carne se transformou em pó e seus ossos também estavam corroídos e desgastados, como se fosse uma ossada com centenas de anos.

Ele nunca o havia visto nesse estado, mas havia sido instruído sobre o que deveria fazer caso esse dia chegasse. Cuidadosamente, o corcunda desabotoou suas vestes na altura do peito; uma delicadeza contrastante com sua figura.

Poucas horas se passaram, e os ciganos retornaram de sua misteriosa missão.

No pátio, retiraram de sua carroça uma jovem amarrada e amordaçada, que, com olhar aterrorizado, é levada até a presença do corcunda.

A jovem era uma aldeã simples, mas formosa, com seus cabelos louros presos por um lenço que realçava seu rosto branco com as maçãs rosadas.

Sua camisa estava rasgada, fazendo um decote que deixava aparente parte de seus seios. Seus olhos azuis estavam avermelhados e inchados em virtude do choro constante. Trajava um vestido simples, com uma faixa amarrada na cintura que acentuava as curvas de seu corpo juvenil.

– Aqui está, Igor – diz um dos ciganos. – É a filha de um bêbado, que sempre dizia que um dia iria embora da aldeia. Ninguém vai dar por sua falta.

– Muito bem, amarrem os pés dela também, um junto ao outro, e me sigam.

Após amarrar os pés da moça, um dos ciganos a jogou sobre o ombro e foi carregando pelo porão, seguindo os passos mancos, porém firmes, do fiel lacaio do Conde.

Os ciganos prestavam serviços ao Conde, mas nunca se sentiam à vontade dentro de sua morada, principalmente no porão.

Histórias assustadoras eram contadas sobre o castelo em sua aldeia, a maioria delas era fruto da imaginação humana, pois poucos sobreviviam para contar o que se passava dentro dos muros da morada de Drácula; poucos que eram autorizados a adentrá-la sabiam que a descrição era o valor de suas vidas e sempre eram bem recompensados pelos serviços prestados.

Detalhes estranhos aconteciam ao redor. Sombras pareciam ter vida própria, por vezes não acompanhando o movimento do corpo; talvez, se pudessem, eles ficariam do lado de fora.

Alguns ratos corriam assustados, sendo caçados por velozes morcegos. Em certo momento uma centopeia gigante, pendurada em uma viga, capturou um morcego em pleno voo e começou a devorá-lo. O simples fato da presença desse animal nesse país já causava espanto.

Os ciganos são homens rudes e duros, acostumados com todo tipo de má sorte, mesmo assim temem o local e tudo o que ele significa.

A moça estava alheia a esses acontecimentos ao seu redor. Lágrimas escorriam por seu rosto, estava cansada de se debater e tentar livrar-se das amarras; começava a se entregar ao destino terrível que lhe era reservado.

Igor levou-os até onde estava o caixão de seu mestre. A área é ampla e rodeada por tochas acesas presas à parede.

Havia alguns instrumentos medievais de tortura espalhados pelo lugar, mas, apesar do que diziam, essas parafernálias não eram utilizadas por Drácula.

O corcunda prendeu a corda que amarrava a jovem pelos pés com o gancho de ferro e a suspendeu pela roldana presa ao teto, ficando ela suspensa e com a cabeça para baixo. Quando ela abriu os olhos, estava bem de encontro ao crânio corroído do Conde.

A jovem, atônita de pavor, pôs-se a gritar, prevendo o que aconteceria, mas seus gritos abafados pela mordaça pouco podiam ser ouvidos, e, mesmo que fossem, ninguém viria socorrê-la. Para Igor era irrelevante qualquer súplica abafada da jovem. Na verdade, sua preocupação estava voltada apenas para que tivesse sucesso no que preparava.

A camponesa contorcia seu corpo e tentava livrar seus braços de suas amarras. Seus pulsos já estavam feridos de tanto raspá-los contra a corda. A expectativa da morte por vezes é pior do que a própria morte. Adrenalina é despejada em seu sangue, mas mesmo assim a força adicional é inútil.

Logo suas energias foram acabando e já não tinha mais força para resistir.

– Podem ir – ordena o corcunda.

Os ciganos se retiraram, deixando Igor e a jovem com o corpo decomposto do Conde, e logo já não ouviam os gritos abafados pela mordaça.

Igor aparou o corpo da jovem que se balançava, e segurou-a, entrelaçando sua mão áspera em seus cabelos com firmeza.

Ela, já com os olhos fechados, não tinha observado que o corcunda segurava um afiado punhal em sua outra mão, o qual em um rápido golpe cortou a garganta da moça de ponta a ponta.

O sangue espirrou por todo o corpo do Conde que jazia sobre a terra, então Igor deixou que a maior parte gotejasse pelo peito e dentro da boca do crânio corroído do vampiro.

A ação do corcunda não teve nenhum momento de indecisão, tampouco se deliciou com ela por sadismo, apenas agia com a mesma indiferença que um açougueiro abatia um animal.

O cheiro ferroso característico de sangue fresco dominou o ambiente, enquanto o corpo da jovem convulsionava ao mesmo tempo em que seu coração realizava as últimas bombeadas.

A sombra de seu cadáver tremia refletida na parede pelas chamas das tochas.

– Quanta ingenuidade! – pensava o corcunda. – Acreditaram que matariam meu mestre tão facilmente.

Os poderes de um vampiro são misteriosos, foram sendo descobertos ao poucos por quem cruzou seu caminho e sobreviveu.

Mesmo assim os relatos são imprecisos, envoltos em superstições e lendas; somente pouco antes do início da Revolução Industrial é que o vampirismo foi mais bem elucidado, mas são raros os relatos completamente confiáveis.

Os poucos vampiros existentes buscam o anonimato e, se possuem influência, buscam desacreditar tudo o que lhes é imputado. Seus poderes variam conforme fatores pouco explicados, desde onde se originaram, de qual maneira foram vampirizados e, principalmente, por suas idades.

Alguns vampiros são apenas escravos de seus senhores. Humanos que foram vampirizados recentemente ainda não possuem tamanho poder, da mesma forma têm menos fraquezas e resistem melhor à luz do dia.

Mas os poderes de Drácula já haviam se enraizado há séculos, e, apesar de suas limitações, a foice da morte não o atingiria tão facilmente.

Um Novo Despertar

Após Igor despejar o sangue da jovem dentro da boca descarnada e sobre o peito da carcaça do vampiro, algo incrível começa a acontecer. Os ossos começam a se restaurar, de dentro para fora, e começa a borbulhar uma massa úmida que vai se transformando em carne. Paulatinamente uma névoa começa a se formar ao redor. Fibras musculares começam a circular a massa óssea, enquanto os órgãos vão se desenvolvendo e o coração ainda em formação começa a trabalhar.

Mas o trauma foi forte até mesmo para o príncipe das trevas, e a forma restaurada apresenta uma aparência grotesca.

A textura de sua pele ainda não aparentava ser humana, lembrava algo entre um homem e um morcego; apresentava um aspecto demoníaco, com os dentes aguçados e salientes e orelhas pontiagudas.

– Mestre, o senhor ... está bem? – pergunta o corcunda.

– Mais sangue! – é a resposta, com uma voz fraca e rouca, mas com um tom de ódio.

O lacaio enxuga o suor do rosto. Nesse momento, ele corre grande perigo caso Drácula não tenha poder suficiente para conter sua sede nesse estado em que se encontrava.

O vampiro sai do caixão com terra e faz um sinal, que logo é compreendido; então, Igor prepara a carruagem para os dois partirem em busca de mais uma vítima.

Drácula ainda não está restabelecido por completo, por isso não arrisca ir sozinho em busca de sangue. Caso fosse surpreendido nesse estado, poderia ser abatido, mesmo não sendo uma presa fácil. Seus planos eram muito ambiciosos para colocar tudo a perder por pura presunção.

Como já é tarde, e seu mestre faz questão de ir em busca de outra vítima, em vez de aguardar em sua fortaleza, Igor coloca na carruagem um pequeno e simples caixão, feito especialmente para ser acoplado àquele veículo para o caso de não conseguirem retornar a tempo para que seu mestre possa se proteger da luz do dia.

O Conde pretendia levar essa carruagem para Londres após sua mudança, pois ela havia sido construída recentemente, preparada com um fundo falso, forrado com terra da Transilvânia; e seu interior, completamente isolado, não permitiria a entrada de luz.

Em caso de emergência, Drácula se ocultaria nesse esconderijo e ficaria protegido durante o dia. Servia também para viagens longas. Além desses detalhes, o veículo ostentava todo o luxo característico.

O conde sobe e Igor assume o lugar do cocheiro. Com o estalar do chicote, os robustos cavalos negros como uma noite, sem luar, iniciam a jornada em busca de alimento para seu mestre.

Às margens da estrada, como de costume, uma matilha de lobos faz a escolta.

A vila cresceu nos últimos anos, com aldeias ao redor, em que Drácula cuidadosamente escolhia onde atacar.

Saciava sua sede e a de suas noivas, porém nunca em um mesmo local para evitar uma revolta e também desacreditar que os assassinatos eram de sua autoria.

Preferia matar estrangeiros, meretrizes e outros dos quais não sentiriam tanto a falta.

Uma atração fatal por vezes fazia com que viajantes perdidos buscassem abrigo no castelo, e sempre eram bem recebidos, mas nunca saíam com vida.

Drácula algumas vezes atravessava considerável distância para se saciar, chegando até a capital.

Apesar dessas mortes, bandidos e saqueadores jamais ousaram se aventurar por toda a região, isso não seria tolerado pelo Conde. Mesmo as conturbadas disputas territoriais, que assolavam aquela parte do continente, pouco atrapalhavam a vida daquele povo, restringindo-se às cidades mais importantes. A harmonia que rege as leis do Universo faz sua parte.

Os habitantes daquela região ficaram livres de Drácula por quase um ano, mas não de suas noivas, que seduziam e atacavam os jovens que cruzavam seu caminho.

Como gatas que brincam com ratos antes de matá-los, elas chegaram até a levar algumas de suas vítimas para o castelo, onde as mantinham por dias, até que morriam sem sangue nenhum no corpo.

Sempre mantiveram o cuidado de não transformar nenhum deles em vampiro, pois isso não era permitido por Drácula, e também aumentaria a concorrência pelo precioso alimento.

Nessa noite o Conde não terá tempo o bastante para escolher sua vítima, nem mesmo haverá escolha entre homem ou mulher, pois precisa se recuperar rapidamente.

Logo encontra um incauto no caminho. É uma mulher madura com cerca de 50 anos de idade, mas aparenta ser saudável.

O motivo pelo qual ela andava sozinha a essa hora não é conhecido, tampouco importa ao Conde; talvez essa tranquilidade fosse pelo fato de que no último ano relativamente a segurança das mulheres tinha aumentado, sendo mais inseguro aos homens jovens, por culpa das amantes de Drácula. O vampiro também preferia as jovens em todo o seu esplendor. A jovialidade e beleza eram um perigo nessa parte da Europa, principalmente para camponeses, dispensáveis aos olhos do próprio país.

A mulher caminha calmamente, entretida em seus pensamentos, nos afazeres concluídos durante o dia, nas tarefas que a aguardariam no dia seguinte. Talvez em uma paixão madura na qual nunca se concretizaria em razão da idade, que nesse tempo era desconsiderada para romances. Aos olhos do povo local isso era coisa de jovens.

Ela era viúva. Seu esposo havia falecido poucos anos após o casamento. Com a morte de seus pais, levava uma vida solitária nos últimos anos. Seus dias eram longos, mas ela se considerava uma pessoa feliz.

Sua história de vida não tinha a menor importância para Drácula, assim como a história de nenhuma vítima tem para seus algozes.

Mesmo quando o Conde era humano e soberano da região, sua preocupação com seus súditos era como um todo, importando-se apenas com o Estado em conjunto de seus cidadãos, e não individualmente.

Após sua transformação, essa preocupação foi, com o passar dos anos, reduzindo-se a como poderiam servi-lo como alimento.

Uma sombra fantasmagórica a acompanha pelas ruas pouco iluminadas. Uma leve névoa deixa a visão embaçada.

Os sons que a noite apresenta são do vento soprando e a copa das árvores balançando; folhas e gravetos secos estilhaçam-se aos pés da mulher, que caminha ao encontro de seu destino. Corujas também caçam suas presas com uma ferocidade fora do comum.

O vampiro resiste à ansiedade, mas a fome o está corroendo. É seu corpo dizendo que necessita do líquido vital para se restaurar por completo.

Se alguém avistasse sua forma, talvez não o identificasse como um vampiro, mas, sim, como um demônio que acabara de romper os portões do inferno.

Seus olhos ardem como brasas incandescentes, suas garras são tão afiadas como as de uma ave de rapina, saliva escorre pelos cantos de sua boca; as narinas abertas, sem cartilagem, acentuam a figura grotesca.

Sua agonia está perto do fim. Ele se aproxima o bastante e ninguém está próximo para atrapalhar sua ceia da madrugada.

Drácula rapidamente se arremessa sobre sua vítima segurando-a com uma mão no ombro e outra por cima de sua cabeça, empurra para um lado deixando seu pescoço exposto e crava seus afiados dentes com uma voracidade que surpreenderia até mesmo Igor, se ele estivesse próximo.

O corpo cai ao chão com a garganta dilacerada de tal forma que dificulta até mesmo a percepção de que a mulher foi vítima de um vampiro. Por pouco sua cabeça não se separa do corpo.

Quase que imediatamente o aspecto do vampiro começa a melhorar enquanto ele suga o sangue, e sua forma vai se tornando mais humana.

O corpo da vítima é abandonado e, quando for encontrado, pensarão que foi vítima de algum animal ensandecido, o que não deixa de ser verdade.

Drácula volta ao local onde Igor o está aguardando com sua carruagem e retornam. Quando chegam ao castelo, ele já é um homem outra vez, mas seu rosto aparenta ser o de um velho. Rugas profundas contornam seu rosto. Seus cabelos estão completamente brancos; dedos e unhas compridas; curiosamente, as palmas de suas mãos apresentam pelos.

O nobre nunca foi de muitas palavras, então dá as últimas ordens a seu lacaio.

– Troque a terra sob o forro de meu caixão por terra nova. Ficarei me recuperando em hibernação e retornarei na primeira madrugada da virada do século. Nesse tempo quero que entre em contato com os bispos negros e Ashra, a bruxa cigana. Quero também que selecione alguns ciganos fiéis e dispostos ao sacrifício de suas vidas se for necessário; eles servirão a mim neste castelo. Os ciganos se reunirão comigo três noites após eu acordar; e os bispos e a bruxa, na noite seguinte. Cuide de tudo em minha ausência, proteja este castelo.

Imediatamente ele é obedecido e, com o raiar do dia, já está em repouso em uma das muitas alas secretas de sua morada.

Mais do que nunca ele precisava de proteção. Quando hibernava, entrava em um transe completo mesmo no período noturno. Caso alguém encontrasse seu caixão e o abrisse para destruí-lo, ele estaria completamente indefeso e à mercê. Sabendo disso, seu refúgio secreto era inviolável e nem mesmo Igor poderia encontrá-lo.

Igor

Há quase 20 anos, o Conde retornava de suas caçadas noturnas sob a forma de um grande morcego, quando percebeu algo curioso na floresta e resolveu interromper seu percurso a fim de melhor observar.

Um jovem forte, corcunda, com aparência e gestos animalescos tinha abatido um cervo com as próprias mãos. Dormia ao lado da carcaça, já havia se alimentado da carne crua de parte do animal, mas, provavelmente por causa do tempo úmido, não conseguiria fazer fogo, ou talvez por seu estado selvagem fosse essa sua preferência.

Aquilo chamou a atenção de Drácula, que vislumbrou uma oportunidade.

Retornando à forma humana, o Conde se aproximou e tranquilamente acordou o corcunda:

– Levante, meu pequeno amigo – diz em tom amigável e tranquilo, mas com a entonação característica de sua autoridade.

De forma abrupta e assustado, o corcunda levanta e se coloca em posição de ataque.

– Acalme-se. Eu não vou feri-lo – diz o Conde, de forma suave, mas imperativo. – Consegue me compreender?

A resposta é feita com um aceno positivo com a cabeça.

– Vejo que está ao relento e se alimenta com carne crua. Esses são meus domínios. Acompanhe-me e lhe darei estadia.

O corcunda acompanha o Conde, que a passos largos se dirige ao castelo, mas, quando avista a rústica moradia de Drácula, freia e o encara, assustado.

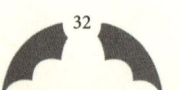

– Tranquilize-se. Não vou lhe fazer mal, é meu convidado. Não acredite em boatos que circulam entre camponeses, são ignorantes diante do desconhecido.

Os dois adentram o castelo, Drácula mostra ao corcunda onde ele pode se alimentar com pães, frutas secas, queijo e carne salgada. Também lhe mostra onde passaria a noite, um grande salão com uma lareira.

– Percebo que ainda não está à vontade, meu caro. Pode passar o dia no castelo; amanhã, ao cair da noite, conversaremos e, se for conveniente a nós dois, lhe farei uma proposta.

Dito isso, o Conde se retira para seu tenebroso aposento.

Ainda desconfiado, o corcunda faz sua refeição, agora mais digna, apesar de aparentar estar já há certo tempo sem nunca ser tocada.

Ele se alimenta o máximo que pode, apesar de ter comido o cervo que tinha abatido na floresta. Dorme quase o dia inteiro e, quando se levanta à tarde, fica pensando nas palavras de Drácula e em qual seria sua proposta; também relembra seu próprio passado. Fazia tempo que não passava a noite em um abrigo decente, muito menos tendo alimento e bebida farta à sua disposição.

Lembrava-se também das histórias terríveis que contavam sobre o que acontecia em um castelo que havia pertencido ao senhor da Valáquia na Antiguidade, mas essas histórias eram contadas pelos mesmos que o tratavam como um animal.

Abandonado em um mosteiro por sua mãe, foi criado ao rigor dos monges, trabalhava mais que todos e era duramente castigado por motivos que não compreendia. Durante sua adolescência, quando um dos monges tentou molestá-lo, ele revidou a violência e o estrangulou, em um surto de ódio em que despendeu toda a sua fúria contida até então.

Obviamente ninguém acreditou em sua versão da história, apesar dos antecedentes do clérigo, então ele foi açoitado e confinado até que um dia conseguiu fugir.

Mendigando pelas cidades, foi humilhado e maltratado, até que um jovem aristocrata passou do limite nas humilhações contra o corcunda e também sucumbiu à sua fúria destrutiva.

Novamente teve de fugir e agora nenhuma cidade seria segura, pois certamente seria caçado e enforcado. Decidiu então vagar pela floresta e, quando chegava perto de alguma aldeia, cometia pequenos furtos durante a noite e fugia novamente.

Vivia como um selvagem já havia mais de um ano.

Ao cair da noite Igor ainda estava no castelo, já não temia mais por sua vida e queria saber o que o Conde tinha a dizer.

De repente surgiu uma névoa no cômodo onde estava o corcunda, a qual foi se dividindo em três e tomou a forma de mulheres. A formosura das damas era estonteante, mas elas detinham o ar da volúpia. Vestiam-se com roupas finas que acentuavam as curvas de seus corpos, que pareciam ter sidos esculpidos a fim de satisfazer os pecados da carne.

Seios rijos, cinturas finas, bocas grandes com lábios carnudos e vermelhos feito sangue em contraste com dentes perfeitos e de um branco como a neve, dos quais destoavam os caninos afiados como os de uma pantera.

Deslizavam rente ao chão em movimentos graciosos e delicados, porém uma naja move-se delicadamente antes do bote mortal.

– Quem é você, ser horripilante? – pergunta a mulher de cabelos vermelhos.

Antes de qualquer resposta, a outra mulher que possuía lindos cabelos negros indaga:

– Você é lacaio ou é o jantar?

As três riram de forma vulgar e demoníaca.

Nesse momento, descendo pela escada, o Conde adentra o recinto, e sua voz soa como o trovão.

– Saiam! Ele é meu convidado e, se aceitar ficar aqui, só responderá a mim – ordena, apontando com seu dedo indicador para fora do recinto.

Elas continuam a rir e recuam de forma assustadora, parecendo flutuar a poucos centímetros do chão. Com seus vestidos transparentes de pura seda, dançam ao vento que se faz com sua movimentação.

Drácula observa que, apesar da situação que acabou de enfrentar, Igor, mesmo surpreso, em nenhum momento demonstrou medo. Aparentou que se fosse necessário lutaria por sua vida de forma feroz e demonstrou segurança diante da situação. Isso estava de acordo com o que Drácula esperava dele.

Com uma garrafa de vinho e uma taça na mão, o Conde serve o corcunda:

– Vejo que me compreende bem, mas quero saber se consegue falar.

– Sim, eu sei falar, apesar de fazer tempo que não converso com outras pessoas.

– Muito bem. Conte-me sua história.

Então o corcunda narrou o acontecido ao Conde, de uma forma rude, mas detalhada, pois aparentava estar precisando usar suas cordas vocais que há muito não utilizada na construção de frases, enquanto bebia fervorosamente o vinho.

– Interessante história de vida, meu caro. Agora vou lhe dar minha proposta.

O corcunda esvaziou outra taça de vinho e ouviu com atenção.

– Preciso de alguém como você para me prestar serviços. Como pôde vislumbrar, tanto aquelas três lindas damas quanto eu somos diferentes e possuímos dons especiais, assim como pequenas limitações. Preciso de alguém para me servir. Cuidar deste castelo e protegê-lo com a própria vida, se necessário. Dar-lhe-ei abrigo, proteção e alimento. Jamais precisará comer carne crua novamente nem se esconder ou dormir ao relento, pois terá seus aposentos. Não temerá homem algum enquanto me servir. Eu e minhas mulheres não podemos ser importunados durante o dia, e você zelará por nosso sono tranquilo. Cuidará dos cavalos, da carruagem, dos aposentos e demais dependências do castelo. Somos discretos, mas não toleramos qualquer interferência dos camponeses ou de qualquer outra pessoa, por isso irá supervisionar os serviços que forem prestados por trabalhadores de fora, quando necessário. Não nos escondemos como você, mas pretendemos ser invisíveis. Qual é sua resposta?

A vida de Igor tinha sido um tormento nos últimos anos, e aquele que tinha a fama de monstro lhe oferecia uma oportunidade muito melhor. Não precisou pensar para responder.

– Sim, sim. Serei seu servo fiel.

– Pois bem. Quanto ao gerenciamento do castelo, acredito que não terá problema, pois sei que os mosteiros são rígidos e lá deve ter aprendido o necessário. Quero que saiba uma coisa: apesar de tudo o que lhe ofereci, não serei piedoso quanto a falhas, e qualquer deslealdade será punida com a morte, de forma pior do que qualquer história que tenha ouvido a meu respeito. Então as regras foram ditas e aceitas. Agora sou seu mestre.

– Sim... mestre. Servirei e protegerei este castelo e a todos com o custo de minha vida.

Assim, o tempo passou e Igor serviu a Drácula fielmente; seus pequenos deslizes foram punidos de forma rígida, mas ele permaneceu serviente ao seu mestre.

Demonstrou habilidade em manter as rotinas do castelo e exercia liderança para com os ciganos incumbidos de certas tarefas.

Não gostava das noivas diabólicas, nem elas dele, mas se suportavam.

Notou que com o passar dos anos o Conde envelhecia muito rápido, apesar de todo o seu poder, e perdia a vontade de viver, até o momento em que decidiu se mudar para Londres. Disse ao corcunda que rejuvenesceria durante a viagem para a capital inglesa, e não falava isso de forma figurada.

Igor não sabia qual era o plano de seu mestre, ou por qual motivo deixaria seu castelo que sempre representou segurança ao Conde.

Drácula determinou a Igor diversas missões, com as quais passaria por algumas cidades da Europa Oriental, e em alguns pontos marcados traria antigos tesouros, que há muitos anos foram escondidos pelo Conde.

Após o término de sua missão deveria retornar ao castelo, onde ele e as noivas de Drácula aguardariam a ordem de embarcarem também para Londres junto a seu mestre.

Enquanto estava ausente, um advogado corretor de imóveis hospedou-se no castelo; era Jonathan Harker.

Pouco antes do fim de sua missão, Igor foi encontrado por um mensageiro cigano, que também devia obediência ao Conde, e lhe disse para voltar rapidamente, pois Drácula estava retornando às pressas e corria perigo.

Porém, quando Igor retornou já era tarde. Encontrou as três belas vampiras mortas, agora somente pó e ossos corroídos, com estacas transpassadas pelo peito e as cabeças decepadas.

Após todos esses anos que as conheceu, jamais imaginou que algum ser humano seria capaz de eliminar as três juntas, nem mesmo ele.

Ficou transtornado, não por causa delas, mas por seu mestre, que ficaria furioso.

A fúria nem tanto é em função do apreço que sentia por elas, mas pela petulância de meros mortais, plebeus, invadirem sua nobre residência e destruírem as mulheres que pertenciam a ele. Isso era intolerável e certamente tal ato não ficaria impune.

Amigos

PROFESSOR ABRAHAM VAN HELSING – Ano 1898

Alguns meses após retornar de minha aventura de horror, que compartilhei com meus amigos Jonathan, Mina, Seward, Arthur e o finado Quincey, fui à Universidade de Munique, onde recebi uma proposta que atende aos meus anseios.

No início do próximo ano letivo, iniciarei uma série de palestras em nome da universidade e também irei ministrar aulas, enquanto me preparo para uma nova jornada. Minha missão será de pesquisa por alguns países da Europa Oriental, mas já penso em estendê-la para alguns países da Ásia, como a China e Índia, e talvez pelo Oriente Médio.

Muito oportuna essa proposta, a qual na verdade também irá financiar minhas pesquisas pessoais, que, óbvio, se referem aos vampiros.

Não será uma tarefa fácil, pois encontrarei todos os tipos de adversidades, desde ter de separar as crendices dos fatos realmente verídicos, até como ser mal recebido por aqueles que sabem a verdade e pelos que são servos das criaturas da noite.

Para isso, foi disponibilizado a mim um assistente, cuja escolha foi pautada pelos atributos necessários a um caçador de vampiros. Deveria acreditar em Deus e também na existência das criaturas demoníacas, mas sem temê-las. Precisava estar bem preparado para um eventual confronto e ter predisposição para matar.

Alex Cushing preenchia todos esses requisitos e, apesar de ser inglês, tinha domínio sobre alguns idiomas usados na parte oriental da

Europa. Era um jovem de aproximadamente 22 anos, quase 1,80 metro de altura e com a musculatura forte.

A idade já me impõe algumas restrições, que são poucas de fato, porém a missão requereria todo o vigor físico, pois as criaturas com as quais podemos nos deparar são por demais poderosas.

Enquanto não parto, aproveito o tempo que estarei ministrando aulas e palestras para me inteirar sobre novidades com os mestres dessa universidade.

Uma viagem de pesquisa nos ensina muito acerca do passado, mas é bom estar a par dos acontecimentos atuais e as possibilidades para o futuro. É necessário sempre estar, pelo menos, um passo à frente. Aproveito também para ficar o mais próximo possível de meu filho, do qual quero ter muitas lembranças durante a viagem.

Uma das poucas coisas das quais me arrependo foi não ter tido filhos quando era mais jovem. Se assim fosse, hoje ele estaria em idade para me acompanhar.

Tanta preocupação em aprender sobre tantos assuntos, em me especializar em determinadas áreas, uma busca infinita ao conhecimento me fizeram deixar para mais tarde a maravilhosa experiência de ser pai. E minha finada esposa, que Deus a tenha, sempre tão companheira e tão compreensiva, aguardou pacientemente o momento para ser mãe. Infelizmente, hoje ela não está mais presente para poder compartilhar dessa felicidade.

Evito me martirizar com esses pensamentos. O que não pode ser alterado não deve servir para remoer o espírito. Vale, porém, para servir de lição. Os erros do passado não devem ser cometidos no futuro.

MINA HARKER

De volta a Londres, Jonathan e eu podemos finalmente aproveitar a vida de casados. Jonathan continua a corretagem de imóveis, porém dessa vez evita sair da Inglaterra.

Graças à sua experiência no ramo imobiliário, conseguimos uma ótima casa, perto da residência de minha falecida amiga Lucy, no bairro *Colinas Haverstock*.

A localização é ótima e a arquitetura me agradou muito, bem arejada e iluminada, com um lindo jardim do qual eu passo as tardes cuidando; e, desde que viemos morar aqui, não faltaram rosas silvestres nem flores de alho. Se não fosse pela sorte e por Jonathan, jamais conseguiríamos uma casa assim.

Optei por uma decoração interna bem clara, chega de trevas em minha vida. Eu estou feliz, meus pesadelos foram diminuindo até serem completamente esquecidos, hoje só me lembro dos sonhos bons.

E nossa felicidade agora está quase plena, pois em breve nascerá nosso filho, e já combinei com Jonathan que ele irá se chamar Quincey, para honrar nosso amado amigo que tombou durante o confronto com Drácula.

Essa é uma homenagem que queremos prestar não somente a Quincey Morris, mas a todos nós, e um dia nosso filho saberá por tudo que passamos. Sinto-o em meu ventre, como se desejasse vir à vida o mais breve possível. Não vejo a hora de tê-lo em meus braços.

Jonathan também está ansioso, prepara o quarto do bebê com muito carinho. Apesar de ter trabalhado em demasia, sempre me dá atenção e conversamos muito sobre diversos assuntos. Ele se mostra um marido atencioso e carinhoso, como tenho certeza de que será um pai da mesma forma.

Planejamos daqui a alguns anos viajar por onde tudo ocorreu, assim enterraremos fantasmas do passado e enfrentaremos qualquer trauma que tenha permanecido.

Levaremos nosso filho, e um dia contaremos tudo o que aconteceu. Uma superproteção faria com que ele talvez não conseguisse enfrentar algo do gênero, caso o destino o coloque diante do mal, assim como aconteceu conosco. Quem sabe os perigos ocultos que se escondem sob o manto da escuridão? Drácula estava vindo para Londres, talvez demônios desse tipo tenham se cansado do isolamento e procurem acompanhar o desenvolvimento do mundo em grandes metrópoles. Tento não temer colocar um filho neste mundo, então o que podemos fazer é deixá-lo o mais preparado possível para saber se defender.

Mesmo sendo terrível essa passagem em nossa vida, temos de mantê-la em nossa memória, para nunca nos esquecermos dos perigos que nos cercam.

Se contassem para nós sobre isso, acredito que quase todos os nossos amigos teriam dificuldade em acreditar.

Longe de nós sermos supersticiosos. Advogados, médicos e outros profissionais, tão bem instruídos e respeitados na sociedade, sendo obrigados a fazer certas coisas que seriam no mínimo estranho até no século passado, e completamente inapropriado, ou até mesmo criminoso, nos dias de hoje.

As lembranças não devem ser apagadas, mas não podemos nos tornar refém delas. Nossas vidas devem prosseguir da melhor forma possível. Mais do que nunca, todos nós merecemos ser felizes.

Dr. JOHN SEWARD

Desde que voltamos da Transilvânia, o hospício ficou mais calmo e até o clima tornou-se mais ameno.

Creio que a morte de um ser tão maléfico poderia mesmo influenciar na melhora de meus pacientes, atormentados por doenças mentais para as quais a ciência ainda não tem todos os diagnósticos.

Parece loucura, mas sinto falta de Renfield; pobre criatura, foi apenas uma das vítimas de Drácula, talvez por sua deficiência mental, o mais indefeso. Teria sua mente sido incapaz de manter o equilíbrio diante das forças sobrenaturais que tomaram conta dessa região? Que estranha relação vampiresca foi a apresentada por ele em sua fascinação por formas de vida inferior? O descontrole diante de moscas, aranhas e outros insetos, que atraía e devorava com imenso prazer. Qual seria o desenvolvimento de sua doença mental? Encontraria a cura ou uma significativa melhora que possibilitasse a ele o convívio social?

Ouvi novamente todos os meus diários gravados em meu fonógrafo, tentando avaliar algo que me tenha escapado.

Minha experiência com ele fez com que recentemente eu fosse convidado a ministrar palestras, mas preciso reavaliar tudo. Caso eu relacionasse seus sintomas ao sobrenatural, ficaria desacreditado e seria ridicularizado por toda a comunidade psiquiátrica. Seria ético ocultar essa relação?

O que mais atrai a curiosidade de todos, claro, é sua obstinação em comer insetos, evoluindo para outros seres vivos de maior estrutura. A diferença entre ele e outros tantos que já fizeram isso são os propósitos, que vão muito além da sobrevivência ou a atração de seu paladar. Mas, sim, o sentimento de estar absorvendo vida. Uma estranha conotação vampiresca.

Não há nada na literatura médica sobre a relação vampirismo e loucura, nesse sentido, beirando a possessão. O que mais se assemelha a isso é a doença mental que leva o enfermo a acreditar que necessita de sangue humano para sobreviver, mas o caso é diferente.

Conversei com o professor Van Helsing a respeito para realizarmos um trabalho científico sobre o assunto, mas ele estará ocupado pelo menos por um ou dois anos.

Já faz mais de um ano que tudo aconteceu, mas toda vez que passo perto do antigo casarão de Carfax me arrepio. Jamais esqueceremos o terror que passamos, e a perda de meu amigo Quincey Morris. Dentre nós, Quincey era o maior soldado, um verdadeiro guerreiro, e morreu como tal. Lembro-me dos velhos tempos e das aventuras que vivi com Arthur e Quincey, que Deus o tenha.

Antes desse triste ocorrido envolvendo Drácula, havíamos arriscado nossa vida em algumas ocasiões, mas, talvez até mesmo pela juventude, o clima era outro, mesmo quando corríamos perigo.

Certamente tivemos grandes perdas, mas a vitória foi nossa e a vida continua. Há alguns meses reparei em uma jovem enfermeira que começou a trabalhar no hospício pouco antes de Renfield ser internado. Por conta de fatos que começaram a se desenrolar na ocasião, acabei não prestando muita atenção nela naquela época.

Seu nome é srta. Madeleine Rice, e agora me lembro da forma serena que ela acompanhou todo aquele momento tenebroso e difícil aqui no hospício.

Com meu retorno da Transilvânia, pude voltar mais minha atenção à moça, e acabei me apaixonando. Fui correspondido; ela disse que me admirava havia muito tempo, mas, como eu estava sempre tão atarefado, e somado ao fato da doença da srta. Lucy Westenra, eu nunca a notava.

Não penso em contar que na verdade a causa da doença de Lucy foi Drácula, ela não precisa ficar a par desse terror.

Mas por quanto tempo ela ficará alienada sobre esse fato? Certamente manterá laços de amizade com Jonathan, Mina e os outros. Estamos enamorados e pensamos em ficar noivos em breve e logo nos casar.

Engraçado que, mesmo tendo vencido o mal, todos nós mantivemos o hábito de carregar um crucifixo no pescoço, independentemente da religião de cada um. Jonathan mesmo é anglicano e ficou desconfortável quando recebeu de presente um crucifixo de uma senhora, esposa do senhorio do Hotel Coroa Dourada, onde ficou hospedado, quando ela soube que ele partiria com destino ao castelo de Drácula. Ele sabe que isso o deixou menos vulnerável.

Os anos vão passando e as lembranças continuam fortes em nossa memória. São apenas devaneios de minha mente; eu que era tão cético e hoje me pergunto em que realmente devemos acreditar. Todos ficamos marcados pelos acontecimentos, mas tento não encarar isso de uma forma tão penosa.

Qual a real diferença do que passamos para as pessoas que sofreram os horrores de uma guerra? Ou para aqueles cuja família sofre com alguma doença grave? Ou até mesmo alguns de meus pacientes que vivem em um eterno inferno?

Talvez a questão esteja inserida por ser algo que não é natural. Por ser um mal que vem das trevas, com uma origem que foge à compreensão humana, algo realmente diabólico.

Se já não bastasse todo o mal que o ser humano é capaz de infringir a seus semelhantes, agora passo a acreditar que existem também seres do além que confabulam em nosso desfavor.

Mas a Terra gira em harmonia; só existe o mal para que possamos saber o que é o bem, e a escuridão é apenas falta de luz. Águas passadas. Espero que no futuro eu tenha uma bela vida monótona em família ao lado de minha doce Madeleine, e quem sabe em breve alguns filhos. As coisas parecem tão diferentes para mim agora. Nunca havia percebido quanto eu vivia trancafiado aqui com os internos.

É evidente que tive algumas aventuras com Quincey e Arthur, mas, com o passar dos anos, a vida adulta foi nos afastando, e cada um está mais voltado às suas responsabilidades.

Talvez, em virtude de meu ofício, é claro, noto que fiquei muito limitado. Será que é por isso que alguns médicos que cuidam das doenças do cérebro acabam dando a impressão de que também são um pouco loucos?

Graças a Deus hoje vejo isso de modo diferente e distante.

Parece um devaneio juvenil, fico até mesmo encabulado de pensar sobre isso, mas nos últimos meses descobri que existe nascer e pôr do sol. Descobri que os pássaros cantam lindas canções, as nuvens fazem desenhos em um dia ensolarado, as ondas chamam atenção para a vida marinha quando batem contra as rochas e, vez ou outra, os deuses nos brindam com um arco-íris, que até pouco tempo atrás era apenas um fenômeno óptico.

Que tolice. Eu já havia cortejado outras damas e tido alguns namoricos, não sou nenhum inexperiente nos meandros do amor, mas tudo é tão diferente.

É por esses sentimentos que eu vacilo em contar a ela sobre o que aconteceu, como se fosse um pai querendo proteger seus filhos dos males do mundo. Que tolice a minha.

Porém, pensando sobre o passado, creio que a criatura que enfrentamos foi única.

Quando me encontrar com meu antigo mestre Van Helsing, caso já tenha retornado da viagem que planeja, rezo para que ele diga que em suas pesquisas descobriu que tais seres não existem mais na face da Terra, ou pelo menos na Europa. Caso contrário, terei de tomar medidas para defender minha futura família.

Céus! Se não bastassem os problemas cotidianos que a vida nos traz.

Crepúsculo

Primeiro de janeiro de 1900, a noite é gélida, os lobos estão alvoroçados, morcegos voam incansavelmente sobre o castelo.

Animais possuem uma percepção muito mais aguçada que os seres humanos. Muitas vezes conseguem ver espíritos, e os seres malignos são percebidos mais facilmente.

Nessas terras, Drácula exerce uma influência muito grande sobre os animais com hábitos noturnos, principalmente os lobos, morcegos, corujas e raposas.

Igor está atento, ele sabe que está próxima a noite em que seu mestre acordará. É meia-noite, e uma leve névoa começa a cobrir o salão principal do castelo.

Por entre as sombras, Drácula surge de forma tão harmoniosa que parece fazer parte dela. Sua imagem já aparenta a de um homem bem mais jovem do que quando entrou em estado de hibernação, mas demonstra estar um pouco fraco e cansado, certamente em virtude do que passou e da inanição. Já havia sido atacado e ferido outras vezes, mas nunca com tamanha gravidade.

– Mestre, o senhor acordou – diz Igor.

– Fez o que lhe ordenei?

– Sim. Enviei a mensagem aos bispos e à bruxa, daqui a três noites eles já estarão aqui. Quanto aos ciganos que o senhor pediu, já poderão se apresentar amanhã à noite.

– Amanhã então falarei com eles. Espero que tenha escolhido bem dessa vez.

– Sim, mestre. Foram bem selecionados.

— Que seja, para o seu bem e o deles. Agora sairei, preciso me alimentar.

— Vou preparar a carruagem, mestre.

— Não. Irei sozinho.

O corcunda apenas acenou com a cabeça e se retirou. O passar desse período não atenuou a ira do vampiro pelo acontecido e o atraso em seus planos.

Drácula sai pela entrada principal do castelo, e a névoa fica mais intensa. O Conde vai em direção ao único caminho que dá passagem para o bosque, pois a antiga construção beira um precipício. No meio da escuridão, onde Drácula desaparece entre a névoa, surge um enorme morcego, que voa em direção ao vilarejo.

Morcegos nunca foram sinal de bom presságio, muito menos na Europa Oriental.

Apesar de o povo da região gozar de relativo sossego nos últimos anos, ainda mantinha algumas precauções a fim de se proteger, mas sempre haveria os incautos.

O ágil voar daquele enorme mamífero sobre vilas e aldeias, oculto na escuridão da noite, eram verdadeiras asas da morte. O cenário daquela região parecia não ser alterado há séculos. Quase tudo representava ainda estar na Idade Média, exceto por alguns utensílios e poucas armas de fogo.

Antes de o nascer do sol, o vampiro retorna a seu covil, com sua sede saciada; agora ele está mais forte.

Durante o dia, no vilarejo, sentem a falta de mais uma jovem. Eles agora sabem que a relativa paz que tiveram no último ano acabou, e tudo voltará a como tem sido nos últimos séculos.

A Lua desponta no céu mais uma vez, e as criaturas da noite estão mais tranquilas e vão retornando à sua rotina; pressentem que seu mestre voltou de uma vez por todas.

Nos portões do castelo, cinco ciganos estão aguardando para ser recebidos. Eles são homens fortes, acostumados com a vida dura, prontos a servir uma das personalidades mais cruéis da história. Mas foi sob sua sombra que foram acolhidos, pois a perseguição é constante na história desse povo. Suas vestes são simples, ao mesmo tempo que ostentam certa vaidade expressada nas cores, adornos como pulseiras, brincos ou dentes de ouro. Alguns estão com chapéus, outros com lenços na cabeça, e todos portam uma faca na cintura. Nenhum se atreve a portar qualquer objeto religioso, apesar de manterem suas crenças.

De longe, uma figura sinistra aos poucos se aproxima. É apenas uma velha apoiada em um cajado, trazendo uma trouxa de roupas na outra mão. Um grande gato negro a acompanha.

Apesar da aparência frágil da anciã, os ciganos gelam quando ela se aproxima e a reverenciam com respeito. Ela apenas observa com um olhar lateral.

Um dos homens, ao se assustar com a mulher idosa, por impulso quase faz o sinal da cruz, mas o interrompe antes. Qualquer tipo de manifestação desse tipo seria duramente castigada, por sorte passou despercebido.

Os espessos portões do castelo são abertos, e é Igor quem os recebe.

– Entrem. Serão recebidos no salão principal, comportem-se de maneira adequada.

Com uma mistura de curiosidade e medo, os ciganos admiram a estrutura do velho castelo. Levantam a cabeça e a giram a fim de observar tudo ao redor. O salão está empoeirado e com teias de aranha nos cantos, mas a mobília e a tapeçaria são impressionantes para qualquer um, ainda mais para esses homens rudes.

O estilo gótico está presente tanto fora como dentro da construção. As mobílias são de madeira de lei. As paredes possuem fortes tijolos de pedra, mas a forma como foram polidos não os deixa de maneira grosseira. A tapeçaria é persa, incrivelmente trabalhada; deve ter demorado anos para ficar pronta. Suas figuras provavelmente se referem às batalhas travadas pelos nobres da região. Nas extremidades do primeiro degrau da grande escadaria de carvalho, há duas armaduras medievais que perderam o brilho, necessitando apenas de uma boa polida.

O escudo da família *Dracul* está em destaque em uma das paredes, tendo como figura central um belo dragão vermelho.

Em uma bela poltrona forrada com veludo vermelho, tendo ao final dos braços de madeira esculpido cabeças de leões, a velha bruxa está confortavelmente sentada. O gato se acomoda em seu colo e ela o acaricia com seus dedos magros e compridos, assim com suas unhas maltratadas.

Os ciganos não se aventuram a sentar. Costumeiramente alguns eram chamados ao castelo para prestar algum tipo de serviço de manutenção, mas raramente adentravam ao salão principal.

De repente, do alto da escadaria que desce ao fundo do salão, surge o imponente Conde. Sua aparência já está totalmente recuperada, ao custo do sangue de suas vítimas. Possui uma postura impressionante para qualquer um. Alto, magro, um nariz aquilino, pele de um branco espectral, lábios vermelhos que ressaltam a brancura de seus dentes, cabelos negros penteados para trás fazendo um recorte em V em sua fronte. Aspecto seguro e impenetrável. Sua simples figura inabalável desestimularia alguém a atacá-lo por traição, temendo ser descoberto antes do feito.

– Sejam bem-vindos – disse o Conde.

Seu falar é calmo, mas em tom imperativo, e a voz grave como um trovão. Seu olhar é tão hipnótico que parece ter o poder de controlar qualquer ser humano que não possua uma mente forte.

Sem saber ao certo como se comportar, os homens evitam fitá-lo diretamente aos olhos. Exceto a velha, que sorri cordialmente ao vê-lo.

Os que estavam de chapéu já o haviam retirado antes de entrar e agora o seguravam à frente do corpo com as duas mãos.

– Estão aqui para ouvir minha proposta. Servirão a mim com lealdade, a tudo o que lhe for ordenado. A entrada neste castelo é restrita, então serão encarregados de tudo, desde a manutenção e limpeza até a defesa armada. Darão sua vida se necessário. As ordens que não forem cumpridas serão motivos para severas punições. E qualquer deslealdade será punida com a morte, não só as suas, mas também de todos os seus entes queridos. Em troca ficarão alojados aqui no castelo, serão bem alimentados e protegidos. Nada faltará a seus familiares e eles contarão com minha proteção. A cada 15 dias vocês poderão ficar um ou dois dias com suas famílias ou onde quiserem. Aceitam?

– Sim, mestre! – responderam simultaneamente, pois antes de ouvirem a proposta pelo próprio Conde já estavam propensos a aceitá-la.

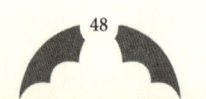

– Então, podem ir. Aproveitem o resto da noite e pela manhã retornem e começarão o serviço. Igor orientará vocês, irá providenciar roupas novas; todos devem estar devidamente apresentáveis. Este castelo, após séculos se tornará novamente digno de um monarca. Está sendo providenciada uma pequena reserva de armas, com rifles e pistolas modernas, porém será utilizada perante ordem ou emergência. Agora vão.

Os ciganos fizeram reverência e partiram. Apesar dos termos austeros do Conde, a proposta era muito vantajosa para eles, pois não levavam uma vida fácil; moravam em cabanas e com muito custo conseguiam sustentar suas famílias. Comer carne era raro, sempre foram malvistos pelo povo e perseguidos pelo poder estatal.

E o mais importante era saber que suas esposas e filhos não serviriam de alimento a nenhum vampiro.

A bruxa aguardava sentada as ordens de Drácula.

– E você, velha, chegou um dia mais cedo. Aproxime-se – ordenou Drácula.

A velha bruxa se levanta, e o gato sai de seu colo com um salto. Ela se aproxima.

– Ficou surpresa com meu chamado?

Ela lhe responde com um sorriso nos finos lábios:

– Não, mestre. Nosso encontro está apenas atrasado, mas eu sabia que o senhor não seria destruído.

– Como já bem sabe, meus planos tiveram alguns imprevistos que foram o motivo para esse atraso de mais de um ano. Não iniciarei mais minhas conquistas partindo de Londres, mas, sim, desta terra, onde lutei e a qual protegi. Cometi um erro me ausentando.

– Então, a partir de quando devo acompanhá-lo? – pergunta a bruxa.

– A partir de agora. Ficará alojada no castelo, prepare tudo o que irá precisar, invoque seus demônios, embriague-se em seus ritos, satisfaça seus desejos satânicos, mas na hora em que eu a chamar esteja pronta.

– Sim, estarei pronta para servi-lo quando o momento chegar.

– Seus apetrechos já estão em suas acomodações, se precisar de algo mais Igor providenciará.

A velha sorriu mostrando os dentes apodrecidos, pegou seu cajado, a trouxa de roupas e seguiu o lacaio do Conde até seus aposentos.

Drácula retirou-se para sua biblioteca a fim de revisar seus planos.

Estava tão empoeirada quanto o restante do castelo; teias de aranha eram notadas no alto das paredes, mas os livros, mapas e documentos apresentavam-se em bom estado de conservação.

As estantes iam do chão ao teto e continham várias obras. Os clássicos da Antiguidade, poemas, literatura e até pergaminhos egípcios. Mas também havia obras recentes. Estudos científicos, biologia, política, estudos sobre sistemas de governo e também muito sobre as novidades do desenvolvimento das indústrias no mundo.

Alguns jornais das grandes capitais da Europa também eram carregados de informações. Eles chegavam às mãos do Conde com dias de atraso, mas mesmo assim o deixavam atualizado sobre o que ocorria do mundo.

Seus planos dependiam de um grande conhecimento geral no que acontecia no continente, bem diferente de anos atrás, pelas décadas que passou recluso em seu castelo e nas fronteiras de sua terra natal.

Já há algum tempo antes de ser impedido por Harker, Van Helsing e seus amigos, estava voltando a ficar reiterado sobre os acontecimentos do mundo. Possuía um inglês quase tão bom quanto sua língua pátria.

Estava preparado para voltar a ser o estadista do passado. Entre todas as obras políticas, sua preferida ainda era *O Príncipe*, de Maquiavel.*

Ao centro da biblioteca ficava uma grande mesa de carvalho com gravuras talhadas por habilidosas mãos, com diversos materiais para escrita colocados em cima. Em uma das paredes ele havia pregado um mapa da Europa; marcava com alfinetes alguns países do Leste Europeu e com uma adaga a Turquia. Não esquecera todo o sofrimento que esse país causou a ele, quando era um homem, e também ao seu amado país.

Passou todo o restante da noite entretido em seus planos.

---

* N.E.: Obra publicada pela Madras Editora.

Ashra, a Bruxa Cigana

Próximo ao calabouço do castelo ficavam as instalações de Ashra, cujas paredes e o piso de pedra exalavam o odor característico de umidade. Havia apenas uma pequena janela.

Drácula já havia providenciado grande parte dos artefatos que previra que ela utilizaria. As poucas coisas que faltavam, Igor estava adquirindo.

No chão, ao centro, estava desenhado um ideograma, estrela com cinco pontas, e uma vela negra acesa em cada uma das pontas. Nas paredes havia prateleiras com diversos ingredientes utilizados em magia negra; o que mais chamava a atenção eram alguns fetos humanos dentro de vidros em solução etílica. Em cima de uma mesa, em uma caixa de vidro, uma serpente se alimentava de um rato vivo; em outras pequenas caixas havia escorpiões, outros ratos e salamandras em um cercado de vidro. Fragmentos de ossos humanos ficavam em uma mesa. Apesar de não ser a especialidade dela, são usados para adivinhações e previsões.[1]

Uma almofada em um canto servia para o aconchego de seu enorme gato preto. Uma gaiola aprisionava dois corvos negros que gralhavam como se reclamassem de seu cárcere. Havia também outra gaiola coberta com um pano para proteger da luz um morcego que ali repousava.

A imagem dela é típica de relatos da Santa Inquisição sobre bruxas da Idade Média. Um manto surrado cobre seu corpo, cabelos compridos e esbranquiçados, unhas longas e dentes apodrecidos que se alinham

---

1. As previsões com ossos surgiram na Mesopotâmia e foram aperfeiçoadas na Grécia e no Egito por volta de 1400 a.C, dando origem à Astragalomancia.

junto a alguns dentes de ouro. O rosto enrugado, queixo fino e um nariz apontando para baixo.

Apesar da aparência, ela nunca passou necessidades financeiras, pois sempre foi bem remunerada por seus serviços.

Parece que o único vestígio de vaidade que possui está no culto ao ouro que carrega em suas pulseiras, anéis, brincos e gargantilha.

Além das velas no ideograma, o ambiente era iluminado por algumas tochas, que ela prefere em vez das lamparinas a óleo.

Apesar de sua aparência, em alguns momentos ela apresentava força maior do que a de uma jovem. Se resolvesse imobilizar alguém, até mesmo um homem saudável teria dificuldade em se desvencilhar. Parece que a força física sempre acompanha o mal.

Sua idade era uma incógnita, mas diziam que ela já havia vivido mais de cem anos, graças aos sacrifícios oferecidos aos senhores do inferno.

Diziam também que a razão de sua longevidade era fruto da venda de sua alma ao próprio Lúcifer.

Mas a grande verdade é que pouco se sabia a respeito da bruxa, e por algum motivo Drácula confiava nela; decerto, não era a primeira vez que utilizava seus serviços. Ele também nunca compreendeu o que ela fazia com os valores que recebia, mas isso era de pouca importância para o vampiro, bastava que seus serviços tivessem os resultados esperados.

Há alguns anos o Conde financiou uma viagem da velha bruxa cigana ao Haiti, na qual ela aprendeu os segredos do Vodu, mais precisamente sobre o que chamavam de zumbis.[2] Quando voltou, mesclou seu recente aprendizado com seus antigos conhecimentos sobre magia negra. Dessa forma, ela aprimorou a transformação dos mortos em zumbis em uma escala jamais imaginada por aqueles que transmitiram esses conhecimentos. Era a união da magia de dois continentes. O haitiano, com a energia caribenha mais a raiz africana, acrescido aos poderes do Velho Continente.

---

2. A pesquisadora Zora Neali Hurston afirmou em 1937 ter encontrado no Haiti uma mulher vítima de zumbificação; ela havia falecido em 1907. O pesquisador etnobotânico Wade Davis viajou ao Haiti para estudos, escreveu dois livros sobre o assunto e trouxe à baila um caso famoso, de Clairvius Narcisse.

Os grandes sacerdotes haitianos mantinham zumbis como seus escravos, e agora ela possuía esse poder ampliado.

Seu conhecimento sobre magia era vasto. Já havia nascido com esse dom, além de pertencer a uma linhagem de bruxos e feiticeiros adeptos da magia negra. Muitos de seus ancestrais arderam nas fogueiras acesas pela Santa Inquisição nos últimos séculos.

Analisando friamente, era difícil imaginar qual a vantagem de trilhar esse caminho, se tanto ela como outras bruxas conhecidas não ostentavam riquezas e aparentavam ser andarilhas.

Não eram agraciadas com beleza e nenhum homem disputava seu amor, apesar de venderem poções que diziam ter o poder de aprisionar o coração de um homem.

Há coisas que nossos olhos não podem enxergar.

Na verdade, muitas das mulheres vistas como bruxas eram apenas pobres aldeãs, que até se valiam dessa falsa fama para se protegerem da maldade humana.

Outras eram simples curandeiras que utilizavam o poder das ervas em diversas ocasiões, em razão do conhecimento repassado através das gerações.

E como faz parte do ser humano, também havia quem se utilizava da fama de bruxo ou feiticeiro para enganar os crédulos aplicando pequenos golpes de cidade em cidade. De qualquer forma, era sempre um risco ostentar o título de bruxo, exceto para quem realmente o fosse.

Ashra pouco se importava com isso. Seus poderes eram verdadeiros e seu conhecimento, amplo. Não contente apenas com seu dom natural e o que lhe foi passado por sua família, aprendeu com outros bruxos, magos e feiticeiros. Chegou a viajar ao Egito, Grécia e, por último, ao Haiti.

Sempre foi bem paga por seus serviços, da mesma forma que pagava caro em troca de novos ensinamentos, tornando-se cada vez mais poderosa.

Ela também possuía seus objetivos secretos, que com certeza não eram o de permanecer velha, feia e aparentemente pobre.

Reunião

— Sentem-se e sirvam-se – disse Drácula a seus hóspedes, os bispos da Igreja Negra.

Sua hospitalidade não abandonava o tom imperativo de sua voz. Apontava para a mesa com diversos tipos de queijos, presunto, pães, grandes azeitonas, amêndoas, damasco, tâmaras e vinho. O prato principal era faisão assado com batatas.

O castelo estava limpo, sem teias de aranha e mais bem iluminado. A luminosidade incomodava um pouco o Conde, mas a ocasião tornava-a necessária.

Aqueles ciganos contratados haviam trabalhado bem e já estavam revezando a guarda do castelo, cuidando das carruagens, dos cavalos e de todos os afazeres típicos de uma grande morada.

Os bispos eram homens de diversas partes da Europa, todos com mais de 45 anos de idade, com posturas elegantes e finos modos. Suas relações eram fortes, tanto com a nobreza como com a classe burguesa.

Suas vestes os diferenciavam pela elegância e bom gosto, sempre confeccionadas com os mais finos tecidos e medidas exatas. Joias personalizadas ornavam seus corpos em forma de anéis e abotoaduras. Alguns possuíam bengalas com pedras preciosas incrustadas em sua empunhadura.

Ao que parecia, em breve, grande fatia do poder mundial estaria em mãos de uma nova classe burguesa, a dos industriais. Banqueiros, investidores em estaleiros, aço e estradas de ferro estavam surgindo como gigantes na economia. O futuro apontava também para o petróleo e a eletricidade.

Os homens que estavam à frente desses negócios seriam os donos do planeta, ou ao menos possuiriam poder, influência e dinheiro para sê-lo. Alguns deles já possuíam fortunas que possibilitavam a compra de pequenos países.

Esses fatores da modernidade não passavam despercebidos a esse seleto grupo que sentava à mesa do Conde. Estavam infiltrados nesse meio também. E acreditavam que, para mover esse poder político e financeiro em busca de unidade, dentre tantos valores e interesses divergentes, utilizariam sua fé, sendo ela o caminho para um objetivo maior do que o poder pelo poder. Para eles, estava determinado. Implantariam uma nova ordem mundial destruindo a Cristandade e quaisquer outras crenças que não adorassem apenas os senhores do inferno. Com o passar das décadas e dos séculos, o mundo compreenderia que o Cristianismo e a Bíblia eram engodos que impediam o livre desenvolvimento do homem, colocando vendas em seus olhos e algemas em seus braços, proibindo que ele usufruísse de toda a sua liberdade, sendo completo senhor de si, fazendo aquilo que sua natureza determinasse e que sua posição social permitisse.

Esse novo homem não teria relação com a moral cristã nem com outra de qualquer religião que seja, pois elas seriam eliminadas. Não haveria o temor de ir para o inferno caso não seguisse a moral pregada. Bastaria apenas permitir que sua alma fosse tomada após o fim de sua vida.

Senhores influentes que eram, unidos pelo satanismo e a propagação da Igreja Negra, viam Drácula como a encarnação do mal sobre a Terra, mesmo o próprio Conde não sendo crédulo, pois após renunciar ao Cristianismo passaria a abominar qualquer tipo de religião, seja os cultuadores de Cristo ou os cultuadores de Satã.

Para Drácula só importava alcançar seus objetivos no plano terreno e não se curvaria a ninguém, nem a Deus nem ao Diabo. Esses satanistas eram apenas uma ferramenta útil para suas conquistas. Se depois suas crenças se transformassem em um tormento para o Conde, ele daria fim a eles. Conhecedor da história do mundo, sob a qual durante alguns séculos foi testemunha presente, sabia que forte era aquele que não se prendia a dogmas, mas utilizava os fervorosos a seu favor.

Caso fosse estritamente necessário, talvez se unisse até mesmo à Igreja Católica a fim de obter seus intentos.

Um dos bispos ergue uma taça cheia de vinho e propõe um brinde. Seu nome era Filip Lugosi.

– Que Lúcifer despeje seu poder nessa taça, e que seus servos cumpram sua vontade.

Suas palavras geraram um desconforto, pois os mais antigos sabiam o posicionamento apático de Drácula no tocante a religião. Antes de erguerem as taças, o Conde os repreendeu.

– Vocês são bem-vindos em minha morada, mas o poder aqui sou eu. O bispo deve ser o mais jovem dentre vocês e deve estar encantado com seu posicionamento nesse momento histórico. Compreendo seu entusiasmo, mas neste castelo não se glorifica nem ao Anjo Caído nem ao Filho do Homem.

Rapidamente Oscar Karloff, o líder dos bispos, ergue sua taça e fala em alto brado:

– Ao Conde Drácula, senhor da Valáquia e futuro senhor da Europa.

Todos brindam e ele prossegue:

– Como bem disse nosso mestre e anfitrião, o momento é histórico. Finalmente chegou a hora em que agiremos de forma mais incisiva e avançaremos em nossas conquistas. Em breve, a nova ordem irá imperar nesse antigo continente que segue de exemplo ao restante o mundo, então será questão de tempo para a conquista total, e séculos nada significam para nosso mestre. Assim, livraremos os homens dos grilhões colocados por Deus, que oprimem sua criação aos seus desejos, desde o momento em que expulsou Adão e Eva do paraíso. O homem será livre. O desejo carnal jamais será considerado pecado, e seus desejos mais íntimos não serão reprimidos. Bastará apenas prestar obediência ao mestre e entregar sua alma assim como fizemos.

– Pois bem – prosseguiu o Conde, a fim de que o assunto retornasse à estratégia planejada. – Apesar dos contratempos que atrasaram meus planos, o momento crucial se aproxima. Acredito que nesse último ano os senhores já encaixaram todas as peças que faltavam.

– Sim, meu senhor – disse Karloff. – Os principais membros de nossa santa Igreja Negra estão infiltrados nos pontos estratégicos que havíamos combinado. Todos aguardam suas ordens, incluindo alguns profetas, por nós doutrinados, que fazem uma propaganda junto às massas, para evitarmos uma revolta popular que nos atrasaria. Trouxemos uma lista, como o senhor pediu, com alguns nomes de jovens filhos de pessoas muito influentes, mas além de nosso alcance. Tivemos problemas na França, onde nosso processo de infiltração foi dificultado em razão do crescimento de uma seita, que surgiu há cerca de 50 anos, que conta com ajuda dos que chamam de paranormais que conseguem detectar nossas intenções. Chamou nossa atenção essa nova seita, pois está se ampliando rapidamente entre as classes de maior poder e mais instruídas. Eles conseguem orientação de espíritos, que às vezes se comunicam de uma forma curiosa. Um dos membros da seita fica em estado de transe e escreve mensagens de espíritos; eles chamam de psicografia, e essas mensagens estão alertando quanto à nossa presença. Essa seita se espalha e já migrou para o continente americano. Na Igreja Católica Romana só conseguimos ter sucesso perante o baixo clero, ainda não conseguimos nos aproximar da cúpula do Vaticano. A mesma resistência encontramos com os ortodoxos, mas estamos trabalhando nisso. Reforço novamente que nossa influência perante a nobreza, a burguesia, os círculos militares e até algumas das castas mais baixas segue como o planejado. O mundo ocidental cresce espantosamente, e a próxima classe dominante será a burguesia industrial; e seus principais representantes, sem saber, já estão em nossas mãos. A campanha nacionalista entre todo o povo eslavo já foi iniciada, e a imagem do príncipe Vlad Tepes como herói nacional já fincou raízes.

– Excelente. No caso da seita dos espíritos da qual falou há uma solução fácil. Insira charlatões em seu meio para desacreditá-la. Que eles cobrem e mostrem-se interessados em lucrar com isso, depois desmascare alguns publicamente – aponta Drácula como solução e prossegue:

– Os senhores têm acompanhado o sr. Lon Talbot e o dr. Henry Jekyll?

– Sim. Lon Talbot está sendo silenciosamente acompanhado, e o dr. Jekyll utiliza o nome de Thomas e se recupera bem de seu problema de personalidade. Sentimos que ele era mais acessível e fizemos alguns contatos. Quanto ao sr. Talbot, acredito que deverá ser trazido à força.

– Continuem o acompanhamento, que iniciarei as tratativas com as nações vizinhas. Primeiramente com aquelas que não oferecerão resistência. Quando for iniciada a próxima fase, será necessária uma persuasão mais efetiva, então necessitarei da presença deles aqui para fortalecer nossos meios coercitivos. No momento oportuno façam a proposta ao dr. Jekyll e acompanhem-no até o castelo; se ele não demonstrar interesse, ameacem entregá-lo às autoridades.

– Acreditamos que não teremos problemas em convencer o dr. Jekyll. No caso do sr. Talbot, de acordo com o que estudamos sobre sua personalidade, será necessária uma abordagem um pouco mais traumática. Já contávamos com isso, então seremos rápidos e discretos. Aproveitando a oportunidade, Vossa Excelência não acha conveniente acolhermos a condessa Elizabeth Bathory como nossa aliada?

– Não. Nesse momento sua ambição só traria problemas. Deixe-a onde está, enclausurada no castelo de Čachtice.

A condessa Elizabeth Bathory, pertencente à nobreza húngara, foi presa por seus crimes bárbaros em 1610. Como gozava do privilégio de ser nobre, não fez questão de ocultar esses crimes, sendo eles tolerados até o momento em que passou a atacar não só empregados e camponeses, mas até mesmo outros nobres.

Drácula sempre foi cruel, mas suas crueldades sempre tiveram um objetivo; a Condessa, por sua vez, praticava a tortura por simples diversão.

Era vaidosa e uma das maiores beldades de toda a Europa. Seus cabelos eram negros e sua pele branca como leite; seus olhos cor de âmbar pareciam os de um gato. Essa beleza chamou a atenção de Drácula, que havia se transformado em um vampiro havia mais de um século na época. Ele a seduziu por volta de 1588 e a transformou em uma vampira.

Drácula logo perdeu o interesse e a abandonou; ela era casada com o conde Férenc Nàdasdy, que mal ficava em sua residência em função das campanhas militares que ocupavam seu tempo; ele nem chegou a notar alguma diferença em Elizabeth. Férenc morreu em 1604.

Em menos de dez anos, mais de 600 moças desapareceram, vítimas da Condessa; esse número quase se equipara ao de Drácula e suas noivas, ou ao menos ele tinha o cuidado de ocultar a maioria de seus crimes buscando suas vítimas em outros vilarejos ou entre viajantes perdidos.

A Condessa possuía uma grande fortuna, chegando a emprestar dinheiro ao rei Matias. Esse foi um dos motivos para sua condenação; além de eliminar um problema de ordem criminal, o rei confiscou seus bens, não precisando pagar sua dívida.

Apesar do teor de seus crimes e de como a admiravam por deter uma aparência tão jovial aos 50 anos de idade, poucos cogitaram sobre ela ser uma vampira, tendo-a apenas como uma sádica assassina.

Sua feiticeira, Doroteia Szentes, foi condenada a ter todos os dedos arrancados com tenazes incandescentes, e depois foi queimada viva em uma fogueira. Seu anão, Ficzko, foi decapitado e depois teve seu corpo queimado.

Elizabeth foi condenada a ser emparedada em um pequeno cômodo do castelo, onde provavelmente ainda permanece, pois o corpo que foi enterrado em 1614 na verdade não é o dela.

Até hoje não houve interesse em retirá-la de seu confinamento, onde ela hiberna por conta de sua inanição por tão longo período.

Os poucos que sabiam que ela era uma vampira foram executados na mesma época. Drácula sabia de todo o ocorrido, mas não demonstrou interesse pelo assunto.

Somente há alguns anos, um seleto grupo de estudiosos pertencentes à Igreja Negra chegou à conclusão de que ela era uma vampira e localizaram o cômodo secreto onde está.

Mas, como declarou o Conde, ela não faz parte de seus planos.

– E quanto ao russo Rasputin? – perguntou Drácula.

– Ele em breve estará a caminho de São Petersburgo. Disse que tem de agir ao tempo certo, não pode se interpor ao destino para o contato com o czar Nicolau II e a czarina Alexandra, mas garante que, quando o momento chegar, os czares estarão sob sua completa influência. Temos acompanhado seus feitos e seus poderes aumentaram consideravelmente.

– Cavalheiros, mantenham-se atentos aos nossos inimigos e continuem com o planejado. Podem ficar à vontade, seus aposentos estão prontos para quando desejarem se recolher, mas devo retirar-me, pois tenho outros afazeres.

Todos na mesa sabiam que os afazeres aos quais o Conde se referia eram sua busca noturna por sangue, mas, antes de ele se retirar, o bispo Karloff lhe dirige a palavra:

– Excelência, estamos cientes dos motivos que atrasaram nossos planos e também das infelizes consequências que geraram por conta da intromissão de alguns ingleses. Então tomamos a liberdade de trazer ao senhor três belos presentes, estando elas ansiosas para servi-lo da forma que desejar.

– Está bem – disse o Conde com um discreto sorriso nos lábios. – Imagino qual presente me trouxeram. Podem deixá-los no aposento real, que irei em seguida.

– Como quiser, meu senhor.

Dito isso, todos se levantam em sinal de respeito ao Conde, que se retira. Um dos bispos sai do recinto e vai buscar os misteriosos presentes do Conde.

Eram três lindas jovens, muito bem vestidas, mas de forma insinuante. Decotes deixavam à mostra os belos seios que possuíam. A costura era feita de maneira a valorizar suas belas formas físicas.

Todas devotas da Igreja Negra e realmente ansiosas para tornarem-se vampiras, sabendo que corriam o risco de servirem apenas para saciar a sede de Drácula, caso ele não estivesse interessado em mantê-las como imortais.

Já nos aposentos, elas aguardavam Drácula com uma sensação de medo e euforia pelo que estava prestes a acontecer.

O aposento era digno de um rei, muito amplo, com uma enorme cama com almofadas turcas de penas de ganso sobre o colchão, móveis entalhados por habilidosas mãos artesãs, tapeçaria persa ricamente detalhada e dois confortáveis divãs. Como em todos os ambientes do castelo, espelhos eram proibidos.

Drácula não costumava repousar ali, tanto que seu caixão não estava por perto.

Algumas qualidades são latentes em todos os vampiros, como a tendência para a crueldade e lascívia. Tinham um desejo carnal muito forte, que se misturava à sua sede por sangue. Essas jovens já aparentavam ser adeptas à luxúria mesmo sem terem sido transformadas.

Uma delas possuía cabelos negros, olhos verdes e chamava-se Tânia; Valeska era ruiva com olhos cor de mel; a última era loura, com os olhos azuis e atendia por Verônica. Todas se deliciam com o vinho licoroso que estava à disposição.

O efeito do vinho ia aumentando a volúpia das três, que também se serviam das grandes uvas vermelhas que lhes foram oferecidas. Logo já estavam passando as uvas uma por uma de boca em boca.

A maçaneta da porta gira lentamente e todas ficam atentas. A porta se abre como por vontade própria, então o Conde entra. Estava vestido com um longo robe vermelho de seda ornado com fios dourados cuja cauda se arrasta pelo chão. Apesar da aparência sedutora de Drácula, todas sentem um calafrio.

– Não temam, belas donzelas – diz o vampiro. – Todas serão bem tratadas nos longos anos que terão pela frente, se forem esses os seus desejos.

– Sim, meu senhor. Estamos aqui para servi-lo. – Tânia se adianta.

– Pois saibam então que servirão apenas a mim, e daqui a três dias somente eu serei seu mestre, e qualquer influência que sua igreja satânica mantinha sobre vocês desaparecerá.

Os bispos tinham a vã esperança de manter um pouco de controle sobre o Conde por meio delas, que já haviam feito votos de lealdade com eles. Porém, quando o vampiro as transformasse, elas somente seriam influenciadas por ele.

Dito isso, ele abre seu robe e elas se atiram em seus braços, e todos ali iniciam o que serão três dias de sangue e luxúria em uma orgia demoníaca.

A Odisseia de Van Helsing

A proposta que me ofertaram não poderia ser melhor. Um trabalho de pesquisa de campo sobre determinados assuntos referentes à Idade Média, com relatos históricos e até entrevistas com cidadãos contemporâneos.

Assuntos esses presentes até os dias de hoje. O estudo não é apenas pautado em História e Antropologia, mas atinge também a Biologia, Farmacologia e Medicina relacionada às doenças do sangue.

Além de responder aos meus anseios pessoais, também irá financiar meus custos e até gerar lucro. Devo enviar relatórios, que serão desenvolvidos pelos mestres em suas aulas, documentar tudo o que for possível e, no final, editar uma coleção de livros técnicos a respeito dos assuntos abordados. Com isso, irei me aprofundar em uma pesquisa definitiva sobre vampiros.

O livro mais antigo que encontrei que relata o vampiro de forma mais séria e crível foi *Magia Posthuma*,[3] e eu pretendo fazer algo bem mais abrangente.

Apesar de não estar diretamente ligada à ideia inicial da Universidade de Munique, comuniquei a importância de visitar alguns países que não estavam previstos e fui autorizado.

Modéstia à parte, a Universidade obtém uma vantagem ao contar comigo em seu corpo docente. E como o tema de minha pesquisa é um tanto curioso, os jornais costumeiramente lançarão notas de minhas descobertas; claro, terei o maior cuidado com o que divulgarei.

---

3. Livro escrito por Karl Ferdinand Von Schertz em 1704, no qual relata casos de vampirismo.

Mantendo a credibilidade e a confiança, a Universidade de Munique ganha muito na área do conhecimento e com a propaganda cedida pelos maiores jornais do mundo, em troca de notícias pautadas em descobertas científicas ou arqueológicas.

ROMA – FINAL DE NOVEMBRO DE 1902

Partimos para a Itália, mais precisamente Roma. A cidade mantém muito da influência grega.

O Império Romano levava destruição aos povos conquistados, mas logo depois trazia desenvolvimento com a construção de estradas, aquedutos e, dependendo da importância, até mesmo sistemas de esgoto.

Costumavam manter os líderes e sacerdotes como estratégia para evitar revoltas, assim tinham menos resistências internas e esses acabavam por aprender sobre a administração romana mais eficiente. Dominavam territórios e conquistavam mentes.

A história de Roma é longa e bem documentada. Foi palco central do maior império do mundo, não em sentido de extensão, mas se levarmos em conta todo um conjunto de fatores.

É fascinante observar os locais históricos tão presentes por toda parte. O Coliseu[4] impressiona por sua imponência e arquitetura. Palco de tanta morte e dor, admirado local de encontro de uma multidão sedenta por sangue.

Os imperadores e senadores sempre souberam utilizar o gosto pela violência e luxúria de seu povo a seu favor. A velha e ainda usual política do Pão e Circo.[5]

Pensando bem, pouco se diferencia de nossas modernas capitais.

Suas conquistas, e todo esse tempo que se mantiveram no poder, foram, em parte, em razão de um exército muito disciplinado, bem treinado e equipado.

---

4. É, na verdade, o Anfiteatro Flaviano, conhecido como *Colisseum* por uma colossal estátua do imperador Nero, situada próximo à construção. Possui a capacidade para 90 mil pessoas. Eram apresentados diversos espetáculos sangrentos, como luta entre gladiadores e animais trazidos da África, execuções e até mesmo chegava a ser inundado para representações de batalhas navais. É considerado uma das sete maravilhas do mundo moderno.

5. *Panis et circences* previa a distribuição de comida e diversão ao povo para desviar a atenção dos problemas e evitar a revolta contra seus governantes. Durante os combates entre os gladiadores no Coliseu, era distribuído pão para a plateia.

Com a queda do Império Romano, as invasões bárbaras e o início da Idade Média, o mundo caiu em trevas.

Foi um período de desordem e estagnação. As artes, ciência, Arquitetura, Engenharia, pararam de se desenvolver da forma como vinham evoluindo.

Obviamente, na época do domínio romano o mundo não era uma maravilha, mas seguia uma certa estabilidade. Com as mudanças, há conflitos de poder e uma confusão geral. Foi um longo período de transição.

Esse é o cenário ideal para as forças do mal prosperarem.

O romano, como todo bom italiano, fala bastante, em tom alto, esbraveja e gesticula. Não foi difícil conhecer pessoas que entendiam sobre o assunto em questão e dispostas a falar, em uma conversa amigável regada a bons vinhos e alguma massa.

Hoje, Roma é uma cidade moderna e, como a maior parte das capitais envoltas na industrialização, começa a encarar as lendas como contos do imaginário popular.

Só mais ao interior, onde nos maravilhamos com as lindas vinícolas, e não podíamos deixar de experimentar os vinhos por ali produzidos, é que ainda encontrávamos quem realmente acreditasse nas lendas sobre vampiros.

Em uma manhã, Alex sentiu pela primeira vez o que era uma ressaca causada pelo vinho, mesmo sendo de ótima qualidade. Daquelas em que não queremos sair da cama e rezamos para que o dia seguinte chegue o mais depressa possível.

No Império Romano, o vampiro era visto como uma bruxa que, em forma de coruja, atacava crianças para sugar seu sangue. Eram chamadas de *Strix*, passando para *Strega*, palavra em italiano para bruxa.

A Strega voava à noite, sugava o sangue de crianças e se envolvia sexualmente com homens que acabavam mortos e sem sangue.

Em Veneza, utilizam como técnica para o vampiro não retornar após ser destruído o ato de introduzir uma pedra em sua boca até sua garganta.

O lobisomem, metamorfose de ser humano em lobo, também foi um fenômeno conhecido em Roma e na Itália.

Nota – As vampiras são sempre relatadas com forte apelo sexual, envoltas em luxúria e sedução.

Novamente nos defrontamos com o mito do lobisomem. Surpreendi-me com o interesse de Alex sobre o assunto e vi que ele detém um bom conhecimento acerca desse fenômeno. No mais, nada de novo acrescentamos, pois parece que, quanto mais a cidade se desenvolve, mais difíceis são os relatos sobre vampiros. Talvez o motivo seja o maior número de crimes que ocorrem nessas cidades, o que acaba ocultando os crimes praticados por vampiros.

ALBÂNIA – FEVEREIRO DE 1903

Seguimos para as terras da Albânia, que tem a maior parte de seu território formado por montanhas de difícil acesso, o que colabora para o surgimento de lendas e também serve de refúgio para seres misteriosos que não querem ser vistos.

Após Alexandre, o Grande, ter passado por esse país, a Albânia viveu um curto espaço de tempo independente, foi dominada por Roma, após a divisão do Império Romano, e ficou como serva do Império Bizantino; com a queda desse império, passou a pertencer ao Império Otomano. Com o passar dos séculos sofreu diversas invasões e sucessões de líderes em seus domínios.

Atualmente vive um momento conturbado. Problemas financeiros impedem o sultão otomano de investir em suas Forças Armadas, então ele mantém o controle por meio da repressão dura aos grupos opositores formados por nacionalistas albaneses. Acredito que dentro de poucos anos devem se insurgir em busca de independência, como já fizeram antes.

Como nossos países de origem nada têm a ver com os motivos dessas manifestações, não corremos nenhum perigo nesse sentido nem fomos hostilizados.

Os povos mais antigos e poderosos tiveram contato com esse país, contribuindo para o enriquecimento de sua cultura.

Ao término de um almoço com muitos vegetais e carne de carneiro, bebemos o boza, uma bebida tradicional, feita à base de farinha de milho, farinha de trigo, açúcar e água; partimos então para os vilarejos mais longínquos.

Após esses dias, eu já estava bem afeiçoado a Alex e sua companhia atenuava as duras caminhadas que enfrentávamos, às vezes no frio, chuva e em trilhas sinuosas.

Tivemos a oportunidade de avistar o animal mais enigmático desse país: o lince. Há várias lendas que falam sobre linces e raposas. Dizem que ele consegue enxergar até mesmo através das paredes.

Na Albânia, o vampiro é conhecido como *Kukuthi*, *Kukudhi*, *Lugat*, *Vorkolaka*.

Acredita-se que, se o vampiro não for descoberto por mais de 30 anos, ele adquire a capacidade de andar à luz do sol. Leva, a partir desse tempo, uma vida de um ser humano normal.

Sua destruição se dá com a estaca de madeira fincada em seu coração e seu corpo consumido pelo fogo.

Nota – Novamente, relatos de que alguns vampiros podem andar durante o dia. Após muitas entrevistas e documentos, além de minha experiência pessoal, já estou começando a compreender completamente esse fenômeno.

GRÉCIA – MAIO DE 1903

País incrível. Sempre tive fascínio pela cultura grega. É tão impressionante ver que um povo, em determinada época, havia chegado a um desenvolvimento político e cultural em que até hoje boa parte do mundo ainda engatinha.

Os povos que estão à vanguarda em nosso tempo também deveriam prestar atenção em um fato histórico: todos os grandes impérios da Antiguidade, apesar de suas conquistas territoriais, culturais e outras, hoje pouco representam no cenário do mundo moderno em relação ao poder mundial. É o caso de grandes impérios do passado, como o grego, romano, egípcio, macedônio e asteca.

A Grécia, após ser dominada em razão de seu enfraquecimento por causa dos constantes conflitos entre cidades-estados, nunca mais foi a mesma.

Mas sua cultura foi difundida pelo mundo, em parte graças aos romanos que absorveram muito desse país. Roma conquistou a Grécia, mas sua cultura conquistou os romanos.

Sua geografia é muito montanhosa, com pouco solo para a agricultura, mas isso não foi empecilho para seu desenvolvimento.

É um país maravilhoso. Caminhar por suas principais cidades é como uma viagem ao tempo.

Não dá para deixar de imaginar, ao vislumbrar o Monte Olimpo, os deuses gregos reunidos, servindo-se de néctar e interferindo na vida dos seres humanos.

Com as imagens formadas pela natureza, com seus paredões rochosos junto ao Mediterrâneo, é de se acreditar mesmo ser obra dos deuses.

Lembro-me dos poemas épicos contados por Homero. Os filósofos Sócrates e Platão, o matemático Arquimedes, seres humanos tão à frente de seu tempo, com conceitos tão desenvolvidos que ainda hoje podem ser considerados modernos.

Como sujeitos assim tão evoluídos quanto eles, a exemplo do italiano Leonardo da Vinci e outros, nasceram tão desenvolvidos em diversas áreas do conhecimento?

Fico pensando: será que não é uma forma de Deus trazer à Terra pessoas mais evoluídas para nos ajudar em nosso desenvolvimento?

Isso também me leva a meditar: como homens de cantos opostos do mundo por vezes sabem das mesmas coisas? Como pode um índio selvagem saber que determinada erva serve para a cura de um específico mal? Não poderiam as gerações anteriores ter experimentado todas as ervas existentes até chegarem a essa conclusão.

Será que existe alguma ligação com o mundo espiritual, como acreditam seus xamãs?[6]

Estou divagando e fugindo do assunto que me é pertinente.

Voltando à Grécia, o céu está quase sempre azul, o que enriquece a vista do Mar Mediterrâneo. A culinária é saborosíssima, regada com delicioso azeite e acompanhada de um ótimo vinho, com o qual o deus

---

6. Um tipo de sacerdote, curandeiro, adivinho.

Baco[7] se deliciaria. Belos e frescos frutos do mar estão quase sempre presentes nos pratos servidos.

A Grécia foi uma nascente do saber, e por vezes fica mais fácil acreditar nas informações dos antigos gregos que em relatos da Idade Média.

A primeira parte da pesquisa deu-se nas antigas escrituras sobre mitologia grega, na qual a manifestação vampiresca mais tradicional é a *Lâmia*.

Na mitologia grega existem duas conotações para a Lâmia.

Na primeira era uma rainha da Líbia que se tornou um demônio que devorava crianças.

Filha de Poseidon[8] e amante de Zeus,[9] de quem concebeu muitos filhos, dentre os quais a ninfa Líbia. Hera, esposa de Zeus, corroída pelos ciúmes, matava seus filhos ao nascer e, ao final, transformou Lâmia em um monstro. Sobreviveram Cila e Aquileu, de acordo com algumas versões.

Para torturá-la ainda mais, Lâmia foi condenada por Hera a não poder cerrar os olhos, para que ficasse para sempre obcecada com a imagem dos filhos mortos.

Zeus, por piedade, deu-lhe o dom de poder extrair os olhos para quando quisesse descansar. Proporcionou a ela, também, o dom da profecia.

A terrível inveja que Lâmia sentia das outras mães fazia com que vagasse noite e dia sem dormir, espreitando as crianças para devorá-las. Em razão dessa lenda, Lâmia era tida como uma personagem de histórias para assustar as crianças.

Na segunda conotação, lâmias seriam o tipo de monstros, bruxas ou espíritos femininos que atacavam viajantes ou jovens e lhes sugavam o sangue.

---

7. Baco, para os romanos, e Dionísio, para os gregos, era considerado o deus do vinho. Em razão do efeitos da embriaguez, também é tido como o deus dos excessos, inclusive os sexuais. Suas festas na Antiguidade eram conhecidas como bacanais.

8. Netuno, para os romanos. Conhecido como deus dos mares.

9. Júpiter, para os romanos. Senhor dos deuses do Olimpo. Deus dos raios e trovões. Irmão mais novo de Poseidon.

O nome Lâmias vem do grego *laimos*, "garganta". Eram mulheres belas e fantasmagóricas, que devoravam crianças ou que, com artifícios sensuais, atraíam os jovens a seus leitos a fim de devorá-los ou sugar-lhes o sangue.

Podiam tomar forma humana, mas supunha-se que, ao atingir seu objetivo, retornavam à sua forma verdadeira de mulher-serpente, ou de uma besta quadrúpede e feroz.

Nota – Está claro que essa interpretação se dá em razão do poder de transmutação dos vampiros.

Durante a Idade Média, o termo *lâmia* referia-se a espíritos que voavam à noite. Após o ano 1450, as *lâmias* começaram a aparecer em tratados inquisitoriais de bruxaria, referindo-se a feiticeiras. Alguns deles derivavam erradamente seu nome do latim *laniare* ("lanhar"), porque as bruxas, segundo os autores, devoravam carne humana.

Nota – Agora eu penso: será que no meio de toda a monstruosidade que ocorreu na época da Inquisição, alguns casos realmente foram reais? Apesar de toda a carnificina irracional da época, não seria uma resposta da humanidade aterrorizada com bruxas, vampiros e outros seres demoníacos? Fica impossível estudar história sem levar em conta todo um contexto social da época.

Alguns autores apresentam a *lâmia* originalmente como um monstro marinho semelhante a um tubarão, pois, em grego, a palavra lâmia refere-se também a um tubarão grande e solitário.

Nos mitos gregos e medievais, porém, as lâmias são geralmente representadas como belas mulheres da cintura para cima e serpentes da cintura para baixo.

No século XVII, as lâmias foram também descritas como seres quadrúpedes, com garras nas patas da frente, cascos nas patas traseiras, cobertas de escamas, com cabeça e seios de mulher e órgão sexual masculino, mesmo sendo elas de sexo feminino.

Nota – Novamente a metamorfose entre ser humano e animal. Estranhamente nessa última descrição foi adicionado o hermafroditismo, ao que parece apenas para parecer mais demoníaco do que já é.

O nome de Lilith foi traduzido por Lâmia em uma passagem do livro de Isaías, na tradução da Bíblia por São Jerônimo:

> 34:14: *Nela [a terra de Edom] se encontrarão cães e gatos selvagens, e os onocentauros chamarão uns pelos outros; Lâmia frequentará esses lugares e neles encontrará seu repouso.*

O *Vrykolakas* era um morto-vivo que conseguia manter a aparência de quando estava vivo, e podia também entrar em corpos de animais ou assumir suas formas.

A vítima de um Vrykolakas torna-se invariavelmente um deles. São vampiros vorazes e selvagens; em seus ataques rasgam a carne com os dentes de forma animalesca.

Os Vrykolakas não atravessavam água, por isso muitos foram mandados para ilhas desertas na esperança de que por lá ficassem.

Disseram-nos que a ilha de Hidra antigamente havia sido infestada por vampiros, e um bispo se livrou deles ao mandá-los para Therásia, uma ilha desabitada, pertencente ao Arquipélago de Santorini, onde eles ainda caminham à noite, mas não podem cruzar a água salgada.

O Vrykolakas era essencialmente noturno, mas suas histórias incluem manifestações em plena luz do dia.

A Stringla é um vampiro feminino especialista em drenar sangue de crianças, o que me faz lembrar a pobre srta. Lucy Westenra e sua predileção por vítimas infantis.

Nota – Percebo novamente o poder da transmutação e a notícia de que alguns vampiros são vistos esporadicamente durante o dia.

Pausânias, general espartano, regente após a morte de Leônidas, já mencionava a lei grega que mandava queimar os cadáveres de quem quer que fosse acusado de visitar seus parentes após a morte. A esse solo místico foi agregada a cultura eslava, que inicia por volta do século VI sua entrada na Grécia.

Há referências de lobisomens gregos que se tornaram vampiros (Vrykolakas) após sua morte.

Nota – Essas últimas referências se afastam um pouco da mitologia grega e trazem o vampiro para nossa realidade. Observamos o hábito noturno, o poder sobre outros animais e a transmutação. Precisamos aprofundar o estudo sobre os relatos nos quais eles se manifestam durante o dia. Alguns gregos se recusaram a falar sobre o assunto, e a Igreja nega tais manifestações.

Outra observação ligada sempre ao mito do vampiro é acerca do lobisomem. Acredito que ocorra um engano relacionado ao poder da transmutação do vampiro em lobo, e, se o vampiro for poderoso o bastante, pode também manter uma forma intermediária.

Essa forma intermediária aumenta o poder físico em alguns aspectos. Ele se apodera das qualidades humanas e animais em uma forma mesclada.

Preciso estudar mais a esse respeito.

ANATÓLIA – AGOSTO DE 1903

Um território muito antigo sob os domínios do Império Otomano, muito importante na história da humanidade. Faria a felicidade de qualquer arqueólogo ou historiador.

Banhado pelo Mar Negro ao norte, Mar Mediterrâneo ao sul e Mar Egeu ao oeste. É um grande planalto semiárido cercado por colinas e montanhas.

Parte do que é seu território hoje havia sucumbido perante Alexandre, o Grande.

Em 324, o imperador Constantino escolheu Bizâncio como capital do Império Romano do Oriente; em sua homenagem *post mortem*, foi renomeada para Constantinopla.

A queda de Constantinopla, em 1453, pôs fim à Idade Média e deu início à Idade Moderna.

De certa forma, esse feito marca o início do Império Otomano, que teve seu apogeu entre os séculos XVI e XVII, mas aparenta estar em decadência, como acontece com todo grande império.

O povo muçulmano se espalha pelo mundo, e com ele seus costumes, crenças e cultura.

Eles têm o conhecimento de algumas entidades vampirescas. Dentre elas, a que achei mais semelhante ao vampiro de fato são os chamados Ghouls. São seres femininos, entre os quais alguns mantinham até mesmo uma vida matrimonial. Além de se alimentarem de sangue, também eram canibais, o que nessa parte afasta sua semelhança com um vampiro de fato.

Alguns *Dervixes*, monges nômades, intitulavam-se caçadores de vampiros, talvez como os membros da Santa Inquisição se intitulavam caçadores de bruxas.

Há alguns relatos sobre caçadores de vampiros chamados de *Sabbatarian*, dando-se o nome ao fato de terem nascido no sábado; alguns breves relatos são mais convincentes.

Provavelmente, esses poucos caçadores tenham sido familiares de vítimas ou algum sobrevivente de um ataque, devotando sua vida à caça aos vampiros.

A maioria dos intitulados "caçadores de vampiros" eram, na verdade, aproveitadores de um povo humilde e supersticioso, que, por vezes, matava um inocente, acusando-o de vampirismo. Isso acontece em todos os cantos do planeta; alguém sem escrúpulos se aproveita do tormento de um povo para lucrar com isso e ainda manifestar seu sadismo.

Alguns relatos também falam que o vampiro tem uma compulsão em contar. Uma lenda, difícil de acreditar, diz que uma certa pessoa conseguiu se livrar de um vampiro colocando em seu caminho uma grande porção de sementes de mostarda, e como já era tarde da madrugada o vampiro foi morto com a luz do sol ao amanhecer, pois estava entretido contando os grãos. Quem dera fosse assim tão fácil matar um vampiro.

Tivemos sorte algumas vezes em nossa acolhida e em outras fomos hostilizados, em virtude de algumas diferenças culturais.

Aqui entendemos um pouco mais sobre a vida de Drácula quando ainda era humano.

Tragédias pessoais aperfeiçoaram seu caráter violento. Ficou cativo dos turcos, envolto de tramas políticas, traições, assassinatos e articulações.

Nota – Há alguns relatos nos quais gostaria de me aprofundar futuramente, onde são citadas intervenções de Drácula em alguns períodos entre os séculos.

Parece que mesmo por sua transformação continuou nutrindo ódio ou interesse por esse país. Isso realmente aguçou minha curiosidade. O que fazia Drácula no decorrer dos séculos?

Parece estar claro agora que em todos esses anos não ficou enclausurado em seu castelo apenas atormentando os cidadãos das proximidades com tolerância das forças governamentais. Quais suas ações e investidas pelo mundo? Qual sua influência política? Ou em seitas ou ordens secretas? Realmente, ele não é o tipo de sujeito que ficaria apenas nas sombras durante séculos mendigando algumas vítimas para satisfazer seu desejo por sangue.

Essa vida secreta que ele trilhou nesse lapso temporal parece fascinante aos olhos de um pesquisador.

OS CIGANOS

Mesmo fora do contexto, achei interessante comentar sobre esse povo que se espalha não só pela Europa Oriental, mas também pelo mundo, difundindo seus costumes e crenças.

Originários da Índia, possivelmente descendentes dos dravidianos, foram expulsos pelos arianos do norte desse país.

Os dravidianos são os pais do ioga e do tantra; sua civilização era matriarcal e Shiva, sua divindade mais adorada.

Quando perderam a guerra contra os invasores, fugiram para o sul da Índia, mantendo seus conhecimentos em sociedades secretas. Daí por diante, espalharam-se pelo Ocidente. Suas origens, assim como sua trajetória no mundo, são cercadas por mistérios. Adoravam Kali e seu marido Shiva, que são retratados na arte hindu em atos vampirescos.

Uma cultura rica em tradições orais, músicas, danças, quiromancia, acompanha os ciganos.

Os locais onde os ciganos tiveram grande influência são ricos em casos registrados sobre vampiros.

Como os egípcios, eles mantêm ritos de oferenda de alimentos aos mortos; em troca, pedem sua proteção.

Sobre esse assunto observamos que, em várias partes do planeta, cultivam essa crença, desde povos mais evoluídos até tribos selvagens.

Os ciganos foram tratados como heréticos e bruxos e ainda sofrem perseguições. Foram vítimas da Santa Inquisição, torturados, queimados vivos, além de não poder ser enterrados nos cemitérios comuns.

Na Moldávia, Valáquia e Transilvânia são muito mais comuns que em outros países, mas isso não quer dizer que não sofreram perseguições também. Parece que Drácula lhes trazia certa proteção, e em troca eles prestavam diversos serviços, inclusive informações.

Em alguns locais surgiram caçadores de vampiros ciganos, os *Dhanpir*. Entre esses raros personagens, conta-se que um era filho de um vampiro e uma mulher humana, que podia caminhar durante o dia.

Nota – Acredito que, com base em meus estudos, até pode ter ocorrido tal fato em decorrência de uma mutação, mas não é comum. Se não for apenas uma lenda, é um fato muito raro.

A classe de vampiro cigano mais conhecida era o Mulo, um morto-vivo que atacava durante a noite e voltava ao amanhecer para sua sepultura. Ele podia adquirir a forma etérea e assumir várias formas animais. Podia manter relações sexuais com sua esposa, ou amante, ainda viva.

Nota – Vampiros e sexualidade caminham juntos, talvez alguma relação entre os demônios conhecidos como súcubos e íncubos; lembro-me dessa alteração ocorrida com a srta. Lucy. Menciona-se também o estranho poder do vampiro conseguir ficar na forma etérea, como um fantasma. Talvez esse seja seu maior poder, mas é muito limitado, como me lembro em nosso primeiro encontro com Drácula. Ele teve de fugir e não conseguiu ficar na forma etérea. Tenho de descobrir o alcance e a limitação desse dom. Pode até mesmo ser uma farsa, uma ilusão para confundir seus perseguidores.

Os ciganos chegaram até o novo mundo. Encontramos relatos de que chegaram até o Brasil no século XVII, na região Nordeste, hoje estado do Maranhão.

ÍNDIA – OUTUBRO DE 1903

Quando chegamos à Índia, adverti Alex de que tivesse a mente aberta que um pesquisador precisa ter, pois sabia que encontraríamos uma cultura muito diversa da nossa.

Seus ritos fúnebres são muito peculiares; o que para nós cristãos é um sacrilégio, para eles é demonstração de respeito.

Frequentemente encontramos corpos decompostos no Rio Ganges, sagrado para os hindus; os cadáveres são colocados nele como parte dos rituais. A visão chega a ser aterradora para quem desconhece esse costume.

Os mais pobres não possuem condições de um funeral com rituais mais completos, então o corpo é depositado no rio de uma forma mais direta. É fácil vermos cães famintos e abutres devorando os cadáveres no leito do rio.

Chegamos a conhecer de perto a seita Aghori, cujos membros, apesar de inofensivos, são canibais.

É um país muito pobre, com um número enorme de habitantes, rico em tradições, e sofre com a colonização inglesa, inclusive. A partir de 1885, surgiu um movimento nacionalista na região, encabeçado por intelectuais indianos, que já falam em independência.

A Índia é um país com muitas crenças vampirescas, nas quais acabam mesclando sua religiosidade. A própria deusa Kali e seu marido Shiva tinham algumas características que podem ser confundidas.

Os *Rakshasas* habitavam locais de cremação de cadáveres. Estavam sempre prontos a atrapalhar a consecução espiritual dos ascetas. Seu líder é Ravana, com dentes pontiagudos e olhos sinistros, inimigo de Rama. Possuem unhas longas e venenosas; sua aparência é muito feroz.

Além dos Rakshasas, há os conhecidos como *Asuras*, *Pisashas* e *Hatu Dhana*.

Outra classe de vampiros era a dos Bhutas, o espectro dos mortos. Os principais candidatos a se tornarem Bhutas eram os que desencarnavam por morte estranhamente violenta, por suicídio ou execução, loucos, portadores de alguma moléstia ou os deformados fisicamente.

Meu mentor e amigo, *sir* Richard Burton, um grande aventureiro, poliglota e estudioso deste século, certa vez me relatou a história do livro *Vetala Pachisi*, os 25 contos de um Baital.

O narrador desses contos é um Baital, um vampiro, um ser que se apossava do corpo de um morto para executar suas atividades vampíricas.

Tratava-se de um morcego negro gigantesco, vampiro que habitava e animava cadáveres. É uma lenda antiga, cujo personagem é o rei Vikram, que teve seu reinado por volta do século I.

O ser pendia de cabeça para baixo, seus olhos, que estavam arregalados, eram de um castanho esverdeado e nunca piscavam. Seus cabelos também eram castanhos, e castanho era seu rosto. Três matizes diferentes combinadas lembravam um coco seco. Tinha o corpo magro e cheio de nervuras, como um esqueleto ou um bambu. Estava pendurado em um galho como um morcego, pela ponta dos dedos, e seus músculos contraídos ressaltavam como cordas de fibra.

Não parecia ter uma gota de sangue sequer, ou esse estranho líquido devia ter escoado para a cabeça; quando o Raja (Vikram) o tocou, a pele era fria como o gelo e viscosa como a de uma serpente. O único sinal de vida era o agitar furioso de uma pequena cauda, como a de um bode. O bravo rei deduziu – um Baital, um vampiro, um Vetala Pancha Vishnati!

Nota – Mais de uma vez observamos relatos quanto à compulsão do vampiro em contar. A Índia também é um país incrível, diferente de tudo. Com certeza é um dos berços da civilização, mas nossa busca foi muito difícil por conta da grande religiosidade desse país; muitos mitos, lendas e crendices são misturadas aos relatos.

As divisões por castas, aos nossos olhos estrangeiros, chegam a ser cruéis. As mulheres, como na maior parte do mundo, não possuem voz ativa. Em geral, quanto mais ao Oriente mais forte a sociedade patriarcal, com exceção da figura da mãe, pouco as mulheres são ouvidas. Como eu bem sei, essa é nossa interpretação, talvez alheia aos meandros dessas culturas tão vastas, mas tenho a nítida impressão de que, na Europa Ocidental e na América, as mulheres começam a expandir seu território muito além da imagem materna. Mina é um desses exemplos da mulher moderna.

    Um povo pobre, sofrido, que vive sobre a opressão britânica. Mas, mesmo assim, são pacíficos e hospitaleiros. Sua humildade deveria servir de exemplo ao restante do mundo.

Império Austro-húngaro

Dezembro de 1903.

O exuberante palácio de Viena, morada do imperador austro-húngaro Francisco José.

É uma morada espetacular, em estilo renascentista. Seus belos jardins e sua grandiosidade arquitetônica dominam a paisagem da região central de Viena. Porém, nessa noite escura, coberta por neblina, mesmo com todas as suas luzes, fica difícil de enxergá-lo.

Uivos são ouvidos pela cidade, os cidadãos se aterrorizam, pois os lobos nunca haviam chegado tão perto da capital; agora parece que estão andando pelas ruas.

No céu, uma nuvem negra se aproxima; sons estridentes anunciam que são morcegos.

Biólogos afirmariam que não são morcegos hematófagos, por conta de seu tamanho avantajado e por serem incomuns neste país. Mas estão enganados, pois esses morcegos se alimentam de sangue.

Pelas ruas dá para ouvir um estranho barulho vindo dos esgotos e tubulações, tem-se a impressão de que a terra treme.

A neblina se dissipa, dando lugar a uma ventania e uma fina chuva; ninguém se atreve a sair de casa.

Logo a seguir, uma cena inusitada: lobos caminham pelos jardins que adornam a suntuosa construção, e a guarda real fica apreensiva com os estranhos acontecimentos. A maioria dos soldados que estava no interior do palácio é relocada para a área externa.

Os guardas palacianos vivem nessa cidade, que é símbolo de modernidade; são lúcidos e educados. Mas de que forma em uma noite como essa, ouvindo uivos de lobos tão próximos a eles e tão distantes da floresta, sob as sombras de morcegos que rasgam a noite, não serem supersticiosos?

Na sala do trono, apesar de já passar das 22 horas, o imperador Francisco José está reunido com três de seus conselheiros e dois oficiais generais.

O assunto em questão é extremamente sigiloso, falam sobre os insistentes apelos do conde István Tisza, primeiro-ministro hungáro, para que na data de hoje fosse aceita uma audiência com um nobre da Valáquia, mas pela forma arrogante de um emissário desse nobre e ao fato de anunciá-lo como Drácula, um nome associado a lendas, o imperador Francisco José mandou dizer que não estava disponível.

Porém, nos dias que passaram, foi assolado por pesadelos a respeito desse encontro, incluindo as aparições de sua amada esposa Sissi, que fora assassinada anos atrás, pedindo para que ele tomasse cuidado e aceitasse os termos que o Conde lhe ofereceria.

Um dos conselheiros se mostrava a favor da audiência com o Conde, mas o real motivo é que esse pertencia à Igreja Negra e estava estrategicamente infiltrado.

Da mesma forma, o primeiro-ministro da Hungria, István Tisza, tinha chegado ao poder com a ajuda de Drácula, que utilizou todos os meios disponíveis para sua ascensão.

Assim como também os pesadelos sofridos pelo imperador Francisco José eram obra dos feitiços da bruxa Ashra. Era um conjunto de estratégias macabras, muito além das militares, a fim de tomar o poder, por persuasão, corrupção e terror. Nenhum estadista estava preparado para esse tipo de guerra.

Drácula sabia que deveria ser incisivo, somente isso não bastaria; o imperador não se curvaria tão facilmente aos seus desejos, pois era orgulhoso e um grande líder.

No corredor principal que dá acesso à sala do trono, há apenas um guarda que protege as portas que estão fechadas.

Uma névoa toma conta do corredor, morcegos voam alvoroçados do lado de fora, os lobos uivam incessantemente e o vento gélido assobia.

As luzes do corredor enfraquecem, e no meio da névoa o Conde surge. O guarda faz um gesto com a mão esquerda erguida para deter o Conde, e sua mão direita vai ao coldre de sua pistola. Mas, antes de proferir qualquer palavra, Drácula já está bem próximo a ele, segura-o com força pelos ombros. Seus polegares apertam o músculo deltoide do guarda, que não consegue mexer nenhum dos braços.

Os olhos vermelhos do vampiro estão fixos nos olhos do guarda de maneira hipnótica e sua mente é invadida por uma vontade mais forte que a sua, então o Conde determina:

– Entre e me anuncie da forma que está em sua mente.

O guarda apenas acena positivamente com a cabeça, vira-se, abre a porta adentrando a sala e o anuncia:

– O Conde Drácula, senhor da Transilvânia, príncipe da Valáquia.

Nesse momento Drácula adentra com passos firmes a sala do trono. Sua figura altiva combina com seu traje elegante de cor preta; uma faixa desce por seu pescoço até a altura do peito com as cores da bandeira de seu reino, acompanhando sua camisa até sumir dentro de seu paletó; por cima dos ombros carrega sua tradicional capa negra com forro vermelho-sangue e gola pontiaguda. Suas mãos apresentam dedos finos, com unhas pontiagudas, e ostenta um grande anel de ouro com o brasão de sua família esculpido.

O guarda que o anunciou retorna para fora da sala e fecha a grande porta. Ainda em estado hipnótico permanece em pé do lado externo da sala, alheio a tudo. Os dois oficiais generais que estão presentes na sala observam o imperador como se estivessem aguardando alguma ordem.

O imperador sempre se portou de uma maneira superior aos húngaros, e muito mais com as minorias, que era o caso do povo da Transilvânia; não admitiria tal afronta.

– Como ousa invadir a sala de seu imperador sem permissão? – esbravejou Francisco José. – Nunca o vi antes, nem será esta noite que irei atendê-lo.

Drácula continua caminhando na direção do imperador, e seu olhar já anuncia a fúria que sentiu ao ouvir aquelas palavras.

Os dois generais presentes avançam em direção a Drácula, a fim de conduzi-lo à força para fora do recinto; mas, antes de qualquer reação, o vampiro, com um movimento rápido, ergue seus braços e agarra a garganta de cada um deles ao mesmo tempo. Suas garras já estavam expostas como as de um felino, sendo cada uma delas enterrada na garganta dos experientes oficiais.

Um breve jorro de sangue foi ocasionado na lateral de seus pescoços; ao mesmo tempo em que caiu a primeira gota desse sangue no chão, os lobos que estavam no jardim do palácio iniciaram o ataque aos guardas reais que protegem o lado externo.

Os morcegos também atacavam com voos rasantes, e muitos invadiram o ambiente interno do palácio.

Então, logo todos descobriram o que estava ocasionando aquele estranho barulho nas tubulações, pois por todas as saídas de esgoto surgiram milhares de ratos, que tomaram conta do palácio.

Alguns guardas que rondavam os corredores do andar térreo foram surpreendidos pelos ratos que vinham em sua direção como uma inundação.

Instintivamente eles usavam suas armas de fogo, mas o máximo que conseguiam era acertar dois ou três dos animais até se verem ao chão sendo pisoteados, arranhados e mordidos pela onda que não se detinha.

O imperador, ao ver seus oficiais assassinados de forma tão violenta, grita por seus guardas, mas nenhum pode ouvi-lo. Eles estavam ocupados e aterrorizados com o inusitado ataque ao palácio.

O guarda que protege a porta da entrada da sala do trono está catatônico, por conta da hipnose.

Os conselheiros ficaram apavorados, exceto um deles, que já sabia o que aconteceria esta noite, e estava satisfeito.

Tudo acontece muito rápido e concomitantemente; gritos ecoam pelo palácio e Francisco José fica estarecido, mas é um homem experiente e controla seu medo. Os conselheiros permanecem imóveis e em silêncio.

Drácula solta os dois corpos, que caem inertes ao chao; com as mãos cobertas de sangue se aproxima do imperador, que lhe pergunta:

– Por que fez isso? Qual o motivo desse ataque ao Império Austro-húngaro?

– Seu império não está sendo atacado, mas, sim, sua insolência – respondeu Drácula.

– Quem é você?

– Eu sou Drácula, senhor da Valáquia e da Transilvânia. Pertenço à Ordem do Dragão. Seus ancestrais sobreviveram porque era eu quem impedia o avanço dos turcos pela Europa, enquanto se acovardavam ou ignoravam o que acontecia mais a leste do continente. Era meu povo que morria para vocês prosperarem.

– Mas o que você quer afinal?

– Que não atrapalhe meus planos de conquista. Permaneça sentado em seu trono gozando de sua posição, mas siga minhas instruções. Sob minhas ordens vocês nunca mais temerão os russos nem o poder bélico alemão. Esse país deverá se desenvolver industrialmente de forma mais acelerada nos próximos anos, sendo o primeiro passo a expansão da malha ferroviária nos locais que foram negligenciados. Em breve o continente europeu obedecerá a apenas um rei. Deixaremos de ser oprimidos pela parte ocidental desse continente e não seremos mais ameaçados por nenhuma nação oriental. Finalmente teremos nosso merecido lugar na história, e a Transilvânia encabeçará essa nova era.

– Mas o que é isso? Algum tipo de golpe de Estado? – retrucou o imperador.

– Um golpe seria se eu o matasse agora e assumisse seu trono, o que pode ser providenciado. Mas no momento estou apenas aceitando sua obediência.

O imperador compreende o perigo por que está passando, pequenas gotas de suor escorrem por seu rosto, mas é um suor frio. Sua boca está seca e seu coração continua palpitando diante do Conde e do poder que sente exalar daquela sinistra figura imponente. Então, ele apenas balança a cabeça em concordância.

– Para que não caia na tentação de me trair, nesse momento o arquiduque Francisco Ferdinando, e sua esposa Sofia, a duquesa de Hohenberg, estão a caminho de meu castelo, onde ficarão hospedados como meus convidados. Sua amante e seu filho bastardo, os quais você pensa que são desconhecidos de todos, também serão meus hóspedes. Poderá visitá-los sempre que quiser.

O imperador sente nesse momento que está indefeso diante de Drácula. Ele ainda não sabe ao certo como o Conde conseguiu invadir o palácio, nem o motivo dos gritos que ouvia do lado de fora, ou por que os guardas não vieram socorrê-lo.

Mas observa a facilidade com que o Conde matou seus dois oficiais de confiança, e também é nítido o poder sobrenatural que ele detém.

Além de todos esses fatores, agora sabe que o arquiduque Francisco Ferdinando, que seria o presumível herdeiro do trono, juntamente com sua esposa são reféns de Drácula.

Também são reféns sua amante e um filho bastardo que tivera com ela, estes mantidos em grande sigilo, mas o vampiro sabia de sua existência e também os usou a favor de seu plano.

– Está bem, Drácula, vejo que estou em suas mãos.

– Verá que essa decisão será melhor para você e para essa nação.

Nesse instante os gritos que vinham de vários cantos do palácio cessam, e o Conde aponta para um dos conselheiros e pergunta:

– Você, qual é seu nome?

– Adam Moore – respondeu.

– Como aparenta ser o menos covarde, será meu elo. Por seu intermédio enviarei as instruções.

O conselheiro responde por meio de uma discreta reverência. Drácula já sabia o seu nome, pois ele era o infiltrado pela Igreja Negra. Tudo correu como o planejado.

Uma leve névoa entra por baixo da porta principal, Drácula vira-se e retira-se do recinto. Com sua saída, não se ouve mais o bater das asas dos morcegos nem o rosnar dos lobos. Os ratos também retornam. Ficam apenas os animais mortos pelos soldados espalhados ao chão.

Nesse momento o comandante da Guarda Real, com seu uniforme rasgado e um dos braços feridos por mordidas dos animais que enfrentou, adentra a sala e se apresenta ao imperador; o oficial empalidece ao ver os corpos ensanguentados dos generais ao chão.

– Majestade, a situação está controlada – diz o comandante.

– Por quem fomos atacados, capitão? – questiona o imperador.

– Por lobos, ratos e morcegos. Foi a coisa mais pavorosa e estranha que já vi. Não cheguei aqui antes, pois não acreditava que alcançariam essa parte do palácio, e ainda estava protegida pelo guarda postado à porta, mas ele está em uma espécie de transe. Acho que a situação, aliada à sua juventude e inexperiência, afetou seu cérebro. Mas o que aconteceu com eles? – pergunta, apontando para os corpos.

– Esses animais não foram os responsáveis por essas mortes, mas sim outro animal que se mostrou muito mais peçonhento – falou o imperador. – Retire-se, providencie para que esses corpos sejam recolhidos com o pertinente respeito e verifique em que situação o palácio se encontra. Esse ataque deve permanecer em segredo.

O comandante da guarda se reúne e põe em forma no pátio todo o efetivo de que dispõe. Já haviam contabilizado as baixas. Doze homens mortos, oito gravemente feridos e muitos outros com escoriações e mordidas.

A maior preocupação é com os que foram mordidos por ratos, pois, decerto, se não houver o devido cuidado, muitos não sobrevirão em decorrência das doenças transmitidas.

Pelos corredores do palácio, ratos e morcegos mortos estão espalhados; corpos de vários lobos sem vida vão sendo retirados do jardim. Agora se inicia uma tempestade que parece ser o encerramento adequado dessa noite macabra.

– O que faremos agora? – perguntou o imperador a seus conselheiros.

– Nesse momento é melhor aceitar as condições que nos foram impostas, pois ainda não temos ideia do poder de Drácula nem quem são seus aliados. Alguém que colocou a vida de todos nós em suas mãos em tão pouco tempo não deve ser subestimado – respondeu o conselheiro Adam Moore.

– Pois bem, vamos aguardar suas instruções e avaliar a situação. Há muitas dúvidas. Quem realmente é esse Conde? Qual a extensão de seus poderes? Ele possui um exército formal? Com certeza possui espiões, e creio que tem o próprio Demônio como aliado – diz o imperador com amargura.

Antes da Tempestade

ARTHUR HOLMWOOD, LORDE GODALMING

Parece tão inacreditável a história pela qual passamos, que às vezes me pergunto se não teria sido fruto de minha imaginação.

Além de terrível, foi uma passagem muito triste em minha vida, pois assisti na mesma época a morte de minha querida Lucy, de meu amado pai e a de meu amigo Quincey.

Nos meses seguintes à nossa aventura sombria, tudo permaneceu calmo e sereno em minha vida, e acertei todos os negócios de minha família que estavam pendentes.

Mas, mesmo após sete anos desde que tudo aconteceu, as lembranças ainda me atormentam.

Há dois anos financio uma fundação para pesquisa, na verdade para descobrir se existem mais criaturas semelhantes àquelas com que nos deparamos e avaliar a necessidade de destruí-las. Talvez capturarmos alguma e, com provas seguras, revelar ao mundo o perigo da existência de tais seres, unindo forças para aniquilá-las.

Fiquei entusiasmado quando soube da viagem do professor Van Helsing, financiada pela Universidade de Munique. Ele já deve estar retornando, e eu gostaria de me encontrar com ele.

Acredito que minha própria fundação demoraria um século para desvendar o que o professor descobriu nos últimos dois anos.

Farei uma oferta a Van Helsing. Gostaria que ele tomasse a frente nas pesquisas de minha fundação, e acredito que ele conseguiria conciliar essa tarefa com seus outros afazeres.

Queria reunir todos novamente, dr. Seward, sua esposa, Jonathan, Mina e o professor. A última vez que nos encontramos foi em meu casamento, pouco antes de o professor iniciar sua jornada.

Minha esposa, Tabitha Lindemberg, sabe pouco a respeito de nosso encontro com o Conde Drácula, mas ela nota que, apesar de meu interesse no assunto, fico pouco à vontade de falar a respeito com ela, que então nunca insistiu.

Como é admirável essa mulher. Ela me ajuda na administração de meus negócios e cuida muito bem de mim; e agora, para selar de vez nosso amor, ela está grávida.

A morte de meu pai ocorreu ao mesmo tempo em que procurávamos pelo Conde. Logo que prestei minhas últimas homenagens a meu pai, e acertei os detalhes relativos a seu *post mortem*, retornei rapidamente junto a Seward, Quincey, Jonathan, Van Helsing e Mina, para continuarmos nossa empreitada.

Com o fim de tudo foi que realmente comecei a sentir a falta de meu pai, mas tive pouco tempo, pois, ao assumir de fato seu lugar, soube como sua vida era atarefada e como ele me deixava à vontade.

Ao menos, sempre tive responsabilidade e aprendi muito com ele. Rapidamente me adequei ao sistema de administração de todos os seus negócios. Apesar de toda a competência de meu pai, adicionei modernidade ao seu modo conservador de tocar os negócios e acertei em cheio. Meu maior objetivo não era apenas a ampliação do legado, mas, sim, ter mais tempo e qualidade de vida.

Devo isso à minha família. Aprendi que para morrer basta estar vivo, então tenho de trabalhar com equilíbrio, harmonia e parcimônia.

Dedicação ao trabalho, sim. Mas deve haver dedicação à minha saúde e minha família. Até mesmo a algum tipo de *hobby*, que no caso agora é minha fundação. Um *hobby* um tanto sério.

Aprendi também que não basta apenas meu enriquecimento. Se a comunidade ao redor não prosperar, os abastados ficarão ilhados, e a pobreza que circunda essa ilha certamente os atacará de alguma forma.

Visito fábricas em que os operários trabalham em regime de escravidão, ou até pior. Comecei a observar a qualidade do trabalho individual entre quem é maltratado e quem recebe algum benefício. Muito mais do que ser um princípio cristão e humanitário tratar os outros como gostaríamos de ser tratados, isso também otimiza a produção.

Alterações simples que estou aplicando fazem a diferença. Melhor iluminação, minutos de descanso, melhor alimentação, esses e outros pequenos benefícios melhoram a produção.

Socialmente, se conseguirmos fazer algo melhor para um maior número de pessoas, acredito que diminuiremos a criminalidade e até a proliferação de doenças, das quais nós, mais abastados financeiramente, não estamos imunes.

Falar sobre esse assunto em certas rodas é quase um sacrilégio. Só não me atacam diretamente em virtude de minha posição na sociedade. Mas eu sei que esse é o caminho.

Fiquei fissurado com modernidade desde que acompanho de perto o crescimento das indústrias. Máquinas a vapor dando lugar à energia elétrica, automóveis substituindo as carroças puxadas por cavalos, entre uma gama de novas invenções.

Tive o prazer de me encontrar com Thomas Edison,[10] apesar das minhas críticas quanto ao fato de ele eletrocutar animais para provar que a corrente alternada, tipo de distribuição de energia desenvolvida por Tesla e defendida por Westinghouse, é mais perigosa ao ser humano do que a corrente contínua.

Mesmo assim, considero Edison um dos maiores gênios dos últimos tempos.

Como é incoerente imaginar que mesmo entre as maiores personalidades não vemos muita ética. O tanto que foi criticada a nobreza que parasitava o Estado, e vemos hoje que boa parte da burguesia explora o povo da mesma maneira que as antigas monarquias. Tenho fé

---

10. Nas últimas décadas do século XIX, ocorreu a disputa conhecida como A Guerra das Correntes, entre Thomas Edison, que defendia o uso da corrente contínua em contrapartida às ideias de George Westinghouse e Nikola Tesla, que defendiam o uso da corrente alternada. Edison realizou uma campanha publicitária contra o uso da corrente alternada, e costumava eletrocutar cães e gatos de rua. Chegou até mesmo a eletrocutar um elefante de circo, inclusive filmou o feito. Mesmo sendo contra a pena de morte, inventou a cadeira elétrica, utilizando a corrente alternada, tudo isso para provar os perigos de tal corrente. No dia da "inauguração" da cadeira elétrica, em 6 de agosto de 1890, o choque não foi suficiente para matar o condenado, e o processo foi repetido, trazendo grande sofrimento e sendo muito criticado.

de que isso é questão de tempo e um dia irá mudar. Deve haver uma harmonia entre todos.

Sempre existirão os mais abastados, muitas vezes por mérito próprio, sangue e suor derramado para edificar suas conquistas. Nunca serei contra essa meritocracia, mas creio piamente que todos devem viver com dignidade. Ter pelo menos a oportunidade, a instrução necessária, para que possam se desenvolver na sociedade.

Dentro de minhas possibilidades, farei sempre o máximo para que meus iguais consigam enxergar essas verdades, e que meus empregados vivam com dignidade.

JONATHAN HARKER

Há sete anos, todos nós atravessamos um inferno, porém a felicidade de alguns de nós depois disso compensa, penso eu, tudo que sofremos.

Eu e Mina sentimo-nos satisfeitos pelo fato de o aniversário de nosso filho transcorrer na mesma data da morte de Quincey Morris.

Sua mãe acredita, e eu sei que algo do espírito abnegado e bravo de nosso amigo passou para ele. Seu nome é uma homenagem a todo o nosso grupo de amigos, então nós o chamamos de Quincey.

Depois de planejarmos muito, resolvemos encarar de frente o passado.

Fizemos essa viagem à Transilvânia e percorremos os lugares tão cheios, para nós, de terríveis recordações.

É quase impossível acreditar que o que vimos com nossos próprios olhos e ouvimos tenha sido verdade. Todos os traços daqueles acontecimentos parecem ter desaparecido.

O castelo continua como antes, erguendo-se sobre uma paisagem de desolação. Nós o vislumbramos de longe. De bem longe.

Enquanto regressávamos, falamos dos velhos tempos, de que podemos lembrar sem desespero, pois tanto Godalming como Seward estão casados e são felizes.

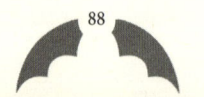

Ficamos chocados com o fato de que, em todo o material que possuo, dificilmente se encontra um documento autêntico, tudo se resume a papel datilografado, com exceção das últimas anotações feitas por mim, Mina e Seward e do memorando de Van Helsing.

Não poderíamos exigir que alguém aceitasse tais documentos como prova de acontecimentos tão estranhos. Van Helsing resumiu tudo certa vez ao dizer, enquanto carregava nosso filho nos joelhos:

– Não precisamos de provas, não pedimos a ninguém que acredite em nós! Este menino saberá, algum dia, como sua mãe foi valente e corajosa. Já conhece sua dedicação e carinho. Mais tarde, há de saber como alguns homens a amaram tanto que se atreveram a tais coisas para sua salvação.

Não pude deixar de notar a ausência de algumas igrejas e capelas que avistei da última vez que estive por aqui.

Um povo tão receoso com o sobrenatural, que se cercava de tantos artefatos para a proteção, agora parece ignorar tais coisas. Como pode em tão pouco tempo essas pessoas terem mudado tanto? Qual o motivo de tudo? Será que em apenas sete anos já esqueceram o que acontecia por aqui? Com a chegada de certo desenvolvimento por essa região, teriam tão rápido se tornado descrentes?

Talvez essa percepção seja coisa de minha cabeça, mas nem parece o povo que conheci. Tão temerosos com tudo ligado ao sobrenatural e de repente não vemos mais alho em todos os cantos, crucifixos nas portas ou coisas do gênero.

Quem sabe seja apenas reflexo da morte do Conde, deixando-as mais seguras. Ou a industrialização chegando rapidamente e a ampliação da malha ferroviária tenham trazido pessoas dos grandes centros para cá, e as antigas tradições ortodoxas junto às superstições estejam ficando mais discretas.

Bem, dizem que nos socorremos a Deus somente nas horas de desespero. Pelo menos eu rezo e agradeço todo dia por estar aqui, junto à minha esposa e filho, pois bem sei que poucos sobreviveram a um embate com Drácula.

Notei que Mina por algumas vezes estava distraída, não posso culpá-la depois de tudo o que passou.

Sei que não deveria, mas senti ciúmes dela em relação ao Conde.

Sinto-me um idiota por isso. Entendo perfeitamente os poderes que a envolviam e ninguém neste mundo pode demonstrar tanto amor por mim quanto Mina.

Agora é olhar para a frente. Continuar progredindo com o escritório, cuidar muito bem do pequeno Quincey e, quem sabe, mais um ou dois filhos para alegrarem nosso lar.

A Surpresa

Van Helsing
CHINA – MARÇO DE 1904

Esse país é um dos grandes impérios que durante determinado período foram sinônimo de poder e desenvolvimento.

Possui dimensões continentais e guarda muitos segredos, dos quais poucos foram revelados ao mundo ocidental. O Himalaia é um dos locais onde pairam grandes mistérios.

Semelhantes aos gregos e romanos, na época de seu apogeu, a China ignorava outras nações, pois se achava muito superior aos seus vizinhos e os tratava como bárbaros.

De certa forma esse entendimento estava correto. Literatura, arte, administração e outros aspectos eram proeminentes na China antiga. Porém, como na história de diversos países do mundo, seu povo foi muito sofrido. Sofrimento gerado por guerras, conflitos internos e imperadores cruéis e inescrupulosos. Era comum que chineses culpados por pequenos crimes fossem enterrados vivos.

Em razão de terem passado fome durante algumas fases da história, é um povo acostumado a se alimentar de quase todos os animais que estiverem à sua disposição, incluindo insetos em sua dieta.

A primeira grande admiração de quem visita esse país é a grande muralha. Sua construção foi iniciada em 221 a.C., na dinastia Qin, e concluída no século XV, na dinastia Ming. Sua extensão é de quase 20 mil quilômetros.

Dizem que a mão de obra foi de 1 milhão de trabalhadores, entre soldados, camponeses e prisioneiros. Mais da metade desse número encontrou a morte durante a construção por causa de frio ou fome.

Nos últimos anos, esse grande país vem sofrendo conturbações políticas que acabam trazendo mais sofrimento a seu povo. Com a derrota das duas guerras conhecidas como Guerra do Ópio,[11] perdeu diversos portos e também a ilha de Hong Kong para os ingleses.

A China, da mesma forma que a Índia, é provavelmente uma das pátrias originais do vampiro. Há relatos de vampiros em solo chinês desde 600 a.C.

O *chiang-shih* é um vampiro com cabelos brancos com tons de verde e olhos avermelhados, unhas muito longas; pode voar e, como o grego, não atravessa água corrente.

Retorna à sua sepultura após suas caçadas noturnas, como um morto-vivo. Tem também o poder da metamorfose, em especial em lobo. É destruído pelo fogo, e o cadáver passa por cerimônias de exorcismo.

O ser humano, segundo os chineses, possui duas almas: a *Run*, ou alma superior, e a *P'o*, ou alma inferior. Uma teria aspectos mais elevados; a outra, aspectos animais. A alma inferior era a causa do vampirismo.

Por mais de uma vez, foi-nos relatada a seguinte história:

> *Um funcionário do governo chinês, Chang Kuei, estava em viagem quando um temporal se abateu. Ele se refugiou em uma casa onde encontrou uma bela dama. A princípio tomaram chá, para mais tarde se unirem numa torrente de paixões. Ao despertar, no dia seguinte, estava sobre a lápide de uma tumba, com seu cavalo a alguns metros dali. Ele o montou e saiu a toda brida pela estrada.*

> *Ao chegar a seu destino, foi interrogado pela demora. Em seu relato, revelou onde estava a tumba, que era de uma jovem prostituta que havia se enforcado. O fantasma dela havia seduzido inúmeras vítimas. O clamor dessa história chegou aos ouvidos do magistrado da região, que mandou abrir a tumba, onde o cadáver foi encontrado como se estivesse a dormir. Cremaram-no imediatamente. Curiosamente, após a destruição do corpo da vampira, uma seca que arrasava a região teve fim.*

---

11. Conflito entre Inglaterra e China ocorrido entre 1839 a 1842 e 1856 a 1860. Seu início foi motivado pela proibição da importação de ópio, trazido da Índia pelos ingleses, na China.

O vampiro chinês também tem uma compulsão em contar; para tanto, utilizam sementes de mostarda para entretê-lo.

Outra figura muito lembrada em contos e canções é o *Jiang Chi*, que para muitos é o mesmo que o Chiang-shi, cuja nomenclatura e diferenças são fruto das diversas culturas em um mesmo país. Mas há algumas discrepâncias a ser observadas e dificuldades, porque muitos relatos foram transmitidos oralmente, além do idioma, dialetos e traduções. Se eu tivesse mais tempo, aprofundaria minha pesquisa para eliminar qualquer dúvida, mas não é o caso, e esses detalhes não irão atrapalhar o conteúdo da questão.

Porém, há um livro escrito por um estudioso chinês da época da Dinastia Qing. Seu nome era Jin Xiaolan, que menciona muito bem descrito essa espécie em seu livro *Yuewei Caotang Biji*.

Acredito que essa nomenclatura acaba se tornando um genérico para espécies diferentes. A fim de facilitar o entendimento, vou classificar como Jiang Chi o tipo encontrado com as características que descreverei a seguir.

Também tem a pele esverdeada, talvez em função de fungos e bactérias encontrados nos cemitérios. Possui dificuldade em se mover em razão da rigidez cadavérica; braços e pernas costumam apresentar essa rigidez, ficando por vezes mais fácil realizar pequenos saltos em vez de andar.

Essa deficiência na locomoção faz as encenações sobre o tal vampiro serem até engraçadas, nas quais quem os encarna em contos ou peças teatrais se locomove por meio de pulinhos.

Os mais sensatos afirmam que esses vampiros se movem de forma rígida, mas como estivessem flutuando a poucos centímetros do chão. Os relatos afirmam que são cegos e chegam a suas vítimas pela da respiração dela. Apresentam presas afiadas e unhas compridas, mas não sugam o sangue das vítimas, somente a energia vital.

Como em diversos casos, existe a dificuldade de apontar as causas que fazem alguém se tornar um Jiang Chi; entre as mais relatadas estão mortes violentas, ou quando a pessoa é enterrada viva propositalmente, castigo até comum no Oriente; e a mais convincente refere-se às que foram feridas pelas garras da criatura.

Essa espécie não se enquadra com o vampiro que conhecemos, mas, sim, com outro tipo de morto-vivo, o zumbi. Isso explica a crendice da cegueira, pois zumbis perdem o brilho dos olhos e a córnea fica esbranquiçada; porém continuam enxergando, pelo pouco que sei sobre zumbis.

Fato novo é que dizem que suga a energia vital da pessoa. Não suga sangue nem come sua carne. Interessante. Fisicamente o sangue é o que mais representa a energia vital do ser humano.

Chegamos à China no início do ano 1904. O país estava muito conturbado e violento, ainda pairava o ódio em relação aos estrangeiros, mesmo após o episódio que ficou conhecido como Levante dos Boxer.[12]

Foi lícita essa revolta, mas os revoltosos acabaram canalizando seus problemas apenas contra os estrangeiros e cristãos; entretanto, a questão vai muito além, pois ainda assistimos de perto à miséria dos camponeses.

Sua alimentação consiste em tudo o que pudessem capturar ou ter à disposição, como cães, gatos, cobras e até mesmo ratos e escorpiões.

O Império Chinês está sob o controle da Dinastia Qing, que demonstra claramente uma incapacidade para lidar com os desafios chineses deste século.

Pela experiência que possuo, creio que a paz social está longe de ser alcançada.

Mesmo com esse clima de instabilidade e com o preconceito justificado contra os estrangeiros, fomos bem recebidos por um alto funcionário da corte, se é assim a maneira correta de classificá-lo. Por hora manterei sigilo quanto ao seu nome. Nesse momento, ajudar estrangeiros, seja no que for, pode ser perigoso.

Ele se interessou em nos hospedar ao descobrir sobre minhas pesquisas.

---

12. O Levante dos Boxer foi um movimento antiocidental e anticristão. Acreditavam que com o treinamento do Boxe chinês venceriam os estrangeiros. Foi organizada uma força internacional para reprimir a revolta. O Império Chinês aceitou liquidar as sociedades secretas, pagar uma indenização e proibir a importação de armas de fogo. A influência estrangeira acabou aumentando no país e acelerando o declínio da dinastia Qing.

Guiou-nos a locais de valor arqueológico inestimável, incluindo a encosta de um importante rio, onde havia escavações de túmulos, formando um verdadeiro cemitério vertical.

Após algumas semanas, era como se nos conhecêssemos havia anos; e trocamos muitas informações sobre os seres demoníacos, cultura e Arqueologia. Também pude comparar a Medicina ocidental à oriental no tocante ao tratamento das doenças do sangue.

Com o passar do tempo, ele sentiu total confiança em mim. Certa vez que ficamos a sós, revelou-me um segredo muito bem guardado em sua família.

Seus ancestrais seguiam uma linhagem de caçadores de vampiros. Ele me levou a um compartimento secreto em sua enorme casa, onde guardava relíquias de sua família vinculadas às perseguições dos vampiros. Havia também vários artefatos religiosos, com certeza para proteger o local; pairava o forte odor de alho.

Entre os diversos objetos, revelou-me algo perturbador: um caixão de madeira com algumas inscrições entalhadas em mandarim; por dentro era forrado com seda, sendo que embaixo do tecido havia terra, e por cima um cadáver com um aspecto horripilante.

O corpo era esquelético. Sobre os ossos, uma fina camada de músculos cobertos com pele, os caninos expostos, longos cabelos e barbas brancas e unhas que mais pareciam garras. O mais interessante foi que por cima do corpo havia algumas sanguessugas, que aparentavam estar bem alimentadas.

Obviamente, meu semblante era de espanto, mas como cientista era notória minha curiosidade.

Eu conhecia alguns métodos de tratamentos medicinais que utilizavam sanguessugas, tratamento este conhecido pelos egípcios há milhares de anos. Mas qual motivo de estarem sobre o corpo do vampiro, e provavelmente se alimentando?

– Surpreso, professor? – disse o lorde chinês ao mesmo tempo em que acariciava sua longa e fina barba.

– Sim, claro. Conheço esse tipo de terapia em um ser humano vivo, mas nunca imaginei que veria isso em um morto.

– Um morto-vivo, professor.

– É, eu sei. Mas qual o motivo de se arriscar mantendo um demônio desse nessas condições, e qual a relação com as sanguessugas?

– Somos um povo muito antigo e sábio nas artes científicas e medicinais, não foi tão difícil adaptá-las a um morto-vivo.

– Quanto mais o senhor fala, mais curioso eu fico.

O velho chinês iniciou sua explicação com grande satisfação por me ter como um ouvinte tão precioso atento às suas palavras. Ele permaneceu com suas mãos guardadas sob as largas mangas de sua roupa de seda amarela como o sol, repletas de bordados dourados.

– Vou lhe contar algo que gostaria que mantivesse em segredo. Como lhe disse, há várias gerações minha família se dedica a caçar vampiros, isso se transformou em uma guerra particular. Após perder meu único filho, que também trilhava esse caminho, tornei-me mais obcecado nessa missão. Uma das formas que pensei para manter essa busca solitária por vingança foi aumentando meu tempo de vida. O senhor sabe qual é minha idade?

– Não sei ao certo, mas imagino que possua entre 58 e 60 e poucos anos.

– Há, há, há! – gargalhou o lorde. – Eu estou com 126 anos de idade.

– Impressionante! – respondi deveras admirado, mas em nenhum momento duvidei da veracidade contida nas palavras do ancião. O pouco tempo de convívio já havia provado a seriedade do lorde.

– Meu caro amigo, já ouvi a seu respeito antes de sua chegada a meu país, da mesma forma que sabia sobre a existência do Conde Drácula. Disponho de grande fortuna, que utilizei para perseguir essas criaturas malignas e também para colher informações palpáveis sobre elas ao redor do mundo, e da mesma forma conhecer aliados. Imagina como é difícil conseguir informações confiáveis do Ocidente? Certamente não conseguiria isso enviando um chinês para a Europa; nossa cultura diferente e, é claro, nossos traços fariam com que fosse reconhecido. Isso aprendi com meu pai, que sempre estudou a obra de Sun Tzu,[13] *A Arte da Guerra*.* Contratei verdadeiros historiadores para

---

13. Sun Tzu foi um general estrategista chinês conhecido por escrever *A Arte da Guerra*, utilizado até os dias de hoje não só por militares, mas também por executivos.
* N.E.: Obra publicada pela Madras Editora.

levantarem essas informações; alguns morreram nessa missão, pois os vampiros costumam ser discretos, eles sabem que o conhecimento alheio pode matá-los. Minha prioridade foi proteger minha nação, mas tinha a ambição de combater esses seres em outras partes do planeta, e sempre imaginei como seria bom cravar uma estaca no peito de Drácula; mas, para ser sincero, não sei se seria capaz desse feito glorioso. Pelo que descobri, o Conde estava desacreditado dele mesmo, depressivo, envelhecido e sem objetivos, até o momento em que por alguma razão desconhecida por mim resolveu mudar-se para Londres. Nas últimas décadas ele não aparentava ser um perigo, a não ser para os moradores de sua região, mas com esse plano de mudança comecei a temer que seu espírito conquistador tivesse ressurgido. O que quero que saiba é que o senhor e seus companheiros enfrentaram, talvez, o vampiro mais poderoso da Terra.

Ouvi atentamente cada detalhe enquanto passava as mãos sobre as bordas do caixão e observava as sanguessugas grudadas naquele cadáver.

– Acredito que sim, e, após refletir sobre o ocorrido, também me admirei com esse feito – concordei.

– Então vai se admirar ainda mais com o que lhe direi, astuto amigo.

– O que o senhor ainda tem a revelar?

O ancião olhou seriamente para mim, retirou suas mãos de dentro das mangas e respondeu:

– Drácula não foi destruído.

– O que o senhor disse?!!! – perguntei ao gentil chinês, com o semblante aterrorizado.

– Infelizmente é verdade, meu caro amigo. E quando o senhor me contou os detalhes da história, entendi o porquê. Vocês utilizaram lâminas comuns e abandonaram o corpo. Mesmo com ele fraco pelo cansaço e por ser no final do dia, ainda restando um pouco de sol, essas lâminas não foram suficientes para acabar totalmente com ele. Sendo um vampiro muito antigo, astuto, com o passar dos séculos aprendeu a controlar seu poder com maestria. Ele é mestre na arte da transmutação, e com esse poder, se ele tiver um auxílio, pode recuperar sua forma anterior, mesmo tendo quase virado pó por completo.

– O senhor quer dizer que ele foi auxiliado e está recuperado?

– Sim. Provavelmente os ciganos o socorreram. Ele conta também com um lacaio fiel que vocês desconheciam. Agora, restabelecido, não imagino quais serão seus planos.

– Maldição! Esse demônio precisa ser detido – exclamei, batendo o punho direito contra a palma da mão esquerda.

– Precisa ser liquidado, realmente, pois ele é o mais perigoso de todos. É um conquistador, guerreiro, não é apenas um simples sugador de sangue. Não pode ser tratado apenas como um reles morto-vivo cuja única ambição é angariar vítimas para sua subsistência.

– Pode acreditar que nunca o subestimamos, mas como imaginar tamanho poder?

– Certamente, professor, ninguém teria como prever isso. Como bem sabe, nesse momento meu país sofre com o início de uma revolta, que não me dá condições de ajudá-lo pessoalmente nessa caçada.

– Eu entendo, já foi de muita ajuda sua informação, e com tantas surpresas acabei até esquecendo sobre o mistério das sanguessugas no corpo desse vampiro – minhas atenções retornam ao cadáver e aos anelídeos.

– Sabedoria é poder. Posso não ir pessoalmente com você, mas lhe fornecerei tudo que descobri a respeito do famigerado Conde, e também lhe contarei o segredo de minha longevidade. O corpo do morto-vivo à sua frente, como pode ver, não foi destruído completamente; o rito não foi completo. Para que ele não se restabeleça eu tomei as providências religiosas, e também me auxiliam as sanguessugas que drenam sua força vital. Periodicamente eu retiro com uma seringa o sangue do vampiro que elas armazenam em seus corpos e aplico em minhas próprias veias, com isso me fortaleço e envelheço mais lentamente. É claro que é um procedimento um pouco complicado para leigos, que não é seu caso, professor. Tenho de injetar pequenas quantidades de sangue no vampiro para que ele produza mais e só assim as sanguessugas são alimentadas. Algo parecido quando se injeta veneno de cobra em um cavalo e ele reproduz soro.

– Incrível! Realmente impressionante. Sabe, no entanto, que, apesar dos avanços nessa área, transfusões de sangue ainda são perigosas.

– Certamente, professor. Questões médicas a respeito são de meu interesse. Há poucos anos um imunologista austríaco, dr. Karl Landsteiner,[14] conseguiu distinguir as células vermelhas do sangue, separando-as por A, B e O, fato que facilitará muito em breve o sucesso das transfusões.

– Interessante. Eu acompanho o trabalho de Landsteiner, mas não sabia que ele tinha avançado assim; minha viagem acabou fazendo com que eu me afastasse dessas novidades.

– No entanto, essa descoberta pouco importa sobre a questão, pois o sangue de um vampiro se adapta a qualquer tipo humano.

– E quanto aos efeitos colaterais?

– Não constatei nenhum até hoje, e logo na primeira aplicação meu corpo rejuvenesceu alguns anos. Se tiver coragem, esse será meu presente. Se decidir seguir essa missão por longos anos, deverá então capturar um vampiro e manter essa rotina.

Voltei novamente meus olhos para o cadáver dentro do caixão e cocei meu queixo. Pensei por uns instantes e respondi.

– Tenho minhas dúvidas quanto à ética desse procedimento, mas estamos em uma verdadeira guerra, e minha curiosidade só poderá ser saciada com essa experiência.

– Perfeito. Ainda tenho algo mais a lhe relatar – prosseguiu o lorde. – Seu companheiro, o jovem Alex Cushing, carrega alguns mistérios.

– Eu já percebi algo, ele constantemente se corresponde com alguém – comentou o professor.

– Sim, mas o motivo não é vil. Ele faz parte de um grupo financiado pelo Vaticano, que de forma velada realiza pesquisas e pretende destruir os vampiros. Aliás, eles já faziam isso há tempos, mas seus objetivos foram se perdendo durante os séculos; pertenciam à Santa Inquisição.[15]

---

14. Karl Landsteiner classificou os grupos sanguíneos e descobriu o fator Rh. Em 1930, foi agraciado pelo Prêmio Nobel de Medicina por isso.

15. A Inquisição surgiu em 1184, inicialmente para combater o sincretismo religioso. Posteriormente perseguiu hereges, judeus, seguidores de outras religiões e acusados de bruxaria. Os protestantes também adotaram as mesmas práticas, que incluíam torturas para as confissões e mortes cruéis para os considerados culpados, sendo a mais conhecida a fogueira. Menos radical e sem os poderes de outrora, foi renomeada como "Sacra Congregação do Santo Ofício", em 1908 pelo papa Pio X, e hoje é conhecida como "Congregação para a Doutrina da Fé".

Por isso, peço que mantenha segredo dessa nossa conversa, pois a Igreja Católica, por vezes, muda de acordo com seus líderes, e não sei o que fariam se descobrissem esse processo de longevidade, ou esse tipo de conhecimento no poder de pessoas inescrupulosas. Poderiam até mesmo cultivar vampiros para esse fim mórbido. Isso deve ser escondido de qualquer organização, seja religiosa ou governamental. A divulgação desses métodos pode, por acidente, transformar-se em uma epidemia e toda a raça humana estaria condenada.

– Eu compreendo. Ninguém ficará sabendo de nada, e agora estou pronto para sentir os efeitos daquele sangue em minhas veias.

Arregacei as mangas de minha camisa enquanto o nobre chinês retirou o sangue das sanguessugas com uma seringa e agulha. Em seguida, injetou o líquido viscoso em minhas veias. Foi como se meu sangue se incendiasse; meu corpo ardia em febre. Cada bombeada de meu coração era um jorro de energia. As coisas ao redor pareciam girar, eu estava ficando muito tonto.

– Está feito. Amanhã você se sentirá bem melhor, agora sugiro que repouse. Quer que eu o conduza a seus aposentos?

– Não obrigado. Até amanhã, então.

Fui caminhando sob o olhar do enigmático oriental. Fiz muita força para caminhar em uma linha reta, como alguém que tenta esconder sua embriaguês. Encontrei Alex pelo caminho.

– Professor! Estava à sua procura, por onde andou? Está suando! Está com febre? – disse, segurando meu braço.

– Não, Alex. Estava experimentado uma água ardente servida por nosso anfitrião, talvez eu tenha passado da conta. Vou me recolher, amanhã nos falamos.

Durante o sono tive várias visões, parecia que compartilhava algumas memórias do vampiro e de suas atrocidades. Dormi por dez horas e, quando acordei, estava mais disposto do que nunca. Então vi meu rosto refletido no espelho com certo espanto. Estava corado, com rugas suavizadas e os cabelos menos grisalhos. Não sei se é apenas coisa de minha mente, mas parecia até que meu corpo estava mais ereto.

No pátio da mansão, encontrei Alex. É claro que ele notaria a diferença em meu semblante.

– Bom dia, professor ... mas... o senhor está ótimo! Parece até que rejuvenesceu uns dez anos!

– Obrigado, Alex, mas acho que isso não é importante; temos de conversar seriamente a seu respeito.

Alex empalideceu e até esqueceu meu rejuvenescimento. Sentei-me em um banco no jardim rodeado por lindas peônias, e ele me acompanhou, questionando:

– O que houve, professor? Está irritado comigo?

– Sim. E se quiser me acompanhar, vai me contar tudo o que me esconde.

Sinto que meu olhar era inquisitivo e penetrante, invulnerável a qualquer mentira, e minha atenção estava preparada para qualquer manifestação corpórea que denunciasse qualquer tentativa dele de esconder algo.

– Está bem – disse Alex, sem tentar a menor resistência. – Já havia pensado nisso nestes últimos dias e além de nada me agradar ter de esconder algo do senhor, sabia que logo descobriria.

Ele suspirou. Não parecia alguém pego em uma mentira, mas um homem que iria se livrar de um fardo pesado que não queria mais carregar.

– Eu pertenço a um grupo que é financiado pela Igreja Católica, respondo diretamente ao Vaticano, e nosso propósito é estudar e, se possível, destruir criaturas que ameacem a humanidade. Não contei antes ao senhor porque achei que não me aceitaria como assistente se soubesse. Mas quero que saiba que não sou nenhum fanático religioso nem espião. Eu lhe devo fidelidade. Tenho grande admiração pelo senhor.

– Alex, você ainda é um tanto jovem e vai enxergar as coisas por ângulos diferentes. A própria Igreja Católica já trouxe maldade para diversos seres humanos, assim como tudo o que envolve política e poder. Da mesma forma que trouxe ajuda e conforto aos necessitados, mas não deixa de ser uma organização muito poderosa no Ocidente. Nem todos têm objetivos nobres, e o poder costuma maquiar suas reais intenções sob o manto de Deus. Entre católicos, mulçumanos, protestantes, budistas, ateus, ou seja lá quem for, sempre haverá os mal-intencionados. Não quero servir de ferramenta de nenhuma organização, meu objetivo é único. Não estou julgando as reais intenções do Vaticano, mas não ficarei à mercê deles nem de ninguém.

– Pensei que o senhor fosse católico, professor, mas vejo que é muito crítico quanto à Igreja.

– Eu sou cristão e, sim, já fui muito católico. Para dizer a verdade, ainda me vejo como um, ou então não carregaria cruzes e outros símbolos poderosos. Não confio nos homens, principalmente quando há poder envolvido. E, além dos dogmas cristãos, "há mais mistérios entre o céu e a Terra do que sonha nossa vã filosofia", como provam nossas pesquisas.

– Entendo – concordou, cabisbaixo.

– Eu tenho fé em você, Alex, e acho que vai me ajudar bastante. Mas, se me trair, se puser em risco nossa futura missão, eu juro que o mato.

– Sim, senhor. Eu juro fidelidade. Sou muito católico e acredito na boa intenção da Igreja, mas minha natureza é de alguém franco, e maquiar a verdade não faz parte de mim. Mas sobre que missão o senhor está falando?

Pelo visto, os chefes de Alex só tinham determinado que ele os deixasse a par de nossos passos, sem contar detalhes. Isso é típico da Igreja; fragmenta informações a fim de que ninguém detenha o conhecimento por completo.

– Lembra-se da história sobre o Conde Drácula que lhe contei?

– Sim – respondeu Alex, balançando a cabeça de forma positiva.

– Eu estava enganado. Falhamos, e ele não foi destruído. Vamos partir o mais breve possível. Estamos longe e quero passar na volta pelo Leste Europeu, concluir rapidamente minhas pesquisas, entregar o resultado ao reitor da Universidade de Munique e caçar aquele maldito, até que ele seja realmente liquidado.

Dr. Jekyll

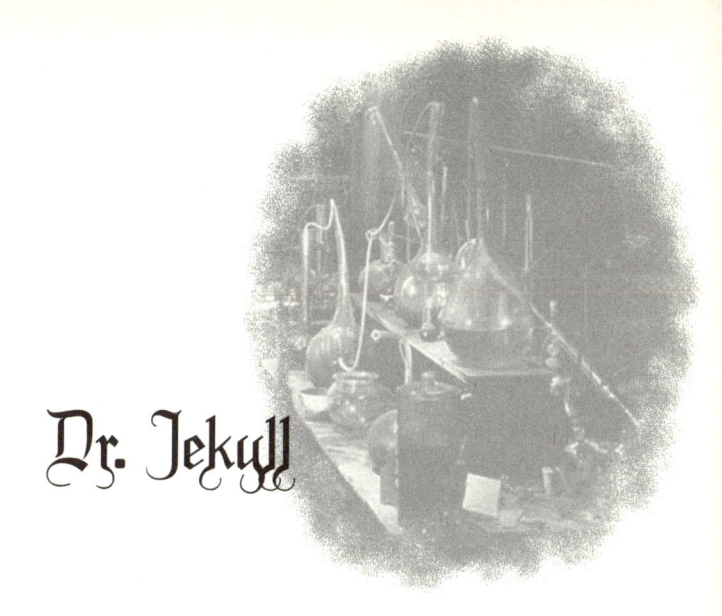

Agosto de 1904.

A viagem de Londres até os Montes Cárpatos foi longa para o dr. Henry Jekyll, que já estava se acostumando a ser chamado de dr. Thomas, nome falso que usava na esperança de ser esquecido.

Essa esperança foi em vão, pois descobriu recentemente que vinha há muito tempo sendo observado e que seus perseguidores tinham conhecimento das atrocidades que havia cometido.

Sempre temeu ser descoberto, exposto em público e condenado à forca, o que pensou que iria acontecer quando foi contatado por estranhos cavalheiros de modos refinados. Era justamente o contrário o que queriam.

Estavam interessados em suas experiências, falaram abertamente que sabiam de toda a história que tinha vivido, mas não se importavam. Parecia até que lhes agradava a ideia de que o doutor possui um *alter ego* poderoso e violento.

Não foi difícil convencê-lo a aceitar que trabalhasse para Drácula, pois havia perdido boa parte de sua fortuna. Vivia escondido e com medo de ser desmascarado. Como um médico cientista, sentia a necessidade de trabalhar em novas descobertas e sentir-se privilegiado.

Obviamente, sua outra face recentemente descoberta sentia-se trancada, com vontade de aflorar novamente, e, com certeza, exercia uma influência, ainda discreta, na mente do gentil doutor.

Solitário em sua cabine, estava tão concentrado em seus pensamentos que somente por poucas vezes observava pela janela do trem a bela paisagem, repleta de bosques e construções medievais.

A região aparentava rápido desenvolvimento industrial em poucos anos. A malha ferroviária havia se modernizado e foi constantemente ampliada.

"Será que o Conde teria algo a ver com isso? Seria esse o motivo de contratar estrangeiros, a fim de promover um rápido desenvolvimento para seu país, não só industrialmente, mas também na área médica e científica? Mas qual a influência de um Conde da Transilvânia na política de um império?"

Remoía-se com suas dúvidas e estava excitado com as novas experiências que teria.

O Hotel Coroa Dourada já estava acostumado a receber hóspedes indicados pelo Conde, e, como obtinha lucro e ninguém era molestado, os donos tornaram-se servos fiéis com o passar dos anos e não permitiam mais que empregados assustassem os clientes com histórias sobre vampiros.

A carruagem do Conde agora ia pegar os passageiros diretamente no hotel, pois um dos ciganos servia de cocheiro e estava sempre bem vestido e era educado e gentil.

Já não havia motivo para sentirem tanto pavor de Drácula, que cada vez mais procurava vítimas em locais distantes ou apanhava as que ninguém sentiria falta, como prostitutas ou fugitivas.

A fim de elevar sua popularidade, o Conde planejava em breve uma rota de tráfico de escravas da Turquia, apenas para abastecê-lo juntamente com suas amantes e outros futuros aliados vampiros. Isso traria tranquilidade a seu povo, fazendo com que o tempo se encarregasse de transformar de vez as histórias de seus ataques em lendas, e também iniciaria a impor o terror naquele país pelo qual ainda nutria ódio.

Tudo era fruto de uma propaganda para que futuramente aceitassem de forma pacífica Drácula como o senhor absoluto tanto do Império Austro-húngaro, como também de toda a Europa. Dessa maneira, como o dr. Jekyll não conhecia a história da região, ainda não observara nada de sobrenatural. Nada além de um antigo país que busca seu desenvolvimento industrial a fim de acompanhar o mundo moderno.

A carruagem que chegou para seu transporte era fascinante, pintada com laca preta e conduzida por quatro corcéis negros, cavalos musculosos e com galope firme. A fumaça saía por suas narinas ao contato da expiração quente com o gélido ar da região.

A viagem foi tranquila, diferentemente de quando Harker fez esse percurso anos atrás. Mesmo assim, estavam sempre acompanhados por uma matilha de lobos, a qual o doutor tinha a estranha impressão de que não os ameaçava, e sim os protegia.

Logo que anoiteceu, chegou ao imponente castelo e foi conduzido a seus aposentos. Descarregou as malas e, após se lavar, foi chamado para cear.

O castelo estava em melhores condições nos últimos tempos, pois estava sendo cuidado diariamente pelos ciganos selecionados por Igor e aceitos por Drácula. Quando necessitava de um serviço de maior porte, pedreiros e carpinteiros eram contratados e sempre bem recompensados. Ornado com belas tapeçarias, móveis esculpidos por artesões, e sobre a mesa talheres de prata decorados com filetes de ouro.

Ao contrário do que alguns pensam, a prata não repele nem queima um vampiro, mas pode feri-lo da mesma maneira que qualquer outro metal pode penetrar no corpo de um ser humano.

O escudo da família ficava pendurado em uma das paredes, e na parede oposta, outro escudo com o símbolo da antiga Ordem do Dragão. Mesmo com tudo isso, o castelo ainda carrega consigo um clima sombrio.

Assim que termina sua refeição, surge o Conde Drácula e o cumprimenta:

– Bem-vindo, dr. Henry Jekyll, ou prefere que o chamem de Thomas?

– Boa-noite, Conde. Por favor, chame-me de Jekyll, ou apenas de doutor, como preferir. O nome Thomas já não é mais apropriado.

– Como desejar – diz Drácula.

– Impressionante esse castelo. Mas o senhor poderia me esclarecer melhor o que deseja de mim? Seus assistentes não souberam me responder muito bem sobre seu interesse – pergunta o dr. Jekyll.

– Vejo que é bem direto, doutor; isso é bom, pois tenho pressa. Acompanhe-me.

Drácula conduz Jekyll, que pelo caminho observa todos os detalhes do ambiente. Quanto mais se aproxima do calabouço, mais fica sinistro. Tanto os quadros e esculturas como as armaduras dispostas pelo caminho possuem um aspecto sombrio e assustador, chegando a ter uma aparência demoníaca.

Nesse momento, o dr. Jekyll começa a sentir seu coração gelar, pois sabe que Drácula tem conhecimento sobre ele e, como não se importa com as atrocidades que já tinha cometido, talvez seja tão cruel quanto seu *alter ego*.

Mal imagina ele que perto de Drácula sua outra personalidade não passava de uma fada de contos infantis.

– Aqui está o motivo de sua vinda – aponta Drácula para uma cela com grades espessas, onde mantém um homem desacordado em seu interior.

– Um prisioneiro ferido? Ele sofre de alguma doença desconhecida que o senhor quer que eu descubra?

– De certa forma, mas ele não sofre de doença, e sim de uma maldição. Os ferimentos que ele possui foram causados por seu pai, que também possuía dons especiais. Porém, com a chegada da lua cheia ele estará curado – explica o Conde.

– Perdão, mas o senhor disse maldição? Talvez eu não seja a pessoa mais apropriada para cuidar disso – diz, enquanto limpa as lentes de seus óculos.

– Já ouviu falar em licantropia? – inquire Drácula.

– Um tipo de psicose que o faz pensar que é um lobo?

– Não, falo sobre a outra vertente do sentido dessa palavra.

– Transformação de homens em lobo? O senhor está insinuando que esse homem é um lobisomem? – pergunta o doutor com um leve sorriso na boca com aspecto irônico.

– O senhor não é a pessoa mais apropriada para não acreditar em transformações, não é mesmo, dr. Jekyll, ou seria Edward Hyde?

A fisionomia de Jekyll ficou séria e assustada e ele percebeu a grande besteira que disse, pois era a maior prova de que o ser humano podia ser transformado, e Drácula não iria se esforçar para trazê-lo de tão longe por causa de uma superstição. Então, percebeu que sua atitude poderia ser entendida como desrespeitosa, insinuando que o anfitrião fosse algum ignorante supersticioso. Sentiu-se um idiota.

– Desculpe, Conde, às vezes eu mesmo esqueço as experiências pelas quais passei. Na verdade, quero esquecê-las. Mas quanto a esse homem, o senhor quer que eu descubra uma cura?

– Curá-lo? Já esqueceu o poder que detém? Quanto a humanidade desejaria viver por apenas um dia como o senhor viveu diversas noites, sem medo, livre, sentindo-se indestrutível. Não, doutor, eu não quero curá-lo, quero desenvolver seus poderes, para que não se transforme apenas em noites de lua cheia, mas, sim, todas as noites. Quero também ampliar meu controle sobre ele. Vou multiplicar homens assim e serão meu exército noturno.

Jekyll ouve e não consegue disfarçar as feições de assombro.

– Por que o espanto, doutor? Por que faz essa força para não aceitar sua natureza? O gentil dr. Henry Jekyll e o terrível sr. Hyde. Não seja tolo. Hyde apenas fez o que o senhor sempre reprimiu por seus próprios preconceitos impregnados em sua personalidade e ao modo que foi criado. Liberte-se, seja você.

O doutor nada diz, apenas escuta atentamente, boquiaberto com as palavras do Conde.

– Montei um laboratório para o senhor, onde encontrará tudo o que precisa, inclusive os prováveis ingredientes para sua poção secreta. É claro que não sei sua fórmula, e se faltar algum item mandarei providenciar imediatamente.

– Não. Não desejo nunca mais me tornar aquela coisa horrível – diz Jekyll balançando a cabeça de forma negativa, como se quisesse convencer-se.

– Não seja tolo, doutor. Não minta para si. Desde que não interfira no seu trabalho e que me obedeça de forma irrestrita, não me incomodarei com as necessidades vis de seu *alter ego*. Com o sucesso de seu trabalho, dentro em breve terá a Europa inteira para servir à sua lascívia sem ser importunado, desde que me sirva com fidelidade.

– Grato, mas não posso. O pagamento combinado já é o suficiente – responde Jekyll, enxugando com um lenço seu rosto suado e apreensivo.

– Como queira. À sua disposição deixei uma vasta literatura sobre o assunto. Creio que não tem o conhecimento necessário sobre bruxaria, o que acompanha esse caso, então lhe apresentarei Ashra, uma velha bruxa cigana que me serve e está hospedada no castelo. Igor é meu servo que gerencia tudo; o que precisar se dirija a ele, que está ausente, mas assim que chegar entrará em contato com o senhor.

– Está certo. Se o senhor me levar ao laboratório, iniciarei imediatamente o estudo do caso; em breve precisarei colher amostras de sangue dele.

– Certamente, mas não quero que ele tenha contato pessoal com o senhor por enquanto. Pedirei a Ashra para fazer com que ele fique em transe durante a retirada das amostras sanguíneas.

– Mas ele não pode estar drogado, não deve haver alteração química em seu sangue.

– Os poderes da bruxa vão muito além de ministrar drogas. Não se preocupe, não haverá qualquer alteração.

Mesmo receoso, o dr. Jekyll cala-se e aceita a determinação. Um desafio médico-científico é tudo o que mais precisa nesse momento de sua vida. Pensa também que, se os misteriosos planos do Conde derem certo, pode se adaptar nesse país e viver seguro de que não será preso por seus crimes cometidos em um passado recente.

O Médico e o Monstro

Lon Talbot está há quase um mês em uma cela no calabouço do castelo de Drácula, sem saber por qual motivo. O local é úmido e gelado, cercado por grossas paredes de rocha e concreto. As barras dessa cela, em especial, são muito mais espessas.

Essa noite iniciará mais um ciclo em que a lua cheia despontará no céu, por esse motivo ele está ansioso e, de certa forma, será a primeira vez em que ele não rezará para que sua transformação não ocorra, pois pressente que talvez seja a única forma de se livrar de seu cárcere.

Ele reza todas as noites pedindo perdão pelos horrores que comete por conta de sua maldição, mas não quer morrer.

Da mesma forma que alguém quando chega às portas da morte e consegue sobreviver agarra-se com força maior à vida, aconteceu com ele após ser amaldiçoado. Ele procura uma cura. Não quer desistir de ser normal novamente.

A noite ainda não chegou, mas o calabouço é tão escuro que em um dia nublado fica difícil distinguir se é dia ou noite.

Apenas uma minúscula janela em cada cela, distante quase quatro metros do chão para circular o ar.

A penumbra domina o ambiente iluminado por tochas. Por essa claridade desponta a sombra de Drácula, que com uma lança medieval em suas mãos se aproxima da cela.

Ao fundo do calabouço, em um canto escuro, o dr. Jekyll observa tudo de forma discreta. Ele já havia coletado o sangue do prisioneiro há dois dias e também o recolheu no início da tarde, mas, conforme orientação do Conde, a velha cigana o deixava em transe para que a coleta fosse realizada enquanto Talbot estava desacordado.

— Boa-tarde, sr. Talbot. Não costumo estar de pé a essa hora, mas a ocasião faz esse desconforto necessário. Vejo que se recuperou dos ferimentos gerados em seu desentendimento com seu pai – diz Drácula.

— Quem é você? O que querem de mim? Por que estou preso? – pergunta Talbot, de pé diante do Conde.

— Muitas dúvidas o perseguem, meu caro, mais do que as simples questões que me pergunta. Eu sou o Conde Drácula e me custou certo tempo encontrá-lo e trazê-lo aos meus domínios. O motivo de estar preso, você sabe muito bem.

— Você está louco; se sabe o que sou, sabe também que morrerá esta noite caso não me liberte agora.

— Não seja tolo, nem mesmo eu sou capaz de sobrepujar essas grades, e mesmo que estivesse solto não seria páreo para mim.

— O que você quer de mim?

— Se possui o valor que penso, eu quero sua essência.

Dito isso, Drácula empunha a lança, faz com que ela passe entre as grades e atravessa o peito de Lon Talbot, que, surpreendido, cai lentamente ao chão. Apenas um arfar é ouvido. Seu olhar é de espanto pela ação rápida e inesperada do Conde. Seu sangue escorre e começa a cobrir o chão de sua cela. A visão do líquido viçoso e vermelho sempre produz uma reação em um vampiro, mas Drácula se controla. Talbot desfalece ficando seu corpo imóvel, sem sinal de vida.

De longe, o dr. Jekyll surpreende-se e gela de terror, põe a mão na boca para evitar soltar um grito, mas permanece petrificado no mesmo local. Um suor gelado começa a brotar em seu rosto. Jamais presenciara tanta frieza. Em seus pesadelos, os quais não sabia distinguir se eram apenas sonhos ou fragmentos da realidade causada por seu outro "eu", assistia a muita selvageria, mas uma ação dessas, implacável, calculista e sem expressar nenhum tipo de emoção, era inédita para o frágil doutor.

A noite já está caindo como um manto negro. Drácula permanece imóvel no mesmo lugar. Com o anoitecer, o vampiro começa a sentir-se mais disposto e seus poderes afloram. Ele já está acostumado com essa sensação, pois há séculos sente o peso do dia, da luz do sol que não consegue encarar.

Mas ele pode permanecer acordado e caminhar durante o dia, desde que o ambiente não permita a entrada da claridade diurna, e mesmo assim seus poderes são extremamente reduzidos e o desconforto é enorme.

A lua já desponta no céu em sua fase cheia. Enorme e iluminada, sua luz clareia o castelo. Drácula continua observando o corpo no chão com a lança transpassada.

Quando a lua chega a seu momento mais poderoso, o perigeu, uma transmutação começa a ocorrer. O sangue que estava coagulando no chão parece recuperar o brilho enquanto o corpo inerte de Talbot convulsiona. Seus olhos abrem e mostram as pupilas dilatadas, a vida retorna por completo, porém o estranho fenômeno está apenas iniciando. Garras começam a surgir no lugar de unhas humanas, pelos crescem por seu corpo, presas afiadas despontam em sua boca, sua mandíbula se expande para a frente, seus tornozelos sobem a fim de proporcionar mais poder em membros inferiores, tornando possível tanto ficar sobre as duas pernas como correr e saltar de quatro. Seu dedo hálux muda de lugar, os músculos ficam salientes e densos.

Essa transformação aparenta ser dolorosa, ouve-se o estalar de seus ossos em crescimento. Sangue escorre por sua boca, enquanto ela se alarga rasgando a carne ao redor para comportar a mandíbula com sua nova dentição afiada; o mesmo ocorre nas pontas dos dedos.

E o mais fantástico acontece: ele se levanta, mesmo com a lança cravada em seu peito!

Com um urro, mais de raiva do que de dor, segura o cabo da lança com as duas mãos animalescas e a retira de seu tórax. O ferimento inicia uma rápida cicatrização, até restar apenas uma mancha de sangue seco.

Instantaneamente ele salta sobre as grades e chacoalha com uma força descomunal, rosnando e deixando saliva escorrer por suas mandíbulas. Drácula continua impassível e mantém um leve sorriso de satisfação em sua boca.

Apesar de toda a força da criatura infernal, ela não é capaz de entortar as barras.

– Excelente! – diz o Conde. – Como eu imaginava, em época de lua cheia ele não pode morrer facilmente, mesmo em sua forma humana. Acredito que somente se for decapitado ou queimado isso pode ser possível. Se sua morte na forma humana ocorrer de uma maneira que permita a transmutação, ele ressuscitará.

– Inacreditável – balbucia o doutor, que mesmo com medo se aproxima lentamente deixando as sombras para saciar sua curiosidade.

O monstro continua incansavelmente tentando romper a grade e atacar Drácula, mas em vão.

– É inútil tentar, fera. Essas grades, além de espessas, foram forjadas com uma liga de ferro e prata, que também o afeta. Agora o dominarei, da mesma forma que domino as feras da noite: Afaste-se! – grita Drácula para a fera assassina.

Momentaneamente o monstro para seu ataque infrutífero diante da ordem do Conde.

– Ajoelhe-se, criatura.

O monstro fixa seu olhar em Drácula, cerra os dentes, mas se ajoelha. Ele continua encarando o vampiro e, de repente, salta sobre a grade novamente.

– Como eu previa, sua fúria insana e sua parte humana dificultam meu controle, mas isso pode ser remediado. Acredito que essa experiência tenha sido proveitosa. Amanhã conversaremos novamente, doutor.

Drácula se retira e a fera uiva. Jekyll fica parado por um breve momento, ainda impressionado com tudo o que viu, e lentamente começa a sair em direção a seu laboratório.

Começa a pensar em tudo o que ocorreu, está chocado tanto com a transformação como com o poder de ressurreição que a fera possui.

Fica pensando também na atitude do Conde, que atravessou o corpo daquele homem com uma lança, com a frieza e habilidade de quem já fizera isto muitas vezes em outros seres humanos.

Percebeu que Drácula não tinha certeza de que a transmutação da fera impediria que aquele pobre homem morresse, e não se importava.

Lembra-se de que, em suas primeiras transformações em Hyde, a estrutura física era diferente, na verdade sua altura foi reduzida; mas, com o passar do tempo e a necessidade por mais poções, isso foi alterado e ele cresceu. A estrutura óssea ficava mais densa e a musculatura mais forte, tanto que ele passou a usar roupas com a medida muito maior quando transformado.

Sua pele também engrossava a ponto de torná-la mais resistente a cortes ou perfurações causados por lâminas; seus ossos da face ficavam mais largos tornando suas feições mais animalescas, assemelhando-se a um homem pré-histórico.

Sua mente fervilha com tantas conjecturas, a emoção de novas descobertas. Chegando a seu laboratório, compara as amostras de sangue de Talbot e percebe a diferença de seus glóbulos na amostra que tirou nessa tarde. É óbvio que há uma relação com a mudança da lua.

Drácula já havia lhe dito que reproduzir lobisomens era relativamente simples, entretanto ele queria manter esse poder que eles possuíam não somente durante a lua cheia, mas em todas as noites.

Jekyll começa a fazer testes para que produza o mesmo efeito no sangue retirado essa tarde, nas amostras dos outros dias; sabe que esse será o caminho. Terá de descobrir uma droga que ative todos os elementos químicos necessários para a transformação.

Mesmo sabedor de sua capacidade, teme que demorem meses ou até anos para conseguir cumprir a tarefa para a qual foi designado, e não sabe se a paciência do Conde se estenderá por tanto tempo.

Quanto ao controle do animal, receia não conseguir achar a solução, pois não entendeu muito bem a influência que o Conde deseja obter, nem como conseguiu que a fera lhe obedecesse por alguns instantes.

Já havia lido sobre hipnotismo, mas das técnicas que tinha conhecimento nenhuma parecia ter sido utilizada por Drácula.

Seria essa a função de um adestrador? Seria puramente psicológico ou alguma outra forma hipnótica de controle? Isso foge totalmente à sua capacitação.

Apesar de pensar da maneira racional de um cientista, começa a notar que havia forças que desconhecia e que Drácula sabia em que estava se metendo; pensa então pela primeira vez em falar com Ashra, a bruxa cigana.

Já haviam sido apresentados, Jekyll foi muito gentil como sempre, mas ela lhe disse: "Agora me menospreza, mas em breve verá coisas que nunca imaginou que existissem e pedirá minha ajuda". Começa então a entender essas palavras.

Muitas questões pairam em sua mente, que trabalha em um ritmo enlouquecedor. Por que o Conde evita sair durante o dia? Será que tem alguma intolerância à luz do sol? Ou será apenas uma alteração em seu relógio biológico?

Junto às suas dúvidas, também sofre com a abstinência de sua poção e sabe que pela primeira vez está em um local onde seu *alter ego* pode se deliciar com a liberdade sem ser molestado, desde que não atrapalhe seu trabalho.

Suas recordações levam-no aos gênios da literatura, cuja construção de suas grandes obras foi regada com álcool e muitos sucumbiram perante esse e outros vícios.

Lembra-se dos viciados nas casas de ópio, que se deliciavam com o sopro do dragão, mas a abstinência acabava com eles.

Perguntava a si mesmo: "Será que Drácula está certo? Será que na verdade eu sou Hyde e não Jekyll?".

Enxuga o suor que corre em seu rosto e contempla as caixas que contêm os ingredientes para a fabricação de sua poção.

De Volta à Europa Oriental

Van Helsing.

A viagem que fizemos percorrendo esses últimos países foi longa e não havia como fazer todo o percurso apenas de trem, pois não existia uma linha férrea que percorresse todas as cidades de onde estávamos até onde queríamos chegar.

Muito me satisfazia quando chegávamos a alguma grande estação ferroviária e eu conseguia encontrar algum bom jornal em inglês ou alemão para que não ficasse alheio ao que acontecia no restante do mundo.

Ao deixarmos a China, o lorde que nos havia acolhido nos oferece condução e escolta até a Rússia, próximo ao ponto onde a malha ferroviária está mais desenvolvida. Enviei mensagem a Jonathan, Seward e lorde Godalming, e receberei a resposta na estação ferroviária Trakiskes.

Alex me pediu permissão para informar ao Vaticano que Drácula estava vivo; eu permiti, pois afinal todos temos os mesmos inimigos em comum, talvez a diferença esteja apenas na maneira de lidarmos com eles. Alex também informou que eu descobri o envolvimento dele com a Igreja Católica. Segredos não são mais necessários.

Chegando à estação, procurei uma cabine de telégrafo e, com muita dificuldade, recebi a mensagem que estava endereçada para mim.

Lorde Godalming e Seward ficaram espantados com minha notícia, e creio que só acreditaram por saberem que eu nunca os alarmaria de forma leviana.

Porém, me disseram que não conseguiram contato imediato com Jonahtan, que estava viajando com Mina e seu filhinho Quincey para a Transilvânia, a fim de enterrarem fantasmas do passado.

Fiquei aterrorizado. Será que eles correm perigo? Será que pensam em passar próximo ao castelo? Mas tenho certeza de que Jonathan, mesmo seguro sobre a morte do Conde, não deixará de tomar os cuidados necessários.

Já faz sete anos que tudo começou, e mais de dois anos que estou nessa jornada. Jonathan e Mina levaram em sua viagem seu filhinho Quincey, que já está com quase 6 anos, o que me deixou mais apreensivo.

Pensando assim, lembro-me de que não há um dia sequer que não penso em meu filho, que agora está com 10 anos de idade, e desde o início de minha viagem eu lhe escrevo sempre que possível. Sinto-me culpado por estar tão ausente, mas é preciso e sei que ele entenderá. Prometo em oração que serei um pai mais atencioso e tentarei conciliar minhas futuras viagens com os intervalos de seus estudos, a fim de que ele possa me acompanhar. Obviamente, após eu terminar de vez com aquele maldito vampiro.

Há dias que penso ser Odisseu[16] tentando voltar para Ítaca,[17] no poema de Homero,[18] tamanha saudade que sinto, apesar de apreciar por demais o trabalho que tenho feito.

Há dias me sinto ansioso, mais ativo. Acredito que seja em razão de minha experiência com as sanguessugas.

Aqui, nessa cabine de trem, não consigo parar de me questionar: "O que deu errado? Como é possível esse demônio ter retornado da morte por uma segunda vez?".

Uma grande falha ocorreu ao fim de nossa caçada. Suas amantes não foram ressuscitadas, pois o ritual foi feito da forma exata.

Mas em Drácula, justamente nosso principal inimigo, deixamos de executar o rito como deveria ser feito.

---

16. Odisseu (ou Ulisses, para os romanos) é o herói grego do poema "A Odisseia", continuação do poema "Ilíada", que narra a jornada desse herói para retornar à sua ilha Ítaca após a guerra de Troia. Sua jornada dura dez anos, e ele enfrenta vários perigos.

17. Uma das ilhas gregas, situada no Mar Jônico.

18. Poeta épico da Grécia antiga, a quem são atribuídas as obras "Ilíada" e "A Odisseia". Estudiosos modernos contestam a real existência de Homero e também a tese de um único criador dessas obras.

Seu coração foi atingido e seu pescoço, cortado, mas por lâminas revestidas com prata e não por uma estaca de madeira. Ele deveria ter sido decapitado. Eu já tinha conhecimento e experiência com vampiros antes desse embate, mas nada que detinha tanto poder e astúcia quanto ele.

– Transmutação! – pensei em voz alta.

Minhas pesquisas confirmaram que muitos vampiros possuem o poder da transmutação, e sabemos que Drácula possuía esse poder.

Seu corpo podia se transformar em algumas espécies de animais, como lobo e morcego; talvez pudesse até manter uma forma intermediária entre humano e esses animais.

De acordo com o diário de bordo do navio *Demeter*,[19] o relato de seus tripulantes confirma seu poder de se transformar em névoa, como também testemunhamos em nosso primeiro embate.

Ele não foi destruído do jeito correto, então, de alguma maneira, e com a ajuda de seus servos, conseguiu de forma inconsciente transmutar seu corpo degenerado em aspecto humano novamente.

Se bem que a palavra "humano" não se aplica a esse ser.

TRANSILVÂNIA – AGOSTO DE 1904

Chegamos a Bistritz por volta das 16 horas e logo estávamos no Hotel Coroa Dourada, pois havia sido esse o local em que Jonathan ficou hospedado quando veio aqui pela primeira vez; então, imaginei que ele teria escolhido esse hotel novamente.

Eu estava certo e tive uma ótima notícia. Jonathan estava bem e já havia retornado a Londres. Se realmente o Conde estiver vivo e ainda aqui na Transilvânia, a visita de Jonathan e de Mina deve ter passado despercebida.

---

19. *Demeter* foi o navio que levou Drácula até Londres, a fim de tomar posse de seus negócios imobiliários e estabelecer-se na abadia Carfax. Todos os passageiros foram mortos, e o navio encalhou com seu comandante amarrado ao leme. Testemunhas avistaram um lobo ou cão saltar para o cais. (Bram Stoker)

Após arrumarmos nossas bagagens, descemos para jantar. Foi-nos servida uma sopa de legumes com queijo e pão. Alex parecia querer me dizer algo, então lhe perguntei:

– O que o aflige, Alex?

– Para ser sincero, professor, aquele nosso assunto sobre minha ligação com o Vaticano – respondeu, revirando um pedaço de batata com o garfo em sua sopa.

– Para mim já são águas passadas, rapaz.

– Eu sei. Mas eu desejo que me compreenda e até me oriente.

– Prossiga, então.

Ele largou a colher, limpou a boca com o pano de prato e falou olhando em meus olhos.

– Meu tio é padre, e foi por intermédio dele que fui "recrutado" pela Igreja Católica romana. Estudei durante algum tempo lá, a respeito de religião, psicologia, línguas, vampirismo, licantropia e bruxaria. Da mesma forma, eles avaliavam se poderiam confiar em mim. À medida que o tempo foi passando, meus estudos se transformaram em treinamento militar, fui tendo mais acesso a outras seções do Vaticano e descobri que havia outros como eu.

– Eu já devia imaginar que a Igreja não era cega a respeito desses acontecimentos – comentei.

– Para mim, parecia até um grupo paramilitar, no qual conciliamos conhecimentos religiosos, línguas, história e também instruções relacionadas a estratégias militares, com preparação física, uso de armas de fogo, facas, espadas e muito treinamento com arcos e besta. Nunca imaginei que a Igreja teria capacidade de prover esse tipo de treinamento. Eu fui escolhido para sair a campo primeiro, e o senhor já era tido pelo Vaticano como o melhor especialista no assunto, pelo menos no mundo ocidental. Paralelamente aos meus relatos para meus superiores da Igreja, também mantenho contato com meus amigos que já saíram a campo. Portanto, quero que o senhor saiba que nesses anos que estamos nessa jornada, o senhor colheu muito mais informação e experiência do que a própria Igreja com todo o seu aparato, e também tem meu respeito e fidelidade; portanto, não sei ao certo quais seus planos, mas pode contar comigo e com meus amigos.

– Muito obrigado, meu amigo. E será muito bem-vinda sua ajuda, pois pressinto que não só nós, mas o mundo corre grave perigo nesse momento. E, enquanto estivermos aqui, só sairemos durante o dia, sempre acompanhados de nossos crucifixos e com algumas flores de alho no bolso. Isso servirá bem contra vampiros, mas fique atento, creio que os aliados de nosso inimigo não se restringem apenas às vis criaturas sugadoras de sangue.

Nota – Tanto a região da Romênia como todos os países vizinhos desenvolveram-se muito desde a última vez que estive aqui, e noto um forte sentimento nacionalista em todos, até mesmo propagandas em folhetins exaltando o príncipe Vlad Tepes como herói nacional.

Verifiquei a ausência de sinais religiosos, nem mesmo crucifixos em locais públicos, e a única igreja pela qual passamos estava em ruínas. Descobri que o imperador proclamou que o Estado se tornara laico e não apoiaria qualquer tipo de manifestação religiosa, dessa forma cortando relações com a Igreja Romana.

Feitos desse tipo não eram únicos na história, porém quando ocorria alguma forma de perseguição a uma religião era sempre em detrimento de outra, normalmente revezando entre católicos e seguimentos protestantes. Entretanto, dessa vez era contra qualquer tipo de religião. Nunca soube de tal acontecimento na história, mas as coisas andam mudando tanto.

Talvez eu esteja exagerando ao pensar na possibilidade de alguma relação desse fenômeno político com Drácula. Provavelmente deve ser alguma ideia socialista, ou por conta da crescente industrialização do país tenha incorporado um desinteresse religioso, mas foram muito além de desvincular o Estado de uma religião.

Aproveitarei esse momento de euforia nacional para ver o que conseguirei colher a respeito do príncipe Vlad e tentar saber algo sobre a ressurreição de nosso inimigo.

Utilizarei outro nome, é melhor precaver-me da astúcia alheia. Nos últimos tempos estou surpreso como tantas outras pessoas me conhecem. Começo a crer que minha destruição pode estar nos planos do Conde.

As repartições públicas nos indicam onde poderíamos obter relatos sobre seu antigo senhor.

Com certa vivacidade e algumas vezes com suborno, tive acesso não só a documentos que o enaltecem, mas aos que lhe conferem o titulo de demônio.

Como já havia decidido, comecei a pesquisar com meu jovem assistente, Alex Cushing, quem foi Drácula no passado.

Minhas dúvidas iam desde sua origem histórica, sua importância para a Europa e sua classificação hierárquica no vampirismo. Já sabia algo sobre ele quando fui chamado por meu querido aluno Seward e nossos outros amigos, mas nada assim tão profundo.

Nossa breve passagem pela Turquia nos revelou um lado mais obscuro de sua história enquanto era um príncipe da Valáquia, Vlad Tepes. Juntei o que aprendi com minhas pesquisas e o que o nobre chinês me forneceu.

Os estudos encomendados por ele foram bem precisos na medida do possível; somavam dois volumes sobre o Conde.

Mas nada melhor do que a pesquisa sobre ele em sua terra natal. Há anos pensávamos que tínhamos destruído o demônio, mas ficou claro que realmente ele estava vivo, se é que podemos usar esse termo.

Acreditamos nessa possibilidade porque, quanto mais nos aproximávamos do castelo, as entrevistas com os camponeses se tornavam cada vez mais difíceis, chegando a ser agressivas. Fomos expulsos de estalagens, tabernas e até de um pequeno vilarejo. Evitávamos os ciganos, pois sabíamos que eram aliados de Drácula.

Tempos atrás, os moradores das aldeias e vilas próximas ao castelo temiam falar no assunto. Nas cidades grandes e na capital não mostravam nenhum interesse sobre isso e se dividiam entre os que de nada sabiam e os que viam como lendas, às quais somente os camponeses e ciganos menos esclarecidos davam crédito.

Como dizem, a maior façanha do Diabo foi fazer com que os homens não acreditassem em sua existência.

Agora acontece algo muito estranho, parece que em pouco tempo toda a região adquiriu um forte sentimento nacionalista, cultivando a memória de seus líderes do passado e colocando o príncipe Vlad Tepes como herói nacional.

Quem diria que em um passado próximo alguns familiares dessas mesmas pessoas que enaltecem Vlad serviram de alimento para Drácula.

Quando o vento nos favorece, esquecemos o período de tempestades pelo qual passamos.

O local estava mais desenvolvido, o comércio havia prosperado, as colheitas abundantes; então, para alguns valia a pena que um ou outro incauto sucumbisse ao vampiro ou esquecesse que algum familiar ou amigo já havia sido uma das vítimas.

Mesmo com todas as adversidades, conseguimos um material farto sobre o passado do Conde; agora devo peneirar o folclore da realidade histórica.

Durante nossas buscas por conhecimento, quase não tínhamos tempo para as refeições durante o dia. Por vezes o que nos saciava era um típico pão doce local feito com um tubo de massa de pão assado na brasa de carvão com açúcar e canela. Ficava macio por dentro e crocante por fora. É uma pena não ter um café quente para acompanhar.

Retornando de um antigo mosteiro que agora não possui nenhum artefato religioso e serve como biblioteca e repartição pública, estava entretido com meus pensamentos, tentando fazer diversas relações entre acontecimentos passados e contemporâneos, quando minha linha de raciocínio foi interrompida por Alex.

– Professor, durante nossa viagem o senhor me contou sobre seu confronto com Drácula, mas, lembrando dos detalhes dessa história, noto que o senhor já sabia muito sobre vampiros. Aliás, muito do material que levantamos só veio a certificar o que o senhor já tinha conhecimento. Então eu pergunto: o senhor sempre foi interessado por esse assunto? O que levou a essa curiosidade?

– Alex, meu jovem, vejo que está sempre atrás de respostas, e isso é muito bom para um pesquisador. Nem meus amigos Jonathan, lorde Godalming e o finado Quincey tiveram essa curiosidade em me questionar a esse respeito; somente o dr. Seward, que é um amigo de longa data, sabe sobre esse assunto.

– Desculpe, professor, se me intrometi em sua privacidade – disse Alex.

– De forma nenhuma, meu jovem amigo, e trata-se, de certa forma, de uma questão científica. Meu conhecimento anterior não era tão farto assim e derivava de fontes nem sempre confiáveis; hoje temos convicções sólidas, certezas que não foram baseadas no empirismo. Eu só evito tocar nesse assunto, pois apesar de já ter passado certo tempo ainda me causa tristeza. Antes de meu amigo dr. Seward pedir auxílio por conta da estranha doença da srta. Lucy Westenra, que rapidamente percebi que a causa foi um vampiro, eu tive algumas experiência no assunto. Já havia lido sobre o tema, ouvido alguns boatos, colhido algumas evidências, mas meu primeiro encontro com um vampiro veio logo após meu filho ter completado 1 ano de idade. Infelizmente a vítima foi minha esposa. A princípio, também pensei que se tratava de uma forte anemia. Quando vi as marcas em seu pescoço, fiquei desorientado; não entendia ao certo o que estava acontecendo, e mesmo com meu conhecimento sobre ocultismo foi duro de acreditar no que estava vivenciando, como ocorre com todos nessa situação. Eu consegui encontrar e matar o vampiro, que não era nem uma sombra de Drácula, mas não consegui salvar minha esposa. Foi o pior dia de minha vida quando tive de enterrar uma estaca em seu coração e decepar-lhe a cabeça para que sua alma descansasse em paz.

Ao terminar de falar, uma lágrima escorre pelo canto de meu olho, então ficamos por um momento em silêncio e continuamos caminhando pelo terreno pedregoso.

ROMÊNIA – NOVEMBRO DE 1904

Arqueólogos sustentam que no nordeste do país ficava situada a mais antiga civilização europea do Período Neolítico,[20] denominada Cultura de Cucuteni.[21] Isso demonstra quão antigas são suas origens,

---

20. Ou Idade da Pedra Polida, é um período da pré-história marcado pelo fim da Era Glacial, entre 12000 a.C a 3000 a.C., quando o homem utilizou a pedra polida. Nesse período ocorreram importantes evoluções para o progresso da humanidade.

21. Cultura estabelecida no Período Neolítico que ocupou o território dos países conhecidos hoje como Romênia, Ucrânia e Moldávia. As figuras femininas pintadas em sua cerâmica indicam que eram uma sociedade matriarcal.

cultura e folclore, o que, decerto, originou tantas coisas boas e também ruins.

A etimologia referente ao nome Romênia vem de Roma e enfatiza as origens do país como mais uma das províncias do extenso Império Romano.

A região era habitada pelos dácios e conhecida como Dácia; foi transformada em província romana por Trajano entre os anos 101 e 106 d.C.

O imperador Aureliano abandonou a província aos godos, entre os anos 271 e 275. Os godos foram dominados em 375 pelos temidos hunos, mas com a morte de Átila e a desintegração de suas conquistas a região passou por uma série de dominações.

Adiantando um pouco a história, durante a Idade Média a Romênia era formada por três principados, Moldávia, Valáquia e Transilvânia. Esses países sofreram com constantes domínios, que se dividiram entre os Impérios Otomano, Austríaco e Russo.

A Romênia como conhecemos hoje nasceu com a união dos principados da Moldávia e da Transilvânia, em 1859, após a guerra da Crimeia.

Durante a guerra da Rússia contra a Turquia, os romenos lutaram junto às forças turcas e, após o conflito, foram reconhecidos como nação independente dos impérios que a cercam e segue em prosperidade.

Não deixa de ser perigoso caminhar por bosques e florestas onde vive a maior parte dos ursos e lobos da Europa. Sem contar o poder que nosso inimigo exerce nessas feras.

As características do vampiro romeno são as mesmas dos territórios vizinhos. Aliás, nosso inimigo conhece muito bem aquela região tanto em vida como também em seu estado de morto-vivo. Isso é uma enorme vantagem a ele.

Soubemos que na Romênia e em outros países, durante a Antiguidade, há relatos de que comiam pedaços do vampiro, em especial as cinzas do coração, para se proteger ou adquirir poderes sobrenaturais.

Relatos também dão conta de que torravam o coração do vampiro, misturavam com água e davam para crianças beberem para de alguma forma protegê-las.

Como eu já sabia, é uma terra de muitas crendices e superstições, mas em torno disso há muita verdade.

Aqui o sentimento nacionalista aumenta diariamente, assim como o desenvolvimento industrial.

BULGÁRIA – JANEIRO DE 1905

A Bulgária conseguiu se defender do Império Bizantino, mas sucumbiu ao Império Otomano.

Em 1878, conquistou sua independência como um principado autônomo. Sua região é composta pelas antigas Moésia, Trácia e Macedônia.

Novamente a geografia apresenta um relevo bem montanhoso.

Sua cultura tem um forte apelo musical, sendo as letras passadas de geração em geração.

É por meio das letras das músicas que as antigas histórias são contadas, e com elas aprendemos sobre suas lendas, superstições e histórias reais envolvendo seres sobrenaturais.

Quando conhecemos outros países, temos de nos inserir em sua cultura; dessa forma, há um melhor entrosamento que nos permite um bom acolhimento.

O teor de nossas pesquisas requer confiança, e isso se adquire com muito tempo, mas não temos esse luxo.

Tentamos sempre ser o mais honestos possível com nossos anfitriões e, aos poucos, compartilhamos de seus costumes.

Uma das formas mais fáceis e, na maioria das vezes, mais agradáveis é o compartilhamento de sua culinária e o respeito a suas tradições, por mais dessemelhantes que sejam da nossa.

Dessa vez conhecemos o *tarator*, uma sopa de iogurte com pepino, nozes, alho, óleo vegetal e água. Normalmente é servida no verão.

Na Bulgária o vampiro também é conhecido como *Vorkolaka*, sendo a alma de um criminoso que assombra o local de sua morte, atacando e sugando o sangue de quem passa nas imediações. É uma alma presa à Terra, não podendo ir nem para o céu nem para o inferno. Diferentemente de uma alma penada ou assombração, seu estado é tão físico como o de qualquer homem.

Os búlgaros acreditam que o vampiro podia deixar descendência, fruto da relação com um ser humano. A criança nasceria com dotes paranormais e poderia detectar e destruir um vampiro, como o *Dhanpir* cigano.

Pessoas assim seriam aliados valiosíssimos. É uma pena não termos tempo disponível para encontrar esse tipo de pessoas.

Perguntei a Alex se a Igreja sabia da existência desses seres, ou até mesmo se entre aqueles que estavam sendo treinados havia homens com esses dotes especiais; mas ele disse que não, e certamente a Igreja pode até saber que existem, mas não tem nenhum deles em suas fileiras, pois iria utilizá-los na atual situação.

SÉRVIA – ABRIL DE 1905

Principado autônomo entre os anos 1817 e 1872, principado independente entre 1878 e 1882, sendo hoje um reino independente.

Situa-se na região balcânica, possui uma cultura muito diversificada; sua culinária é muito farta, então me dei ao luxo de me empanturrar com seus deliciosos doces.

Lá, encontramos relatos interessantes e confiáveis sobre vampiros.

O alemão John Heinrich Zopfius, em sua *Dissertação sobre Vampiros Sérvios*, de 1733, nos fala:

> Vampiros vagam à noite, saindo de suas sepulturas, e atacam pessoas que dormem tranquilamente em suas camas, sugam todo o sangue de seus corpos e os matam. Eles atacaram homens, mulheres e crianças, não poupando idade nem sexo. Esses que estão sob a malignidade fatal da influência dos vampiros reclamam de sufocação a uma deficiência total, depois das quais eles logo expiram. Alguns a quem, quando às portas da morte, foi perguntado se poderiam contar o que estava causando seu falecimento, respondiam que o morto retornou da tumba para retirar a vida dos vivos.

Os sérvios acreditam que um lobisomem em vida se torna um vampiro na morte, e assim os dois são muito proximamente relacionados.

Os eslavos separam bem as características, sendo vampiro o morto que retorna para sugar o sangue dos vivos e lobisomem alguém que se transforma em lobo ou um ser intermediário entre lobo e ser humano.

Nota – Os eslavos têm conhecimento amplo sobre os lobisomens; ficarei mais tempo aqui para aprender mais sobre essas criaturas. A essa altura estou convencido de que existem e são distintos do vampiro, também notei que é um assunto debatido abertamente. Eles temem a fera, mas não da forma que temem os vampiros, que os julgam não como bestas irracionais, mas seres capazes de crueldades imensas, em que sua vingança ultrapassa quem provocou sua ira, e atinge familiares e até a própria aldeia.

Todo o cuidado é pouco nessa empreitada. Drácula não hesitaria em utilizar tudo o que tivesse a seu alcance para nos destruir. Animais, ciganos, outros vampiros ou qualquer coisa que tenha à sua disposição, então é bom termos o conhecimento do que, porventura, possa nos atacar. Com certeza, alho, crucifixo e uma reles estaca não nos ajudariam em nada contra a fúria de uma fera assassina.

A Poção do Mal

Junho de 1905.

O dr. Jekyll começou a estudar cada vez mais sobre o assunto do qual foi incumbido. Ficava trancado em seu laboratório e chegava a perder a noção das horas passadas, trocando por vezes o dia pela noite. Dessa forma não havia tanto tempo para pensar no prazer que sua poção lhe proporcionava e que possuía todos os elementos para fabricá-la em mãos.

Não era leigo quanto a transformações, na verdade era um dos maiores especialistas sobre o tema no mundo inteiro.

A diferença entre sua transmutação puramente científica e a de Talbot, até então sobrenatural, era grande.

"Mas o que é ciência e o que é magia?", refletia o doutor sobre o assunto. A bruxaria de ontem é a ciência de hoje.

O assunto é místico enquanto ainda não encontraram a explicação, após isso se torna científico. O mundo era plano até que se provou que era redondo. Alquimia hoje é Química.

Nas últimas semanas, Jekyll fez várias anotações e cálculos, utilizando como referência seu velho diário e também um antigo livro sobre o assunto que o Conde lhe fornecera.

Licantropia, da forma que foi vista pelo doutor, deveria ser apenas um estágio avançado da doença desenvolvida em um ser humano cuja biologia favoreça essa evolução. Ou no caso de o contágio ter sido feito pela mordida de um lobo já infectado, diagnosticado erroneamente como raiva, e que possua uma biologia mais forte e predomine quando se mistura ao ser humano.

Essa infecção também é passada por um homem infectado por meio das bactérias encontradas em sua saliva, quando entram em contato com a corrente sanguínea de outra pessoa. Algo assim tão forte como as encontradas no dragão-de-komodo.

A infecção causada apenas por ferimentos de garras ainda não foi comprovada. É um estudo de difícil estatística, quase impossível, além do fato de que a maior parte das vítimas morre após ser atacada, e muitos casos são ocultos ou confundidos com outras causas.

Possivelmente apenas uma pequena parte dos seres humanos desenvolva esse tipo de transformação, a maioria sucumbe perante a infecção, caso contrário teríamos testemunhado verdadeiras epidemias e não casos isolados nos quais eu mesmo, até pouco tempo, não acreditaria.

Essa era a forma de preservação da vida, evoluindo em um ser híbrido.

Quanto à mutação ocorrer durante o período noturno em fases de lua cheia, a explicação ainda carece de dados suficientes.

A lua tem uma interferência direta sobre o planeta, o que é percebido pela mudança das marés. Os antigos sempre a associaram a deuses, à fertilidade, à colheita e até ao corte de cabelo.

Isso tem um valor histórico, mas pouca influência em um estudo científico, porém a experiência prova que, onde há fumaça, há fogo. É indiscutível a sabedoria dos povos antigos, eles apenas não apresentam explicações que gostaríamos de ouvir.

Com o surgimento de estudos psicológicos que definem criminalística e criminologia, começou-se a coletar dados criminais e notou-se um considerável aumento dos crimes violentos em período de Lua cheia.

As peças do quebra-cabeça estão jogadas à mesa, basta serem encaixadas. Mas o doutor não tem tempo para isso. Drácula não anseia por explicações de fenômenos já conhecidos por ele.

Lembrava-se das correspondências que trocava com William Bateson,[22] nas quais discutiam sobre hibridação e as teorias de Mendel.[23]

---

22. Biólogo inglês, pai da genética.
23. Gregor Johann Mendel, monge, botânico e meteorologista austríaco que formulou as leis da hereditariedade, hoje conhecidas como leis de Mendel.

Apesar de sua curiosidade e saber que poderia levar ao mundo um conhecimento comprovado de tamanha descoberta, que pensava ser fruto de contos para assustar crianças ou de pessoas ignorantes, e que a explicação estava tão próxima, transformando-se quase que naturalmente em sua mente.

A oportunidade de ser reconhecido mundialmente pela comunidade de pensadores. Quem sabe ser um vencedor do recente e já tão reconhecido Prêmio Nobel?[24] Ser aclamado publicamente por uma elite de intelectuais, palestras, publicações, entrevistas; todos esses pensamentos massageavam seu ego e o faziam sonhar.

Mas e seus crimes do passado? Como faria para apagá-los? Deveria pedir asilo em um país que ignorasse seus devaneios do passado, que por certo foram cometidos por seu *alter ego*, que surgiu a partir de uma pesquisa científica.

Tudo foi em prol da ciência. Para o benefício da humanidade.

Pelo menos era assim que ele pensava. Uma bela desculpa para eximir-se de qualquer responsabilidade por seus atos.

Era possível sentir o gosto do sucesso, o reconhecimento que não lhe foi concedido, o prestígio tão almejado.

Ficou eufórico com as possibilidades. Quanto mais imaginava as conquistas que podia alcançar, mais seu cérebro trabalhava em busca da solução para os pedidos do Conde.

Será que Drácula permitiria que Jekyll revelasse o teor de suas pesquisas? Quais seriam os planos de seu empregador?

Por outro lado, o Conde deveria ter grande prestígio político ou o conquistaria após o doutor conseguir o que pediu. Isso poderia ajudá-lo a fazer com que os registros de seus crimes fossem apagados.

É claro que Jekyll não era ingênuo e sabia que o objetivo serviria para algum tipo de persuasão, uma guarda particular ou até mesmo um exército.

Mas qual nação desse mundo que tivesse esse conhecimento hesitaria em usá-lo a seu favor como arma?

---

24. Alfred Nobel, em sua morte em 1866, deixou a fortuna de sua herança determinando em seu testamento a criação de uma fundação que premiasse pessoas que prestaram grandes serviços à humanidade nos campos da paz, Literatura, Física, Química, Diplomacia, Fisiologia ou Medicina. A primeira premiação ocorreu em 1901.

Essas questões políticas pouco importavam ao doutor, queria apenas ser reconhecido por seu trabalho.

Seu elixir que resultou em sua transformação em Hyde era uma mistura química que possibilitava uma transmutação semelhante à de Talbot. O corpo mudou, a estrutura ficou menor e mais magra, em um primeiro momento; posteriormente, ficou maior, mais forte, resistente, insano e promíscuo.

Provavelmente essas alterações tinham uma relação com o enorme aumento da produção de testosterona em seu corpo, que após o efeito de seu elixir diminuía tão drasticamente que seu corpo catabolizava seus músculos e até a parte da massa óssea adquirida, retornando à sua forma normal.

Talbot apresentava alterações proporcionalmente semelhantes. Sua estrutura foi modificada, ficou até mais forte do que o sr. Hyde, muito mais ágil e veloz; cresceram garras e presas, mas ficou completamente incontrolável por uma fúria somente a ser saciada com matança.

Seria mais simples se Drácula quisesse apenas a fórmula do dr. Jekyll, apesar de que não seria certo que ela funcionasse com qualquer um que a ingerisse. "Mas que diabos!", pensou. "Por que ele apenas não me paga para melhorar minha fórmula, já que tem conhecimento dela? Qual o motivo de preferir essas bestas indomáveis?"

A resposta, longe do raciocínio do doutor, era que Drácula não queria alguém que pensasse por si mesmo, queria uma criatura sob seu completo comando. Uma fera assassina, com o instinto e a estrutura corpórea totalmente voltada para matar. E o aspecto muito mais assustador do que o de Hyde. O terror em seu mais alto grau era também uma arma inibitória.

Nesse momento, envolto em suas elucubrações, Jekyll queria sentir novamente a sensação de liberdade e poder que o uso de sua fórmula lhe proporcionava.

Enganava a si mesmo imaginando ser necessário para uma melhor compreensão sobre o que ocorria com Talbot.

Abandonou as amostras de sangue separadas em tubos de ensaio, o velho livro e suas anotações. Voltou-se aos ingredientes fornecidos pelo Conde para a fabricação de seu elixir.

Sem dúvidas o impedindo, começou a mistura. Suava frio e tremia como se fosse um dependente de ópio prestes a sentir o "sopro do dragão" levando-o a uma viagem.

Ofegante, respirava pela boca enquanto misturava os ingredientes necessários, inserindo por último o sal especial. O líquido ficou fumegante, teve a primeira alteração de sua cor. Logo em seguida sua coloração alterou-se novamente e parou de fumegar.

Era noite e seu elixir estava pronto. Continuava ofegante e excitado. Enxugou o suor de seu rosto, respirou fundo e tomou tudo com apenas um gole.

O líquido desce aquecendo sua garganta, a sensação se iguala à mesma sentida por um alcoólatra quando está há dias sem bebida e lhe é oferecida uma garrafa inteira. Seus olhos ficam avermelhados; ele retira seus óculos, pois não precisa mais deles. Sua visão está perfeita.

Um rosnar sai de sua boca enquanto suas feições vão se alterando. Sangue circulando mais rápido em seu corpo, as veias se dilatam. Há um alargamento da face com uma dilatação maxilar bem visível. Seu aspecto faz lembrar o de um homem mais primitivo. Até mesmo seus pelos engrossam e seus cabelos ficam mais volumosos.

Seus ossos estalam enquanto vão se alongando. Ele cresce, seu corpo fica mais denso e rígido. Músculos hipertrofiam aumentando consideravelmente seu peso e sua forma. Ocorre também o fortalecimento de seus órgãos, os tendões ficam mais resistentes e até sua pele fica mais grossa.

A transformação é agonizante, porém não causa dor como a de Talbot.

A figura é grotesca, mas poderosa e impressionante. Nenhum gladiador em sua melhor forma seria páreo para ele na arena do famoso Coliseu romano, mesmo se estivesse desarmado.

Caso Cesare Lombroso[25] pudesse vê-lo e exibi-lo ao mundo, não haveria dúvidas sobre suas controversas teorias criminalísticas, nas quais, com clara influência da frenologia,[26] defende que é possí-

---

25. Cientista, médico e cirurgião italiano, também era um defensor do espiritismo. Defendia que era possível prever que uma pessoa tinha tendências ao cometimento de crimes, por suas características físicas.
26. Teoria desenvolvida pelo médico alemão Franz Joseph Gall, que defende ser possível determinar o caráter e a característica da personalidade, incluindo a tendência ao cometimento de crimes, pela observação do formato do crânio.

vel identificar um criminoso por meio de certas características físicas, que, coincidentemente, a mutação que ocorre carrega a maioria delas.

Essas alterações físicas são seguidas com um tremendo desvio de personalidade que em nada se assemelha ao tímido doutor.

Agora o dr. Henry Jekyll não está mais presente, ele dá lugar ao sr. Edward Hyde.

– Voltei! – diz em uma voz rouca e apavorante.

O poder da transmutação, seja pelo elixir que transforma Jekyll e Hyde ou pelo tipo de contaminação que transforma Talbot em um lobisomem, não altera suas vestimentas.

As roupas de Hyde rasgam-se com o aumento de sua estrutura corpórea. Mesmo Jekyll prometendo a si mesmo que não tomaria sua poção novamente, talvez de forma inconsciente, ele trouxe consigo algumas mudas de roupas para seu *alter ego*.

Hyde abre o baú onde as roupas estavam guardadas e as veste.

– Obrigado, bom doutor. Minha cor favorita – fala Hyde em uma estranha ironia consigo mesmo.

Sua roupa consiste em uma calça, camisa e um longo casaco verde-musgo, cuja parte de cima cobre seus ombros como uma meia capa, acompanhado de uma cartola da mesma cor, adornada com uma faixa de tecido preto.

A figura sai dos aposentos e caminha pelo castelo em direção à saída.

No meio do caminho, esbarra no arquiduque Francisco Ferdinando, que quase cai ao chão. Hyde olha para trás e ri.

O arquiduque assusta-se com a expressão do grotesco ser com olhar impiedoso.

– Quantas criaturas perversas abriga Drácula em seu castelo? – pensa em voz alta Francisco Ferdinando, que é mantido cativo pelo Conde.

Já no pátio do castelo, Hyde encontra Igor e determina:

– Leve-me à cidade mais próxima, corcunda. Esta noite quero festejar meu retorno, com muita bebida e mulheres.

Igor tem quase a metade de seu tamanho, mas nada o intimida. Ele mantém a ordem no castelo e também tem seu orgulho próprio.

– Não sou seu lacaio, cão. Pegue um cavalo ou a charrete e conduza você mesmo.

Hyde ri jocosamente e diz:

– Esqueci que você só é lacaio da nobreza – retrucou, referindo-se ao Conde. – É melhor eu ir só, mesmo. Sua figura repugnante assustaria até as prostitutas mais bêbadas.

Igor fecha as mãos, range os dentes, vira-se e sai, pois sabe que não deve interferir com os convidados de Drácula.

A pequena charrete foi projetada para duas pessoas e pode ser puxada por um ou dois cavalos. O tamanho de Hyde quase ocupa o assento inteiro, mas os dois cavalos que estão atrelados são fortes o suficiente para conduzi-lo com facilidade e velozmente.

A estrada está boa, pois foi recentemente reformada em razão da maior constância de visitas recebidas pelo Conde a seu castelo.

Em pouco tempo Hyde ouve o som de música em uma taberna propositalmente afastada do vilarejo, a fim de que o barulho e a presença de moças um tanto quanto vulgares não incomodem os cidadãos mais conservadores.

Hyde abre a porta de carvalho da taberna e adentra subitamente. O local fervilha de camponeses e viajantes que buscam diversão em outras bandas. Mulheres dançam e bebem à mesa. Com a entrada espalhafatosa de Hyde, os aldeões param a música e surpreendem-se ao ver a grande figura formosamente vestida.

– Por que pararam a música? Agora é que a festa vai começar – reclama Hyde.

– Voltem a tocar! – manda o dono do estabelecimento. – Perdoe-os, nobre senhor, são camponeses um pouco ignorantes, não estão muito acostumados a pessoas distintas festejando conosco.

– Pois podem se acostumar. Se a bebida for boa e as mulheres forem fogosas, eu me servirei aqui mais vezes. Traga uma jarra de cerveja e uma dose daquela aguardente de ameixa.

– Sim, senhor.

Apesar de seu aspecto, os trajes de Hyde são de um cavalheiro, e, mesmo não se mostrando muito educado, demonstra que tem dinheiro e quer gastá-lo essa noite; isso é o que importa ao proprietário.

Duas mulheres com saias justas na cintura e decotes voluptuosos se aproximam.

– Podemos sentar, amável senhor?

– Amável? Há, há, há. Sentem-se. Vamos descobrir quanto estou amável essa noite. Traga também uma jarra de vinho para as donzelas. Há, há, há! – ria com seu humor irônico e sarcástico habitual.

Hyde bebe muito, animado com o som dos instrumentos tocados pelos frequentadores da taverna, enquanto bolina as moças que já estão sentadas em seu colo. Elas não são lindas, mas há beleza em seus traços. Bochechas rosadas por conta da suas peles claras e do vinho que bebem. Aparentam ter quase 30 anos de idade e, para os costumes locais, parece que nunca foram desposadas.

A vida das mulheres solteiras é dura. Elas esperam ganhar ao menos um amante costumário que as auxilie em seus gastos. Caso contrário, ganhar uns trocados por uma noite de amor e vinho não é má ideia.

Para a sorte de todos que ali estão, Hyde quer apenas festejar, pois havia muito estava preso no corpo do doutor. Seu instinto assassino parece não aflorar, desde que ninguém o olhe de forma repressiva ou pise em seu pé.

A música prossegue acompanhada do canto embriagado de alguns fregueses.

O chão da taverna está sujo com restos de comida e bebidas que caem das canecas que balançam nas mãos já inseguras dos beberrões.

O ambiente é embaçado e a fumaça das lamparinas se mistura ao fumo de alguns cachimbos.

A vida longe das grandes cidades não é muito movimentada. Pouco dinheiro e muito trabalho duro é ao que estão acostumados. Em noites como essa, esquecem os problemas e festejam mesmo sem motivo pelo simples fato de estarem vivos.

Ainda é madrugada quando ele retorna para o castelo. Aos poucos o efeito da bebida vai diminuindo, mas ele continua levemente embriagado.

Está sexualmente satisfeito, pois as duas mulheres deram conta do recado, apesar de terem ficado exaustas. Elas também foram bem recompensadas pelo bom desempenho.

No meio do caminho ele para a fim de urinar. Desce e escolhe uma árvore na beira da estrada.

No meio da escuridão, próximo à imensa figura, dois olhos brilham e um vulto se aproxima, chamando a atenção de Hyde, que olha em sua direção, mas não o faz interromper seu fluxo urinário.

Um grande urso pardo macho. Seus pelos assemelham-se a duas estrelas à luz do luar. Ele ruge, mas um rugido inseguro. Seu instinto parece lhe dizer que talvez não valha a pena essa luta para confirmar sua supremacia.

– Sai pra lá, pulguento – grita Hyde, enquanto fecha sua braguilha. – Não vê que estou marcando território?

O urso avalia que não vale a pena a contenda. Descontente, o animal vira-se e some na floresta.

Ele prossegue e a pequena charrete adentra ao castelo. Hyde desce e a abandona sem o menor cuidado, deixando os cavalos atrelados, mas logo um dos ciganos cuida de tudo.

Ao entrar, encontra as novas amantes do vampiro em uma das alas do castelo.

Elas estão vestidas com longas camisolas de seda tão fina que chegam a ficar transparentes. Seu caminhar é tão leve que dá a impressão de estarem flutuando; seus lábios vermelhos aumentam a brancura de seus dentes.

O ar de sedução paira no local. As vozes, os trejeitos delas, tudo insinua uma sexualidade latente. A volúpia é seguida por um clima de assombração que confunde os sentidos das pessoas. Medo e desejo se misturam em sua presença.

Há um conflito agindo no corpo delas, fruto de sua recente transformação. A excitação sexual confunde-se com a excitação por sangue, que lhes proporciona um prazer até então desconhecido semelhante a algum tipo de droga entorpecente.

– Novo hóspede? – pergunta Verônica.

— Mais ou menos – responde Hyde com um sorriso no rosto.

— Você é grande, acho que dá para dividir em três – fala Tânia, enquanto todas riem, mostrando os dentes caninos afiados e protuberantes.

— Moças, três é pouco para mim, mesmo tendo eu acabado de brincar assim, mas algo me diz que as senhoritas não se contentariam só com minha quentura em suas camas. E também não devo desrespeitar meu anfitrião, sem saber a relação entre todos aqui, e pelo que meu "amigo" Jekyll me disse, o Conde não parece ser muito complacente com quem não o agrada. Então, boa-noite.

Hyde se retira e elas riem e se abraçam. O clima de sedução era na verdade um clima de tensão. Elas queriam sangue e vislumbraram instintivamente uma oportunidade única de se alimentarem de um homem que possuía tamanha energia.

Seres como eles têm uma percepção aguçada, e Hyde logo notou, mesmo sem conhecê-las e sem saber ao certo que criaturas elas eram, que ofereciam perigo.

Ele não as temeu e, se fosse em outra ocasião, pagaria para ver. Mas lembra o que presenciou na forma de Jekyll, as atitudes de Drácula quando ele varou Talbot com uma lança e sentiu em sua presença um grande poder.

Também não teme Drácula, mas não há motivo para desagradá-lo. Está em sua morada, sendo pago por ele e tem total liberdade em usar sua lascívia.

Não sabe também ao certo quem elas são, mas sabe que se mantivesse relações com elas ou se as machucasse teria problemas. Esse não é seu interesse. Quer apenas aproveitar o que lhe está sendo propiciado, e sabe que, se seguir as regras de Drácula, aproveitará bem mais.

Quanto às vampiras, mal sabiam elas onde estavam se metendo. Enganavam-se achando que Hyde seria uma presa fácil.

Provavelmente ele mataria as três, assim que descobrisse como fazer isso, pois elas ainda não eram tão poderosas.

Talvez as estuprasse como uma sórdida forma de vingança. Ou profanaria seus corpos após quebrar-lhes os pescoços. Tão vil era aquele ser, que é difícil prever as coisas das quais ele é capaz.

Elas também não insistiram nas provocações, pois eram obrigadas a controlar seus ímpetos. As ordens de Drácula eram para que não importunassem os hóspedes.

Nunca haviam sido castigadas pelo Conde, mas já sabiam quanto ele poderia ser cruel.

Ressaca

É de manhã, e uma dor de cabeça dá bom-dia ao dr. Jekyll. Ele se levanta de sua cama e lentamente se lembra da manhã passada. A sensação das lembranças é semelhante a um sonho.

Com um sorriso no rosto, ele se espreguiça como um gato vadio. Está aliviado por não ter cometido nenhum crime, mas, apesar de sua cabeça estar latejando por conta de sua transformação e do excesso de bebida alcoólica, está muito contente.

Lava o rosto, limpa os dentes, penteia o cabelo, coloca suas roupas e seus óculos.

São mais de 10 horas da manhã quando desce para comer algo; no caminho cumprimenta uma senhora com seu infante filho já de saída, e na mesa se surpreende com o arquiduque Francisco Ferdinando e sua esposa terminando o desjejum.

Ele tinha se acostumado a fazer a primeira refeição tarde, pensando em evitar os encontros com os outros frequentadores do castelo. Por fim, ficavam bastante tempo à mesa nessas horas de rara descontração, mas grande parte do tempo permaneciam em seus quartos.

– Bom-dia – cumprimenta o doutor ao casal.

Sua aparência tranquila transpirava simpatia, e sentiram-se à vontade com a presença dele, que era diferente do que estavam acostumados a ver durante a noite pelo castelo.

– Posso me sentar aqui? – perguntou.

– Claro, fique à vontade – respondeu o arquiduque.

Jekyll serviu-se de uma espessa fatia de pão, queijo e salame. Pegou também uma xícara de chá com três torrões de açúcar e adicionou um pouco de leite.

A curiosidade percorria a mente da família do arquiduque. Quem seria aquele inglês de modos finos, que parecia estar alheio a tudo o que ocorria?

– Posso fazer uma pergunta ao senhor...

– Jekyll é meu nome.

– Eu sou Francisco Ferdinando, arquiduque da Áustria, e esta é minha esposa Sofia. A senhora que saiu há pouco da mesa com seu filho é da Hungria; pouco sabemos a respeito dela, mas é uma boa pessoa e parece que está nesse castelo nas mesmas condições que eu e minha esposa.

– Oh, perdoe meus modos. É um imenso prazer conhecer mais um nobre – falou ao mesmo tempo em que se levantava e prestava reverência.

– De forma alguma. Mas notei que o senhor é um pouco diferente dos outros hóspedes. Qual é sua ligação com o Conde Drácula?

– Eu sou médico. Bem, na verdade, cientista, e ele me contratou interessado em algumas pesquisas sobre... a fauna local.

– Fauna?

– É. Parece que o Conde é preocupado com as espécies de animais da região e se não oferecem perigo ao seu povo.

– Preocupado com o povo? A única preocupação que ele tem é em tomar o poder – disse Sofia.

– Calma, querida, por favor – interferiu o arquiduque. Perdoe a emoção de minha esposa.

– Não, eu é que peço desculpas. Não sei qual a relação do senhor e de sua família com o Conde, eu apenas estou fazendo o trabalho para o qual fui contratado.

– Sem dúvida. Nós estamos aqui em uma condição diferente.

– Somos seus prisioneiros – reclamou Sofia.

Ela era uma mulher direta.

– Essa questão, acredito que será resolvida em breve. Meu tio, o imperador austro-húngaro, decerto já está acertando tudo. Essa nossa condição é passageira e puramente política.

– Sim – disse Jekyll, sem saber ao certo o que falar.

– É que eu apenas temo pela segurança de minha família. Raramente vejo Drácula e, quando o encontro, é sempre durante a noite. Falamo-nos pouco e ele assegurou-me que estou protegido e sou seu convidado, mas vejo coisas estranhas acontecendo. Recentemente é comum a chegada de jovens de diversas partes da Europa, com aparência, vestimentas e modos de quem pertence a classes altas, talvez até aristocratas. Eles chegam saudáveis e quando retornam estão com uma aparência pálida, doente.

– Esse castelo horrível é mal-assombrado – descontentava-se Sofia. – Não é lugar para eu estar aqui com meu marido.

– Querida, você está se exorbitando, por favor, deixe-me conversar a sós com o doutor.

Sofia era uma mulher forte, que amava seu marido. Por questões políticas da corte, seu casamento foi autorizado somente após o papa, o czar e o cáiser representarem a seu favor. Mesmo assim, o imperador, tio de seu marido, autorizou apenas uma união morganática,[27] impondo pesadas restrições: não teria *status*, título ou privilégio como o de seu marido, nem mesmo podendo se apresentar publicamente a seu lado. Estava acostumada a esse tratamento um tanto humilhante na corte, mas nunca abaixou sua cabeça a ninguém.

A esposa do arquiduque levantou-se, um pouco contrariada com o posicionamento de seu marido, e despediu-se de Jekyll.

– Desculpe-me, doutor. Eu ando um pouco nervosa com a situação.

– De forma alguma, Majestade. No que eu puder ajudar estarei a seu serviço. Posso até lhe oferecer algum calmante leve, apenas para ajudá-la a relaxar.

– Obrigada, se houver necessidade eu não hesitarei em pedir. Com licença.

---

27. É o casamento no qual o nobre desposa alguém inferior à sua posição social, da plebe ou baixa nobreza.

– Voltando ao assunto... – recomeçou o arquiduque. – Não sei se o senhor sabe, mas estou na condição de cativo nesse castelo; apesar da relativa liberdade que tenho, só saio acompanhado com escolta e em eventos em que minha presença é obrigatória para que não notem minha ausência em meu país, mas são problemas políticos que de uma forma ou de outra acredito que se resolverão. Até lá, como lhe disse, minha maior preocupação é com a segurança de minha esposa. Além de tudo o que ouvimos e presenciamos nessa sinistra morada, ontem fiquei realmente assustado. Durante a noite eu estava andando para afastar minha insônia quando um homem grande esbarrou em mim, quase me derrubando, e fitou-me com um olhar que fez gelar minha alma. Não compreenda mal, pois a covardia não faz parte de meu ser; acumulo a posição de comandante do Nono Regimento de Hussardos.[28] O que quero dizer é que talvez não estejamos tão seguros aqui dentro, como o Conde nos diz.

– Compreendo. Sei que os frequentadores daqui são um tanto estranhos, mas posso lhe assegurar que, desde que não incomode esse homem que o senhor encontrou noite passada, ele não lhe fará mal algum, e também notei que a palavra de Drácula é muito respeitada por aqui.

– Espero que tenha razão, doutor. Vou voltar para meus aposentos, não quero deixar Sofia sozinha. Com licença.

Jekyll levantou-se em sinal de respeito, enquanto o arquiduque se retirava.

Divertia-se com a situação, sabendo que, mesmo com a natureza selvagem de Hyde, ele era esperto o suficiente para saber que não deveria ferir ninguém que fosse importante para os planos de Drácula.

Após se alimentar retornou às suas experiências, mais inspirado e vivaz do que nunca. Sua cabeça já não doía mais, e só pensava em concretizar seus afazeres.

Com algumas fórmulas químicas misturadas à amostra de sangue de Talbot, verificou que não seria tão difícil fazer com que sua transformação se perpetuasse durante todas as noites. Porém, não conseguia

---

28. Cavalaria ligeira de origem sérvia, com influência dos cavaleiros turcos. Muito difundida na Hungria, desenvolveu-se por toda a Europa. Unidades militares ostentam o título Hussardo como tradição.

enxergar a possibilidade de mantê-lo transformado durante o dia, em função da misteriosa influência que a lua exerce sobre as células. Também não imaginava como fazer com que Drácula domasse a fera. Teria de trocar experiências com a velha bruxa cigana.

Ignorava completamente as artes místicas. Sempre as associou com a ignorância do ser humano em transformar conhecimento psicológico, químico ou médico em superstição.

Mas a dúvida começou a fustigar sua mente esclarecida desde o momento em que pôs os pés na morada de Drácula. Percebeu que coisas aconteciam ignorando a ordem natural do Universo. Acreditava que tudo deveria ter uma explicação plausível, que apenas ainda não tinha os dados suficientes para formular as explicações.

Seu cérebro trabalhava em uma velocidade assustadora. Formulava teorias sobre tudo o que estava acontecendo, enquanto tentava encontrar soluções para o pedido do Conde referente a Talbot.

Quando se deu conta, já estava às portas do covil da bruxa. Raciocinava tanto sobre outras questões que nem se lembra do percurso que fez para chegar até esse ponto do castelo.

De forma tímida, bateu à porta.

– Entre, doutor – disse a bruxa.

Surpreendendo-se um pouco, já logo imaginou que deveria apenas ser uma sensibilidade presencial apurada, ou apenas um acaso, ela saber que era ele quem estava a bater.

– Com licença.

– Como pode alguém ser tão sábio e tão ignorante ao mesmo tempo? Não ter o conhecimento é compreensivo, mas negar o que vê é ficar abaixo disso – falou Ashra, sentada em uma poltrona e acariciando seu gato negro.

A textura do forro de sua poltrona assemelhava-se à pele humana, mas Jekyll não acreditou que isso seria possível.

– Se a senhora está se referindo a estudo do misticismo, saiba que eu respeito todas as formas de pesquisa.

– Pessoas como o senhor são muito fáceis de saber o que pensam de pessoas como eu, nem é preciso usar meus poderes – falou a cigana com um sorriso maldoso nos lábios.

– De forma alguma. Vim aqui em busca de auxílio – disse, um pouco envergonhado e coçando o lóbulo de sua orelha esquerda.

– Eu sei. Esperando que eu tenha alguma fórmula para ajudá-lo em seu trabalho.

– Sim. Somos parecidos, de certa maneira. Eu também faço poções.

– Apesar de minha aparência, não sou ignorante, doutor. O que o senhor faz são misturas químicas com um pouco de conhecimento sobre botânica. Eu faço magia com o auxílio da energia que tanto os seres vivos como minérios e ervas possuem.

Jekyll surpreendeu-se com o conhecimento de Ashra. Só nesse momento começou a olhar o ambiente ao redor. Parecia que estava em uma cena dos contos dos irmãos Grimm.[29] O gato preto agora esfregava-se nas pernas do doutor.

O sorriso jocoso da velha em posição de superioridade começava a incomodar Jekyll. Afinal, ele possuía anos de estudo, havia desenvolvido uma fórmula fantástica e já estava vislumbrando a possibilidade de notoriedade internacional, enquanto uma velha, maltrapilha e trancada nesse buraco úmido, debochava dele.

O doutor engoliu seu orgulho e deixou fluir sua razão. Nesse campo, a experiência dela era válida.

– Do que o senhor precisa? – ela perguntou.

– Acho que eu consigo ampliar o tempo de transformação da fera para que a mutação ocorra durante todas as noites, mas não durante o dia. Também não sei ainda como fazer com que ele fique submisso à vontade do Conde, pois nem ao menos compreendi a influência hipnótica que ele aparentou manter sobre a fera durante alguns segundos.

– Isso não é hipnose nem adestramento, ingênuo doutor. Drácula tem poderes sobre alguns animais e até em humanos desprevenidos ou com personalidade um tanto fraca. Esse é o tipo de coisa que o senhor insiste em não crer, mesmo sem dizer. Não há como fazer com que lobisomens fiquem nessa forma durante o dia. A noite e o luar exercem

---

[29] Jacob e Wilhelm Gimm foram os irmãos alemães que ficaram famosos ao publicarem diversos contos e lendas voltados ao público infantil, muitos de tradição oral, de uma forma mais amena e com uma mensagem final positiva, por muitas vezes contrária ao conto original que tendiam a ser mais violentos e dramáticos.

forças, as quais o doutor desconhece, diretamente na transformação. Isso não é uma dádiva, é uma maldição. Talbot é um atormentado e, mesmo que ele tivesse consciência de que o suicídio lhe acarretaria uma dor maior, se ele puder e tiver coragem, talvez um dia tire a própria vida.

– É uma pena. Terei de buscar alguma outra solução então.

– Não há solução para o que deseja. Porém nem tudo está perdido. Posso ajudar para que Drácula mantenha o controle sobre ele e os outros, mas no máximo sete criaturas.

– Sim, acho que isso já seria suficiente.

– O senhor está trabalhando com o sangue dele. Vou lhe dar uma mistura que faz efeito se ingerida, mas será mais potencializada e duradoura se aplicada diretamente em seu sangue a cada 15 dias.

Ashra pegou um frasco e deu ao doutor. Já havia preparado, pois sabia quais eram os desejos de Drácula, e já havia sido instruída a auxiliar o dr. Jekyll.

– Obrigado.

O professor ainda estava um pouco incrédulo, mas só de conversar com a velha cigana sentiu mais confiança nela. E também sabia que o Conde selecionava pessoas exclusivas a seus objetivos. Começava a aprender que nem tudo era como parecia ser.

– Preste atenção – alertou Ashra com o dedo em riste. – Isso não é apenas uma fórmula ou remédio. É magia e não funcionará se o número das criaturas ultrapassar sete. E também dependerá do poder de dominação exercido por Drácula.

– Compreendi. Muito obrigado.

Após sair e fechar a porta, Jekyll ouve um riso maquiavélico, que parecia conter uma mensagem de que a ciência se submeteu à magia.

O Amaldiçoado

Era dia quando Jekyll desceu ao calabouço acompanhado por três fortes ciganos vassalos de Drácula.

Dessa vez, o doutor fez questão de que Talbot estivesse consciente. Queria conhecê-lo, conversar com ele e também observar as reações que podiam ocorrer após o medicamento ser aplicado.

Acreditava que podia convencê-lo a aceitar pacificamente a medicação, mas, caso fosse necessário o uso da força, seria mais vantajoso do que se ele estivesse sedado.

Quando chegou próximo à cela em que Talbot estava cativo, pediu que os ciganos ficassem afastados e só viessem se fosse necessário.

– Olá – cumprimentou o doutor.

– O que você quer de mim? – questionou Talbot, sentado no chão em um canto.

Por conta do estado de sonolência em que Talbot ficava todas as vezes que Jekyll lhe retirava as amostras de sangue, ele não o reconheceu, como já era esperado.

– Olha, não sou seu inimigo, nem quero feri-lo. Acredito que, se o senhor se mostrasse menos impulsivo, o Conde permitiria que ficasse em um dos aposentos, nos dias em que sua doença não se manifestasse.

– Doença? Pelo jeito você nem imagina com o que está lidando.

– Sim, eu sei até bem mais do que pensa. Eu estava aqui na noite em que o Conde fez uma experiência com o senhor a respeito de sua transformação.

– Experiência? Aquele maldito atravessou meu corpo com uma lança – retruca Talbot, ficando em pé e furioso.

– Sim, é verdade. Mas ele sabia que o senhor se recuperaria, e pelo jeito não ficou nem vestígio de que foi ferido.

– Estou vendo que é um monstro igual a esse Drácula, apenas com uma voz mais mansa. Acha que é agradável a experiência de ser mortalmente ferido?

– Por favor. Só estou tentando amenizar a situação e lhe trazer um pouco de conforto. Sou médico e tenho experiência em alteração de forma e transmutações. Talvez eu consiga fazer com que o senhor tenha mais autocontrole.

– Eu não conheço esse Conde Drácula, mas tenho certeza de que ele não me trouxe aqui para curar-me, e pode acreditar que eu não vou facilitar – disse próximo ao doutor, segurando-se nas grades.

– Entenda, sr. Talbot, eu estou com um medicamento e preciso ministrá-lo; é uma solução intravenosa. Preciso que o senhor colabore.

– Pode esquecer, doutor.

Vendo que não haveria outra maneira, Jekyll chamou os ciganos. Eles abriram a porta da cela e, com violência, subjugaram Talbot, deixando seu braço livre para a aplicação.

Talbot tentou reagir, mas os três ciganos eram fortes e foram rápidos em imobilizá-lo.

– Sr. Talbot, relaxe, não queremos feri-lo – Jekyll tentava sem sucesso acalmá-lo.

– Canalhas malditos! Não sabem o que estão fazendo. Sofrerão as consequências.

Preso ao solo e sem conseguir levantar-se, Lon Talbot fazia muita força, mas era em vão. De certa forma até auxiliou na aplicação da fórmula, pois suas veias ficaram bem salientes com a vasodilatação ocorrida pelo aumento de seus batimentos cardíacos e a força muscular exercida para tentar livrar-se de seus captores.

– Pronto. Podem soltá-lo – determinou o doutor.

Os ciganos o largaram e ele permaneceu ao chão, exausto pela força contínua que exerceu. Novamente a cela foi trancada.

– Gostaria de melhorar as condições de sua estadia, mas será difícil se continuar a portar-se dessa forma.

– Vá para o inferno! – esbravejou Talbot sem se levantar.

Jekyll e os ciganos saíram, deixando-o só. O doutor não se considerava má pessoa, apesar de não poder se eximir da responsabilidade das atrocidades cometidas por seu *alter ego*. Ele gostaria que fosse diferente, não queria ferir ninguém; por outro lado, não perderia as oportunidades que Drácula estava lhe propiciando e, por interesse próprio, fecharia os olhos paras as atrocidades que pudessem ser cometidas.

Essa não será noite de lua cheia, mas se a fórmula estiver correta, o homem dará lugar à fera.

Se os negócios de Drácula forem concluídos, essa noite ele retornará ao castelo e poderá testar sua influência em Talbot.

O doutor está confiante, mas nada é certo; os elementos envolvidos vão além da ciência, e é fato novo e difícil para Jekyll aceitar a eficiência do sobrenatural atuando em conjunto com seus experimentos científicos.

Sabia que o Conde estava em disputa política. Não detinha o conhecimento sobre os detalhes, mas era sagaz o suficiente para entender que tais disputas eram conquistadas com sangue, seja ele derramado em guerras ou em assassinatos.

Déspotas, ditadores, imperadores ou quaisquer outros líderes nessas situações não costumavam ter paciência e, mesmo sendo generosos nas recompensas pelos serviços prestados, com frequência agiam com rigor perante as falhas ou até cruelmente contra seus aliados quando eram eles mesmos os culpados por suas derrotas.

Como planejado, Drácula está de retorno ao seu lar. Sua carruagem chega com uma escolta de ciganos e, assim que adentra ao pátio do castelo, Igor assume as rédeas.

– Podem ir. Visitem suas famílias, forniquem com prostitutas ou caiam de tanto beber, mas voltem depois de amanhã preparados, se o Conde precisar sair novamente.

A carruagem foi planejada para longas viagens para que Drácula ficasse protegido durante o dia. Mas a retirada de um estreito caixão do fundo falso da carruagem era uma situação pouco digna, sendo assim deveria ser discreta.

Ao fundo do pátio havia uma porta que levava a um porão reservado apenas para a entrada e a saída de Drácula nessa situação.

Ao encostar com a traseira bem próxima à porta, os ciganos designados a ficar no castelo retiram o caixão, colocam-no no local adequado dentro do porão e saem. Drácula levanta a tampa e fica livre de seu incômodo compartimento.

Através de uma das passagens secretas ele deixa o porão e sai perto do salão principal, onde Igor o aguarda.

– Chame Jekyll.

– Sim, mestre – responde o corcunda.

Os dias do vampiro têm sido preenchidos de muitos afazeres que são meticulosamente cumpridos.

Tomar e manter o poder, ampliar suas forças, controlar seus aliados, eliminar inimigos e detectar focos de resistência.

Sua incapacidade de resistir à luz do dia é um fardo, principalmente em seu deslocamento, que deve ser sigiloso, bem planejado, rápido e sob escolta.

Agora, ele não tinha o dia inteiro para desfrutar de um sono tranquilo. Era preciso utilizar parte desse tempo em tarefas e planejamentos ou em incômodas viagens que eram absolutamente necessárias.

Houve épocas em sua longa existência que foi obrigado a se abrigar em cavernas e até mesmo ser enterrado para proteger-se do sol.

Qualquer um com conhecimento mínimo de estratégia militar saberia que o momento para atacá-lo seria durante o dia, então ele devia proteger-se.

Quando o corcunda bate à porta do dr. Jekyll, ele já está prestes a terminar sua poção. Está ávido a sentir novamente as sensações que a transformação lhe oferece.

Tinha ficado tempo o bastante em sua forma original, mas estava entristecido nos últimos tempos, como um idoso lembrando-se dos áureos tempos de juventude, ainda mais após seu recente passeio na forma de seu *alter ego*.

Ele interrompe o preparo, coloca seus óculos e sai ao encontro de Drácula no suntuoso salão.

– Estou às ordens, senhor – diz o doutor ao ver o vampiro.

– Boa-noite. Ouvi um uivo que pareceu vir do calabouço, e como não é noite de lua cheia, a não ser que tenha um lobo cativo, você conseguiu prolongar a transformação de Talbot. Estou certo?

– Sim, Conde. Sua audição é espantosa, pois as paredes do calabouço são por demais espessas. Com a ajuda daquela senhora cigana, misturei um ingrediente e o apliquei em suas veias, que provavelmente tornará possível o controle da fera pelo senhor. Mas não tenho conhecimento em magia e não posso garantir. Seria conveniente que façamos um teste.

– Vamos. Veremos se os poderes de Ashra funcionam em Talbot.

Com avidez e sem demora, Drácula segue à frente. Descem ao calabouço e encontram Talbot já transformado em sua cela. Tanto a poção de Ashra como seu composto de alteração química não deixaram a fera contida, ela está selvagem como nunca.

O amálgama de homem e lobo rosna ferozmente ao ver Drácula, e parece até ignorar Jekyll. Pelos eriçados cobrem sua coluna cervical, dentes à mostra e músculos ágeis e poderosos cobrem seu corpo. Salta sobre a grade segurando-a com as mãos e as patas traseiras, sacudindo-a, mas em vão. Tenta atravessar sua cabeça entre as grades. Caso fosse um animal comum, iria se ferir, tamanha a fúria de suas investidas.

– Parece que a poção da cigana não produziu o efeito desejado – diz o doutor.

– Afaste-se, besta! – determina Drácula com sua voz imponente, ignorando as palavras de Jekyll.

A fera solta as grades e caminha para trás. Seus olhos ainda refletem fúria, mas seus músculos são incapazes de reagir contra as ordens do Conde.

Drácula abre a cela enquanto Jekyll se afasta, temendo uma reação da criatura animalesca.

– Aproxime-se e ajoelhe-se – determina novamente o Conde.

As feições mostram-se contrariadas, contudo ele obedece prontamente. O doutor está amedrontado, não conhece os poderes de Drácula e não sabe se ele seria páreo para a fera, caso ela fugisse ao domínio. Mesmo assim está perplexo pelo controle exercido. Como podia uma senhora cigana, aparentando não ter o mínimo de estudo medicinal, preparar uma fórmula com tamanha eficiência.

Lembrou-se de que a bruxa disse que os poderes do Conde eram essenciais para o sucesso da poção. Pensou também na conversa que tiveram e como ficou surpreso com o linguajar eloquente e repleto de informações que ela possuía.

– Impressionante! – vocifera o doutor.

– Venha, me acompanhará para que eu teste a extensão de meu controle.

– Conde, a cigana me alertou que a fórmula será possível somente com um número máximo de sete criaturas como ele.

– Eu estou a par dessa limitação. Mandarei Igor trazer os seis homens que serão futuros integrantes de minha força de elite. Irá demorar alguns dias para que eles completem a transformação. Pode haver algumas alterações pelo fato de serem vítimas dessa maldição fora da lua cheia, e talvez o controle sobre eles seja mais natural por estarem predispostos a me servir.

– Se desejar, eu posso continuar com as experiências no período em que eles desenvolverão a metamorfose. Basicamente eu analisarei as amostras de sangue de todos e farei uma comparação com as do senhor Talbot, levando em conta as alterações com a aplicação da fórmula – fala Jekyll enxugando o suor de seu rosto com um lenço.

– Faça isso. Vejo que parece um pouco ansioso, doutor.

– É apenas a excitação com essa experiência tão empolgante.

– Ou seria sede?

– Nã, nã, não. Não estou com sede – respondeu, gaguejando e entendendo a indireta de Drácula.

– Aquele seu amigo íntimo veio nos visitar em minha ausência – disse Drácula referindo-se ao sr. Hyde.

Jekyll ficou sem graça e enxugou novamente o suor, desviando-se do olhar sarcástico do Conde.

– Não se envergonhe. Fique à vontade, desde que ele não interfira em seu trabalho nem em meus planos. Tenho certeza de que o senhor conseguirá controlá-lo nesse sentido.

Jekyll não conseguiu esconder um singelo sorriso de contentamento.

Enquanto o doutor retorna a seus aposentos, sedento para terminar e ingerir sua fórmula, Igor recebe ordens para trazer os seis ciganos voluntários a serem transformados em lobisomens.

A Igreja Negra tinha oferecido seus membros para essa transformação, mas Drácula negou, tentando limitar o poder dos bispos em suas ações.

O vampiro meticulosamente cercava-se de todas as precauções. Seus aliados eram diversificados, e ao seu redor ele procurava em quem ele pudesse exercer controle pessoal.

Igor era seu servo; os ciganos, seus vassalos; Jekyll era contratado; Ashra também, e ele a conhecia de longa data; suas amantes vampiras tinham-no como mestre.

Dessa maneira, agia com mais segurança e uma probabilidade reduzida de ser traído por quem ficava próximo, sendo esses que ofereciam maior perigo. Em razão do contato mais próximo, acabavam tendo maior acesso à sua maneira de operar e podiam observar alguma falha ou fraqueza.

A história revela que a melhor maneira de eliminar um guerreiro que se mostra imbatível em batalha é por meio da traição, tendo como o maior cxcmplo Júlio César.[30]

---

30. Uma das maiores figuras históricas romanas. Como general e estrategista, é comparado a Alexandre, o Grande. Foi assassinado em uma reunião do Senado em 44 a.C.; entre os assassinos estava seu protegido, Brutus (Marcus Junius Brutus).

Mais uma Dose

Na próxima noite, seis homens mudarão o destino de suas vidas. Esperando gozar da fartura prometida pelo Conde em troca de lealdade, serão amaldiçoados por escolha própria.

Enquanto isso, Jekyll em seus aposentos troca de roupas para que as suas não sejam novamente rasgadas assim que tomar seu elixir. Aguarda novamente a segunda alteração de cor e a diminuição da afumegação para ingeri-la.

Suas mãos chegam a tremer quando leva o líquido à boca. As mesmas alterações ocorrem, mas a agonia causada pela transformação é menor.

Mais uma vez, o dr. Jekyll dá lugar ao sr. Hyde, que sairá novamente em busca de prazer.

Quando desce a suntuosa escadaria que chega ao salão principal encontra Drácula, que já parecia aguardá-lo.

Talbot permanece em sua forma de homem lobo totalmente sob o domínio do Conde.

– Sr. Hyde, eu presumo – fala o Conde, servindo uma taça de conhaque a Hyde.

– Conde Drácula, meu anfitrião – responde Hyde, estendendo sua grande mão para pegar a bebida.

– Fascinante sua diferença perante meu outro convidado – diz o Conde enquanto também se serve com uma taça da fina bebida.

– Fala do frágil doutor? Acredito que futuramente ele se apresentará por um menor tempo – diz Hyde ao tomar um grande gole do conhaque.

— O dr. Jekyll apresenta qualidades que são de grande valia para mim; espero compartilhar da companhia dele.

— Como desejar, meu caro Conde. Belo cãozinho o seu — fala em tom de gracejo enquanto Talbot solta apenas um leve e baixo rosnar, mas permanece sob controle graças à influência de Drácula.

— Sim, em breve terei uma matilha. Não quero tomar seu tempo. Divirta-se, mas tente atrair pouca atenção.

— Como se isso fosse possível para um homem do meu tamanho. Você se incomoda se eu levar a garrafa?

— Leve.

— Até mais, Conde.

Personalidades fortes, quando se encontram, podem gerar atritos, mas de certa forma Hyde entende que deve manter certa obediência e respeito ao Conde, pois está sendo muito conveniente a ele.

Entende também que não era à toa Talbot estar presente. Drácula deixava um recado implícito: de que tinha a decisão de vida ou morte sobre quem estava em seus domínios.

Pegou novamente a mesma charrete, mas se dirigiu para mais longe, queria conhecer outros lugares. Os dois musculosos cavalos de pelos negros e brilhantes que o conduziam o fariam com velocidade aonde desejasse ir.

Na manhã seguinte, Jekyll acorda tarde mais uma vez, com a sensação de que seus desejos foram saciados.

Deitou-se na madrugada sem nem mesmo trocar suas roupas, e agora estava encolhido em sua forma, dentro daquelas vestes bem maiores que sua numeração.

Colocou água de um jarro dentro de uma bacia para lavar seu rosto, e, quando mergulhou suas mãos, viu que elas estavam tingidas de sangue.

Ficou espantado, e sua memória foi quase imediatamente recobrada.

Na madrugada, vagando embriagado pelas ruas escuras, foi abordado por uma meretriz, caminhou junto a ela a um beco escuro para seu último desfrute da noite, quando atingiram sua nuca com um porrete.

Seus agressores tinham certeza de que ele cairia com a força da pancada e assim seria fácil roubá-lo, mas se surpreenderam quando o gigante apenas cambaleou levemente e olhou para trás.

Os dois homens estavam mancomunados com a meretriz para aplicar esse tipo de golpe em estrangeiros. Foram surpreendidos, mas não se acovardaram. Olhares assassinos dispararam ao homem que julgaram que seria apenas mais uma vítima. Não precisavam falar nada, pois se conheciam muito bem para saber que, caso não desse certo da primeira vez, bastaria apenas mais força para subjugarem sua vítima.

Suas intenções iniciais eram apenas feri-lo a ponto de deixá-lo inconsciente, mas, se fosse preciso matá-lo, não faria a menor diferença.

Então um deles, na esperança de ter amedrontado e ferido Hyde, lhe fala:

– Passe seu dinheiro se não quiser perder bem mais que isso, grandalhão.

Era um homem forte de cabelos bem volumosos, na altura dos ombros. Tinha uma cicatriz no rosto oriunda de um golpe de faca.

Hyde apenas sorri e pensa que não haveria maneira melhor de terminar sua noite.

– Venham tomar o que querem.

Um dos homens, com o porrete nas mãos, parte para cima de Hyde; o da cicatriz vem atrás. A mulher também o ataca pelas costas.

Com a mão aberta Hyde bate na cabeça do primeiro, fazendo com que ela se choque contra a parede do beco; ouve-se um som seco. O bandido cai sem vida ao solo. Sangue escorre de sua boca e seu ouvido pelo chão imundo. Cabelos, sangue e pele ficam presos à parede.

A meretriz se amedronta e já não consegue mais atacar Hyde; como ela está entre ele e a saída do beco, não consegue fugir.

O outro homem vira-se e tenta correr, mesmo com uma faca nas mãos, mas Hyde o puxa pelos cabelos. Em ação instantânea, ele se vira e tenta estocar a lâmina no peito do gigante, mas é impedido por Hyde que segura e torce seu pulso, desarmando-o e quebrando seus ossos.

Um urro de dor sai de sua boca. A mulher se encolhe ao chão e fica inerte de medo. Ela nunca em sua vida de crimes imaginaria que alguém dominaria aqueles dois de forma tão rápida e avassaladora.

— Ainda não acabei nosso assunto — diz Hyde ao punguista, enquanto pega a faca que caiu ao chão.

Ainda segura o homem pelo cabelo, que começa a perceber que a dor que sente em seu braço é a menor de suas preocupações. Ele olha o corpo de seu comparsa sem vida, com os olhos entreabertos. Começa nesse pouco tempo a imaginar que será o próximo a prestar contas com Deus.

Hyde puxa o cabelo do homem com força, fazendo com que ele incline a cabeça para trás, então passa a lâmina em seu pescoço e um jorro de sangue tinge o beco de vermelho.

Agora ele foca sua atenção na prostituta, que, inerte, coloca a mão na boca como alguém que tenta impedir um grito de pavor.

— Cadela! Queria todo o meu dinheiro? Vamos ver se vale a pena pelas poucas moedas que eu iria te dar.

Ela tenta gritar, mas o som é abafado pela mão de Hyde que, com um puxão, arranca seu vestido e a deita ao chão, do lado dos corpos de seus parceiros mortos.

Ironicamente os rostos dos cadáveres estão voltados para eles, como se fossem obrigados a assistir aos atos finais de seu último crime cometido em conjunto.

Ele violenta o corpo da mulher; sua selvageria o impede de perceber que sua grande mão, além de cobrir a boca dela, também impede a passagem de ar por seu nariz. Ela não consegue gritar nem respirar; sua única expressão possível é através de seus olhos que parecem saltar do rosto, o que é ignorado por Hyde. A pressão foi tanta que seus pulmões não resistem e ela falece.

A morte dela não foi intencional, mas ele não se importa. Ajeita suas vestes sujas e manchadas de sangue e parte do local.

Esse parecia ser o único beco dessa cidadezinha e trazia recordações de Londres a Hyde, sendo sujo, cheirando a urina e morte.

No castelo, Jekyll fica chocado com essas recordações, as quais retornam à sua mente um pouco nebulosas. A selvageria de seu outro eu veio à tona mais rápido do que ele havia previsto.

Mesmo se tratando de ladrões, que provavelmente já mataram para obter lucro, esse tipo de reação não fazia parte da natureza do doutor.

Esse era o pior efeito colateral de sua poção. Jekyll sente uma depressão equivalente à abstinência de um viciado em ópio. As imagens atormentam sua mente durante todo o dia. Sua consciência açoita seu corpo sem clemência.

O sol vai se pondo, mas poucos no castelo se importam com o espetáculo que a natureza oferece. Com a força da noite chegando a seu ápice, e em função do medicamento aplicado, mesmo não sendo época de lua cheia, Talbot será transformado em fera novamente.

Seis ciganos aguardam para o processo ao qual serão submetidos. São homens simples, supersticiosos decerto, porém corajosos. Essa coragem é provada somente pelo fato de estarem de pé na angustiante espera do que está por vir.

Jekyll faz questão de estar presente para posteriormente relatar por escrito todas as fases após a contaminação. Drácula não está, Igor sabe o que deve fazer.

Os voluntários aguardam propositalmente em um cômodo distante para não ouvirem os gritos dos que passariam pelo procedimento.

– Vamos, doutor. Já está na hora – diz Igor à sua porta com uma lança em punho.

– Sim, mas eu queria mais tempo – diz o doutor enquanto caminha. – Acho que eu poderia de alguma forma identificar a bactéria na saliva e nas garras de Talbot para depois aplicá-la em solução intravenosa, a fim de evitar esse trauma que esses homens irão sofrer.

– Não há tempo para isso e há muito mais do que essas coisas de médico envolvidas. O terror é necessário – Igor para por um instante, encara Jekyll com um sorriso e prossegue: – Além do mais, doutor, não seria tão divertido.

Jekyll sente um calafrio percorrendo sua espinha, mas algo dentro dele dá gargalhadas. Seu raciocínio científico não deixa de avaliar as palavras maldosas do corcunda. "Será que o jorro de adrenalina era algo essencial para o processo?", pensa.

No caminho, juntam-se a Igor e Jekyll dois robustos ciganos incumbidos da defesa e serviços do castelo. Eles conduzem o primeiro voluntário até a cela de Talbot. Quando este se vê de frente com a fera rosnando em sua cela, fica apavorado, mas, antes que tente fugir, os ciganos sob as ordens de Igor o seguram.

Seu corpo é jogado contra a grade, de modo que o lobisomem consegue atacá-lo com suas garras e presas, mas sem matá-lo ou amputar algum membro.

Os cortes provocados pela fera são graves e profundos. Sua face esquerda ficou dilacerada pelas garras que o puxaram e um pedaço do músculo de seu ombro foi arrancado com uma mordida. Igor afasta a criatura com uma lança, é incapaz de feri-la; mas ela se volta contra ele, o que permite que socorram o cigano ferido. Toda essa cena parece agradar ao corcunda.

Ele está prestes a entrar em estado de choque, tamanha e violência do ataque. O dr. Jekyll logo o medica e sutura para que as feridas não o matem. Lembra-se de quando trabalhava para salvar vidas e era fiel ao juramento de Hipócrates.[31]

Dessa maneira, um a um dos seis ciganos que fizeram o acordo se submetem à exposição controlada da fera.

Ficam em uma enfermaria improvisada. Ashra diz que não haverá qualquer alteração pelo fato de terem sido expostos à contaminação fora do período de lua cheia.

Eles arderão em febre por dois dias, mas seus ferimentos começarão a cicatrizar mais rapidamente após isso. Sentirão mais disposição durante a noite, e até seus sentidos ficarão mais aguçados.

Após estarem curados de suas feridas, na primeira noite de lua cheia se transformarão; então, durante esse dia, antes do despontar da lua, será o momento da aplicação do medicamento em suas veias para que, à noite, eles já estejam sob o domínio do Conde, caso ele esteja no castelo. Daí por diante, em todas as noites seguintes eles serão transformados. Formam agora uma matilha infernal que será utilizada como arma de guerra.

---

31. Juramento realizado pelos médicos em sua formatura garantindo praticar a Medicina honestamente. Acredita-se que tenha sido escrito pelo grego Hipócrates, considerado o pai da Medicina, ou por um de seus alunos.

Europa Oriental Dominada

Setembro de 1905.

A tática de Drácula para dominar os países do Leste Europeu é simples e eficaz. Primeiro, ele tenta obter influência por intermédio de seus seguidores infiltrados nas cortes e câmaras de todos os países daquela região; conta também com o apoio de seus escravos vampiros, que são jovens de famílias influentes.

Por meio das informações que obtém, opta por uma abordagem mais diplomática, utilizando chantagem ou suborno, o que indica que atuará nos bastidores e não deseja assumir publicamente o poder.

A decisão do Conde em não assumir o poder de forma pública é temporária, pois pretende primeiramente consolidar seu domínio para depois sentar-se ao trono do reino da Europa, onde exercerá de forma clara suas ações.

Quando há resistência, Drácula utiliza seus poderes que, com a ajuda da Bruxa cigana, são ampliados, conseguindo ele controlar uma enorme quantidade de ratos e morcegos que infestam a capital do país escolhido, atacando a todos e transmitindo a peste[32] e o vírus da raiva. Tempestades causam destruição e levam o terror aos habitantes.

Após alguns dias, com a cidade já debilitada e seus líderes em desespero, o Conde em pessoa faz seu ataque, junto à sua pequena guarda formada pelos sete lobisomens que mantém sob total controle, graças

---

32. Peste Negra, como foi conhecida na Idade Média, é a peste bubônica, responsável pela morte de um terço da população daquele período. Era transmitida pela pulga do rato preto.

à magia negra de Ashra. Ao mesmo tempo, matilhas de lobos, ratos e morcegos fortalecem o ataque.

Dependendo do grau de dificuldade exigido para combater o exército de seu inimigo, Drácula leva também seus escravos vampiros, que se deliciam com o sangrento combate.

Sua escolta é formada por um pelotão de ciganos fiéis e bem armados, que servem como sua proteção diurna; entre eles, os seis que foram transformados caminham em sua forma humana. Nessas breves incursões, o número desses ciganos não costuma passar de 50.

Os ataques são pontuais; ele não necessita enfrentar todo o exército inimigo, apenas ataca os pontos onde seus líderes estão. A furtividade sempre foi uma de suas armas.

Em viagens distantes, o Conde é conduzido em uma carruagem especial, onde escondido no assoalho está um pequeno e resistente caixão com a terra da Transilvânia sob o forro, para que Drácula seja transportado durante o trajeto em relativo conforto e protegido da luz do dia.

Esses ataques nunca duram mais de uma noite, pois o exército adversário já está debilitado em razão das baixas ocasionadas pelas doenças transmitidas pelos ratos e morcegos. Ao verem uma invasão de vampiros e lobisomens, geralmente em uma noite tempestuosa, são tomados pelo completo terror e logo preferem a fuga à resistência. Lembrando que o ataque se dá onde os líderes estão reunidos, normalmente nas capitais; nelas, erroneamente, imaginam estar mais seguros, e deixam sua artilharia protegendo as fronteiras. Geralmente estão protegidos por sua guarda pessoal, um pouco mais reforçada.

A esses fatores, unem-se ainda aqueles que aguardavam qualquer oportunidade para uma mudança de governo, a fim de galgarem postos maiores nas cortes, e assim se aliam a Drácula. Entre esses também estão funcionários de alto escalão ou nobres que pertencem aos quadros da Igreja Negra, a fim de darem total apoio ao Conde, com conselhos e fomentação de intrigas, assim abalam o moral da tropa e aumentam consideravelmente o número de desertores, desviando o contingente dos locais que serão atacados por Drácula.

Não é uma guerra nada convencional, pois não é preciso confrontar o poder bélico do país, o ataque é realizado diretamente contra os detentores do poder.

Como ocorre apenas uma alteração sutil em quem realmente controla a nação, grande parte dos generais não sente necessidade de se opor, e, na maioria dos casos, Drácula não mata os chefes de Estado, apenas os mantém sob seu controle.

As lendas e superstições fazem parte do povo do Leste Europeu, então, quando os contos de terror se transformam em realidade, fica quase impossível controlar a tensão nervosa.

O ataque dos lobisomens é rápido e mortal, garras e presas rasgam carne em um frenesi sanguinário. A força e velocidade das criaturas são extraordinárias.

Os vampiros, apesar de ainda não contar com toda a extensão de seus poderes, são velozes e muito ágeis. Invulneráveis às armas de fogo, são no máximo retardados quando atingidos.

Alheio a esse monstruoso espetáculo, Drácula caminha calmamente entre a batalha, seguindo pelos corredores dos palácios onde se tenta, em vão, esconder seus líderes. Se houvesse um observador de longe, certamente se surpreenderia com a frieza e elegância expressa em seu caminhar.

Quando alcança os chefes de Estado, não há piedade com os que ainda se opõem a ele, e são mortos. Assim, algum sucessor simpático ao Conde toma o poder, a ordem é restabelecida, os ataques de ratos e morcegos cessam, e tudo volta aparentemente ao normal.

A maior parte da população fica sem saber o que realmente aconteceu e até enaltece o governo pelo rápido controle das pragas que assolaram o país.

Os exércitos dos países tomados ficam de prontidão, reforçando as fronteiras; qualquer contrariedade por parte de seus comandantes é punida com a morte.

Drácula teme que seus planos de conquistas sejam descobertos e as nações da Europa Ocidental formem uma aliança contra ele nesse momento, pois não estaria preparado para um ataque direto das grandes potências mundiais.

Ele aguarda a estabilização do Leste Europeu, agora sob seu comando. Pretende uma rápida industrialização dessa parte do continente, maior desenvolvimento bélico, ampliação das linhas férreas para o suporte das tropas, construção de uma sólida frota marítima e a unificação dos exércitos sob seu comando. Ele entende que a logística superior será seu trunfo para a vitória total.

Isso levará algum tempo, e de tempo Drácula dispõe. Aliado aos meios convencionais ainda conta com seus poderes, que pretende ampliar. Planeja também o assassinato de vários líderes simultaneamente, quando o momento oportuno chegar.

Por enquanto, o Conde ignora as nações pertencentes a outros continentes. Sua cobiça ainda não atravessou os oceanos.

Nos anos seguintes, Drácula transformou em vampiros todos os que restavam na lista dos bispos. Os que pertenciam às cidades e países próximos, o Conde ia pessoalmente a seu encalço; viajava durante a noite, hospedava-se por alguns dias em algum hotel e retornava quando encerrava sua missão.

Estava sempre protegido por Igor e, pelo menos, por cinco a 15 ciganos, pois não arriscaria qualquer enfrentamento desnecessário que colocasse em risco seus planos.

Por vezes, a chegada em uma cidade era feita de modo discreto; o grupo de ciganos se dividia e chegava aos poucos ou acampava em algum local seguro, sempre buscando proteger o Conde enquanto fosse dia.

Drácula não costumava sugar o sangue de homens, apenas o fazia quando realmente necessitava para sobreviver e não encontrava uma vítima mulher, ou no caso de pôr em prática sua estratégia de dominação.

Também não costumava transformar muitas pessoas em vampiros, pois sempre prezava pela discrição; não desejava a proliferação de vampiros pelo mundo a fim de manter o anonimato da espécie.

Agora era diferente, esses seriam seus escravos e bem instruídos de como deveriam agir, tendo como instrutores os bispos da Igreja Negra.

Durante o tempo necessário para se tornarem vampiros, eles eram sequestrados para que suas famílias não notassem sua transformação ou pensassem que eles estavam doentes e morreriam, pois seu maior valor eram realmente as famílias e a posição social dos escolhidos.

Para isso foram escolhidos os momentos mais oportunos, principalmente quando estavam viajando.

As vítimas que viviam em países mais distantes eram trazidas ao castelo de Drácula, onde permaneciam durante todo o processo.

Grande parte já era de voluntários que tinham sido aliciados pelos bispos negros; obviamente esse fato dispensou a necessidade do rapto.

A família do imperador austro-húngaro Francisco José, que era tida como hóspede forçado do Conde, estava aterrorizada com toda a movimentação pelo castelo, que acabou sendo a morada de alguns ciganos homens, um corcunda, uma velha cigana, um encarcerado no calabouço; de onde pareciam vir urros horríveis em noites de lua cheia; um gentil médico inglês e outro inglês enorme, assustador e grosseiro.

Havia também outros seis ciganos que foram feridos por Talbot em sua forma licantropa, mas esses não foram percebidos.

O arquiduque Francisco Ferdinando, certa noite, avistou três lindas e sedutoras mulheres, que pareciam assombrações. Ficou tentado a segui-las, mas só teve força suficiente para retornar ao seu quarto.

Agora, observavam que jovens de várias partes da Europa chegavam saudáveis ao castelo, e depois de alguns dias tinham a aparência anêmica.

O maior trunfo de Drácula não era somente a posição social desses jovens que, mesmo transformados em vampiros, poderiam caminhar durante o dia, porém sem poderes e sentindo muito desconforto. Contudo, isso era uma grande vantagem.

Vampiros recém-transformados podem andar sob a luz do sol, mas envelhecem normalmente, pois a ação do astro tem uma relação com o envelhecimento das células.

Quando deixam de caminhar durante o dia e adquirem constante hábito noturno, param de sofrer o efeito do envelhecimento. Se ficarem expostos ao sol novamente, seu envelhecimento será imediato, queimando sua pele de forma acelerada, e o choque poderá levá-los à morte. É claro que, dependendo da idade do vampiro, ele será reduzido a pó.

Por outro lado, os jovens vampiros não são tão poderosos, não possuem o poder da transmutação; sua força só é maior durante a noite e somente com o passar dos anos é que seus poderes irão se desenvolver.

Mesmo assim, nem todos eles conseguirão um nível adequado de poder, e esses poderes podem ter pequenas variações que dependem de muitos fatores, entre eles sua personalidade durante a vida.

Normalmente esse vampiro será escravo da vontade de seu criador, exceto quando abdica desse direito ou a pessoa é transformada em vampiro por um acidente não intencional de seu algoz, que pensou tê-lo deixado completamente sem vida, mas se enganou.

Outra forma de se tornar livre é a morte do vampiro que o transformou, porém o transformado não pode matá-lo. Ele sente uma vontade instintiva em servi-lo, da mesma forma que um cão obedece alegremente a seu dono.

Últimas Paradas

ESLOVÁQUIA – JULHO DE 1905
Van Helring

A Eslováquia foi colonizada pelo povo celta, como não podia deixar de ser. Após o ano 2 d.C., fez parte da dominação exercida pelo Império Romano.

No ano 1241, sofreu com a invasão dos mongóis, que tomaram parte da Europa Oriental. Os guerreiros mongóis causaram enorme destruição, tendo a Eslováquia sofrido com a perda de grande parte de sua população, que ainda foi atingida pela fome.

Apesar de a Idade Média ser conhecida como a Idade das Trevas, em virtude do parco desenvolvimento, nesse período a Eslováquia floresceu com construções de castelos e desenvolvimento artístico. Teve até uma universidade construída.

A Eslováquia apoiou o imperador austríaco na revolução de 1848 com intenções de se desvincular da Hungria, porém a política adotada pelo Império Austro-húngaro deixou o povo eslovaco às margens das decisões do império, o que gerou um clima de revolta.

A maior parte de seu território é montanhosa, o que dificulta um pouco nossa jornada. O norte do país é cortado pelos Montes Cárpatos; a vista é magnífica, com seus lagos e vales exuberantes. Sua paisagem seria um cenário perfeito para contos fantásticos, repletos de fadas, duendes, magos e dragões.

Em uma noite, servimo-nos de uma deliciosa sopa quente de repolho, presunto, cogumelos e maçã, acompanhada de um vinho *tokaji*, apesar de não estar frio.

Na Eslováquia, o vampiro conhecido como *Nelapsi* é um predador de gado e seres humanos, que pode trazer uma peste e dizimar populações inteiras.

A famosa condessa Bathory nasceu nessa pátria.

Conhecemos muitas cidades e vilas do interior, locais tipicamente rurais. Povo simples e trabalhador.

O clima está quente, as temperaturas passam dos 25°C, principalmente quando estávamos na área de planície do Danúbio. Depois desse tempo todo, não sei o que é mais extenuante, caminhar no calor do sol, levando muitas vezes nossos casacos pesados dentro de malas, ou caminhar na neve, ventania ou chuva.

Apesar de me considerar um aventureiro do mundo, começo a sentir falta do conforto de meu lar.

POLÔNIA – OUTUBRO DE 1905

A Polônia foi fundada em meados do século X. Miecislau I foi seu primeiro governante, sendo batizado em 966, e adotando o Catolicismo para seu país. No século XIII também sofreu com a invasão mongol.

Por uma bênção de Deus, não foi afetada pela peste negra, que aniquilava grande parte da Europa.

Teve um período de grande prosperidade, conhecido como a Idade do Ouro, e ampliando suas fronteiras chegou a ser um dos maiores países da Europa.

Esse período chegou ao fim em meados do século XVII, quando vivenciou uma confusão política que fez com que seu território fosse dividido entre a Rússia, Prússia e Áustria.

Napoleão restabeleceu o país como Ducado de Varsóvia, mas em 1815, após a queda do imperador francês, o Congresso de Viena voltou a dividir o país.

O povo polaco anseia por sua unidade política e chama seu território de Polônia. Em respeito ao sentimento popular, eu já identifico o país em minhas anotações com esse nome.

São muito tolerantes em questões raciais e religiosas, o que é muito difícil. Quem sabe nos séculos vindouros o homem consiga aceitar as diferenças alheias e eliminar preconceitos tão idiotas.

Há pressão internacional para uma nova unificação do país, podendo ocorrer atritos em breve, e espero não estarmos aqui. Os riscos de um estrangeiro ficar perambulando em um país em conflito é grande, já basta o teor de nossos estudos.

Todos os tipos de conflitos e crises que ocorrem em um país beneficiam as forças do mal. Ou os seres malignos aproveitam para aumentar seus poderes nas castas influentes, ou apenas ficam mais à vontade para cometer seus atos indecorosos sem serem importunados ou percebidos.

Onde pairam a guerra, fome, morte, tristeza, desolação, enfraquecimento da fé, abandono da caridade e da benevolência, o mal se fortalece. Conflitos internos e externos são sempre recheados dessas situações.

Os Montes Cárpatos fazem fronteira ao sul, mas o país é formado por planícies. Conta com mais de 9 mil lagos.

Uma característica interessante e inteligente é que seus rios são muito utilizados para navegação. Séculos atrás os vikings já faziam isso usando seus navios para o comércio.

Essa é a pátria de uma mulher a qual admiro muito, Marie Curie,[33] nem tanto por seu trabalho, pois Física não me atrai tanto, mas por todas as dificuldades que passou e por ser mulher, pois geralmente são podadas nessa e em outras áreas da ciência.

O futuro pertence a essas mulheres fortes e decididas, que não admitem que sua genialidade seja podada apenas pelo preconceito de não terem nascido homens.

Ela passou muita dificuldade em seu país, mudou-se para Paris em 1891, e as dificuldades persistiram; mesmo assim, seguiu seus estudos.

Lembro-me muito, quando me refiro a essas ilustres senhoras, de Mina. Não por ter talento nessa área, mas por sua postura desafiadora.

Nesses últimos tempos não tenho acompanhado seu trabalho, mas acredito que tenha se destacado no mundo acadêmico.

Própriamente sobre nosso interesse, na Polônia temem o *Upier*, identificado dessa forma pelos países vizinhos da Ucrânia e Bielorrússia.

---

33. Foi a primeira pessoa a ser premiada duas vezes com o Prêmio Nobel. De Física (1903) por descobertas no campo da radioatividade; e de Química (1911), pela descoberta dos elementos rádio e polônio.

Mantém as mesmas semelhanças com os vampiros das nações fronteiriças.

Todo esse tempo de viagem já está deixando nossos corpos cansados. Apesar de conhecer boa parte do mundo e gostar muito dessas novas experiências, não sou nômade e sinto falta de casa.

Alex é jovem e ainda não fincou raízes. Continua entusiasmado. Acho que ainda aguentaria mais cinco anos nesse ritmo.

Após um dia cansativo, retornamos ao hotel. Uma mensagem aguardava Alex, era o chamado urgente para a reunião do Vaticano, na qual insistiam em minha presença. Já estávamos nesse país há pouco mais de um mês e, apesar de dividirmos nossas economias para uma previsão média de três a quatro meses em cada país visitado, já havíamos colhido dados mais do que suficientes.

Terminando de ler a mensagem, meu jovem amigo corre para me encontrar. Eu acabara de tomar banho e estava me vestindo; ele entra e relata sem cerimônia o conteúdo de sua mensagem:

– Professor, meus superiores da Igreja estão convocando a todos para uma reunião de emergência e pedem para levá-lo comigo.

– Então, o que eu suspeitava nos últimos meses de fato está ocorrendo. Algo de grandes proporções vem transformando a parte oriental da Europa. Apesar de não concordar com os métodos utilizados pela Igreja Católica, eu irei sim, Alex. É tempo de união, e o perigo que nos aguarda necessita de grande poder para enfrentá-lo. Mas informe que estarei levando alguns amigos que serão muito úteis.

Chegamos aqui na Polônia no início de outubro e estamos de partida agora, no final de novembro. O tempo de estudos e pesquisas terminou. Falta apenas colocarmos em ordem nossas informações, separando superstição, lenda e folclore de fatos concretos. Entendendo que muitas vezes se confundem e o que chamamos de sobrenatural existe sim. Aprendemos muito com a antiga sabedoria popular. Suas crendices ignoradas ou satirizadas pela modernidade são fontes de conhecimento e merecem respeito. Era hora de entrarmos em ação.

O Monge Louco

Novembro de 1905.

No ano 1869, teria nascido, na aldeia de Pokrovskoye, Grigori Yefimovich Novykhn, agora conhecido como Grigori Rasputin.

Em sua infância começou a demonstrar poderes paranormais ligados a curas e previsões.

Apesar de quase analfabeto, possuía ótima oratória persuasiva e um poder de sugestão hipnótico.

Era muito alto e magro. Cabelos lisos sobre os ombros e uma longa barba davam-lhe um aspecto místico. Seus olhos eram de um azul penetrante que parecia poder enxergar a alma das pessoas.

Maltrapilho, vulgar, constantemente embriagado e com linguajar grosseiro, é inexplicável o fascínio que as mulheres nutriam por ele, principalmente as de classe muito superior à sua. Talvez fosse esse seu maior poder ou, pelo menos, a prova de que detinha algo de sobrenatural em seu ser.

Diziam que as damas da corte russa disputavam um lugar em sua cama e comentavam entre elas sobre os dotes avantajados de Rasputin.

Somente essa influência que dispunha já o tornaria precioso para quem quisesse estar a par dos acontecimentos do grande Império Russo.

Quem tivesse o controle pleno desse grande país teria ligação entre Europa, Ásia e América. Sua posição estratégica e sua defesa natural, bem como o rigoroso frio do inverno, eram pontos cruciais para um plano de conquistas a longo prazo.

Todo esse talento do monge não passaria em branco aos olhos de Drácula. Há anos ele já havia sido recrutado pelo vampiro.

Ele era uma das peças-chave para a conquista do Império Russo. A vasta região desse império, sua importância, seu inverno rigoroso, que tornava alguns locais impenetráveis, a grande massa populacional e a organização czarista dificultariam muito sua submissão. A estratégia deveria ser muito planejada. Uma jogada errada poderia custar tudo o que já foi conquistado. Deveria haver a dissolução do governo por dentro, criando uma desestabilização interna que desagradaria tanto membros do poder como a população. Dessa forma, uma alteração desse poder, quem sabe até mesmo de sistema de governo, agradaria diversos segmentos da sociedade, e, tratando-se do Império Russo, isso teria grande valia para o sucesso da empreitada. Diferentemente do que foi feito em outros países, a conclusão a que Drácula chegou era que nenhum de seus governantes poderia permanecer no poder. Seriam eliminados no momento oportuno, mas para isso todo um cenário deveria ser criado. Com uma imensa população pobre nos campos, uma das estratégias seria dar a impressão de que essa alteração no governo seria em prol dos camponeses, a fim de que a força da grande massa do povo estivesse a favor dessa mudança. Isso levaria tempo, e tudo deveria se desenvolver com muito cuidado.

Drácula mandou chamar Rasputin, queria saber dele pessoalmente como estava o andamento de sua estratégia de aproximação com a família real russa.

A maior parte dos aliados do Conde que estavam ligados aos governos da Europa eram membros da Igreja Negra; dessa forma, também deviam obediência aos bispos.

Rasputin era ligado diretamente ao Conde, não fazia parte da seita satânica, mas de forma alguma isso o tornava menos cruel.

Drácula era um estrategista, não ficava muito confortável em saber que elementos importantes a seus planos obedeciam outros mestres.

A Igreja Negra era submissa ao Conde, mas ele mesmo não era seguidor da seita. Drácula devia então se cercar de cuidados para, em caso de uma traição, estar amparado. Desconfiado, precavera-se para o caso de tentarem utilizá-lo apenas como ferramenta de conquista.

Isso seria muito difícil de acontecer, porque para os satanistas Drácula era a encarnação do mal na Terra, talvez até o próprio Anticristo, mas ele não teria vivido tanto se não fosse tão cuidadoso.

Depois de seu descuido com Van Helsing e seus amigos, ele ficou ainda mais cauteloso com sua segurança.

A presença de Rasputin perante Drácula era importante para que sempre se lembrasse de quem era seu mestre e dos perigos que corria se acaso esquecesse.

Chegou ao castelo de carruagem, trazia poucas bagagens e de imediato adentrou no salão principal. Foi logo pedindo para que os novos servos do Conde lhe trouxessem bebida e comida, pois estava faminto graças à viagem. Servia-se de uma garrafa de *slivotitz*, uma aguardente de ameixa típica da região, que estava sobre a mesa do salão como que à sua espera.

Em uma mesa, viu que havia pães e bolos; sem qualquer cerimônia, serviu-se.

Descendo pela longa escada que dava ao salão, surge Drácula, seguido pela bruxa cigana.

– Seus modos continuam os mesmos, Rasputin.

O glutão interrompeu seu gole na bebida, derramando um pouco sobre sua longa barba, e respondeu.

– Conde Drácula, sempre acompanhado de belas mulheres – falou Rasputin, rindo ironicamente, referindo-se à velha Ashra.

– Lembre-se de que não compartilho de seu humor, lacaio. Espero que tenha me trazido boas notícias.

– Certamente, meu caro Conde.

Respondeu fazendo uma reverência com certa ironia, sem se importar muito com a mensagem em tom de ameaça do vampiro. Os aliados de Drácula eram por vezes ousados e audazes. Geralmente os que apresentavam essas qualidades eram os mais valiosos, por isso continuavam vivos. Essas demonstrações eram naturais à sua origem forte e, por vezes, selvagem. Não eram desafios propriamente, mas dependiam muito do humor de Drácula, pois, se passassem do limite, ele não se importaria em arrancar a cabeça deles ou empalá-los, indiferente à sua importância para seus planos.

Entre mais um gole na bebida, prosseguiu:

– O príncipe Aleksei sofre com sua doença sanguínea, e eu sou a única opção para que sua vida seja salva.

Nesse momento, os servos do Conde trazem a refeição e vinho para o monge.

– Bem que poderia ter jovens empregadas mostrando os seios em grandes decotes, em vez desses ciganos mal-encarados – prosseguiu. – A esperança do czar Nicolau II e da czarina Alexandra faz com que eu mereça a simpatia das majestades. No início do mês, fui convidado para tomar chá com o casal. De agora em diante, minha presença no palácio será constante. Aos poucos, irei curar o jovem príncipe, e tenho certeza de que a formosa Alix, é assim que a czarina é chamada carinhosamente, não resistirá a meus olhos azuis e será mais uma da nobreza a visitar minha cama, conhecendo assim meu enorme atributo. Há, há, há!

Continuou:

– Com o fim da guerra com o Japão,[34] o Império Russo está enfraquecido e, após minhas investidas, eles serão presas fáceis para Vossa Excelência.

O russo limpa as migalhas presas à sua barba e, sem cerimônia, arranca uma coxa do frango que foi servido com sua mão direita e a morde, enquanto em sua mão esquerda ergue uma taça de vinho.

– Excelente, mas tenha cautela, o Império Russo não é tão frágil como está aparentando; se assim o fosse, eu não disponibilizaria todo o cuidado que estou tendo para sua conquista. Lembre-se de que você é peça-chave para a conquista desse império. Não me desaponte, ou o único futuro que verá será no alto de uma longa lança – diz Drácula.

Rasputin sorriu e acenou positivamente com a cabeça, mas, em seguida, repentinamente largou a coxa de frango mordida no prato; ficou com os olhos arregalados, a boca aberta e imóvel por um momento. Seus olhos perderam o brilho e ficaram acinzentados, dava a impressão de que havia ingerido algum tipo de veneno. Então fala:

---

34. Conflito militar entre os Impérios Russo e Japonês ocorrido entre 1904 e 1905 pela disputa da Coreia e da Machúria. O Império Russo sofreu uma humilhante derrota que abalou ainda mais o regime político czarista.

– Aqui nessa mesa, um homem que diz rezar ao anjo caído que reina no inferno, na verdade, é um fiel seguidor de Cristo. Ele o trai, é um espião. Mas nesse salão ergueu a taça em homenagem a Lúcifer.

Drácula lembrou-se daquele feito, olhou para a bruxa e indagou:

– Por que não me alertou sobre isso, Ashra?

– Mestre, como eu havia dito, meus poderes estão empenhados nos assuntos que o senhor ordenou, o que gasta muito de minha energia. Não consigo me ater a tudo, e os poderes visionários desse glutão são, nesse ponto, maiores que os meus.

– Está bem. Eles se reunirão novamente comigo em breve, então esse traidor servirá de exemplo a todos.

– Há, há, há! Um brinde ao bom e velho exemplo pela dor – diz Rasputin.

O russo continua comendo e bebendo, quase simultaneamente. Mastiga com a boca aberta. Bebida e gordura ficam presas em sua barba.

Quem visse a figura de Rasputin dificilmente acreditaria que as damas da alta classe da Rússia disputavam um lugar em sua cama.

– Mantenha-me informado quanto ao aumento de sua influência sobre o czar; após enfraquecermos o Império Russo, será a hora do ataque final. Parta amanhã cedo.

– Certamente, foi um prazer revê-lo, bondoso Conde. Há, há, há!!!

Rasputin era muito importante para Drácula e, apesar de seus defeitos, era poderoso e fiel. Suas ambições concentravam-se apenas entre orgias, vinho e vodca; não tinha pretensões políticas além de seus prazeres pessoais, por isso o Conde suportava seus modos.

Drácula retirou-se e Rasputin continuou em sua gula até ficar completamente bêbado, chegando a dormir sobre o magnífico tapete persa que compunha o ambiente.

Exemplo por Intermédio da Dor

Os líderes da Igreja Negra retornaram ao Castelo para relatar todos os últimos acontecimentos sobre a evolução de seus planos, acertar estratégias e evoluir nas conquistas.

Drácula estava mais interessado em punir seu traidor de maneira exemplar. Teria de conter sua fúria para não matá-lo rapidamente.

Os bispos chegaram às portas do castelo, mas estranharam que do lado de fora dos portões estava a mesa posta com bebidas e a farta refeição recém-preparada ainda quente. Nesse momento foi colocado sobre a mesa o prato principal para ser degustado. Um javali assado, com uma maçã crua na boca e muita salada em volta da imensa bandeja.

Tochas iluminavam ao redor, castiçais com velas acentuavam a luminosidade sobre a mesa. Sabiam que por alguma razão desconhecida ceariam do lado de fora do castelo.

A noite estava clara, adornada por estrelas e iluminada pela lua. Lobos e corujas faziam parte da sinfonia dos bosques.

Os cavalheiros foram orientados a aguardar Drácula. O cocheiro recolheu a carruagem e suas bagagens.

Eram cinco bispos, entre eles o traidor. Estava tranquilo, era muito discreto e já havia conquistado a confiança de todos havia muito tempo, por isso chegou à sua posição de destaque entre os membros da Igreja Negra.

Cravada no chão havia uma lança com mais de três metros de altura, a qual não chamou muita atenção, pois pensaram que servisse de mastro para alguma bandeira ou coisa parecida.

Drácula chegou com dois ciganos de sua guarda, que ficaram em pé próximos da mesa.

O Conde pediu para os bispos se sentarem, mas não se postou à ponta da mesa, e sim em sua lateral, bem ao lado de sua futura vítima.

– Bem-vindos, cavalheiros, tenho certeza de que esta noite será bastante produtiva – disse Drácula.

Os ciganos serviram o vinho. Ergueram as taças em sua homenagem, e ele prosseguiu:

– Na última ceia do chamado Messias, ele disse que seu algoz estava presente e o havia traído. Poderia nos contar essa passagem, bispo Filip Lugosi?

Lugosi estranhou, mas era obrigação de todos os integrantes da cúpula de Igreja Negra conhecer a fundo o texto sagrado, assim como também conheciam a Bíblia do Diabo.[35]

Ele citou o Evangelho de Matheus 26, capítulo versículos 17 a 25:

– (17) No primeiro dia dos Ázimos, os discípulos aproximaram-se de Jesus e perguntaram-lhe: onde queres que preparemos a ceia pascal? (18) Respondeu-lhes Jesus: Ide à cidade, à casa de um tal, e dizei-lhe: o Mestre manda dizer-te: meu tempo está próximo. É em tua casa que celebrarei a Páscoa com meus discípulos. (19) Os discípulos fizeram o que Jesus tinha ordenado e prepararam a Páscoa. (20) Ao declinar da tarde, pôs-se Jesus à mesa com os 12 discípulos. (21) Durante a ceia, disse: em verdade vos digo: um de vós me há de trair. (22) Com profunda aflição, cada um começou a perguntar: sou eu, Senhor? (23) Respondeu ele: aquele que pôs comigo a mão no prato, esse me trairá. (24) O Filho do Homem vai, como dele está escrito. Mas ai daquele homem por quem o Filho do Homem é traído! Seria melhor para esse homem que jamais tivesse nascido! (25) Judas, o traidor, tomou a palavra e perguntou: mestre, serei eu? Sim, disse Jesus.

---

35. *Codex Giga*, criado no século XIII, foi escrito por monges beneditinos e pesa cerca de 75 quilos. Diz a lenda que foi escrito por um monge condenado à morte por emparedamento, o qual em troca de perdão prometeu que escreveria um livro que glorificaria o mosteiro em apenas uma noite. Na noite em que começou a escrever fez um pacto com Lúcifer, que lhe concedeu o pedido em troca de sua alma. No decorrer dos séculos, dizem que causou destruição por onde passou. Há uma enorme figura do Diabo grafada no livro. Estudiosos acreditam que, na verdade, demorou aproximadamente 20 anos para a obra ser concluída com as técnicas da época. Hoje, o livro está na Biblioteca Nacional da Suécia.

Drácula sentia seu peito agonizar enquanto aquelas palavras eram ditas em voz alta. As palavras tinham poder e tal aflição e dor somente seria sentida se fossem ditas por um homem de fé. Por fim, Drácula o elogiou:

– Muito eloquente. Contudo, acredito que caso fosse em outra ocasião o faria de modo mais fervoroso – diz o Conde.

O olhar de Drácula tornou-se penetrante enquanto falava. Lugosi ficou aterrorizado, mas não conseguia desviar o olhar.

O restante ficou em silêncio, e todos começaram a compreender o que ocorria.

– Diga-me, por que obedece a outra Igreja?

Tentou permanecer calado, mas aquele olhar exercia um poder irresistível fortalecido pela noite e por seu detentor estar em sua terra natal.

Lugosi respondeu de forma firme e em voz alta como alguém que tenta respirar quando está prestes a se afogar.

– Porque amo a Deus sobre todas as coisas.

– Perfeito. Era isso mesmo que eu queria ouvir.

Exercendo sua força interior a fim de se livrar do olhar hipnótico, Lugosi levantou-se e puxou um crucifixo que mantinha escondido, mas os servos do vampiro logo o imobilizaram e a cruz foi ao chão.

Drácula levantou-se tranquilamente, pegou a lança que estava fincada ao chão com uma das mãos e caminhou em direção ao bispo traidor, dizendo:

– Há muitos anos eu não aplicava meu castigo de guerra, sinto-me como jovem novamente.

Ao dizer essas palavras, penetrou a lança por trás dele, entre suas pernas, empalando-o lentamente enquanto ele era firmemente seguro pelos fortes ciganos. Seu grito aterrador ecoou pelo bosque.

Drácula, em uma demonstração de força, ergueu-o com a lança e a fincou ao chão próximo à mesa.

O corpo ficou pendurado pela lança, seus pés estavam a cerca de um metro do solo, mas ele ainda não estava morto. Drácula sabia como fazer o que fez, de modo que a morte não fosse instantânea.

Seus gritos diminuíram até se transformarem em gemidos, enquanto seu sangue escorria lentamente por suas entranhas. O corpo descia aos poucos e a lança ia penetrando centímetro a centímetro, potencializando a dor e o sofrimento.

Os líderes da Igreja Negra já haviam cometido diversos atos nefastos. Sacrifícios humanos eram quase corriqueiros, mas aquela imagem os abalou consideravelmente.

A questão do medo não era apenas pela visão dantesca daquela cena, mas eles sabiam que haviam falhado. Levaram um inimigo bem próximo a Drácula e todos os seus planos haviam sido descobertos.

Aguardavam então quais seriam seus destinos na mão do vampiro.

– Sentem-se! – ordenou Drácula.

Todos obedeceram imediatamente.

– Nada que nossos inimigos saibam irá alterar nossos planos. O Vaticano está impotente contra mim, mas acho que deixei claro que não ficarei contente com falha semelhante.

Karloff, o bispo líder respondeu:

– Perdão, mestre. Nada do que eu posso falar irá nos redimir, mas, se permitir, triplicaremos nossa atenção para que isso não ocorra novamente.

– Certamente, ou da próxima vez haverá muitas lanças ao redor dessa mesa. Agora, sentem-se e comam. Creio que o som que nosso amigo pendurado emite não estragará o apetite de vocês.

Ainda abalados e sem vontade alguma de comer, obedeceram. Não ousariam contrariar Drácula.

Essa cena diabólica remetia ao século XV, em que narrativas alemãs contam que o então príncipe Vlad Tepes se alimentava próximo às lanças que mantinham seus inimigos pendurados.

O nervosismo dos bispos chegava a provocar náuseas, a noite seria de indigestão.

Os gemidos prosseguiram durante toda a ceia. Exalava o cheiro característico de sangue e víscera pelo ar. Até que o corpo finalmente relaxa os músculos e em um tranco desce alguns centímetros, fazendo com que a ponta da lança saísse pela boca de Filip, que, finalmente se torna um cadáver.

Assustadoramente, de forma imediata corvos aparecem e disputam os olhos do morto. Isso não era natural, mas parecia que nada do que acontecia pela região seguia as regras da natureza estabelecidas por Deus.

Drácula conquistou o objetivo dessa noite.

Vaticano

O Vaticano é um bairro romano onde se localiza a sede da Igreja Católica Desde quando as tropas do rei Vitor Emanuel II, da Itália, entraram em Roma em 1870, existe uma séria questão sobre a disputa do poder entre Igreja e Estado, que é conhecida como Questão Romana. Essa disputa tem absorvido muita energia da Igreja Católica, fazendo com que outras questões desenvolvidas nos últimos 30 anos tenham sido negligenciadas.

Porém, alguns cardeais mais preocupados com o bem da humanidade do que com poder político não deixaram passar despercebida a influência do mal junto às classes poderosas da Europa e acompanharam de perto todos os acontecimentos, incluindo o treinamento de alguns fiéis caso fosse necessário o uso da força para que esse mal fosse contido.

O interesse principal do papa é a criação de um Estado independente com *status* de nação, o qual, se for instituído, provavelmente será chamado de Vaticano, como os fiéis já se referem quando tratam de assuntos relacionados à cúpula da Igreja Católica.

Agentes pertencentes à Igreja Católica, ou apenas simpatizantes, participam de diversas formas para os interesses da Santa Sé; por vezes nem sabem o que estão fazendo, dependendo do grau de sigilo de sua missão.

A ideia inicial da Santa Inquisição era eliminar as forças malignas que proliferavam em toda a Europa desde a Idade Média, porém outras intenções tomaram conta da Igreja, e esta espalhou mais o terror do que o próprio mal a que visavam combater.

Milhares de inocentes foram torturados, afogados, enforcados ou queimados. Qualquer motivo poderia ser encarado como prática de heresia. A intolerância religiosa pairava em quase todos os países da Europa, sendo os judeus e ciganos os maiores perseguidos.

O inferno ria da Igreja, pois, se a intenção era fazer o bem, ela conseguiu espalhar o terror de forma mais eficaz do que os próprios emissários de Lúcifer.

Isso não é um privilégio da cúpula católica. Organizações religiosas em todo o planeta já cometeram atrocidades em nome de Deus ou do bem. Os homens são falhos e sedentos de poder. A religião pode ser uma excelente camuflagem para o sadismo e ideal para manipular mentes fracas. O interessante é que as palavras de Cristo são tão claras e, mesmo assim, algumas vezes na história conseguem deturpá-las.

Por esse motivo a Igreja tornou-se mais cautelosa, passou a atuar de forma velada e buscar uma maneira menos violenta de agir. É fato, também, que, em uma época na qual a liberdade religiosa já estava enraizada em muitas nações, era preciso cautela evitando uma propaganda negativa.

No último século, o Vaticano conseguiu catalogar quase todos os integrantes da Igreja Negra e acompanhar seus passos, inserindo em seu meio alguns agentes que foram muito bem treinados para não ser identificados.

Nos últimos anos, sua atenção esteve particularmente voltada para um nobre da Transilvânia que era muito cultuado pela cúpula da Igreja Negra. Esse nobre era Drácula, que tinha planos de mudar-se para Londres, mas os agentes não conseguiram detectar suas intenções.

Descobriram depois que ele foi morto em sua terra por um pequeno grupo de homens, entre eles Van Helsing, o qual a Igreja Católica já conhecia por suas pesquisas.

Diante desse final, o vampiro não mais causou interesse, e achavam que se tratava apenas de mais um ser maligno por quem a Igreja Negra teria se interessado; porém, como já havia sido eliminado, não traria mais problemas.

Alguns tiveram sua curiosidade aguçada e procuraram saber mais sobre o Conde. Descobriram que as coisas não eram tão simples quanto imaginavam, e ele talvez fosse a espécie mais perigosa dentre aqueles seres.

Quando um de seus informantes, recém-infiltrado entre os líderes da Igreja Negra, cientificou o Vaticano sobre os planos do Conde e que ele estava vivo, então notaram que era hora de agir, pois o momento que temiam se aproximava. Esse momento era agora.

Sabiam que os cultuadores do Diabo estavam muito bem organizados e infiltrados nas classes dominantes, que em breve teriam seu plano iniciado para obter seus malignos objetivos. Teriam de agir de forma eficiente e, na medida do possível, com discrição.

Descobriram que Drácula já tinha o controle do Império Austro--húngaro e seu domínio silencioso se expandia sobre a Europa Oriental; que ele tinha controle de forças malignas e seus poderes foram ampliados como nunca, graças à ajuda de uma bruxa cigana; e que mantinha alguns nobres como reféns hospedados em seu castelo e contava com um pequeno exército de ciganos que poderiam ser acionados a qualquer hora.

Drácula guardava um destino cruel para a Turquia, onde em um futuro próximo seus habitantes serviriam de alimento para seus escravos vampiros.

O real motivo não era a necessidade de sangue, mas, sim, impor o terror ao país que sempre foi seu inimigo. Seria apenas o prazer da vingança, para que as histórias de horror que aconteceriam ali se espalhassem pelo mundo e que todos soubessem qual o destino de seus inimigos.

A ocasião exigia a união de forças, e, apesar de a Igreja evitar utilizar pessoas de fora de sua influência em assuntos desse tipo, chegaram à conclusão de que Van Helsing deveria comandar o grupo principal de intervenção.

Enviaram uma mensagem para Alex Cushing e marcaram a data de uma reunião urgente em Roma. Instruíram-no para que deixasse Van Helsing a par dos últimos acontecimentos e o convidasse para tomar parte dessa reunião, já sabendo que ele nunca recusaria o convite.

Em 4 de agosto de 1903, o cardeal Giuseppe Melchiore Sarto foi eleito papa, conhecido agora como Pio X.

Nos bastidores, sua eleição teve êxito graças ao apoio do imperador austro-húngaro Francisco José.

O imperador tinha se tornado um fantoche de Drácula a contragosto. Então, sabendo que entre os candidatos Giuseppe era o único que sabia sobre as investidas do vampiro contra o Leste Europeu, apoiou-o para o papado, na esperança de se livrar do vampiro.

O papa Pio X era um dos incentivadores do grupo reunido e treinado pelo cardeal Dario Polanski; agora esse apoio seria irrestrito.

Dario Polanski é de origem polonesa, sua família vem de uma longa linhagem de clérigos, mas é um homem de ação.

Sua capacitação o torna a pessoa ideal para coordenar toda essa empreitada. É bom administrador, disciplinado, e sua maior qualidade aos olhos de seus poucos superiores é sua fidelidade à Igreja Católica.

Apesar de sua devoção, está longe de ser fanático ou reacionário. Praticidade e a aceitação das diferenças humanas estão entre suas qualidades, o que o faz, por isso mesmo, ser questionado entre seus pares.

Ele não deixa escapar nenhum detalhe do treinamento e dos preparativos para esse que, talvez, seja o maior desafio da humanidade. Se pudesse escolher, estaria na linha de frente, enfrentando corpo a corpo os inimigos.

Logo após ter sido ordenado, interessou-se pelos ritos de exorcismo. Ficou decepcionado porque em quase todos os casos em que era enviado, a princípio como observador e depois como exorcista, chegava à conclusão de que se tratava de distúrbios psicológicos ou psiquiátricos.

Até mesmo nos casos de estigma[36] que investigou, deu-se conta de que substâncias ácidas eram utilizadas pelo detentor das chagas. Após deter certa experiência, descobriu que os casos aos quais ele era designado foram escolhidos em razão da probabilidade de não possuírem nenhuma relação com o sobrenatural. Tornou-se cético e cada vez mais maduro sobre essas questões. Sem saber, estava sendo atentamente observado; mostrou-se competente e digno da confiança da Igreja, que então passou a incumbi-lo dos mais diversos casos do além e missões

---

36. São marcas que representam as chagas de Cristo. Muitos santos famosos foram estigmatizados, o primeiro foi São Francisco de Assis.

realmente aterradoras, passando a entender que o mundo espiritual era de uma complexidade muito maior do que imaginava.

Viajou muito e aprendeu também que outras religiões tinham ritos eficientes de exorcismo, cuja resultado dependia muito do poder do espírito possessor e do poder de fé do exorcista, levando em conta a técnica empregada, os materiais sagrados que ele tem à sua disposição e a vontade do possuído de sair daquela condição.

Nesses casos, o demônio não quer apenas a morte da vítima possuída, isso seria simples demais. Ele quer se mostrar presente. Há sempre um objetivo oculto. Isso faz a diferença do exorcista. Descobrir os objetivos daquele demônio.

Por vezes é um espírito maligno que só está tentando obter algum prazer carnal, ou um demônio de baixa hierarquia tentando se ocultar, ou um hospedeiro, os quais normalmente são fáceis de ser retirados. Porém, quando se trata de algo mais elaborado pelas hordas do inferno, aí tudo muda de figura. Um demônio poderoso ou cumprindo ordens superiores utilizará a posse de sua vítima para algum objetivo maior, Como fazer-se presente para o mundo, angariar seguidores ou tirar algum exorcista da proteção da Igreja para junto a ele, a fim de matá-lo ou algo mais audacioso: captá-lo.

Algumas vezes é apenas uma distração para atrair a atenção de forças benignas que poderiam estragar outro plano em alguma parte do mundo para determinado lugar.

Com um foco audacioso em seus exorcismos, logo a retirada do demônio possessor ficaria em segundo plano. Utilizaria aquele contato com o além para aprender e catalogar nomes e lugares. Entender o modo que agiam e suas reais motivações. Descobriria que eram ardilosos, sabiam usar a palavra e as fraquezas humanas, mas tinham alguns grandes pontos fracos. Eram presunçosos, arrogantes e vaidosos.

Dessa forma, o cardeal aprendeu a obter informações valiosas por meio dos ritos de exorcismo. Assim, foi montando um quebra-cabeça entendendo as articulações da Igreja Negra e sua influência no mundo.

Entendeu que uma pessoa possuída por um demônio era um perigo menor, pois apresentava riscos apenas para si mesma e as pessoas ao redor, enquanto os homens seguidores de seitas satânicas eram muito mais perigosos, pois agiam com seu livre-arbítrio e tinham objetivos bem traçados e metas a cumprir.

Polanski tinha plena convicção de que a Igreja Católica deveria ter uma força treinada para combater esse mal que se enraizava nas altas classes da Europa.

Mas isso não era uma novidade para a Igreja. O grande diferencial adotado pelo cardeal era a modernidade e o treinamento junto a um sistema de recrutamento que gerou muitas críticas, pois alguns escolhidos não pertenciam aos quadros da Igreja.

Obteve muita resistência durante o processo, mas conseguiu com bons argumentos e resultados práticos ultrapassar todos os obstáculos impostos por seus adversários, até que finalmente foi colocado em um posto no qual tinha relevante liberdade de ação.

Já tinha em mente que necessitaria do apoio do professor Van Helsing, e a notícia de que seus amigos estariam dispostos a ajudá-lo foi bem recebida. Tinha ciência de que os métodos do professor eram pouco ortodoxos, mas a situação também era.

Desde o início, o cardeal Polanski tomou todas as precauções para que fosse assessorado por pessoas competentes, e em breve ganharia reforços cujo padrão de competência está muito acima da média.

Nessa manhã, Alex e Van Helsing chegam a Roma, caminham até a basílica de São Pedro, no bairro do Vaticano, onde são bem recebidos pelo cardeal. Ele caminha em direção aos dois com um gentil sorriso nos lábios. Está impecavelmente trajado com uma batina preta e uma faixa vermelha circulada em sua cintura.

O tradicional solidéu vermelho cobre o topo de sua cabeça. Sapatos italianos marrons protegem seus pés. Ao redor de seu pescoço, uma corrente sustenta o crucifixo na altura de seu peito. Em sua mão direita, um elegante anel de safira típico dos cardeais.

– Bem-vindo, professor Abraham Van Helsing. Sou Dario Polanski, e é uma honra conhecê-lo pessoalmente – diz o cardeal, cumprimentando o professor com um firme aperto de mãos.

– O prazer é meu, mas, para ser bem sincero, não esperava ser tão bem recebido por aqui.

Em resposta, o cardeal dá apenas um leve sorriso e vira-se para Alex Cushing:

– Alex, meu jovem, esse tempo com o professor o deixou com a fisionomia mais experiente.

– É um prazer revê-lo, cardeal – diz Alex enquanto beija o anel do religioso.

– Acompanhem-me, eu os levarei até seus aposentos e poderão lavar-se, descansar e comer algo.

Essa parte da cidade é maravilhosa, e a parte interna da basílica é mais impressionante ainda.

A basílica de São Pedro é a maior igreja do mundo. Não se trata de uma catedral, pois não é sede de um bispo, tampouco a sede oficial do papado, que, na realidade, se situa na basílica de São João de Latrão.

Cobre uma área de 2,3 hectares, suporta mais de 60 mil pessoas em seu interior e possui cerca de 340 estátuas sacras. A construção da edificação, como é conhecida, iniciou-se em 1506 e foi concluída em 1626.

Sob o altar foi enterrado Pedro, o Apóstolo, a "pedra" da Igreja Cristã. Recheado de adornos em ouro, com esculturas impressionantes e afrescos tão bem pintados que pareciam vivos. Teve a participação de vários dos maiores artistas da história.

Apesar de Van Helsing ser um constante crítico de algumas atitudes da Igreja, quando se referia à ciência ou ao ocultismo, ele é de formação católica; e, apesar de ter ampliado suas crenças nas últimas décadas, continua muito temente a Deus. Não deixa de sentir uma emanação espiritual de harmonia que paira em todos os cantos daquele local.

O professor aprecia cada canto da construção enquanto caminha e conversa.

– Espero que tenha sido satisfatória sua viagem nesses últimos anos, professor – diz o cardeal.

– De certa forma, mas creio que o senhor deve saber quase tanto quanto eu sobre minha viagem.

– Nem tanto, professor, mas tenho de admitir que a Igreja sabe muito sobre o senhor, e, apesar das divergências doutrinárias, o senhor é muito admirado por seus estudos e feitos.

– Que bom que me conhecem, como também os conheço. Não sei ao certo o que esperam de mim, mas saibam que não admitirei ser usado em tramas políticas e não gosto da maneira que agem, fragmentando informações como um quebra-cabeças, impedindo que as peças isoladas saibam qual figura será retratada no final.

– Professor, deve admitir que, mesmo não aprovando nossos métodos de informação e segredo, se não fosse assim não teríamos condições de enfrentar o que está por vir, e grande parte dos envolvidos no combate ao mal poderia estar morta. De qualquer forma, o senhor ficará a par de todas as nossas informações e de nossos planos.

– Estou ciente dos cuidados necessários para a ocasião. De qualquer maneira, contatei alguns amigos que devem chegar em breve. Além de serem de extrema confiança minha, eles já enfrentaram nosso inimigo em comum, e a experiência que adquiriram será um trunfo a nosso favor.

– Certamente, professor, serão bem recebidos.

Dois líderes com personalidades fortes tinham acabado de se conhecer pessoalmente.

Atritos são comuns nesse tipo de encontro, mas o cardeal já imaginava como era o perfil do professor, e seu receio quanto aos métodos da Igreja. Então soube conduzir a conversa com parcimônia e também reconhecia a importância dele para o sucesso da ação.

Além do mais, era realista o bastante para saber que Van Helsing tinha razões para suas desconfianças.

Orientação

Após fazerem sua higiene pessoal e descansarem, Van Helsing e Alex foram até uma sala de jantar onde foi servido o almoço. Na mesma mesa estava o cardeal Polanski e mais cinco outros membros do clero.

A mesa era ampla, mas os outros lugares não foram ocupados. Talheres de prata e taças de cristal estavam sobre a toalha ricamente pintada com temas religiosos, junto aos pratos de porcelana fina.

Foram servidos como *primo piatto* um risoto e como *secondo piatto* rabanetes, nabo, repolho, batata assada, pão italiano, ovos de codornas e pato assado. Muitas frutas frescas também estavam à disposição. A sobremesa foi uma *crostata alla ricotta*, uma torta com açúcar, ovos, ervas e ricota. Foi a refeição mais saborosa que Alex e Van Helsing fizeram nos últimos meses.

Durante a refeição, o cardeal explicou que os cinco eclesiásticos que estavam presentes faziam parte do grupo que estava a par dos acontecimentos e, por motivos de segurança, quando se reuniam ficavam distantes de outros membros da Igreja, a fim de conversarem entre si sem expor informações sigilosas.

No decorrer da conversa informal, Van Helsing percebeu a intenção do cardeal em deixá-lo a par de todos os assuntos. Começou a entender que a Igreja achava muito valiosa sua participação, pois era sabido que não costumavam contatar gente de fora e, quando o faziam, filtravam todas as informações.

Após a refeição foram para uma sala, com estantes que iam desde o chão até o teto. Era uma sala de leitura reservada, com livros publicados em diversas línguas, sendo muitos deles sobre hipnotismo, ocultismo, vampirismo, satanismo e licantropia.

Continha também imensos arquivos com nomes e endereços de pessoas em todo o mundo com ligação a seitas satânicas. Nessa sala havia outros clérigos.

Alex nunca tinha sido autorizado a entrar nessa sala, nem ao menos sabia o que ali continha, mas dessa vez sua presença foi permitida.

Sentiu que sua importância tinha aumentado perante seus superiores, evidentemente em virtude de sua ligação com o professor. Sua escolha não foi ao acaso. Como de costume, ele permaneceu em silêncio e só o quebraria se fosse inquirido.

— Professor, essa é nossa sala de situação, onde mantemos atualizados os arquivos de nossos inimigos já conhecidos e de mais centenas de suspeitos. As obras enfileiradas nas estantes nos auxiliam nas pesquisas; são as mais realistas que conseguimos encontrar, sobre diversos assuntos. O acesso a essa sala é muito restrito, o serviço que fazemos é de inteligência, monitoramos nossos inimigos, temos gente infiltrada acompanhando-os passo a passo; conhecemos muito seus planos, mas só agimos quando extremamente necessário – relata o cardeal.

— O senhor quer dizer "nossos inimigos" ou os inimigos da Igreja Católica? – inquire Van Helsing.

— Quero dizer os inimigos da humanidade. Mas sei aonde quer chegar, professor. Nossa forma de agir não é mais como na Idade Média. Estamos cientes dos excessos cometidos pela Santa Inquisição e não queremos que isso aconteça novamente, então pensamos muito antes de agir, e estamos até aceitando ajuda de fora. Mas saiba, professor, passamos por um momento de perigo e chegou a hora de agirmos. Apesar dos erros acontecidos no passado, não esqueça que era a Idade das Trevas, não só pelo pouco desenvolvimento, mas o mal assolava o planeta, e pode acreditar que o Santo Ofício ajudou a salvar o mundo.

— Só espero que não utilizem o livro *O Martelo das Bruxas*[37] como manual para essa empreitada – retrucou o professor. – Pois bem, já que conhecemos ambos os pontos de vista, o que esperam de mim?

---

37. *O Martelo das Bruxas* (latim – *Malleus Maleficarum*) foi escrito pelos inquisidores Heinrich Kaemer e James Sprenger e publicado em 1487. Era um verdadeiro manual para o reconhecimento de bruxas e incluía a prática de torturas. A Igreja não o aceitou e o incluiu na lista dos livros proibidos logo após sua publicação, mesmo assim foram publicadas mais cópias do que qualquer outro livro, com exceção da Bíblia, naquela época.

– Pelo que sei, o conhecimento e a experiência do senhor sobre vampiros e sobre o próprio Drácula superam os nossos. Mas temos uma visão global do que está acontecendo, e nossa intervenção se faz necessária por toda a Europa. Precisamos compartilhar conhecimento e elaborar um plano de ação, por isso marcamos uma grande reunião para esse domingo com nossas principais lideranças e gostaríamos que palestrasse sobre o assunto e sanasse qualquer dúvida que tivermos. E nesses dias que precedem nossa reunião, poremos o senhor a par de todos os passos de Drácula e de seus seguidores para que compreenda a real extensão do problema.

O professor estava pensativo. Com os cotovelos apoiados em cima da mesa, descansava o queixo sobre as duas mãos unidas.

– A cada palavra sua me preocupo mais. Imaginei que o envolvimento da Igreja seria por si só motivo de extrema seriedade no assunto, mas o que está dizendo ultrapassa minha imaginação. Afinal, quais são os planos daquele maldito vampiro?

– Como deve ter notado na volta de sua expedição, a Europa Oriental está mudada, não é mesmo, professor? – diz um clérigo chamado Ícaro Argento, sentado em uma cadeira confortável.

– Sim, senti um clima estranho, não era mais o pavor de antes, mas o mal ainda parecia estar por ali. Senti também um nacionalismo exacerbado.

– Muito aconteceu em pouco tempo, durante suas viagens – comenta o bispo já idoso, porém muito lúcido, Flávio Fulci. – Drácula ressuscitou, não imagino como, pois isso vai contra todas as leis de Deus. Assim como não é fácil mudar os costumes, medos e superstições de povos antigos, isso em tão pouco tempo por si só fere as leis naturais.

– Quanto a Drácula, eu sabia e sei também que ocorreu por nossa falha na técnica que utilizamos para eliminá-lo, mas assim que eu tiver oportunidade ele vai ser destruído eternamente – responde Van Helsing.

– Não é só isso – diz o cardeal Polanski. Ele tomou o poder do Império Austro-húngaro e determina as decisões do imperador Francisco José, que, apesar de impotente perante o vampiro, apoiou a eleição de nosso santo papa, pois sabia que ele o ajudaria.

— A proporção do problema então é enorme, pois o Império Austro-húngaro é um dos mais poderosos da Europa — surpreende-se o professor.

— Antes fosse apenas isso, meu caro professor — continua Polanski. — Ele já domina quase toda a Europa Oriental e se prepara para dominar a Turquia, para onde reserva os piores pesadelos daquele povo.

— Mas como ele conseguiu essa façanha, se até poucos anos não possuía nenhum exército? Nada disso foi noticiado pela Europa e, apesar do clima estranho, tudo aparenta estar normal! Se bem que eu pouco passei pelas capitais das nações que visitei, e até as notícias mais divulgadas custam chegar às províncias.

— Os principais líderes da Europa sabem em parte o que está acontecendo. Esse plano de Drácula foi articulado antes de seu encontro com o vampiro. Ele o iniciaria em Londres, mas seus planos foram interrompidos pelo senhor e seus amigos. Quanto a um exército formal, ele realmente não possui, mas sua estratégia é muito mais eficiente. Durante anos, ele, juntamente à maior seita satanista da Europa, a Igreja Negra, foi infiltrando seus seguidores nos mais altos escalões do poder, e dessa forma sua influência foi aumentando. Ele também possui um pequeno exército de ciganos que, apesar de possuírem armamento moderno, servem apenas como sua proteção pessoal e participam de algumas poucas missões.

Van Helsing prestava atenção em cada palavra, estava surpreso. No entanto, ainda não conseguia entender como Drácula havia chegado a tamanho poder, mas entenderia a seguir com o relato final de Polanski.

— Um dos pontos fortes de sua estratégia é manter o rei ou imperador como chefe de Estado sob seu comando, mais ou menos como os romanos faziam. Age de forma tão discreta que a maior parte da população nem sabe que houve uma troca de poder. Ele só precisa persuadir o antigo líder do país, e o faz com uso do terror. Ele invade pessoalmente a cidade onde o rei vive, mas meses antes infesta o país com um surto de peste negra e raiva espalhada por ratos e morcegos; quando todos estão aterrorizados, é o momento de sua ação final.

O cardeal faz uma breve pausa para que Van Helsing assimile cada informação, então prossegue:

– O que falo agora é difícil de acreditar, mas o senhor tem experiência suficiente para saber que digo a verdade. Ele possui um pequeno grupo de lobisomens e vampiros que em apenas uma noite acaba com qualquer resistência, até Drácula chegar ao líder do país, que é forçado a obedecê-lo. Os seguidores do Diabo, que já estão há tempos infiltrados entre os detentores do poder, observam tudo e, ao menor sinal de traição, cuidam para que entes queridos desses chefes de Estado sejam brutalmente assassinados. Tempestades avassaladoras também marcam a invasão, cavalos fogem de seus cavaleiros, cães atacam seus donos e até lobos invadem as ruas.

Mesmo frio e racional, a cada momento Van Helsing ficava mais impressionado com a proporção alarmante que a situação havia se consolidado, e mais ainda por não imaginar que tudo acontecia enquanto ele viajava por muitos dos países envolvidos nessa trama. Não se contendo, ele bate na mesa com seu punho direito.

– Inacreditável! Essa estratégia elimina a necessidade de um tradicional confronto de tropas.

– Dessa forma, ele mantém o controle sobre os países dominados, mas acreditamos que após consolidar o poder ele se mostrará a público. – diz o clérigo Flávio Fulci.

– Mas como? Ele não possuía tamanho poder quando o enfrentamos.

– Sabemos que ele conta com uma bruxa cigana que potencializa seus poderes sobre os animais e o clima, mas esse controle é restrito. Ele só o mantém na noite em que decide invadir o país, que deve ter a data correta para que a magia dê certo. – responde o bispo Carlo Bava, que até então pouco se pronunciara, demonstrando seu conhecimento sobre magia.

– Ele também conseguiu o apoio de um médico cientista britânico, o qual pensávamos ter morrido e, de alguma forma, criou um grupo de lobisomens sob seu controle; eles são praticamente indestrutíveis – prossegue o cardeal Dario Polanski.

– Também desenvolveu uma política industrial e expandiu muito a malha ferroviária dos países dominados, à custa do trabalho escravo daqueles que considerava seus inimigos, entre eles, os poucos que resistiram às invasões ou foram contra sua política de Estado laico, que determinou a destruição de quase todos os templos religiosos e até de capelas e cruzes de cemitérios. Ou seja, padres, monges, dissidentes políticos, religiosos em geral formam uma massa de trabalhadores forçados a acelerarem o progresso industrial – completou o clérigo ancião Flávio Fulci.

– Mas como pretendem enfrentá-lo, se agora possui o controle dos exércitos de boa parte da Europa?

– É uma luta de estratégia, pois possuímos agentes nossos infiltrados também. Drácula confia muito nele mesmo e despreza a ajuda do exército; muitos comandantes estão desgostosos com o descaso a respeito das Forças Armadas, cuja maior parte da força foi deslocada para reforçar as fronteiras. O próprio imperador austro-húngaro está a nosso favor. Precisamos salvar sua família que é refém do vampiro. Resumindo, temos de matar Drácula, seus principais seguidores e os membros da Igreja Negra. Feito isso, suas conquistas cairão como um castelo de cartas. Alguns países aliados nossos, principalmente a França, estão operando discretamente em um sistema de informação e contrainformação, infiltrados nos principais segmentos das Forças Armadas, cooptando aliados e espalhando a notícia sobre quem realmente está dominando os países. Dessa forma, no momento certo, não precisaremos nos preocupar com o exército inimigo, e isso nos dará tempo para destruir Drácula e seus seguidores. Tão importante quanto isso será devolvermos o poder aos antigos detentores, gostando ou não, independentemente de qualquer convicção, pois será um momento perigoso, pois a história mostra que, em momentos de fragilidade, oportunistas tentam tirar proveito dessas situações, e isso poderia colocar todo o continente em uma guerra sangrenta pelo poder – concluiu o cardeal Polanski.

– Realmente isso se transformou em uma trama política de proporções continentais. Vejo que o ímpeto conquistador de Drácula ainda persiste, mesmo após sua transformação em vampiro – diz Van Heling.

– Sim, parece que seus planos de conquistas são muito mais sofisticados do que quando ele era o soberano da Valáquia. Sei que o senhor fez uma séria pesquisa sobre o passado dele em vida. Essas informações também nos serão úteis, então gostaríamos que as incluísse em sua palestra – diz Ícaro Argento.

– Certamente, mas já antecipo que minha participação nessa história não será apenas como palestrante, pois, os senhores concordando ou não, eu irei caçar aquele maldito.

– Professor, o senhor ainda não compreendeu nossa posição. Queremos que o senhor lidere pessoalmente o grupo que irá enfrentar Drácula – diz Polonski.

Van Helsing se surpreende e fica calado por instantes, pois não é comum a Igreja ceder o comando, mesmo que parcial, para quem não pertence aos seus quadros. Todos na mesa mantêm o olhar fixo no professor, mostrando admiração e aguardando sua resposta. Alex parece até mesmo mais surpreso que o próprio mestre.

Era claro que estavam agindo de forma diferente, inclusive compartilhando todas as informações. Será que era um sinal de modernização por parte da cúpula da Igreja Católica? Ou a urgência do assunto necessitava que agissem dessa forma? De qualquer maneira, isso facilitava muito para Van Helsing, pois sem esse apoio nem sequer conseguiria chegar perto do Conde vampiro.

O professor se levanta e coloca as palmas das mãos apoiadas sobre a mesa, olha para cada um dos clérigos sentados e diz:

– Excelências, decerto, entre todas as surpresas da noite, essa foi para mim a maior. Terei o maior prazer em conduzir essa empreitada e arrancar a cabeça daquele maldito parasita.

Auditorium

Pela manhã, Jonathan Harker, o dr. Seward e lorde Goldaming chegaram à Roma e prosseguiram juntos ao bairro do Vaticano, mais precisamente para a basílica de São Pedro.

Foram recebidos com a mesma forma gentil de Van Helsing, e após arrumarem suas bagagens se encontraram com o professor.

– Professor, que bom vê-lo novamente, o senhor está ótimo, parece até mais jovem. Mas sua mensagem deixou todos aflitos, não entendemos ao certo o que pode estar acontecendo – diz o dr. Seward, após abraçar Van Helsing.

Lorde Goldaming e Jonathan também se mostraram contentes ao rever o querido amigo, apesar da inquietação de todos.

O sentimento de respeito que nutriam entre eles era enorme, sentiam como se fossem companheiros de guerra, onde um depositou a confiança da própria vida na mão de outro.

Estiveram em plena paz nos últimos anos e carregavam a sensação de dever cumprido, restando os afazeres do cotidiano e a lembrança do que passaram.

– Então a mansão Goldaming já possui um novo herdeiro de linhagem nobre? – pergunta o professor ao amigo Arthur Holmwood.

– Sim, professor, na verdade uma herdeira, e já estou com saudades de minha pequenina que deixei nos braços da mãe, mas sei que minha partida foi necessária.

Com um amigável tapa nos ombros e olhar de satisfação pelo nascimento da filha de seu amigo, o professor prossegue:

– Senhores, é com muito gosto que os recebo, mas o assunto que os traz aqui é deveras alarmante. Vai parecer inacreditável o que direi e entenderei perfeitamente se não estiverem dispostos a me ajudar.

A expressão facial dos amigos transformou-se de sorriso para a seriedade expressada pelo cenho franzido, enquanto escutavam Van Helsing, que prosseguiu de forma direta e impactante, como costumava ser.

– Drácula vive e está mais poderoso do que nunca!

Todos ficaram espantados; um calafrio de terror percorreu o recinto, chegando a arrepiá-los como se fossem tocados por um espírito naquele momento.

Harker era o mais abalado. Estava boquiaberto, recordando-se do terror que passou quando foi cativo do Conde em seu castelo. Ele, que estava recuperado psicologicamente de todo o seu sofrimento, temia passar por tudo novamente.

Viver como prisioneiro do vampiro, ter sido sua esposa corrompida por ele, certamente fazia de Harker a maior vítima entre os amigos, excetuando Quincey Morris, que sucumbiu na luta final contra o Conde.

– Não, isso é algum engano – diz lorde Goldaming, forçando seus instintos a não acreditar no velho amigo.

– Pr... Prof... Professor! – gagueja o dr. Seward. – Não diga isso. O senhor não se lembra, nós o matamos. Aquele pesadelo acabou.

– Seward, não estou delirando nem perturbado mentalmente. O que tenho ainda a contar será mais difícil de acreditar do que a simples ressurreição do vampiro. Gostaria que apenas esse fato fosse o perigo.

Van Helsing prossegue, mas, antes, eles pedem para se sentar por conta do leve tremor que sentiram com a notícia. O professor conduz todos para uma sala apartada, onde se sentem mais à vontade para escutar os detalhes da terrível notícia.

Ouvem sobre as conquistas recentes do vampiro, a existência de lobisomens, satanistas influentes, jovens vampiros transformados por Drácula, e tudo o mais.

Apesar de incrível, eles sabem que o professor não inventaria nada disso. Não era um homem do tipo que levaria em conta boatos. Sabem também que a gravidade dos eventos relatados é tanta que a própria Igreja Católica está atuando diretamente.

Quando o professor terminou, todos ficaram em um breve silêncio, até que finalmente Harker, que nada havia dito até aquele momento, se pronuncia:

– Pode contar comigo, eu não vou descansar até aquela maldita criatura ser realmente destruída – enquanto diz essas palavras, sua mão se fecha tão forte que faz as veias do pulso dilatarem.

– Comigo também – concorda o dr. Seward.

– É claro que o senhor pode contar com todos nós; é o mínimo que podemos fazer pela memória de Quincey e da srta. Lucy – completa Arthur Holmwood.

– Eu sabia que poderia contar com vocês. Agora iremos ao auditório, onde serão dados maiores detalhes sobre toda a situação.

Eles se levantam e acompanham o professor; ainda estão chocados, mas o ânimo é diferente, pois sentem no coração o dever de caçar o vampiro e livrar o mundo desse mal, mesmo sem terem a menor ideia de como fazê-lo. Enfrentaram o vampiro sozinhos e sabem quanto ele era perigoso; agora, então, os riscos serão infinitamente maiores.

O clima do local onde estavam era naturalmente inspirador, e até os mais céticos não podiam deixar de sentir as energias espirituais que ali pairavam.

O ânimo tomou conta de seus corações, como se fossem jovens idealistas partindo para uma batalha justa. Era com esse sentimento que os cavaleiros cruzados partiam para as chamadas Guerras Santas; é claro que naquela época nem todas as motivações eram tão nobres como as desses cavalheiros.

A sala do auditório é ampla, e reflete todo o luxo e bom gosto típicos da Igreja. Bem iluminada, uma ótima acústica, assentos confortáveis revestidos em couro. Possui a capacidade para comportar mais de 600 pessoas.

Aos poucos, o auditório vai ficando cheio. A grande maioria dos presentes é formada por homens de todas as idades e de todas as partes da Europa.

Alguns poucos são das Américas, estão ali para ficar a par dos acontecimentos e resguardar-se caso algo semelhante aconteça no novo mundo. Há também algumas mulheres que se colocam em posição de igualdade.

Os presentes possuem partes das informações e, a partir desse momento, saberão de tudo o que está acontecendo, como um quebra-cabeça prestes a ser completado.

No palanque estão presentes os cardeais da Ordem dos Bispos: Dario Polanski, Flávio Fulci, Carlo Bava, Oscar Ferrino e o professor Van Helsing. Todos sentados lado a lado.

A apresentação inicial foi feita pelos bispos Flávio Fulci e Oscar Ferrino, este possuindo excelente oratória e uma voz potente que preenchia todo o recinto. Todos os assuntos são abordados de forma geral. Algumas fotos e mapas são repassados aos presentes por meio de imagens projetadas por uma máquina na imensa parede onde foi pendurada uma tela branca. Van Helsing achou uma excelente forma de apresentação, muito didática, principalmente para uma plateia grande. Pensou em levar ideia ao reitor da Universidade de Munique, se é que, quando ele reencontrá-lo, já não a tenham colocado em uso.

Os que ainda não sabiam da extensão da questão em pauta ficaram impressionados e balbuciaram expressões de espanto. Para finalizar sua parte, o bispo Fulci acrescenta:

– Vivemos em uma época de muitos perigos; os desavisados acreditam que o pior já passou durante a Idade Média, mas enganam-se. Além das forças sobrenaturais que enfrentamos há milênios, deparamo-nos com a evolução acelerada da ciência, que, apesar de trazer avanços à humanidade, quando utilizada para o mal se torna devastadora. Há algumas décadas um jovem cientista conseguiu trazer à vida um ser monstruoso, quando, brincando de ser Deus, ele juntou partes de cadáveres. Esse cadáver, confuso e extremamente forte, se desvencilhou de seu criador e cometeu atrocidades por onde passou, sendo a mais notória o assassinato de uma menininha. Dizem que esse monstro ainda vive no Ártico. Há algum tempo tivemos relatos não confirmados de que um formidável estudante de Medicina que se especializou em óptica teria conseguido tornar seu corpo invisível ao olho humano, o que desestabilizou sua mente e personalidade, chegando até a formular um plano delirante a fim de iniciar um reinado de terror; suas ações o conduziram para a morte. Sem contar o desenvolvimento bélico de grande parte das nações, cujas armas construídas ceifam um enorme número de vidas com apenas um disparo. A natureza humana tende a utilizar novas descobertas para o mal, como aconteceu no passado, por exemplo, com a invenção da pólvora, que logo trocou seu uso em festejos para causar terror com explosões. Entretanto, a ciência não deve ser encarada como naturalmente má, mas, sim, aqueles que a utilizam para fins profanos e mesquinhos, isentos de qualquer tipo de pudor e ética. Esses, sim, devem ser combatidos. Então devemos estar atentos tanto aos novos como aos antigos perigos. Essa é mais uma provação de Deus, e devemos ser fortes e mostrarmo-nos dignos desse desafio.

Após sua rica explanação, Fulci é aplaudido.

Os clérigos que prosseguem com a palestra são mais minuciosos, e cada um tem uma especialidade. São feitos todos os planejamentos estratégicos e repassados aos presentes. Assuntos relacionados à política, formas dos governos dos países envolvidos, nomes das lideranças aliadas, geografia do local, costumes, crenças, etc.

Todos ouvem com atenção e fazem anotações. As dúvidas são pontuais e pacientemente respondidas.

Os assuntos são do interesse de todo o imenso grupo ali presente, as pautas mais específicas serão repassadas pessoalmente para aqueles que atuarão na área determinada.

Antes de chegar a vez do professor Van Helsing, foi dado um intervalo, para fazerem uma breve refeição e esticarem as pernas, pois já haviam se passado quase quatro horas.

O grupo do professor alimentou-se rapidamente e foi respirar melhor em um dos pátios externos, o sol brilhava naquele início de tarde e a temperatura estava agradável para a estação.

A forma com que tudo corria trazia uma estranha sensação ao professor. Apesar de tudo, a maneira disciplinada e ágil com que a Igreja cuidava do assunto pareceu inspirar Van Helsing. Esse momento era o melhor final que poderia acontecer após sua peregrinação em busca de conhecimento. Seu espírito era de um guerreiro que pressentia que uma grande batalha estava por vir.

Nesse clima ele retirou um cachimbo de seu bolso, socou fumo, acendeu e deu uma bela baforada. Poucas vezes fazia uso dele, mas apreciava a tranquilidade que um bom tabaco lhe proporcionava. Estava no controle. Pela primeira vez após ter descoberto que Drácula não havia sido destruído, sentiu que poderia completar o serviço. Suas feições tranquilas e sua segurança acalmavam a todos.

Quando retornam ao auditório, o cardeal Polanski apresenta o professor:

– Nesse momento os senhores receberão o professor Abraham Van Helsing, filósofo, metafísico, conhecedor das artes médicas, estudioso das doenças do sangue, um dos mais avançados cientistas desse ramo em nossos dias. Creio que todos já o conhecem. O professor retornou recentemente de uma jornada em busca de conhecimento pela Grécia, Europa Oriental e China. Também teve um confronto direto com nosso inimigo alguns anos atrás. Ele será o líder de nosso ataque principal.

Van Helsing coloca-se no lugar de palestrante e com sua perfeita oratória dá início:

– A todos os senhores e às poucas senhoras presentes, tentarei fornecer todas as informações capazes de facilitar a missão de cada um. Posteriormente será entregue um resumo de minhas pesquisas sobre vampiros, que será útil a todos. Esqueçam tudo o que já foi dito anteriormente, pois o que relatarei é a verdade real sobre o assunto. Relatos sobre bruxas, lobisomens e vampiros existem há milhares de anos, mas devemos distinguir folclore de realidade, o que é difícil, pois em dado momento fica impossível notar a diferença entre um e outro. Nosso foco principal é o vampirismo, e sobre o fenômeno existem documentos muito convincentes; mas, por questão de conflitos entre os poucos cientistas que se aventuram no tema, médicos forenses e místicos acabam causando um desentendimento em suas conclusões, muitas vezes por não conhecerem a fundo um assunto tão complexo, sendo cada caso distinto em razão das diversas particularidades entre os vampiros. E também por ocorrerem crimes que são cometidos por seres humanos psiquicamente doentes, como revelam alguns estudos iniciados no século passado; a maneira como tais crimes são cometidos por vezes lembra métodos de um vampiro, seja pela sequência ou forma. Mas os casos a seguir, os quais estudei muito mais do que qualquer investigador, foram cometidos realmente por vampiros. Vale lembrar que um vampiro nunca é igual ao outro em razão dos diversos fatores que explicarei posteriormente.

Molha a garganta com a água que deixaram à sua disposição. Pensa que, caso tivesse mais tempo e soubesse da disponibilização daquele incrível projetor, poderia ilustrar muito melhor sua exposição. Havia apenas um quadro negro para algumas anotações e a maleta de couro que trouxe consigo. Continua sua palestra:

– Um dos mais famosos casos refere-se à condessa Elizabeth Bathory presa em 1610 após matar mais de 600 pessoas entre serviçais, camponeses e membros da nobreza, em sua grande maioria mulheres, das quais, além de sugar seu sangue, banhava-se nele. Foi condenada ao emparedamento em um quarto de seu castelo; poucos cogitaram ser ela uma vampira e há dúvidas quanto ao corpo que foi enterrado quatro anos depois ser realmente o dela. Há outros casos interessantes, nos quais parece que a transformação de uma pessoa em vampiro não se concretiza, ou por a vítima possuir um transtorno mental que impeça essa transformação, ou por qualquer outro motivo obscuro que interrompa o modo pelo qual ela iniciou essa passagem entre homem e morto-vivo. Fica difícil dizer ao certo. Entre os casos que possivelmente isso possa ter ocorrido cito o do nobre Gilles de Rais, que combateu ao lado de Joana d'Arc. O castelo de Tiffauges foi palco de suas perversões, onde, cercado por seus servos bruxos, cometeu inúmeras monstruosidades. Estima-se o sumiço de mais de mil meninos que foram torturados, violentados e assassinados. Em 1440, ele foi condenado e enforcado. Outros nomes como François Bertrand, Martin Dumollard, Vicenzo Verzeni de Bottanauco, entre outros, também sofreram dessa degeneração. Eu conheci um pouco mais de perto um caso desses quando enfrentei Drácula. Um dos pacientes de meu amigo, dr. Seward, apresentava claramente esse diagnóstico, seu nome era Renfield. Essa fraqueza fez com que ele se tornasse um lacaio submisso ao vampiro que provavelmente lhe prometera vida eterna após lhe ser útil. Ele desenvolveu uma compulsão por vidas inferiores e comia insetos vivos. A única recompensa que conseguiu foi uma morte violenta. Vampiros são criaturas malignas. Quando transformados, sua inclinação para o mal é realçada, independentemente do que foram em vida. Uma questão explicativa muito inteligente sobre esse ponto está sendo desenvolvida por meu grande amigo aqui presente, o dr. John Seward, que trabalha com a tese de que a transformação gera algum tipo de psicopatia cujo principal efeito é a incapacidade de sentir remorso por seus atos aterradores. As mulheres, quando transformadas, ficam mais atraentes e sedutoras, voluptuosas como demônios súcubos.[38] A forma mais conhecida de transformação é pela infecção por outro vampiro que tenha sugado seu sangue sem, no entanto, deixar sua vítima chegar à morte. Normalmente esse processo demora três dias e, após a suposta morte da vítima, então ela levantará de seu túmulo sedenta por sangue. Até poucos anos eu cheguei a pensar que todos que fossem atacados por essas pragas se transformariam como eles, mas estava enganado. Não são todos os vampiros que conseguem transformar outros seres em vampiros, isso requer certo poder. Os assim transformados ficam à mercê de seu criador. No período em que o vampiro está sugando o sangue de uma mesma vítima paulatinamente durante noites seguidas, se este for morto, o processo será descontinuado e a vítima voltará a seu estado natural. Não é possível que vampiros sobrevivam por muito tempo sugando apenas o sangue de animais, pois necessitam de sangue humano. Aliás, repudiam o sangue de animais, assim como nós repudiamos os insetos, mesmo sabendo que poderíamos nos alimentar deles. Podemos ter como exemplo um homem: no deserto sem água e comida, sobreviverá por pouco tempo. Se tiver apenas água, sobreviverá por mais tempo, mas irá morrer por inanição. Fato semelhante acontece com um vampiro, ele pode até ter uma sobrevida se alimentando de animais, mas não aguentará muito e deverá entrar em um estado de hibernação forçada. Isso não lhe causará a destruição, mas um definhamento e a

---

38. Súcubos são demônios femininos com aparência linda e sedutora. Roubam a energia do homem através de relação sexual, que o leva da exaustão à morte. A contraparte masculina chama-se íncubo. Algumas lendas dizem que o súcubo rouba o sêmen do homem e o entrega a um íncubo para que este possa engravidar uma mulher. Essas espécies de demônios são citadas no livro *O Martelo das Bruxas*.

perda de seus poderes lentamente. A hibernação pode ocorrer por vontade própria, mas apenas alguns conseguem esse fenômeno mantendo sua energia e poderes durante os anos que permanecem nesse estado. Não é comum os vampiros saírem à luz do dia, pois a luz solar pode matá-los. O dia os enfraquece, mesmo estando abrigados da luz.

Dá uma breve pausa para perguntas enquanto toma outro gole de água.

– Professor, meu nome é Robert Stevenson, pertenço à divisão de acompanhamento. Drácula criou um grupo de aproximadamente cem vampiros recentemente, todos eles com ligações políticas pela Europa, e por algumas vezes ele os utiliza como infantaria em suas conquistas. Porém, contrariando suas informações, eles caminham durante o dia.

– Tem razão, sr. Stevenson. Eu ia pormenorizar minha explicação quando começasse a dissertar sobre os poderes dos vampiros. Os vampiros recém-transformados podem caminhar durante o dia, apesar do desconforto que sentem. Mas seus poderes são sensivelmente diminuídos e não contam com a invulnerabilidade. O caso é que envelhecem normalmente, o que não acontece quando andam somente durante a noite. Se um vampiro fica anos sem sair durante o dia, quando o faz envelhece em segundos o tempo que permaneceu com a aparência inalterada, fato este que geralmente traz a morte, e no caso dos centenários transformam-se em pó. Para o vampiro antigo, o contato com o dia é tão forte que o efeito é de uma queimadura tão intensa como seria para nós o contato direto com o fogo, nem suas roupas são capazes de protegê-lo completamente e até mesmo dias chuvosos podem castigar seu corpo, talvez com menos intensidade. Sua retina sofre de uma hipersensibilidade à luz em geral. A recíproca também é verdadeira, enxergam melhor que um gato no escuro. São criaturas das trevas. Eles naturalmente sentem-se mais protegidos e dispostos durante a noite. Sr. Stevenson, sua questão carrega outro fator incomum, referente a ele ter transformado dezenas de jovens em vampiros. Drácula nunca fez isso anteriormente, aliás, nenhum outro vampiro. Nunca foi intenção deles a proliferação desenfreada. Não sei se naturalmente ele teria força para controlar todos, ou se agora, tendo seus poderes ampliados por aliados, deva ter conseguido esse feito. Devemos nos atentar a isso. Caso um dia ele consiga poder para a multiplicação de vampiros, estaríamos diante de uma epidemia, o que seria quase impossível de combater. Apesar de que dividir poder nunca foi do feitio de Drácula, mas e se outro vampiro...

O professor dizia em voz alta, mas parecia estar falando sozinho, segurando um pedaço de giz e olhando para nenhum ponto específico.

– Desculpem a distração com essas elucubrações. É que agora surgiu essa nova equação, mas creio que o Conde se servirá desses jovens apenas até conseguir concretizar seus planos. Vamos retornar nossa preocupação apenas à sua destruição.

Continuando sua palestra, disserta sobre os demais poderes das criaturas.

– Os poderes de um vampiro podem variar um pouco, e eles se desenvolvem com o passar dos anos, de acordo com certas particularidades de cada um. Sua estrutura é muito resistente, seu tecido é difícil de ser destruído e, quando acontece, reconstitui-se rapidamente, exceto quando são utilizados os materiais adequados para isso. Um dos poderes mais interessantes é o da transmutação, no qual podem se transformar em morcego, lobo, coruja e, os mais desenvolvidos, até mesmo em névoa. É curiosa essa manifestação em especial. Usarei uma metáfora como exemplo: imaginem uma gravação através de um fonógrafo, em que quem o construiu poderá explicar como o fez para outra pessoa, que irá entender razoavelmente, mesmo sabendo que não conseguirá realizar tal feito. Então, eu posso explicar como um homem passa por uma metamorfose ficando em uma forma intermediária entre ser humano e lobo, mesmo não conhecendo a fundo todos os fenômenos biológicos; porém, no caso dos vampiros, ocorre um misterioso detalhe que vai muito além de qualquer ciência: suas vestimentas também se alteram. Isso, por mais que eu estude, não consigo compreender. Entendam, de tudo o que relatei até agora, por mais verídico que pareça, não há uma explicação, ainda incompleta, mas plausível, quanto a isso, suas vestimentas, nada. Não há qualquer explicação, por mais idiota que fosse, que ao menos indicasse um caminho, uma luz para a razão, mas não. Retornando aos poderes que possuem, enxergam no escuro, escalam paredes e são muito ágeis. Podem retrair suas presas e garras. Sua força é extraordinária, e, como todos os outros poderes, o desenvolvimento dependerá do tempo e da pessoa que foi vampirizada.

Mais uma pausa, outro copo com água, e aproveitam para mais uma pergunta:

– Professor, sou Jacob Gerling, da Alemanha, divisão de acompanhamento. Alguns de nós já tivemos contato com vampiros. Pelo que sabemos, os poderes do Conde vão além desses que foram expostos. O que o senhor pode dizer? Afinal, quem é Drácula?

Van Helsing toma fôlego.

Sobre Vlad Tepes

– Drácula em vida foi conhecido como o príncipe Vlad Tepes, guerreiro cruel, mestre em fugas, personalidade forte. Não foi transformado por outro vampiro, mas essa história ainda não está totalmente explicada. Portanto, além de sua personalidade e sua transformação diferenciada, possui quase 500 anos de existência. Seus poderes, mais dos que eu falei há pouco, incluem o controle mental sobre alguns animais, o controle sobre ventos e tempestades e a hipnose. No momento esses poderes estão sendo ampliados durante curtos espaços de tempo por algum aliado dele que utiliza magia negra. Aproveitando esse gancho, organizei todo um material de pesquisa sobre Vlad, o empalador, mais conhecido agora como Drácula, que utiliza o título de Conde.

A atenção de todos foi redobrada, alguns anotavam palavra por palavra, outros com uma memória do tipo visual/auditiva atentavam sem piscar. Van Helsing continuou:

– A maioria do material sobre a vida de Drácula foi encontrado no mosteiro beneditino de St. Gall, na Suíça, no mosteiro de Lambach e nos arquivos públicos de Estrasburgo. Muito fora contado por monges católicos alemães, da Transilvânia, que fugiam do país na época em que Drácula tentava confiscar as riquezas das Igrejas Católica Ortodoxa e Romana. Nasceu em 1431 na Transilvânia, foi educado por monges católicos. A região era estratégica, e tanto ele como seu pai ficavam em constantes batalhas contra os turcos, envoltos em tramas políticas; ora eram aliados ora adversários. Certa vez, o sultão Murad II preparou uma armadilha a Dracul, pai de Drácula, que atravessou o Rio Danúbio com seu filho, sendo preso e levado ao sultão acusado de deslealdade. Drácula e seu irmão

Radu ficaram como reféns em prisão domiciliar. Para recuperar o trono, Dracul jurou lealdade aos turcos e, por essa decisão, em dezembro de 1447, foi assassinado pelo governador-geral e regente da Hungria, João Hunyadis; e seu filho mais velho, Mircea, foi cegado com ferro em brasa e enterrado vivo. Drácula ficou cativo até 1448, quando fugiu.

Continuou:

– Drácula era, em vida, preocupado com o pós-morte, vivia cercado de padres, bispos e abades, tanto católicos romanos como ortodoxos. Era um generoso doador da Igreja. Quando ascendeu ao trono, em junho de 1456, os astrônomos documentaram a aparição de um enorme cometa, que mais tarde virou tema de estudo do astrônomo Edmond Halley.[39] Apesar de ser um cruzado e manter seu juramento ao rei húngaro e ao papa, Drácula cumpria obrigações de vassalagem, como o pagamento de tributo ao sultão. Esses tributos foram pagos apenas em seus primeiros três anos de reinado. Em 1461, iniciou sangrenta campanha contra os turcos. Usou táticas não convencionais, e uma dessas táticas interessante consistia em encorajar os doentes com lepra, tuberculose e peste a se vestirem como turcos e se infiltrarem entre os soldados para contaminá-los. Com o desenrolar da guerra, os turcos finalmente cercaram o castelo de Drácula. Para não ser capturada, sua esposa se atirou de uma das torres e morreu no Rio Arges, mas ele não estava presente. Essa é uma das versões mais plausíveis do suicídio de sua amada esposa. Drácula procurou o rei Matias, da Hungria, para que o ajudasse na guerra; mas, em razão das atrocidades cometidas por Drácula, cujos relatos há tempos haviam chegado à corte como os milhares de assassinatos por empalamento contra homens, mulheres e crianças, e também por outras pretensões políticas do ambicioso rei, então, em vez de receber ajuda, ele foi feito prisioneiro. Drácula chamou a atenção da irmã do rei, Iona, com a qual acabou se casando. No decorrer dos 12 anos que ficou detido na cidade, conquistou a confiança do rei Matias. Recebendo o título de capitão, partiu para uma nova cruzada contra os turcos, era o início de sua reconquista ao trono da Transilvânia. Como em todos os mistérios da história, apesar desse

---

39. Astrônomo e matemático britânico, nascido em 1656. Em sua teoria de que os cometas seriam objetos periódicos, previu o retorno de um deles cruzando o sistema solar em 1758. Em sua homenagem, o cometa foi batizado de Halley.

momento, teoricamente deveria ter sido bem documentado. Há algumas versões diferentes para sua morte, entre as quais uma batalha em que ele teria subido em uma colina para observar melhor seus homens matando os turcos; porém, afastado de seus soldados, foi ferido por uma lança. Alguns dizem que o lançador da arma o teria confundido com um turco, ou seja, foi atacado por seus próprios homens. Defendeu-se como um leão ferido, matando cinco com sua própria espada, mas sucumbiu perante seus oponentes. Outra suposição é que ele se disfarçou de turco para observar de perto, por isso seus soldados o atacaram. Há também a lenda de que ele foi assassinado por burgueses valaquianos desleais. Fato é que sua cabeça foi levada a Constantinopla, mas por que o autor não reivindicaria tamanho feito?

O professor dá uma pausa para recuperar o fôlego, e os assíduos espectadores já perguntam como Drácula havia se tornado um vampiro.

— A conclusão a que cheguei, com base nos documentos e relatos que colhi, é que, com a confusão da batalha, o corpo que foi encontrado e decapitado, tendo a cabeça embebida com mel para conservá-la e levá-la ao sultão, não foi o de Vlad Tepes, mas, sim, de algum de seus guardas pessoais, que acabou sendo confundido. Uma das táticas de guerra era não deixar que o inimigo localizasse facilmente a posição do rei ou general. Dessa forma, Vlad mantinha alguns de seus guardas com feições semelhantes à sua, vestindo armadura igual a fim de confundir seus inimigos. Drácula foi ferido, mas um dos membros de sua guarda pessoal tentou salvá-lo levando-o para algum local próximo, onde morreu, mas levantou-se como vampiro três dias após ser enterrado.

As dúvidas sobre sua transformação continuam.

— A forma mais comum de alguém se transformar em vampiro é sendo mordido por outro vampiro que tenha o poder necessário para tanto, mas existe a forte possibilidade de que esse não tenha sido o caso de Drácula. Ele pode ser tido como um dos vampiros originais da Europa. Como disse anteriormente, ele era seguidor da Igreja Ortodoxa Cristã, mas em certa época converteu-se ao Catolicismo romano, sendo então excomungado pelos ortodoxos. Quando os bispos ortodoxos cristãos expediam uma ordem de excomunhão, eles ditaram uma maldição com estas palavras: *e a terra não receberá seu corpo!*, mas francamente não acredito que tenha sido isso que o tornou um vampiro. Talvez, em razão de seus atos cruéis relacionados ao sangue, ou aos céus não o quererem e o Diabo achar que ele lhe serviria melhor vagando pela Terra do que concorrendo com ele no inferno... talvez nunca saibamos.

Essa interrogação decepciona parte dos atentos ouvintes que acompanhava cada palavra esperando a resposta para todas as suas dúvidas. Mas o professor ainda tem a dizer:

– O conjunto desses vários fatores já seria suficiente para que qualquer um de sua época acreditasse que ele possuía todas as prerrogativas para se tornar um morto-vivo; mas, nos dias de hoje, com nosso conhecimento um pouco mais amplo, é difícil acreditar que ele se tornaria um vampiro "original" apenas por ter sido excomungado ou por ser extremamente cruel. Se assim fosse, teríamos muitos ilustres vampiros vagando entre nós. A explicação mais plausível foi o relato documentado por um membro do alto clero da Igreja Ortodoxa explicando que após o suicídio de sua esposa, que se atirou no rio conhecido agora como o Rio da Princesa, os padres recusaram-se a conceder um enterro cristão a ela, pois um dos maiores pecados é retirar a própria vida. Sendo assim, ela estava condenada a sofrer o tormento eterno no inferno. Vlad, tomado por um acesso de fúria, blasfemou em solo sagrado e dividiu ao meio uma imagem de Jesus Cristo com sua espada quebrando sua lâmina. Em sua cólera, matou o padre, cravando seus dentes em seu pescoço, e bebeu seu sangue. Nesse momento, energias muito fortes se manifestaram. Talvez, pelo local tanto imaculado por crueldades, por uma coincidência astrológica ou simplesmente por castigo divino, ele foi amaldiçoado. Isso não quer dizer que é essa a receita para alguém se transformar em um vampiro original, mas o conjunto dos acontecimentos e da pessoa envolvida acabou criando esse monstro.

Essa última explicação foi mais convincente e satisfez aos ouvintes. Mistérios como esse não são como equações matemáticas. Ele prossegue:

– Quando se ergueu após a morte, estava confuso como uma alma penada e matou sua sede por sangue na primeira oportunidade que teve. Resolveu esconder-se para tentar descobrir o que acontecia. Já tinha ouvido algumas histórias sobre vampiros da parte central da Europa e do Oriente no tempo de sua primeira prisão pelos turcos, mas nunca acreditou na veracidade. Sabia que a luz do dia lhe era prejudicial, mas não até que ponto; então, desde cedo, preferiu ocultar-se sob escuridão da noite. Sabia que seus servos não aceitariam obedecer a um morto-vivo e, em tempo de caça às bruxas e a hereges, ele seria caçado tanto por seus inimigos como por seus antigos aliados. Assim, viveu oculto por algum tempo. Com o passar dos anos, resolveu voltar ao *status* de nobre sob o nome de Drácula, e com suas estratégias de terror, chantagem e oportunismo conquistou o título de Conde que ostenta até os dias de hoje. Do século XVI até o século XVIII sua interferência aparece, mesmo oculta, em importantes momentos históricos. Temos certeza sobre seu envolvimento na resistência contra o Império Otomano. Como disse anteriormente, Drácula manteve uma situação de conflito constante com os turcos, em virtude da posição geográfica de seu reino. Vivia entre acordos e guerras. Mesmo após se tornar um morto-vivo, manteve seu patriotismo, ainda que cruel. Em 1687, a Áustria recuperou a Hungria do Império Otomano; em 1718, Veneza recebeu a Albânia, Dalmácia e Herzegovina; e a Áustria, Belgrado e a Valáquia. Essas conquistas tiveram o apoio anônimo de Drácula. Curiosamente, décadas antes de nosso encontro há alguns anos, ele aparentava estar amargurado e decadente, recluso em seu castelo. Seu ânimo renovou-se com um plano que desconhecíamos, mas que foi atrapalhado por nós. Suas outras participações na história do mundo ainda permanecem um mistério, mas até então não havia relatos de tamanha sede de poder como a que ele vem manifestando agora.

O professor ergue uma pesada maleta de couro cor de caramelo e a coloca às vistas de todos em cima de uma mesa. A curiosidade atiça aquelas centenas de pessoas atentas. Alguns se levantam para visualizar melhor. Ele abre a maleta que contém alguns materiais para melhor ilustrar suas palavras.

– Alguns objetos podem realmente destruir um vampiro, outros podem retardá-lo, imobilizá-lo ou feri-lo.

Retirou uma estaca de madeira bem afiada e prosseguiu:

– Essa com certeza é a melhor arma contra um vampiro. Eles são vulneráveis à penetração de objetos afiados de madeira, dessa forma podem ser feridos como qualquer ser humano, mas para matá-lo ela deve ser introduzida em seu coração. Se ele for um vampiro antigo, transformar-se-á em pó; se for jovem, ficará no estado de acordo com sua idade, desde corpo em decomposição até um esqueleto. Em todo caso sua cabeça deve ser separada de seu corpo, e hoje eu penso que deve ser até mesmo queimada completamente e suas cinzas, espalhadas, dependendo do grau de poder da criatura. Fico tentado a dizer que o efeito que a madeira tem no corpo de um vampiro se deve ao fato de que Nosso Senhor Jesus Cristo foi crucificado em uma cruz de madeira, para livrar-nos de nossos pecados, mas seria leviano de minha parte, pois a estaca de madeira já é citada como arma contra um vampiro anteriormente ao nascimento de Cristo.

Antes mesmo da pausa para questionamentos, Van Helsing é interrompido por uma espectador ansioso em sanar sua dúvida:

– Professor, pelas informações que temos é possível que Drácula esteja se cercando de um exército ou de uma guarda pessoal formada por seres com poderes paranormais, inclusive por um ou mais licantropos. Como enfrentaremos essas criaturas? – questionou o inglês Christopher Wallie.

– Aproveitei minha expedição para ampliar meu conhecimento sobre licantropia, e Alex me ajudou muito, pois estudou sobre isso em seu treinamento que obteve aqui. Ele me disse que nem todos tiveram esse tipo de instrução, pois as matérias ministradas eram divididas entre as aptidões de cada um. Essa palestra serve para que todos aqui tenham o mínimo de conhecimento sobre tudo o que estamos prestes a enfrentar, pelo menos essa é a maneira como costumo trabalhar. Muitos confundem o vampiro com o licantropo, popularmente conhecido como lobisomem, pois, como falei, alguns vampiros possuem o poder de se transformar em um lobo ou até mesmo de manter uma posição intermediária entre lobo e homem. Mas há os casos típicos de lobisomens comprovados por relatos com grande teor de veracidade. Entre esses relatos, o conhecido como A Besta de Gévaudan, ocorrido na França em 1764. Estima-se que ocorreram mais de 200 ataques, o que obrigou o rei Luís XV a tomar uma atitude. O rei ofereceu uma recompensa e até chegou a enviar tropas ao local, que acabaram gerando mais problemas que soluções. Com toda essa confusão, alguns caçadores diziam-se merecedores da recompensa por terem matado o monstro. Antoine de Beautener abateu uma fera enorme, recebeu títulos e a recompensa, porém logo depois os ataques recomeçaram, até que Jean Chastel, em 1767, matou um lobisomem com uma bala de prata benzida por um padre. É curioso que a natureza humana, por vezes, é tão perversa quanto essas feras que iremos caçar, pois algumas vítimas foram mortas não por um lobisomem, mas por seres humanos que se aproveitaram da situação para cometer seus atos violentos e promíscuos. A grande semelhança entre um vampiro e um lobisomem é a transmutação, porém a do lobisomem chega a ser até mais lógica. Quando eles se transformam, o máximo que acontece com suas vestes é se rasgarem. Parece óbvio, mas alguns vampiros, como eu já disse, exercem o poder da transmutação sobre suas vestes. Foi o que eu vi quando enfrentei Drácula. Inacreditavelmente o tecido se desfaz em névoa ou sua capa se transforma na membrana das asas de um grande morcego. Não imagino como interpretar isso de forma científica. Entre as causas que explicam por que alguém se transforma em lobisomem durante a lua cheia, a mais plausível é quando uma pessoa sobrevive a um ataque e é contaminado pela saliva ou por algum tipo de bactéria das garras ou presas de um lobisomem. A influência da lua está longe de ser decifrada, mas sabemos do efeito que ela possui em distúrbios psiquiátricos, tanto que a palavra "lunático" deriva desses efeitos. A não ser que Drácula descubra algum meio de manter um lobisomem transformado fora do período de lua cheia, creio que não teremos problemas com essas feras, mas de qualquer forma estaremos preparados, pois toda a nossa munição será de prata e benzida.

Van Helsing retira da maleta algumas munições de prata cedidas pelo cardeal Polanski para essa apresentação.

– Professor – interrompe Peter Wells –, e se capturássemos um vampiro e fizéssemos com que ele nos respondesse a algumas das dúvidas ainda não sanadas?

– Seria o mesmo que se interrogássemos alguém de uma tribo de índios selvagens questionando sobre a teoria da evolução de Charles Darwin[40] – responde o professor.

---

40. Charles Robert Darwin – naturalista britânico que criou a teoria da evolução da espécie humana. Escreveu *A Origem das Espécies* em 1859.

Após muitos risos e algumas chacotas entre os colegas, Van Helsing prossegue:

– Seus poderes vão se desenvolvendo sem que eles necessariamente saibam o motivo, e alguns vampiros ficam tão confusos durante ou após sua transformação que nem ao menos sabem como isso ocorreu. A não ser que o vampiro seja um estudioso do assunto.

Foi um breve momento de descontração em momento tão sério.

– Senhores, retornando ao alvo principal, assisti a nosso inimigo ser atingido no coração e no pescoço por facões com lâminas revestidas com prata ao entardecer, e mesmo assim foi ressuscitado. Então, devemos ter cautela. A prata pode feri-lo, mas não sei ao certo até que ponto. Se a prata for benzida por um padre antes, é bem provável que o efeito seja maior. Pelo menos as balas de prata benzidas funcionam bem contra lobisomens. A prata, por si só, não é nociva, não queima sua pele nem o repele, como alguns erroneamente acreditam. A prata apenas consegue penetrar em seu corpo de forma semelhante à madeira, como se fosse como qualquer metal afiado para um ser humano comum. Um vampiro mais poderoso também pode matar outro vampiro com as próprias mãos; creio que alguns conseguem até cravar os dentes e sugar seu sangue, dependendo de seu grau de poder. Uma luta entre um vampiro e um lobisomem poderá ser fatal para um dos dois, ou até mesmo para os dois. O alho os afasta; eles têm uma séria alergia, assim como um ramo de rosa silvestre tem efeito semelhante. Objetos sagrados também geram um efeito repulsivo. No caso das hóstias, elas podem ser usadas para inutilizar o caixão da criatura, ou se um vampiro for circulado por hóstias não conseguirá sair desse círculo. Tanto os crucifixos quanto a hóstia os afastam, e, ao tocá-los com esses objetos, queimaduras são provocadas em sua carne. Os vampiros que não possuem o controle sobre a transmutação ficarão com as marcas dessas queimaduras e dos ferimentos provocados pela luz solar, prata ou estaca de madeira. Os mais poderosos podem recuperar a aparência natural do local que foi ferido. Eles possuem a visão muito aguçada, então a luz forte sobre seus olhos pode cegá-los temporariamente. Mas, cuidado, alguns podem sentir seu cheiro, principalmente o das mulheres.

Esse último comentário arranca alguns risos da plateia, pela expressão e o modo sarcástico do professor ao terminar a frase. Ele tinha um senso de humor aguçado que se aflorava mais nas salas de aula. Isso ajudava a manter seus alunos atentos. Continua:

– Água-benta também provoca queimaduras nos vampiros, e, de acordo com o poder de fé do sacerdote que a benzeu, ela pode ferir como ácido. Tenho quase certeza de que outros objetos religiosos e milenares, diversos dos utilizados pela Igreja Católica, como, por exemplo, a Estrela de Davi,[41] também podem feri-los, afinal Deus protege todos.

A explanação gera vários murmúrios dos espectadores, sendo que a esmagadora maioria é formada por católicos convictos, muitos dos quais fervorosos.

– Creio que não estarei lidando com ninguém que gere qualquer tipo de preconceito religioso ou fanatismo – inquire o professor, demonstrando autoridade.

– Pode ter certeza de que manifestações desse tipo não serão admitidas, professor. Prossiga, por favor – interveio o cardeal Polanski, mantendo a disciplina necessária.

– De qualquer forma, o uso dos objetos religiosos depende da fé de quem os empunha para produzir o efeito desejado. Apesar de minha natureza fazer com que eu busque uma explicação racional para tudo, não podemos negar que estamos lidando com manifestações sobrenaturais, e a fé é nossa maior arma. A emanação energética gerada por ela é estritamente necessária para nosso sucesso. O objeto religioso estático em poder de uma pessoa de boa alma até incomoda e afasta um vampiro, como no caso de um crucifixo no pescoço de alguém que está dormindo; mas uma cruz caída ao chão ou as cruzes dos cemitérios apenas lhe causam um mal-estar. Dessa forma, o vampiro pode entrar tranquilamente em um cemitério, também pelo fato de que ali se encontra muita energia negativa, fruto de espíritos que ainda não encontraram seu caminho na luz, as almas penadas que ainda emanam muita dor, fantasmas de pessoas mortas de forma violenta que estão confusos, de outras que não aceitam a morte, assassinos, suicidas, entre tantos mais.

---

41. Símbolo em forma de estrela formado por dois triângulos sobrepostos. Utilizado no Judaísmo, é também conhecida como Selo de Salomão e Escudo Supremo de Davi.

É claro que a entrada de um vampiro em uma igreja lhe causaria imensa agonia, pois as emanações energéticas espirituais produzidas ali são diferentes, mas não o bastante para matá-lo. Mesmo que ficasse preso em uma igreja, ainda assim sobreviveria por muito tempo. Seguindo esse mesmo raciocínio, apenas juntar dois objetos retos, de modo que fiquem em cruz, não causará mal ao vampiro; o objeto deve ter sido forjado com o intuito de ser uma cruz cristã, por exemplo: a partir daquele momento as energias astrais já estão se formando, emanadas por quem o constrói. Isso, somado à energia mental que a fé religiosa produz por quem o empunha, torna o objeto uma arma muito mais eficaz.

O professor faz mais uma breve pausa, pede um pouco mais de água, e, como no momento não há mais perguntas, Van Helsing continua, explanando como identificar um morto-vivo:

– Vampiros detestam espelho; é provável que não reflitam neles, sendo essa a forma mais fácil de identificá-los. Para achar a cova de um deles em um cemitério, utiliza-se um cavalo branco, que poderá reagir de duas formas, de acordo com o temperamento do animal: ou ficará empacado e não passará por cima da cova, ou ficará alvoroçado, relinchando e pulando sobre ela. Qualquer dessas reações indica que é a morada de um recente vampiro.

Dá uma pausa, olha para toda a plateia, que permanece tão atenta quanto no início de sua palestra, esfrega os olhos já cansados, respira fundo e encerra.

– Bem, senhores, isso é o principal que nós temos de saber, mas que ninguém se abale; nosso bom Deus é muito maior que isso e fé não nos falta. Podem ter certeza que dessa vez destruiremos por completo nosso grande inimigo e todos os seus seguidores.

Paira um breve silêncio, os ouvintes olham entre si e sinalizam com a cabeça a satisfação que sentem; afinal, há muito desejam assistir a uma palestra de Van Helsing, em virtude do renomado conhecimento que possui, sem contar que é alguém que enfrentou Drácula e sobreviveu, chegando quase a destruí-lo; tanto o professor como seus amigos, sem saberem, são considerados uma lenda para todos ali, os quais nesse momento já sabiam de todo o ocorrido.

Todos se levantam orgulhosos, e ele é fervorosamente aplaudido.

A Bênção do Papa

O cardeal Polanski levantou-se e cumprimentou o professor. Apertou sua mão utilizando as duas, com um sorriso de satisfação e admiração no rosto. Falou rapidamente sobre os últimos detalhes preparativos, a função de cada um e os locais onde iriam atuar já na manhã seguinte.

Então, a grande porta principal em arco com entalhes abre-se abruptamente e o papa Pio X adentra pessoalmente o auditório. Todos fazem reverência e ele posta-se no local do palestrante.

A presença papal é marcante, lembra um general chegando a campo, mas suas maneiras não são arrogantes. É composto de serenidade. Tem uma personalidade firme e defende os interesses da Igreja combatendo o laicismo.[42] Tem grandes planos para reformas na liturgia e eucaristia, e tudo indica que seria um grande líder religioso.

Junto a ele está seu amigo e forte aliado, o cardeal Merry del Val, muito jovem para o cargo que ocupa como secretário de Estado. É competente e leal, sofreu grande resistência à sua nomeação, tanto pela pouca idade como por não ser italiano, mas respondeu com muito trabalho e competência, principalmente em questões sigilosas como essa. As decisões do papa nesse sentido costumam ser acertadas; ele mede as pessoas por sua lealdade e eficiência, seguindo os mesmos passos, e aceitou passar o comando da parte mais importante da operação a Van Helsing.

---

42. É a separação da religião e do Estado, no caso a Igreja Católica, que exerce forte influência nas decisões políticas.

É inegável que a presença de uma autoridade de Estado causa admiração e até mesmo certo espanto para os presentes, principalmente aos que não estão acostumados a esses encontros. No caso de um líder da Igreja, a emoção é mais acentuada aos fiéis por tudo o que ele representa.

Talvez pelo local, pelas vestimentas ou por nosso próprio imaginário, dá a impressão de que uma aura de energia quase visível rodeia seu corpo.

Suas vestes são confeccionadas pela tradicional família de alfaiates Gammarelli.

Ele traja uma bata branca com 33 botões que simbolizam a idade de Jesus Cristo ao tempo de sua crucificação; uma magnífica estola de cor vinho com bordados dourados, que simboliza o poder supremo do líder da Igreja Católica Romana.

Um manto vermelho jogado em seus ombros, chamado de mozeta, simboliza sua autoridade espiritual. Enrolado a seu pescoço, um grosso cordão de lã simbolizando um pastor que carrega um cordeiro aos ombros, chamado de pálio.

Seus pés calçam reluzentes sapatos vermelhos chamados de múleos, representando o sangue de Cristo. Usá-los significa estar disposto a sacrifícios.

Sua cabeça é protegida por um solidéu, chapéu semelhante aos usados pelos judeus, de cor branca.

Entretanto, o ornamento que mais representa seu poder de pontífice e sua lealdade à Igreja Católica é o anel de São Pedro, também conhecido como *Anulus Pescatori* ou anel do pescador.

O anel foi colocado em seu quarto dedo da mão direita pelo decano do Colégio dos Cardeais, durante a cerimônia na qual assumiu sua posição de líder da Igreja Católica Romana.

De ouro maciço, o anel apresenta a figura em baixo-relevo de São Pedro pescando, pois ele, como os outros apóstolos, eram pescadores de homens.

Ao redor da imagem é gravado em alto-relevo o nome do papa em latim.

Até 1842, o anel era usado como sinete para selar cartas com cera vermelha derretida sobre o envelope.

A Bênção do Papa

Com o falecimento do papa, o anel é destruído na presença dos cardeais e um novo anel é fundido para o próximo pontífice. Em caso de renúncia, o relevo é raspado.

Quebrando o silêncio, o papa inicia suas palavras.

– Serei breve em razão de outros compromissos e também pela discrição e brevidade que a situação exige, porém minha presença faz-se necessária. Apesar de pouco acompanhá-los pessoalmente, a fim de nossos planos não serem descobertos, estou a par de todos os acontecimentos. É dever da Igreja e de todos os fiéis combater o mal que assola a Europa neste momento. O professor Abraham Van Helsing e seus companheiros receberam meu aval para comandar o principal grupo de intervenção, e os senhores deverão obedecê-lo como se estivessem obedecendo a mim. Nesse momento, todos representam muito mais que a própria Igreja Católica, ou o Vaticano, como se tornou costume falar. Representam Cristo nessa luta contra o mal. Lembrem-se: é uma guerra, então todas as leis aplicadas em tempo de guerra serão usadas, como nos casos de insubordinação, deserção e traição. Mas tenho certeza de que isso não ocorrerá entre nós. Nosso ideal é o mais nobre de todos. Não defendemos nações nem ideologias, e sim a humanidade. Coragem, irmãos, as trevas irão perecer. Nosso Senhor Jesus Cristo está entre nós, então nada devemos temer. Eu os abençoo em nome de Deus Pai, do Filho e do Espírito Santo – finalizou, fazendo o sinal da cruz.

Todos respondem:

– Amém.

O papa, antes de se retirar, aperta a mão de Polanski e de Van Helsing, dirigindo-lhe a palavra.

– Contamos com o senhor, professor.

– Eu farei de tudo ao meu alcance. Não decepcionarei.

– Eu tenho certeza. Vão com Deus.

Enquanto já estão saindo do auditório, ávidos por ação, o cardeal convida Van Helsing e seus companheiros para cearem juntos.

– Venham, meus amigos, vamos aproveitar este que deve ser um dos últimos momentos de relativa paz até cumprirmos nossa missão.

– Cardeal, o auditório estava cheio, acredito que havia mais de 500 pessoas, mas não acha que é um número pequeno para tamanha empreitada?

– Certamente, professor. Mas só estavam presentes as peças-chave. Para entender melhor, podemos dizer que estavam os comandantes e seus principais tenentes, o restante está em campo. Nosso método de atuação está calcado na inteligência, na busca de informação e captação de aliados. Estamos acompanhando quase todos os membros da Igreja Negra e o exército de vampiros que Drácula criou, dessa forma o ataque será mais preciso. Por isso, devemos agir simultaneamente, para que ele não consiga reagir. Não queremos dar chance para que isso se transforme em uma guerra convencional, e sim eliminar o causador de tudo isso. O resto desmoronará como um castelo de cartas.

– Entendo.

– A parte mais delicada ficará a cargo do senhor, será o ataque direto ao vampiro. Como já lhe disse, ele é muito confiante e quase não utiliza as forças armadas que tem à disposição, sendo que os líderes dominados estão sedentos para retornar ao poder. Este é nosso maior trunfo, pois ainda gozam de prestígio entre o povo e seu exército. Essa é nossa pressa; quanto mais o tempo passa, mais eles vão sendo esquecidos, e Drácula aumenta sua influência e amplia sua propaganda.

– Espero que tenha razão quanto a isso, senão entraremos em uma guerra de proporção mundial – diz lorde Goldalming.

Nesse momento, um dos auxiliares do cardeal lhe entrega uma carta endereçada ao sr. Harker.

– Chegou essa carta ao senhor – entrega o cardeal, após verificar o nome do interessado, e se retira.

– Obrigado – diz Harker, surpreso.

A carta tinha como remetente a empregada de sua casa, mas havia outra carta junto. Na primeira, sua empregada diz:

Patrão Harker, perdoe-me por trazer-lhe notícia tão perturbadora, mas, no dia seguinte após sua viagem para Roma, eu estava passeando com seu filho Quincey e quando retornei não encontrei a sra. Mina. Quando adentrei seu quarto só havia esta outra carta em cima de sua cama endereçada ao senhor. Sei que não devia, mas o desespero foi tanto que eu a abri e li o conteúdo. Não entendi muito bem, mas ainda estou muito preocupada e imediatamente estou enviando-a para o senhor. Está tudo bem com o pequeno Quincey, mas, se for possível, informe-me quanto à situação da sra. Mina. Novamente peço desculpas.

Jonathan Harker empalideceu, suas mãos ficaram trêmulas, todos pararam com os assuntos paralelos e notaram sua apreensão. Ele, nesse instante, pegou a outra carta que sua empregada encontrou, e, ao avistar o selo de cera derretida com um brasão real que já conhecia, suas pernas perderam as forças e ele foi escorado por Van Helsing.

– O que houve, Jonathan?

– Já... já lhe respondo, professor, deixe-me terminar de ler – diz ao professor, retomando suas forças e postando-se firme ao chão.

A carta diz:

Caro Jonathan, faz muito tempo desde a última visita que você me fez, e em razão de meus intensos negócios pela Europa não foi possível visitá-lo nos últimos anos.

Soube que há pouco viajou por essas redondezas e novamente o destino impediu nosso encontro.

Sei que é muito tímido e talvez não accitasse meu convite para hospedar-se novamente em minha velha morada, então, a fim de convencê-lo, convidei sua linda esposa, que o aguarda para juntos compartilharem de minha companhia. Seu amigo.

"𝔇."

Harker deu a carta a Van Helsing, sentou-se e cobriu os olhos com as mãos, pondo-se a chorar. John Seward e Arthur Holmwood se entreolharam sem saber o que acontecera. Após ler a carta, o professor levantou-o e o abraçou, dizendo:

– Calma, rapaz. Eu sei que é um momento difícil, mas precisamos de você forte. Com certeza essa carta chegou aqui antes que Mina tenha chegado ao castelo. O momento está próximo, vamos nos preparar o mais rápido possível e resgataremos sua esposa. Ele não fará mal a ela.

Harker só acena com a cabeça enquanto enxuga as lágrimas. Todos permanecem em silêncio. Os olhos do dr. Seward e de lorde Goldalming lacrimejam.

Somente agora eles se deram conta de que Drácula não esqueceria o que fizeram com ele. A humilhação que o Conde passou foi pior do que seu sofrimento, e mesmo que conquistasse o mundo, isso não apagaria o passado.

O vampiro não imaginava que seus antigos algozes seriam reunidos para caçá-lo novamente, mas sabia que determinando o sequestro de Mina prolongaria a agonia de Jonathan, e que ele pediria a ajuda de seus amigos. Dessa forma, as vítimas iriam ao encontro de seu executor.

Essa seria a vingança de Drácula.

O Vaticano Contra-ataca

O momento tão esperado chegou finalmente. O plano foi arquitetado e conduzido de forma que o sucesso dependeria da ação coordenada de todos os envolvidos.

Tudo foi feito de maneira que o controle fosse tomado em poucos dias, mas dependeria do sucesso de Van Helsing, assim como seu grupo dependia da ação iniciada em todas as frentes de combate.

Diversos focos de motins se espalharam pelos exércitos dos países dominados por Drácula, ao mesmo tempo em que os membros mais influentes da Igreja Negra foram sendo eliminados um a um.

A Igreja foi extremamente eficiente e não se importou com discrição nessa fase da operação.

Os agentes deram preferência a atacá-los quando estavam celebrando seus rituais macabros, assim as autoridades tinham, pelo menos, ideia do motivo de suas mortes. Essa estratégia também tornou mais difícil de abafarem a ligação dos mortos com o satanismo, pelo fato de serem membros importantes da sociedade, evitando assim que os casos fossem facilmente abafados. Dessa forma, se restasse ainda ligação de algum familiar com a Igreja Negra, ele perderia sua influência perante a sociedade e sempre seria visto com desconfiança.

Esse era um recado aos satanistas que, porventura, conseguissem escapar.

As mortes eram violentas; fogo e decapitação foram constantes.

Tudo aconteceu em um espaço de poucos dias e causou pavor aos integrantes da Igreja Negra.

Quando a notícia de suas mortes começou a se espalhar em meio a boatos de suas ligações com uma seita satânica, todos os políticos, burgueses e nobres se afastaram e negaram apoio aos poucos sobreviventes que buscavam proteção, chegando até a delatá-los para as autoridades.

Os jovens vampiros transformados por Drácula que estavam espalhados pela Europa também foram perseguidos e destruídos. Eram inexperientes, jovens e descuidados. Sem liderança e pegos de surpresa, não apresentaram muita dificuldade. Foram caçados durante o dia, o que também facilitou para os agentes do Vaticano.

Um pequeno grupo desses vampiros não foi localizado, eles haviam permanecido próximo a seu mestre e o serviam como um pequeno pelotão de batedores.

A administração dos planos de Drácula foi prejudicada, o que o obrigou a cancelar seus afazeres pelos países vizinhos e retornar a seu castelo para reorganizar as forças aliadas e rever sua estratégia.

Isso era esperado pelo Vaticano. Lá ele se sentia protegido, e esse seria o momento certo para destruí-lo e exterminar seus maiores aliados.

A Igreja Católica contava com mais um ardil: os ciganos.

Drácula não imaginava ser traído pelos ciganos, pois sempre foram um povo perseguido e o Conde usava seus serviços e os protegia.

Porém, Drácula não admitia erros e, quando falhavam, eram punidos severamente. Foram proibidos de praticar qualquer culto religioso, e a história prova que grupos humanos tendem a manifestar-se religiosamente.

As viagens do Conde fizeram com que sua ausência proporcionasse uma liberdade a suas novas amantes, à qual elas não estavam acostumadas. Então, não se importaram em matar alguns ciganos para saciar sua sede.

Acostumados com a segurança que Drácula proporcionava, os ciganos não estavam preparados contra ataques de vampiros, e alguns desavisados foram alvos fáceis para as malignas vampiras.

Algumas mulheres tinham sido violentadas por uma monstruosa criatura. Logo descobriram que era obra do sr. Hyde, um dos estranhos hóspedes do castelo. Essas vítimas tinham parentes, irmãos, filhos e esposas que foram nutrindo um ódio velado pelo vampiro.

Isso foi muito bem explorado pelas forças do Vaticano, que ofereceu quantias em dinheiro para cooptar aliados. A paixão que os ciganos nutriam por ouro facilitou a negociação.

Tempos difíceis exigem soluções difíceis. Era uma guerra e acordos tinham de ser feitos, assim como decisões difíceis tinham de ser tomadas. Dessa forma, um número maior de vidas seriam salvas.

A intenção era manter quase todos os ciganos longe da morada de Drácula, para minimizar a resistência contra a invasão liderada pelo professor, e ao mesmo tempo preservaria a vida de todos. Seria impossível conduzir um exército para atacar o castelo, por esse motivo foi escolhido um grupo reduzido. Para tanto, não poderiam perder tempo nem homens em combate contra grupos de ciganos armados.

A cúpula da Igreja Negra estava no castelo, realizavam sacrifícios e rituais.

O arquiduque Francisco Ferdinando, sua esposa e a amante e o filho bastardo do imperador Francisco José estavam cada vez mais apavorados com o que viam; e, apesar da relativa liberdade que mantinham, optaram por evitar sair de seus aposentos, onde tinham uma falsa sensação de segurança.

A última hóspede era a sra. Wilhelmina Harker, que havia sido bem tratada e, durante a noite, protegida, pois tinha atraído o ciúme das novas amantes do Conde.

No meio da noite no início desse mês de dezembro, Drácula estava de retorno à sua morada, onde ele certamente se sentia mais seguro. Vinha em sua carruagem, escoltado por sua fiel guarda de ciganos bem armados. Foi recebido no pátio do castelo pelos bispos negros.

Ao descer da carruagem, fala:

– Creio que já sabem o que está acontecendo.

– Em partes, mestre. Com a distância, as notícias chegam atrasadas a nós – diz o líder dos bispos, Oscar Karloff.

– Estamos sendo atacados por uma aliança formada por alguns países da Europa Ocidental e a Igreja Romana. Mas isso é apenas um pequeno empecilho. Quando eu concluir o que estou planejando, os países ficarão tão aterrorizados que tentarão negociar acordos de não agressão comigo; no momento em que eu firmar minha liderança no Leste Europeu, colocarei todos a meus pés.

– Mestre, ficamos sabendo que nossos irmãos estavam sendo perseguidos e assassinados – diz o bispo Will Blake.

– Sim, foram quase todos mortos – diz o Conde, sem diminuir seus passos rumo à enorme porta de carvalho do castelo.

Os bispos ficaram chocados. Desde a Idade Média não haviam tido perda tão grande, por isso se preocupavam com posições sociais, a fim de manterem sua segurança. Drácula demonstrou com sua atitude que a morte deles nada significava para o vampiro.

Dentro do castelo, mandou Igor trazer Mina à sua presença. Ela sabia que não adiantaria resistir, não teria força contra o corcunda e, mesmo que tivesse, logo viriam outros lacaios para obrigá-la a fazer a vontade do Conde.

Desde quando chegou, pensava em uma forma de ganhar tempo até que seu marido e seus amigos a viessem resgatar.

Estava alheia a todos os recentes acontecimentos pela Europa, mas surpreendeu-se ao ver que o castelo estava cheio.

Ao entrar em contato com Sofia Chotek, esposa do arquiduque, foi posta a par da situação, até o ponto que eles sabiam.

Ficou mais preocupada quando soube a proporção dos acontecimentos, compreendeu então que poderia estar em um nível muito superior ao que seus amigos poderiam enfrentar, mas ela não sabia que outros aliados já haviam unido forças com seus entes queridos.

Quando ela adentra a sala, depara-se com o Conde, que está de costas vestido com uma de suas elegantes capas negras que chega até seus pés, a gola alta esconde sua nuca. Há pouco ele estava furioso, mas a presença de Mina o faz esquecer-se do recente revés que sofreu. Mesmo antes de ela surgir, ele sente seu doce cheiro que a antecede. Com tantos planos de conquista em sua mente, ele evita refletir sobre a atração que sente por Mina após terem compartilhado o sangue um do outro a fim de não se distrair; mas, sentindo a presença dela no castelo, isso fica impossível.

– Ela está aqui, mestre – diz Igor.

– Deixe-a e vá.

O corcunda obedece. Drácula vira-se para Mina. Está com uma taça de absinto[43] disposto a servi-la.

As sensações que passam por Mina são das mais estranhas; ela tem ódio dele, mas não conseguiria atacá-lo nem se tivesse condições para isso.

Fica quase hipnotizada em sua presença, não só pelo poder magnético que o Conde exerce sobre as mulheres, mas talvez tivesse sobrado algo em seu sangue que foi compartilhado antes da suposta destruição do vampiro.

– Querida Mina, como é bom tê-la como hóspede em minha casa. Aceite essa taça do mais puro absinto.

– Eu não quero nada que venha de você.

– Sua boca profere palavras ríspidas, mas seus olhos falam diferente.

Mina sabia que não podia resistir, desviou o olhar e perguntou:

– Por que me trouxe pra cá? Quem são todas essas pessoas?

– Nega minha hospitalidade, mas quer minhas respostas? Faremos uma troca, aceite o absinto e lhe responderei o que quiser.

Mina sabia que não tinha forças contra ele e, ao mesmo tempo em que poderia atacá-lo se tivesse condições, queria também se entregar a seus braços. Era uma luta mental constante passando em sua cabeça. Ela tentava manter sua mente forte, pensava em Jonathan.

– Está bem, agora me responda – diz Mina, pegando o absinto da mão de Drácula.

Mina tomou um gole da bebida conhecida como a fada verde; seu líquido verde-claro desceu por sua garganta provocando uma leve ardência, mas era muito agradável seu fino sabor. Então o Conde se pôs a falar.

– As pessoas que vê em meu castelo são meus aliados, e a família do imperador Francisco José está entre meus hóspedes. Acredito que você, como a maior parte da Europa, não saiba, mas agora eu sou o senhor de quase todo o Leste deste continente, e em breve de toda a Europa.

---

43. Absinto é um destilado criado originalmente como medicamento pelo médico francês Pierre Ordinaire, que vivia na Suíça. Por seu alto teor alcoólico foi posteriormente proibido em alguns países. Diziam que a bebida possuía efeitos alucinógenos.

– Os familiares do imperador são seus prisioneiros, e não seus hóspedes. É dessa forma que diz ser o senhor de uma nação?

Drácula mantinha em sua mão uma taça feita de fino cristal preenchida com vinho, da qual se serviu após Mina ter aceitado sua bebida. O vinho era francês; o absinto, suíço.

– Ingenuidade não combina com seu temperamento, minha querida. Diga-me na história uma conquista que não tenha sido feita à base do temor, de sangue, de traições ou chantagens? Pais mataram filhos, irmãos mataram irmãos, esposas mataram maridos, e outras tantas atrocidades que fazem parte do caminho natural das conquistas.

– Soube que você destruiu quase todas as igrejas e mosteiros deste país. Pretende fazer isso por toda a Europa? Que tipo de povo pretende liderar? Acredita que por falta de templos religiosos eles serão ateus? Ou acha que pode substituir Deus e ser adorado?

Enquanto a ouve, ele passa a ponta dos dedos sobre a borda da taça de cristal, que emite um leve som aparentando uma nota entoada por um violino distante. Então lhe responde:

– Apenas algumas dessas construções foram destruídas, outras foram apenas desocupadas para atender melhor o povo. Nada do que está sendo feito foi inventado por mim, minha cara Mina. A religião será apenas substituída, como ocorreu em seu país quando o rei Henrique VIII, pelo simples fato de querer se divorciar de sua rainha por ela não ter concebido um filho homem e a Igreja Católica não permitir o divórcio, autoproclamou-se chefe supremo da Igreja da Inglaterra fundando a Igreja Anglicana. Por sua vez, Mary, sua filha, ao assumir o trono, restaurou o Catolicismo e mandou quase 300 pessoas para a fogueira; sua meia-irmã Elizabeth sucedeu-a após sua morte e, por questões políticas, fez a Igreja Anglicana se restabelecer. A religião deve andar em comum acordo com o líder da nação, caso contrário o império será dividido; não se engane, pois a sede de poder dos clérigos não encontra fim. A maldita Igreja Católica possui histórias que aterrorizariam qualquer idealista, no tocante à conquista do poder. Papas mataram, violentaram e interpretam as Escrituras da forma que é conveniente a eles.

Mina sabia que ele usava sua eloquência magistral e que suas palavras eram distorcidas, mas continham a verdade. A sucessão de poder nunca foi pacífica na história do mundo, mas um continente dominado por Drácula seria o inferno na Terra, não haveria limites para as atrocidades que ele e seus seguidores cometeriam.

— Agindo assim espera afastar Cristo do coração das pessoas? Acredita que o povo esquecerá Deus?

As palavras de Mina irritam Drácula, mas ele evita manifestar sua ira.

— Você vem me falar do maldito Cristianismo? Eu que vivi travando batalhas para que os turcos não invadissem a Europa e a transformassem em um continente muçulmano. Qual ajuda recebi da Igreja enquanto os turcos invadiam meu país? Qual outro país veio em auxílio de meu povo, que morria combatendo um exército muito maior? É essa a Igreja que você espera que eu mantenha em meus domínios?

— Você fala de outra época, um tempo de trevas que você quer que retorne. Não importa quanta ajuda você tenha, meu marido e meus amigos virão me resgatar e dessa vez destruí-lo.

Ao dizer essas palavras, bebeu o restante do absinto em um só gole; era de um sabor doce, forte e irresistível. Desceu queimando sua garganta. Então o vampiro lhe respondeu com um discreto e raro sorriso nos lábios, de forma incapaz de ocultar seu cinismo.

— Mas, minha querida, seus amigos são meus convidados e eu os estou aguardando ansiosamente.

Nesse momento ela soube que Drácula não queria apenas ela, mas, sim, todos que o perseguiram. Seu rapto era fruto de um plano de vingança. Mais do que uma vingança arquitetada por um líder de uma nação que se viu abandonado por aliados e pela Igreja em tempos passados, mas também uma vingança pessoal por aqueles que atrapalharam seus planos e quase o destruíram de forma humilhante. Quais chances teriam eles nos domínios do vampiro?

— É livre para andar pelo castelo, mas creio que seu quarto seja o lugar mais seguro.

Após essas palavras, o Conde retirou-se, e Mina ficou parada por alguns momentos pensando em Jonathan e seus amigos. Pôs-se a chorar e voltou pelo mesmo caminho que a trouxera, até chegar a seu confortável aposento.

O castelo nesses dias era bem diferente de quando foi visitado por Jonathan Harker. Naquele tempo, Igor estava viajando e não havia empregados, apenas Drácula e suas três companheiras que posteriormente foram destruídas.

Agora era mais movimentado por hóspedes, prisioneiros e servos. Estava limpo e, alguns cômodos foram mais iluminados, mas permanecia com o aspecto gótico e macabro. Por alguns momentos, as sombras pareciam ter vida própria.

– Sra. Harker – falam do lado de fora ao baterem à porta do quarto de Mina.

São a duquesa de Hohemberg e Kovács Stephenie, que estão à porta de Mina, preocupadas. Mina abre a porta após enxugar as lágrimas e as deixa entrar.

– Ficamos preocupadas com você quando percebemos que a levaram ao encontro do Conde – diz Stephenie.

– Está tudo bem. É que tenho certeza de que meu marido e meus amigos virão em meu socorro e temo pela vida deles. Acho que vocês nem imaginam que criatura terrível é Drácula.

– Sim, nós estamos aqui há tempo suficiente para perceber que coisas muito estranhas acontecem. Coisas que parecem sobrenaturais. – diz a duquesa.

– Então, acho que não se surpreenderão com o que vou dizer: ele é um vampiro.

Mesmo convivendo esse tempo no castelo, ficaram espantadas com a notícia. Imaginaram feitiçaria, bruxaria, magia negra, experimentos macabros ou puro sadismo, mas algo até então tido como lenda ou folclore, em uma maneira física, tão concreta aos seus olhos era inimaginável para aquelas senhoras.

– Isso mesmo – prossegue Mina. – Meu marido, há alguns anos, foi contratado por ele e passou horrores nesse castelo até conseguir fugir. Drácula foi a Londres, onde havia comprado algumas propriedades, e no pouco tempo que ficou lá levou dor e morte. Da própria embarcação que o conduziu até a Inglaterra, não restou ninguém vivo.

A duquesa e Stephenie ficam perplexas com o relato, e o medo fez com que uma segurasse a mão da outra em busca de uma sensação de segurança. Mina continua:

– Ele fez de uma grande amiga minha, Lucy, sua escrava vampira, obrigando meu marido e meus amigos, com a ajuda e o conhecimento do professor Van Helsing, a pôr um fim nela. Com muito esforço, conseguiram identificar o vampiro causador de seu mal como sendo Drácula e iniciaram uma perseguição que chegou até aqui, onde perdemos durante a luta outro grande amigo, Quincey, a quem homenageei dando o mesmo nome a meu filho. Pensamos que tivéssemos conseguido destruir Drácula, mas não sei como ele ressurgiu. Eu estava lá e juro que vi seu corpo secando.

– Eu já ouvi histórias de vampiros, mas acreditava que eram no máximo lendas. Mas o que são? O que querem? – pergunta Stephenie.

– Um vampiro é um ser que se alimenta de sangue de outros seres humanos, mas possui muitos poderes. Consegue até se transformar em morcego. Nunca vi nenhum outro vampiro, por isso não sei muito sobre eles em geral, mas, quanto às intenções do Conde, ele mesmo me disse que irá dominar a Europa.

– Calma, minha querida. Tenho certeza de que não apenas seu marido está empenhado em acabar com o Conde. Vamos ter fé de que nossa situação é passageira – ameniza a duquesa, segurando a mão de Mina a fim de tranquilizá-la.

– Eu tenho muita fé. Mas ainda existe um entrave. Quando eu tive contato com ele, fizemos uma coisa terrível – diz Mina, soluçando. – Ele não só me mordeu, como compartilhou seu sangue comigo, e eu quase me tornei uma vampira.

As senhoras ficam boquiabertas, sem saber o que dizer.

– Isso fez com que eu tivesse uma ligação muito forte com ele, até mesmo telepática. Tudo isso acabou depois de sua suposta destruição, mas, quando o vi novamente, mesmo odiando-o, eu não sei bem, há algo estranho. Na verdade, acho que me sinto fortemente atraída por ele. Meu Deus, ele matou Lucy e Quincey.

Mina pôs seu rosto contra os lençóis e voltou a chorar, enquanto a duquesa e Stephenie a consolavam com gestos de carinho.

***

Drácula desce em direção ao calabouço, onde ficam os aposentos da bruxa cigana.

– Ashra! – diz o Conde, adentrando no covil da bruxa.

– Eu já o aguardava, mestre.

– Chegou a hora de mostrar-me o que aprendeu no Haiti.

– Sim. Mas precisa saber que iniciaram um ataque ao senhor.

– Estou ciente, é apenas um contratempo, os focos de revolta logo serão esmagados e os revoltosos serão empalados e expostos em todas as capitais.

– É mais que isso, mestre. Eu não estou conseguindo fazer nenhuma previsão, vejo tudo escuro, não antecipo nenhum perigo nessas terras. Forças ocultas também estão trabalhando contra nós; se um ataque estiver próximo, não conseguirei antecipá-lo. Os ciganos que estavam acampados nas proximidades do castelo fazendo nossa defesa nos abandonaram, só restaram os poucos servos fiéis, entre os que pertencem à sua escolta. É possível que um ataque ao castelo seja iminente. Devíamos trazer Rasputin para cá, talvez seus poderes possam ser úteis somados aos meus.

O Conde não se importou com os focos de revolta nas tropas ordinárias dos países dominados nem com o assassinato dos membros da Igreja Negra. Começou a preocupar-se no momento em que seus vampiros começaram a ser caçados, foi quando decidiu retornar a seu castelo. Agora começa a compreender a ação orquestrada de seus inimigos.

Drácula sempre olhava as pessoas de cima para baixo, seu queixo sempre estava pouco mais erguido. Essa postura se dava com mais frequência quando ficava irritado. É desta forma que está agora, mas não tem em quem descontar sua raiva.

Dá-se conta de que está sendo atacado sistematicamente, de forma tática; não era uma simples revolta. Seus olhos avermelham-se.

– Rasputin permanecerá na Rússia. Ordenei para que meus servos vampiros se reúnam aqui, os que restaram são justamente os melhores. Eles irão patrulhar os arredores do castelo com os lobisomens; deixaremos apenas Talbot por perto. Amanhã, ao cair da noite, quero que iniciem a captura de todos os ciganos que encontrarem. Eles serão empalados e servirão de ornamento em torno do castelo.

– E quais os planos do senhor quanto à minha magia e ao vodu haitiano?

– Erga os mortos para que eles protejam nossas fronteiras. Se o restante da Europa pensar em atacar meus domínios, verá o terror que os aguarda. Assistirão a seus soldados serem devorados, e os que sobreviverem irão se voltar contra seus próprios amigos.

– Será feito, mestre. Precisarei de minha total concentração, da ajuda dos bispos negros e também de sacrifício humano.

– Use quantos ciganos quiser, quando eles forem capturados.

Drácula retira-se e a porta é novamente fechada. Por todo o castelo, ouve-se o riso estridente da velha bruxa, ávida para testar o vodu que aprendeu anos atrás, somado à sua magia negra medieval, em terras nas quais forças ocultas são tão poderosas.

A Noite da Agonia

Mina observava a vista por uma grande sacada do castelo, entretida em seus pensamentos e sensações que a deixavam confusa.

Estava aflita com o que poderia acontecer com seu marido e com seus amigos, sentia a falta de seu filho e se horrorizava com os acontecimentos macabros que ocorriam dentro e fora do castelo.

Porém, surpreendia-se por estar à vontade, observando a paisagem.

O castelo estava em um ponto alto; ao longe, observava a neve que cobria a parte alta dos Montes Cárpatos, enquanto o Sol se punha parecendo que se esconderia atrás daquela cadeia de montanhas para ressurgir na manhã seguinte, talvez trazendo dias de menos sofrimento.

Ao cair da noite ainda estava na sacada, tentando imaginar o porquê de passar por tudo isso. Seria um tipo de provação? Estaria pagando por algum pecado?

Tinha ouvido algo sobre carma, no qual o povo do Oriente acreditava muito.

Ouvira uma nova doutrina surgida na França que pregava sobre reencarnação, e que divergências em vidas passadas eram cobradas em encarnações futuras.

Sua vida religiosa foi dividida entre a Igreja Anglicana e a Católica. Quando foi ao encontro de Jonathan, conheceu a doutrina Ortodoxa, mas essa nova doutrina que ouviu parecia tão consistente, tão racional, que lhe atraía a atenção.

Tinha medo do ódio que nutria pelo Conde, pois sabia que ódio e amor são faces de uma mesma moeda. Esse medo era de seus próprios sentimentos confusos, ao mesmo tempo em que havia a profunda certeza de que amava Jonathan e até mataria por ele, se preciso fosse.

Sabia que Drácula era cruel, mas sentia-se segura em sua presença, e o magnetismo que ele exercia era muito forte. Ele nunca a havia ameaçado e parecia querer protegê-la. Talvez essa crueldade fosse fruto de seu passado, de toda a violência e perseguição que sofreu, em um mundo que o fez aprender que para se proteger seria necessário ser mais violento ainda. No fundo, toda mulher imagina ser capaz de mudar um homem. Mas Drácula não era humano.

Seus pensamentos distraem-na enquanto ela sente a brisa gelada que acompanha a noite. Bem abaixo passa o Rio Arges, e mesmo na escuridão ela enxerga o brilho da lua refletido em sua superfície.

– É o Rio da Princesa – diz o Conde, surgindo por trás dela.

Sua voz é altiva, mas carregada de doçura quando fala com Mina, e sua imponência e segurança exercem uma atração natural, tornando difícil para ela manter-se arredia. Então, decide ficar em silêncio. Ele prossegue:

– Talvez tenha sido aqui que minha maldição realmente começou.

A própria expressão de Mina dizia que ela estava interessada no assunto, pois tinha a curiosidade de saber sobre a origem do temido ser, quem sabe aprenderia algo sobre ele que indicasse alguma fraqueza, ou na verdade em seu íntimo queria conhecer outro lado de sua personalidade. Ao pressentir que ele não continuaria a falar sobre o assunto, ela não se contém e pergunta:

– Sobre o que exatamente você está dizendo?

– Sobre como eu deixei de ser como todos e tornei-me o que sou. Há séculos um príncipe devoto da Igreja dominava essa região, que vivia na fronteira entre cristãos e o Império Otomano. Esse príncipe era também um cruzado, defendeu bravamente seu povo e suas crenças. Certa vez, enquanto estava em uma batalha, seus inimigos sabiam que não conseguiriam vencê-lo se não quebrassem seu espírito. Havia uma princesa que era muito amada pelo príncipe, e ela o amava mais que a própria vida. Seus inimigos cercaram e invadiram o castelo a fim de capturá-la. Ela, esquecendo seus princípios cristãos, atirou-se dessa sacada ao rio, pois imaginou que se fosse feita prisioneira seu amado entregaria o trono sem lutar e até a própria vida por ela, então todo o povo sofreria. Esse rio chamado de Arges hoje é conhecido como Rio da Princesa.

Mina não pôde conter a expressão de ternura ao ouvir a história de Drácula, sabendo que ele era o príncipe dessa história. Ele então continua:

– Quando o príncipe retornou vitorioso da batalha que travava em outra parte, soube da morte da princesa, cujo corpo acabara de ser recolhido e colocado na capela do castelo.

O Conde para de falar por um momento e contempla a vista da sacada. Mina não se contém e questiona:

– Mas o que fez o príncipe se tornar um monstro?

– O amor que ele tinha por sua princesa era muito forte. Quando soube de sua morte, tristeza e fúria tomaram conta de seu corpo. Então, quando seus clérigos se negaram a fazer o culto funerário dizendo que ela estaria condenada ao inferno por ter tirado a própria vida, o ódio se apoderou da tristeza e em um ataque de fúria cravou sua espada em uma imagem sagrada. Em um ato de sacrilégio, o príncipe matou seu sacerdote cravando os dentes em seu pescoço e, servindo-se com seu sangue, disse: "Se não aceita a alma de minha amada, também não aceite a minha. Nunca mais erguerei minha espada em seu nome, nunca mais será bem-vindo em minha casa, nunca mais tocarei em seu símbolo maldito".

A história de amor transforma-se em um conto de terror, e Mina não sabe o que pensar sobre os fatos narrados. Mas percebe sentimento na voz de Drácula. Talvez, se ele fosse humano, ao menos uma lágrima escorreria por seu rosto.

Mina, logo depois, retornou a seu quarto, e a história contada por Drácula não saía de sua mente. O final foi trágico, mas sincero. Em nenhum momento houve mentiras do Conde para ela. Ele omitiu que, mesmo antes disso, costumava aplicar castigos cruéis a seus inimigos ou a quem transgredia as leis. Mas acreditava que era rigoroso, porém justo, e suas ações se justificavam.

Dizem que após certo tempo a vítima do rapto começa a sentir certa atração por seu raptor quando é bem tratada, e muitas energias misteriosas rondavam todo o castelo.

Ela cai em um sono profundo, certamente graças aos poderes hipnóticos do vampiro. Talvez fosse parte de uma estratégia de sedução, pois não queria que ela ouvisse ou presenciasse o que viria a seguir do lado de fora dos muros da fortaleza.

Era cerca de meia-noite quando os ciganos começaram a ser trazidos para perto dos muros do castelo. Para os praticantes de magia negra era a "hora grande", quando as forças malignas estão em seu auge. Alguns resistiram e foram mortos na floresta. Vampiros saciavam-se com o sangue dos que tentaram lutar e lobisomens, com sua carne. Os acampamentos eram cercados até se entregarem. Localizá-los não foi difícil. Os poderes de Ashra, unidos aos sentidos aguçados dos lobisomens, facilitaram o serviço.

O destino dos capturados seria muito pior. Quando se aproximavam do castelo viram a velha bruxa do lado de fora, junto a alguns bispos satânicos exercendo horrendos rituais embaixo de uma velha árvore seca.

Um enorme pentagrama de fogo foi aceso, crânios humanos circulavam ao redor. Fogueiras iluminavam todo o cenário.

Igor estava com seu enorme machado em punho. O ar de satisfação era facilmente percebido pela expressão do corcunda.

Dentro de três das carroças dos ciganos, crianças choravam e ouvia-se do lado de fora o riso dos jovens vampiros. Os adultos já estavam a pé e amarrados.

Quando tudo está pronto, Drácula surge. Aproxima-se deles e diz:
– Ingratos. Receberam proteção, abrigo e até armas. O tempo fez com que se esquecessem de minha ira. Hoje sentirão o que aqueles que me traíram sentiram no passado, e sua raça jamais encontrará proteção neste país. Em breve serão expulsos de todo o continente.

Dito isso, vira-se e retorna ao castelo. Mulheres imploram por misericórdia e pela vida de seus filhos, alguns homens ficam em silêncio e outros praguejam contra o Conde.

Ciganos são famosos por rogar maldições, mas elas não os salvariam essa noite. Os seguidores do vampiro ignoravam os xingamentos e pragas rogadas, e respondiam com risos, pois sabiam o que estava por vir.

As jovens noivas de Drácula dividiram as carroças com as crianças entre elas e entraram. Gritos aterradores foram ouvidos; seus pais tentaram em vão reagir, mas logo eram golpeados por Igor ou pelos vampiros, ficando caídos ao chão; só restava chorar.

Após algum tempo os gritos pararam. Uma vampira de cada vez saiu da carroça, todas estavam completamente tingidas de vermelho.

A morte não foi permitida a nenhum dos adultos até que assistissem a essa cruel punição para aumentar seu sofrimento.

A velha bruxa escolheu três jovens mulheres, que foram penduradas com a cabeça para baixo em um dos galhos da velha árvore.

A tortura psicológica parecia não ter mais fim. Os lobisomens uivavam e rosnavam, mas permaneciam sob controle. Os vampiros estavam saciados.

A velha entoava cânticos de magia em um dialeto desconhecido. Retirou um reluzente punhal de uma bainha de couro ornada em ouro e rubi, e passou a lâmina pelas chamas das tochas ao redor do pentagrama. Os bispos negros faziam um círculo e recitavam uma espécie de mantra. Eles vestiam mantos vermelho-sangue com grandes capuzes que cobriam seu rosto e os deixavam muito mais altos por conta das pontas que ficavam centímetros acima de suas cabeças.

As mulheres penduradas já não se debatiam mais. Um dos bispos retira um odre[44] da cintura e despeja seu líquido forçadamente na boca das três, levantando um pouco suas cabeças. Elas se engasgam, por estarem de ponta-cabeça, mas ingerem o suficiente da bebida. A poção faz parte do ritual e as deixa entorpecidas, o que decerto é uma bênção pelo que está por vir.

Após alguns minutos a bruxa caminha em direção a elas empunhando o punhal. A velha era de origem cigana, mas isso em nada a comovia.

---

44. Recipiente antigo feito de pele de animal para transportar líquidos.

Ashra é seguida por dois bispos negros que carregam um grande jarro de cobre. Uma a uma, as mulheres têm suas gargantas cortadas e o sangue é recolhido no jarro.

Os que sobreviveram até agora teriam um destino muito pior. Foram empalados vivos, ficando expostos por lanças de mais de três metros.

A morte por empalamento era muito sofrida. Lenta, agonizante e humilhante. A vítima sentia a lança adentrar suas entranhas e seu corpo deslizar com o sangue de seu corpo que lubrificava aos poucos o cabo da lança.

Fixaram as grandes lanças no chão e os corpos das vítimas ficaram nelas pendurados, como se fossem bandeiras do inferno.

Quase 80 corpos foram distribuídos em volta do castelo nessa cena dantesca. O odor ocre de sangue pairava no ar. Nem mesmo os copos das crianças que foram mortas nas carroças ficaram livres desse sacrilégio. Lanças içaram seus pequenos cadáveres e suspenderam ao alto.

Junto, ainda, estavam os restos mortais de Filip Lugosi, o espião da Igreja Católica, que traiu Drácula. Já em avançado estado de decomposição e sem os olhos, que haviam sido comidos pelos corvos.

Um dos ciganos foi poupado, assistiu a tudo até o último homem ser empalado.

– Você, pegue um cavalo e vá. Diga a todos os de sua raça o que acontece a quem trai seu mestre, e que todo cigano traidor que for encontrado na Transilvânia terá o mesmo destino – determinou Igor, por ordens de Drácula.

Sem acreditar que sobreviveu àquele terrível destino, o homem montou rapidamente em um dos cavalos que foram trazidos e disparou para longe do castelo. Sozinho, sem esposa nem família, carregava apenas o trauma que o assombraria por toda a sua vida.

Essa era a maneira de Drácula doutrinar seus seguidores e seus inimigos.

O sangue recolhido pela bruxa foi derramado aos poucos ao redor do castelo; fazia parte da magia vodu que ergueria os mortos que ficariam a serviço de seu mestre.

Dos aposentos que a família do imperador ocupa dá para ver alguns corpos nas lanças, e cada vez mais seus corações surpreendem-se com tamanho terror. Fecharam as cortinas.

Do quarto de Mina não é possível avistar as repugnantes cenas, pois a janela dá para o precipício e ela está tomada por um sono profundo.

Com todo o sofrimento no local, ficava muito mais fácil a magia negra ter o êxito que esperavam.

Gemidos de dor e agonia misturavam-se ao uivo dos seis lobisomens que voltaram a patrulhar a floresta nas proximidades.

Se fosse possível para o homem enxergar todas as formas espectrais que tamanho sofrimento atraía para aquele lugar, veria diversos espíritos perambulando. Alguns malignos por natureza; outros, apenas perdidos, penando onde houvesse dor.

Ashra vai para o centro do pentagrama de fogo, ergue as mãos e recita antigas palavras mágicas.

Vultos escuros e transparentes voam ao redor, aparentando demônios das sombras.

Os olhos da velha bruxa ficam brancos. Não há sinal de tempestade, mesmo assim trovejou.

De repente, o corpo morto e pendurado de Lugosi começa a se mexer. Grunhidos saem de sua boca, mas não consegue desprender-se da enorme lança que o sustenta.

– Deu certo. Eu sinto milhares de mortos levantando-se. Vão! Partam para as fronteiras e matem todos os que forem estrangeiros – ordenou a bruxa.

Por todos os cemitérios se erguem mortos; de lagos e rios saem os afogados, das florestas voltam a andar aqueles que morreram no meio de uma caçada ou perdidos.

Esqueletos não se levantaram, pois era preciso que o corpo tivesse algum tecido muscular para erguer-se, mesmo que decomposto.

Igual aos zumbis haitianos, estes obedeciam às ordens de seu criador; estas eram claras e eles identificavam por um instinto; assim, todos os estrangeiros que se deparassem com eles morreriam de forma terrível. Seriam devorados vivos.

Apesar da fome avassaladora dos zumbis, matariam apenas os estrangeiros, e a magia fazia com que eles diferenciassem suas vítimas. O objetivo era causar o terror aos países inimigos e aos seus exércitos, caso pensassem em atacar. Quando encontrassem um camponês qualquer, ignoravam-no completamente, exceto se fossem atacados.

A força dos zumbis era equivalente à força de um ser humano normal; não possuíam a habilidade de usar armas ou ferramentas, mas não se cansavam nem sentiam dor. Poderiam continuar arrastando-se mesmo se suas pernas fossem arrancadas. Eram incapazes de falar ou executar qualquer outra forma de comunicação, apenas grunhiam.

Atacavam em grupo, e sua maior arma era o terror que impunham a suas vítimas.

Arrastavam-se lenta e incansavelmente, mas, quando avistavam um estrangeiro, tornavam-se rápidos como qualquer ser humano saudável, chegando a correr em direção a eles, atacando com tamanha selvageria.

Só eram destruídos se fossem acertados no crânio, de alguma forma o dano cerebral era a única maneira de fazer seu corpo desfalecer. Mesmo quando decapitados, seus maxilares continuavam a mover-se em busca de carne humana.

Aqueles que sobreviviam a seus ataques, mas eram feridos por suas mordidas, entravam em contato com suas salivas transmissoras de bactérias que causavam a morte em algumas horas. Após essa morte, a vítima levantava e seguia junto aos zumbis, acatando as ordens da bruxa.

Apesar dos diversos estados de decomposição em que cada um se encontrava, seus tecidos e ossos ficavam mais fortes, sustentando seus corpos até mesmo de forma mais eficiente do que quando estavam vivos. Isso favorecia seus movimentos, pois, apesar da decomposição, os ligamentos eram refeitos, tornando possível moverem-se.

Seus dentes e maxilares ficavam tão fortalecidos que possibilitavam mastigar carne humana crua com facilidade.

Zumbis haitianos eram usados como escravos nas lavouras de seus mestres, ou para cometer algum assassinato. Naquele país, a fome por carne humana era contida por alguma outra magia e liberada apenas quando a intenção fosse que o zumbi matasse alguém.

Essa necessidade antropofágica servia para conter a decomposição de seu corpo. Interessante que, mesmo os que estavam com o estômago dilacerado, também podiam se beneficiar com a ingestão da carne. Como quase tudo o que acontecia ali, esse fato desafiava a lógica.

Uma feiticeira haitiana conseguia controlar menos de cem mortos-vivos, mas Ashra, juntando o vodu e a magia negra mais tradicional da Europa a seus poderes, conseguiu expandir o comando dos mortos por toda a nação.

Drácula e seus seguidores tinham certeza de que quando os países europeus testemunhassem tamanho terror cederiam a qualquer reivindicação exigida.

Em nenhum momento na história da humanidade haviam testemunhado uma situação semelhante.

O dr. Jekyll não foi convocado a auxiliar nesse grande ato de punição. Na verdade, nem teve conhecimento de que algo do tipo iria acontecer. A função dele era diferenciada e não incluía coisas do gênero. Ele relutaria em participar de algo assim e, apesar de seus defeitos, não tinha o mal como sua natureza. Seu *alter ego* era indiferente, violento e mais egoísta que o doutor. Sentia prazer em seus atos devassos e em matar quem lhe aborrecesse; apesar disso, era alheio a essas questões.

No início dessa noite, Jekyll, envolto no desenvolvimento das pesquisas encomendadas pelo Conde, e com seus próprios sonhos de grandeza, eufórico, sentiu a necessidade de tomar novamente sua poção, e assim o fez.

Partiu para sua noite de farra utilizando a charrete como de costume.

Após se divertir ao seu estilo em uma taverna, em determinado momento se viu envolvido em uma briga que deixou alguns camponeses sem alguns dos dentes e com um ou outro osso quebrado. Recebeu um golpe com uma cadeira na cabeça que apenas o enfureceu, e uma facada em suas costas largas e musculosas que não o fez parar. Na manhã seguinte, talvez o corpo do franzino doutor estivesse dolorido.

Está quase amanhecendo e ao redor do castelo há apenas os corpos dos ciganos. Ele se aproxima e estranha aquela cena dantesca.

– Mas que diabos! – diz Hyde em voz alta.

Os cadáveres pendurados nas lanças mostravam o sofrimento infringido. Muitos dos ciganos foram contidos com violência para serem trazidos ao castelo, e estavam com marcas pelo corpo. As feridas provocadas pelas lanças eram horrendas. As crianças penduradas, além das perfurações, ainda tinham as gargantas retalhadas.

O mais intrigante é que alguns ainda não haviam morrido e gemiam moribundos. E os que a vida já havia abandonado seus corpos, mexiam-se como se estivessem vivos. Além das marcas das feridas em seus corpos, tinham olheiras profundas e escuras, gengivas retraídas e dentição escurecida, cor pálida e amarelada.

Três mulheres estavam dependuradas de ponta-cabeça, amarradas pelos pés em um galho de uma árvore, com as gargantas cortadas. Apesar de ser notório que estavam mortas, mesmo assim elas se debatiam em vão, tentando se livrar das amarras.

– Esse Conde é mesmo um maluco, e esse lugar, um hospício. E ele tem um péssimo gosto para decoração. Há, há, há!

O gigante segue lentamente para dentro do castelo, rindo de seu próprio senso de humor negro.

Equipe de Intervenção

Van Helsing comandaria o grupo que enfrentaria Drácula diretamente; eram conhecidos como a equipe de intervenção.

Todos eles participaram da palestra, tinham total conhecimento da situação e eram muito bem treinados.

Versados em técnicas de combate, estudaram a geografia da Transilvânia, os costumes locais, as línguas, o folclore, e usariam tudo a seu favor.

Harker pede para ficar sozinho por algum tempo, enquanto os outros acompanham Van Helsing e o cardeal.

– Professor, é muito triste esse rapto da esposa do sr. Harker – diz o Cardeal –, mas nosso plano está dividido em várias frentes. Se sobrepusermos uma à outra, não obedecermos ao cronograma, poremos tudo a perder.

– Eu compreendo, e já estive em batalhas antes. Jonathan é forte, ele entenderá a situação e agirá no momento certo.

– Perfeito. Quero apresentar-lhe sua equipe de intervenção.

Caminhou em direção a uma suntuosa porta, decorada com entalhes esculpidos na madeira por mãos habilidosas e que apresenta temas bíblicos, abriu-a e pediu que todos entrassem. Ali estavam alguns homens e uma mulher sentados.

Todos se levantavam com a entrada do professor, não só demonstrando educação, mas também uma disciplina militar.

– À vontade, meus filhos – diz o Cardeal. – Quero que conheçam pessoalmente seu comandante – refere-se ao professor, o que decerto dispensa qualquer outra apresentação.

– Cardeal, esse é todo o efetivo que terei à minha disposição? – questiona Van Helsing.

– Não os subestime, professor. Eles são nossos soldados mais bem treinados. Podemos dizer que são... uma força especial. E para esse tipo de missão a quantidade só o atrapalharia, o senhor precisará de qualidade. Não se esqueça de que irá invadir a região da Valáquia por trilhas em florestas e montanhas.

– Pois bem, então vamos fazer de nosso reduzido número uma vantagem.

–Prosseguirei com as apresentações. Alex Cushing, o senhor conhece bem.

– Está preparado, Alex – diz Van Helsing com um sorriso.

– Certamente, professor.

O cardeal apontou para dois homens de aproximadamente 35 anos, cabelos castanhos claros, e os apresentou:

– Estes são Jacob Gerling e Wilhelm Gerling, da Alemanha. Fazem parte do grupo de acompanhamento, pesquisam vampiros há tempos.

– Lembro-me de você, Jacob, no auditório. É um prazer.

– O prazer é meu, senhor. Sua palestra foi impressionante.

Os irmãos Jacob e Wilhelm, apesar de terem iniciado o curso universitário de Direito, eram apaixonados por história, mais precisamente por contos e lendas germânicas.

Logo abandonaram os estudos das ciências jurídicas. Iniciaram um negócio no ramo de livros e, concomitantemente, faziam suas pesquisas e compilavam a tradição oral das antigas narrativas alemãs.

Certa vez se depararam com o que eles imaginavam ser apenas uma das tantas lendas que coletavam, e, por sorte, sobreviveram para contar.

O destino os conduziu até um mosteiro, e o ímpeto deles nas pesquisas sobre o oculto chamou a atenção da Igreja. Sendo assim, foi questão de tempo unir os interesses, e tornaram-se servos fiéis de Cristo, como gostam de dizer.

A fascinação deles pelo sobrenatural e pela literatura fantástica é enorme.

Costumam escrever tudo o que observam nesse sentido e com suas anotações criam contos fantásticos, até mesmo mais adocicados sobre verdades cruéis.

Carregam sempre lápis e um bloco de papel no bolso, para que nada escape de suas memórias.

Pensam em escrever romances baseados em lendas e nas verdades que ainda vão descobrir, diferentemente do trabalho científico tão bem conduzido do professor Van Helsing.

O cardeal apontou para outro jovem com pouco mais de 22 anos.

– Esse é Pierre Méliès, da França.

Pierre, na verdade, era um jovem mais interessado em aventura do que propriamente em religião.

Com o ímpeto da juventude, aproximou-se da religiosidade quando, por sorte, descobriu que a Igreja estaria preparando jovens para missões pela Europa e até para outros continentes.

Imaginava algo semelhante aos jesuítas na catequização de índios nas Américas, e não pensou duas vezes em devotar seu tempo à fé.

Como para o planejamento da Igreja não faziam tanta questão se os recrutados fossem padres ou não, ele não teve tanto problema em ser aceito. Seu perfil se encaixava perfeitamente. Como todos os outros, à medida que seus talentos foram sendo observados, sem saber, ele se aproximava dos preparativos do que realmente estava por vir.

Dedicação, paciência e lealdade eram os requisitos principais para os que estariam envolvidos na empreitada. Não só ao grupo que acompanharia Van Helsing, que era minoria, mas em todos os setores envolvidos na missão espalhados pelo mundo.

Dessa vez o cardeal apontou para um homem com quase 1,90 metro de altura, forte, cabelos louros.

– Este é Rolf Meyrink, da Áustria. É nosso perito em explosivos.

– Pronto para destruir, senhor.

– Certamente, filho – respondeu Van Helsing.

Rolf Meyrink era um rapaz que, por sua estatura, não precisava de esforço para ser notado. Suas características físicas eram espelhos de suas ações. Alto, musculoso, sorridente e falador. Por vezes um verdadeiro fanfarrão, mas carregava certa dose de simpatia.

Havia tido experiência com explosivos desde a adolescência, graças à profissão de seu pai que trabalhava em uma pedreira.

Quando teve a oportunidade de fazer parte dos "soldados de Cristo", como alguns gostavam de se autodenominar, tinha acabado de sair do exército, onde aprimorou seu conhecimento.

Nascido em uma família católica, era atuante na religião, mas não tinha a menor predisposição para ser padre ou fazer parte de função eclesiástica.

Assim como muitos jovens, gostava de festas e de bebida. Constantemente estava envolvido em brigas e confusões, mas era uma pessoa de bom coração e fiel aos amigos. Dava a impressão de que o ímpeto adolescente o acompanharia na vida adulta.

Apesar da aparente irresponsabilidade, era muito dedicado tanto ao treinamento como nas tarefas a ele atribuídas. Dessa forma, com o passar do tempo, sempre conquistava a admiração de seus superiores.

Chegou a ser incumbido de missões importantes, como certa vez que frustrou a última reunião que iniciaria uma série de atentados a estadistas e líderes religiosos que estavam atrapalhando as maquinações da Igreja Negra.

Sua habilidade com explosivos foi essencial. A tecelagem de propriedade de um dos membros da seita havia sido escolhida como sede para a reunião. Rolf passou dias trabalhando como funcionário para instalar os explosivos nos locais corretos. A imensa estrutura foi totalmente destruída.

Tempos difíceis exigem decisões difíceis. Apesar de ter sido uma ação violenta, salvou muitas vidas, e, como ocorreu em um domingo, nenhum sangue inocente foi derramado. A mensagem foi recebida por quem interessava. Além das mortes, a destruição e desarticulação do grupo causaram imenso prejuízo. Foi noticiado como um terrível acidente em que membros respeitosos da sociedade perderam suas vidas.

Prossegue com as apresentações o cardeal:

– Aqueles são Christopher Wallie, Vincent Cameron e Robert Stevenson, da Inglaterra – diz apontando para sua esquerda.

Os ingleses apenas acenaram positivamente com a cabeça. Seus gestos e atitudes eram típicos de cidadãos daquele país. Talvez essa postura fosse mais visível pelo fato de possuírem vínculos familiares com a nobreza inglesa. Pontuais, elegantes e educados ou, como dizia Rolf, algumas vezes realmente chatos. Conterrâneos de Jonathan, lorde Godalming e Seward, mas muito diferentes. Apesar dessas diferenças, eram corajosos e prestativos, sem dúvida nenhuma muito importantes para o grupo.

A despeito da necessidade de a Igreja precisar de um efetivo que abrangesse toda a Europa, tinha o cuidado de que os interesses das nações europeias não sobrepujassem os do Vaticano.

Havia uma ligação dos três ingleses com o governo britânico. A Inglaterra ainda era a maior potência mundial e estava perdendo terreno para a Alemanha e o Império Austro-húngaro, sem falar nos Estados Unidos da América, que longe dos problemas europeus vinha crescendo e ampliando sua influência no mundo ocidental.

Portanto, o governo inglês procurava ficar atento a tudo o que acontecia no planeta.

A Igreja só aceitou Christopher, Vincent e Robert após ter certeza de que eles seriam fiéis à causa católica, mesmo se fosse contra os interesses de seu país, que por curiosidade é de maioria protestante.

O cardeal dá continuidade:

– Sentado está Peter Wells, dos Estados Unidos da América.

– Veio de longe, sr. Wells – observa o professor.

– Pois é, professor. Apesar de grande parte da população de meu país ser seguidora do Protestantismo, eu sou católico, e os representantes da Igreja acharam conveniente enviar alguém para ter contato direto com o que está acontecendo. Essa experiência pode ser útil, caso algo semelhante surja na América do Norte.

Semelhante aos ingleses, não só a Igreja americana estava interessada no que acontecia, mas o governo americano também.

Pouco sabiam sobre o que ocorria na Europa, mas embaixadores e funcionários do governo ou mesmo da Igreja, que estavam em viagem quando Drácula investia contra a parte oriental do continente europeu, notaram que algo estranho estava acontecendo.

Os Estados Unidos começaram a se preocupar com o cenário mundial e procuravam uma maneira de exercer algum tipo de influência ou expansão econômica pela Europa, e, para que isso pudesse acontecer, necessitavam de muita informação. Unindo os interesses e a oportunidade, viram em Peter Wells a pessoa certa para isso.

Com o espírito idealista e sedento por aventura, Peter partiu com todo o gosto para o início de seu treinamento. Possuía o vigor físico necessário e muita empolgação, mas a experiência com o sobrenatural lhe faltava. A única coisa que sabia sobre esses seres antes de viajar para a Europa eram poucas histórias que acreditava serem reais, ou pelo menos terem alguma veracidade.

Uma dessas intrigantes histórias era sobre um vampiro que transformou um jovem proprietário de terras em Nova Orleans, no final do século XVIII. A partir de então, vitimavam pessoas da alta sociedade e mantinham um alto padrão de vida.

Dizem que chegaram até mesmo a transformar uma menina em vampiro, e por alguma razão ela não se desenvolvia fisicamente, ficando uma adulta presa no corpo de uma criança, mas isso não diminuía em nada sua crueldade.

Outro relato interessante sobre vampiros americanos, ou pelo menos que aportaram no novo continente, era sobre um proprietário de um luxuoso barco a vapor, daqueles com uma grande roda d'água na lateral que navegava o Rio Mississippi, com seus densos bosques, no lamacento Missouri, no estreito Illinois e no lodoso Fevre, nos idos de 1857. Elegante e com modos aristocráticos, seu sócio era um experiente capitão que cuidava de tudo durante o dia, enquanto ele, junto a outros estranhos amigos, ficava recluso em sua cabine, saindo apenas durante a noite.

Muito do que se sabe foi obtido com os escravos, que diziam não ser esse o único fato referente a estranhos acontecimentos de horror e morte em vários pontos do rio e de seus afluentes. O povo negro era a vítima mais frequente por ser considerado dispensável à sociedade daqueles Estados escravocratas. Ninguém dava ouvidos, tampouco buscava saber quais as causas da morte de um escravo, exceto, é claro, se tivesse um dono que ficaria preocupado com o prejuízo pela perda de sua propriedade.

Não bastavam as histórias de horror cometidas contra esse povo, que veio forçosamente da África para servir a fazendeiros e outras pessoas de posse, longe de sua terra natal. Estupros, açoites e humilhações eram agora somados ao medo de ser vítima de uma morte horrível, apenas para saciar a sede de sangue de alguma criatura que para eles era algum tipo de demônio.

Imaginavam também que, se morressem dessa forma, secos e sem sangue, perderiam sua alma. Isso para um escravo era o pior dos castigos que podia sofrer, pois, como a maioria estava longe de ser liberta, eles tinham a esperança de que a morte seria o tão almejado descanso que não tiveram em vida; então, essas criaturas surgiram para lhes tirar a última coisa que lhes restou.

Havia a possibilidade de que algum desses vampiros se valesse de sua posição como grande proprietário de terras e mantivesse um grande número de escravos apenas para saciar sua sede, sem necessidade de sair em uma perigosa caçada noturna, servindo-se em casa, mantendo cada um deles vivo pelo máximo de tempo a fim de que se alimentasse deles em mais de uma vez.

Peter ficou a par dessa situação com base em alguns relatos, mas nunca havia se deparado pessoalmente com nada fora do normal.

Depois o cardeal aponta para um jovem oriental possuidor de um semblante sério, mas tranquilo.

– Este é Takezo Sueshiro, nosso aliado vindo do país do sol nascente. Já teve algumas experiências com vampiros no Oriente.

– Interessante. Isso trará outra forma de visão ao grupo, seja bem-vindo.

O jovem oriental faz uma reverência e diz apenas:

– *Hai*.

Sueshiro era uma escolha rara feita pela Igreja. Não era católico e era oriental. Todavia suas habilidades marciais e sua experiência tiveram grande peso nessa decisão do cardeal.

Somado a essas qualidades, era paciente e disciplinado. Teve de aguentar algumas provocações e preconceitos, mas superou tudo facilmente.

Seu treinamento foi rapidamente assimilado e anexado à sua técnica oriental de combate e filosofia. Seguia um antigo provérbio que dizia "esvazie a xícara". Isso queria dizer para não relutar em aprender o novo comparando com o que já sabe. Esvazie seu conhecimento antigo e encha com o novo, só então utilizará o que lhe for útil.

Predestinado, prestava atenção em tudo que era ensinado. A dificuldade com o idioma foi rapidamente ultrapassada, e ele já dominava o inglês e um pouco do italiano.

Acabou sendo visto como uma peça importante não só nessa crise, mas como uma ponte com o Oriente, caso fatos semelhantes se espalhassem pelo continente asiático.

– E essa senhorita é a bela Ghena Shelley, natural da Romênia e conhecedora de toda a região, costume, folclore e trilhas que os levarão em segurança até o castelo – diz o cardeal referindo-se à última integrante do seleto grupo.

Ghena Shelley era uma linda jovem com cabelos curtos que pareciam realçar mais ainda seus olhos amendoados. Morou em uma vila próxima aos domínios de Drácula.

Na época, o vampiro ostentava uma aparência envelhecida, como Jonathan o conheceu. Era amargurado e depressivo, ainda não havia se revitalizado como quando chegou a Londres, guiado por sua ambição, interrompida por Van Helsing e seus amigos. Aterrorizava a região junto de suas três amantes, em busca de sangue.

Os habitantes se protegiam como podiam, cercando-se de toda a sorte de amuletos e apetrechos para afastar vampiros. Evitavam viajar à noite ou mesmo sair de casa. Mas sempre havia incautos ou desavisados que acabavam sendo vítimas do Conde e das vampiras.

A fim de evitar uma revolta orquestrada, Drácula diversificava os locais que atacava e preferia viajantes. Não que temesse o povo da região, mas na época em questão não dispunha de ânimo para esse tipo de enfrentamento. Uma pura questão de comodismo, inimaginável se comparada ao seu ânimo dominador do passado que se revitalizou nos últimos anos.

Durante sua vida, Ghena presenciou fatos que marcariam sua memória. Uma ocorrência intrigante foi quando chegou à sua vila um atraente rapaz, que logo chamou a atenção das jovens da cidade.

Ghena ainda era jovem para o rapaz se interessar por ela. Mas outra moça, já com 18 anos de idade, de longos cabelos louros e olhos azuis da cor do céu, ficou fascinada pelo jovem, que também correspondeu ao flerte da moça.

Hospedou-se na única hospedaria da redondeza, que servia refeições e descanso aos viajantes. Ficou em um quarto nos fundos e pagava bem ao proprietário, apenas pedindo a condição de jamais ser incomodado.

Chegava durante a noite e saía antes de o sol nascer; dizia ser por causa da distância de onde exercia seu ofício.

A linda jovem loira começou a adoecer, aparentando uma anemia profunda, veio a morrer após três dias. Somente no dia de seu enterro observaram em seu pescoço as marcas de dentes de vampiros.

Os habitantes mais velhos se deram conta de que era a maneira pela qual um vampiro transformava um ser humano em outro vampiro, desde que tivesse o poder para isso.

Chegaram à conclusão de que Drácula havia seduzido a moça e a queria como amante ou escrava.

Com muita tristeza, a família da moça permitiu que fizessem o que era preciso para que sua alma descansasse em paz. Foi cravada uma estaca em seu coração e a cabeça foi separada do corpo.

Era até comum de tempos em tempos alguém ser vítima do Conde, mas há muitas décadas ele não transformava ninguém em vampiro.

Chegaram, os mais covardes, até mesmo a temer uma vingança da parte de Drácula por terem realizado o ritual na jovem, impedindo sua transformação.

Algo inusitado aconteceu na noite seguinte. Gritos acordaram os moradores assustados. Em um poste que ficava próximo à porta da igreja estava pendurado o rapaz formoso que era cliente da hospedaria.

Havia um gancho que prendia a gola de seu casaco, preso ao poste, que sustentava seu corpo acima do chão.

Seus braços estavam erguidos e abraçando o poste por trás, sendo que seus pulsos estavam varados por um longo cravo de prata que prendia um ao outro.

Duas outras estacas foram cravadas em suas pernas, em um ponto exato entre seus músculos, impedindo que ele as movimentasse. As estacas causavam dor e o deixavam imobilizado.

Ao ver os moradores saindo de suas casas e chegando perto, ele tentava em vão sair dali.

Suas feições estavam alteradas não só pela dor, mas por alguma metamorfose. Seus dentes caninos estavam salientes e afiados. O casaco estava aberto na parte da frente deixando o peito desnudo e mostrando que foi feita uma marca com algo cortante em seu peito. Essa marca era a letra "D" do alfabeto.

Não restavam dúvidas: ele era o vampiro que mordeu a bela moça. E Drácula a vingou, deixando que os camponeses terminassem o serviço.

A vingança não tinha nenhum apelo moral ou heroico, e aquele povo sabia disso. A questão era sobre domínio territorial. Drácula jamais deixaria outro vampiro se estabelecer em suas terras. Em geral, não nutria simpatia por outros de sua espécie; tolerava apenas os que o serviam.

O rapaz tinha certo poder, mas não chegava perto de Drácula, mesmo em sua condição de desânimo.

Parecia que as ações do vampiro forasteiro tinham sido bem orquestradas. Hospedou-se onde não havia resmas de alho, ficava longe do crucifixo pendurado na parede da taberna, era simpático e discreto.

Agia de maneira inteligente, quando necessitava de sangue, e sempre atacava algum solitário viajante que passava por ali. Seguia a vítima até longe da vila, e tinha o cuidado de esconder o corpo ou deixá-lo à mercê dos lobos.

Ao contrário do que pensam, um vampiro não precisa se alimentar todas as noites. É claro que o sangue lhe proporciona um prazer embriagante, podendo até mesmo causar um frenesi como o de um tubarão ao dar a primeira dentada e sentir o sabor do precioso líquido vermelho. Alguns vampiros mais sensíveis reagem como se fossem um dependente de ópio quando vê o sangue escorrendo.

Dessa forma, o rapaz poderia enganar a todos por muito tempo, mas não conseguiu se ocultar de Drácula.

Seria apenas ousadia dele se estabelecer por ali, ou pensava que o Conde não se importaria? Após transformar a moça em vampira, o que faria?

São perguntas que jamais serão respondidas.

Os cidadãos deram fim ao serviço que foi iniciado por Drácula, cravando uma estaca no coração do aparente jovem vampiro.

Ghena assistiu a tudo da janela de sua casa. Seu pai foi um dos mais atuantes em eliminar o jovem. Ela tinha idade suficiente para entender o que havia ocorrido, mas em razão de sua juventude manteve uma impressão de que a atitude de Drácula estava envolta de um heroísmo vingador. Mas logo essa ilusão seria desfeita, após ficar ciente de outras ações nem um pouco nobres do vampiro, incluindo o que havia acontecido há muitos anos com sua avó, que hoje obedecia ao Conde.

Foram esses e outros acontecimentos que a tornaram forte e fizeram crescer um ódio torrencial contra os sugadores de sangue. Ela sabia que sozinha não seria páreo para enfrentar seres de tamanho poder e envoltos de grandes mistérios. Queria aprender sobre essas criaturas e também se fortalecer fisicamente para ser capaz de destruí-los. Isso era muito incomum para uma mulher, principalmente em um lugar tão remoto, por isso era incompreendida.

Em sua busca para concretizar seus desejos, acabou sendo encontrada. Imaginava que a Igreja nunca daria oportunidade a uma mulher, mas estava enganada. Nesses tempos a figura feminina estava em ascensão no mundo, por mais que quisessem impedir tal desenvolvimento.

O movimento contra os vampiros e a Igreja Negra era planejado com ênfase ao trabalho de inteligência, e a utilização de agentes do sexo feminino era vital para algumas missões. Nesse contexto, ela se tornou uma figura importante, tanto por sua capacidade intelectual quanto física.

– Espero que não tenha nada contra ter uma mulher como guia, professor Van Helsing – diz Ghena.

– De forma alguma, senhorita. Meu encontro com Drácula se deu por uma bela jovem como você, que participou ativamente na perseguição ao vampiro. Infelizmente creio que ela está em seu poder novamente.

— O senhor está falando da srta. Wilhelmina Harker, professor. Entendo a gravidade, mas não é necessária nenhuma ansiedade. Nosso plano já está em curso e a partida dos senhores poderá ser iniciada amanhã – diz o cardeal.

— Perfeito.

— Acompanhem-me, quero que já recolham e aprontem todo o equipamento que levarão – Polanski os conduz para outro local.

O recinto que entraram parecia um paiol de um quartel, com armas, uniformes e material explosivo. Havia expostos desde adagas, espadas, estacas de madeira dos mais variados tamanhos, bestas, arcos, flechas, rifles e até um pequeno canhão.

— Separamos para seu grupo fardamento e armamento dos mais modernos. As botas foram fabricadas de acordo com o terreno que irão enfrentar, assim como as fardas são adequadas ao clima – explica o cardeal com certo orgulho.

Apontou para uma grande bancada onde estavam expostas algumas armas e chamou um homem que estava trabalhando ali perto para dar maiores explicações.

— Este é Franco Romero, nosso armeiro. Ele fará a apresentação do equipamento.

Romero já havia passado dos 50 anos havia muito tempo. Possuía os cabelos grisalhos, usava óculos com lentes grossas e tinha mãos ásperas de quem trabalha pesado. Como todo bom italiano, gesticula muito ao falar um inglês com forte sotaque, intercalado com algumas palavras italianas.

— Hans Deuter[45] confeccionou mochilas especialmente para nós. Esta, em particular, servirá para Rolf transportar um pouco de material explosivo de uma maneira mais segura. As outras seguem um mesmo padrão, *capisce*?

A curiosidade faz Van Helsing interromper o armeiro e apontar um objeto de forma arredondada próximo ao material explosivo.

— Que artefato é aquele? – pergunta o professor.

---

45. Fundador da empresa alemã Deuter, em 1898 recebeu uma grande encomenda para fornecer bolsas laterais para os carteiros. Em seguida, começou a desenvolver mochilas e é referência até os dias de hoje.

— Aquilo é uma granada moderna, um tipo de bomba de arremesso que ainda está sendo desenvolvida. Na Antiguidade, os chineses a faziam com pólvora dentro de uma cebola. Mas não será útil para os senhores. O explosivo que levarão é apenas para o caso de ter de explodir alguma ponte ou portão.

— De fato, contra o que iremos enfrentar não vejo muita utilidade em pequenas bombas. Vamos evitar carregar peso desnecessário – conclui Van Helsing.

Romero prossegue apresentando as armas.

— Receberão fuzis Mauser,[46] que contam com uma ótima precisão de tiro, equipados com baioneta.

— Aqueles que não quiserem carregar o fuzil poderão levar uma pistola Luger,[47] com a capacidade para oito disparos e mira regulável para cem ou 200 metros. Essas são calibre nove milímetros, a pedido dos alemães, que adotaram essa arma.

A pistola foi passada de mão em mão e seu formato inovador admirou a todos, que já haviam recebido as instruções teóricas sobre as armas que seriam utilizadas, mas já tinham sido treinados exaustivamente com diversos armamentos, inclusive um modelo anterior da própria Luger, só que com o calibre 7,65 milímetros.

— Para aqueles que estiverem pensando em se armar até os dentes, não esqueçam que seu deslocamento não poderá ser demorado, caminharão em terreno acidentado, constante aclive, e é bem provável que tenham de escalar, levarão provisões, uma faca e muita munição. Calculem bem o peso que carregarão – observa o velho italiano.

Ele pega uma caixa de madeira, abre e diz:

— E essa é nossa surpresinha, os senhores receberão três metralhadoras dessas aqui.

Era uma Medsen, ninguém ali tinha visto uma arma dessas. Os poucos que viram metralhadoras em suas vidas as conheciam em grandes tripés ou sobre rodas, muito pesadas.

---

46. Fuzil Mauser é uma arma de porte com coronha, que foi produzida pela primeira vez em 1895 e adotada pelo exército alemão. Possuía bom manuseio e ótima precisão de tiro.

47. Pistola Luger é uma arma portátil criada em 1898 e produzida de 1900 a 1943. Elegante e precisa, foi amplamente adotada pelas Forças Armadas alemãs.

– É uma metralhadora ligeira, que acabou de ser desenvolvida na Dinamarca pelo capitão Medsen.[48] Pesa nove quilos e sua cadência é de 450 tiros por minuto, com um alcance útil de 400 metros. E pensar que há poucos anos as metralhadoras eram sobre rodas e à manivela.

– Essas armas são realmente excelentes, se formos combater um exército formado por homens, mas não será apenas isso que iremos encontrar – intervém Van Helsing.

– Aí é que está nosso segredo! As munições que os senhores levarão são revestidas com prata, e até as reluzentes baionetas, e tudo será abençoado pelo Santo Papa na missa de amanhã.

– Fico surpreso com essa eficiência – diz Van Helsing.

– Mesmo assim, ainda contamos com os artefatos mais tradicionais para os que preferirem – apontou para as estacas e outros utensílios.

– Levarei isso comigo – diz o professor ao pegar uma besta para si.

– Imaginei que o senhor fosse bem tradicional – fala Romero.

– Hábitos velhos, meu amigo, mas levarei também uma dessas magníficas Luger. Quanto ao fardamento, eu quero apenas as botas, as minhas já estão por demais gastas. Gostaria que cada um levasse no mínimo uma estaca de madeira, e não acreditem que pequenos gravetos afiados são capazes de liquidar um vampiro; escolham um tamanho apropriado. Uma estaca, não um palito.

– *Molto bene.*

– Eu vou separar o equipamento para Jonathan – lembrou o dr. Seward.

Sueshiro e Ghena optaram por não se armar com fuzil. Ghena portava uma Luger, uma faca e algumas estacas; está mais adaptada com armas pequenas. Sueshiro também se armou com uma pistola, mas levava um equipamento pessoal e decidiu não carregar um fuzil. O oriental dava a impressão de preferir um combate mais próximo, talvez até corpo a corpo.

Os outros discutiam entre si suas escolhas de acordo com suas especialidades e peculiaridade da missão.

---

48. Capitão de artilharia da Dinamarca, desenvolveu em 1903 uma metralhadora leve, sendo uma das primeiras a ser produzida em grande escala.

Após separarem seu equipamento pessoal, retiraram-se e o grupo separou-se. Van Helsing, o dr. Seward e lorde Goldaming foram procurar Jonathan. Encontraram-no ainda cabisbaixo, mas, na medida do possível, recuperado:

– Sente-se melhor, Jonathan? – pergunta lorde Godalming.

– Não, Arthur. Mas estou pronto para partir.

– Partiremos amanhã mesmo – diz o dr. Seward, com a mão sobre o ombro do amigo.

– Então estarei melhor amanhã quando partirmos, John. Vou para o quarto.

Quando todos já tinham se recolhido, Van Helsing ainda acertava os últimos detalhes com o cardeal Polanski.

– O planejamento do ataque é crucial. Os senhores deverão aguardar nossas instruções para avançar, pois dependerá da articulação das outras frentes de combate; dessa forma, evitaremos o envolvimento massivo das Forças Armadas das nações envolvidas. Caso isso ocorra, será difícil um cessar fogo mesmo se conseguirmos matar Drácula. A tensão nesse continente já era alta antes desses acontecimentos, então não podemos deixar que se transforme no estopim de um conflito mundial. Faremos uma movimentação com os exércitos dos países aliados em certos pontos das fronteiras. Isso fará com que o Conde desloque suas tropas para longe do castelo, só então será o momento certo de atacar. Ele estará preocupado com o cerco das fronteiras, facilitando sua invasão ao castelo e evitando confronto com forças regulares.

– Nossa maior dificuldade será chegar ao castelo sem sermos descobertos – preocupa-se o professor.

– Também estaremos ajudando nesse sentido. Tentaremos anular os poderes paranormais de qualquer feiticeiro que estiver com Drácula. Na data marcada entraremos em vigília, e pode acreditar, professor, não é apenas o mal que tem poder – diz, colocando a mão direita amigavelmente sobre o ombro do professor.

– Não discordo, cardeal, apesar das minhas críticas sou um homem de fé, e sou católico. Hoje o dia foi longo e cansativo, ao mesmo tempo em que foi deveras produtivo. Temos de descansar a fim de iniciarmos o dia de amanhã muito bem dispostos.

– O senhor é mesmo um homem incrível, professor. Aguardo seu retorno com o sucesso de nossa missão – diz o cardeal ao apertar firmemente a mão de Van Helsing. O respeito é mútuo.

– Cheguei aqui com muitos conceitos preestabelecidos, cardeal, e no pouco tempo que fiquei eles foram se desfazendo um a um. Renovei minha fé na Igreja.

O cardeal se retirou, e o professor aproveitou esse momento que ficou só para fumar seu cachimbo. Entretido em seus pensamentos entre uma baforada e outra, preocupa-se com Mina nas mãos do vampiro, pensa em seu filho com ternura e no caminho que tem pela frente.

Ao amanhecer, todos se reuniram para servirem-se de um farto café da manhã. Às 7 horas, uma missa especial para o grupo foi realizada, na qual os objetos e armas foram abençoados com água-benta pelo papa em pessoa.

Após a missa, recolhem suas bagagens e despedem-se dos clérigos a fim de partir para a estação ferroviária.

– Vão com Deus, meus amigos. Fiquem acampados no local combinado até nosso mensageiro entrar em contato com os senhores para que o plano seja executado – é a última orientação do cardeal Dario Polanski.

E assim, partem divididos em grupos para não chamar atenção, descem em estações diferentes e encontram-se no interior da floresta.

Cruzada Contra o Mal

Van Helsing alertou todos para que, se estivessem carregando alho nos bolsos, jogassem fora, pois o odor seria sentido pelos vampiros, e, apesar de espantá-los, também os alertaria sobre sua presença a muitos metros de distância. Assim, metade do grupo retirou dentes de alho dos bolsos e jogou fora.

Seguiram por trilhas durante um dia inteiro, até o local do acampamento, já em terras transilvanas. Descarregaram o material, fizeram uma escala dividida em duplas para ficarem de sentinela e aguardaram.

As noites eram cobertas por nevoeiros, as tardes geladas e cinzentas. Faziam rápidos patrulhamentos ao redor do acampamento para não serem surpreendidos.

Caminhavam por terras misteriosas e perigosas. Além dos inimigos que estavam prestes a enfrentar, temiam matilhas de lobos ou um ataque furtivo de um urso pardo. Esses gigantes podem chegar até três metros quando ficam em pé e pesam quase 300 quilos. Nunca tiveram notícias de que um vampiro conseguisse controlar essa magnífica espécie de animal, mas em tempos tão estranhos tudo é possível.

Outro perigo era o ataque de morcegos, que estavam sendo utilizados por Drácula em seus conflitos com outras nações. Talvez esse inimigo fosse um dos mais difíceis de enfrentar, em razão da quantidade de criaturas sanguinárias e a dificuldade de atingi-los em seu voo veloz e preciso, aliado à possibilidade de uma única mordida transmitir a raiva e debilitar sua força de combate.

A tensão era grande, mas o treinamento impedia que eles demonstrassem. Jonathan era o mais ansioso, mas procurava manter o autocontrole.

O dr. Seward e lorde Godalming dividiam suas preocupações entre a missão e as condições emocionais de Jonathan.

Van Helsing era o único que permanecia realmente tranquilo. Conferia suas flechas de carvalho com pontas de prata, manuseava sua Luger admirando a precisão de sua engenhosidade ou afiava sua faca. Parecia imaginar qual dessas armas teria a oportunidade de usar contra Drácula. Tinha fé de que chegaria perto o suficiente para isso.

As conversas eram em um tom baixo de voz, não sabiam ao certo toda a extensão dos poderes de Drácula e seus seguidores. Se fossem descobertos, tudo estaria perdido.

Van Helsing aproveitava esse tempo para conhecer melhor seu grupo, patrulhava com as duplas e também passava um tempo com cada um quando estavam de vigia. Em um desses momentos, pergunta à srta. Ghena:

– O que a traz aqui, em lugar inóspito e em missão tão arriscada?

Eles estão sentados, com a retaguarda protegida por uma imensa e secular árvore, atentos a qualquer movimento enquanto conversam. Ela veste um uniforme militar semelhante aos outros, exceto o professor, o dr. Seward, lorde Godalming e Jonathan, que se recusaram a vestir o fardamento, pois se sentiriam sob o comando do Vaticano e não ficariam à vontade com isso. Suas roupas não foram confeccionadas para esse fim, mas até que estavam apropriadas. Calçavam botas e seus casacos permitiam o movimento de seus corpos.

Apesar das vestimentas de Ghena, ela permanece muito feminina, com seus grandes olhos verdes e seu cabelo liso negro amarrado, lábios bem delineados e uma forma de falar doce, mas ao mesmo tempo firme e decidida. Apesar de muito bonita, deixava inseguros os homens de sua época, que não estavam acostumados a tamanha determinação de uma mulher, ainda mais se a vissem de calças compridas, impensáveis para uma dama.

– Quando o senhor enfrentou Drácula, matou suas noivas?

— Noivas, amantes, esposas, súcubos. Se estiver se referindo às três belas mulheres que viviam com ele, a resposta é sim. Bem, na verdade, conduzi-as à verdadeira morte, pois eram mortas-vivas.

— Uma delas era loira, não é mesmo?

— Sim, e as outras duas morenas. Por quê?

— A loira era minha bisavó.

Foi impossível Van Helsing disfarçar a expressão de surpresa em seu rosto e o sentimento de que tinha cometido uma enorme gafe ao deixar ser conduzido a esse assunto. Era raro ele sentir-se assim.

— Não precisa falar nada, professor. O senhor fez o que devia.

Van Helsing apenas acena com a cabeça, ajusta seu chapéu e Ghena prossegue.

— Ela se casou muito jovem, era pouco mais que uma criança e logo teve uma filha. Quando a menina completou 7 anos de idade, minha bisavó foi possuída por Drácula. Após alguns dias, ela retornou e tentou sugar o sangue da própria filha, por sorte foi impedida por seu marido e seu pai. Ela fugiu, mas sempre aterrorizava os vilarejos próximos, e até mesmo eu poderia ter sido uma de suas vítimas.

— Entendo.

— Eu cansei de assistir a todos com medo, ninguém fazendo nada e até gostando quando algum forasteiro incauto adentrava pela floresta, pois dessa forma era mais um tempo que ganhávamos sem ser incomodados por Drácula e suas noivas. Sempre que eu tinha oportunidade, expunha minha opinião e atraía os olhares recriminadores dos covardes. Dessa forma, a Igreja chegou a mim e convidou-me para que eu participasse dessa empreitada.

Permaneceram em silêncio por um tempo. Aquele grupo, apesar de jovem, possuía algumas experiências com o sobrenatural. Nada é por acaso. Após um instante retornaram à conversa com assuntos triviais, sobre costumes e tradições da Romênia.

Sueshiro carregava em suas costas algo longo embrulhado em uma grossa trama de algodão; talvez fosse uma grande estaca, pensava Van Helsing. Mas um dia percebeu que ele se afastou de todos, levando seu embrulho, um recipiente com água límpida de uma corredeira que ficava ali perto e uma concha de madeira utilizada em rituais de chá no Japão.

O professor o observou de longe; ele procurou uma rocha plana, passou a mão sobre a pedra para retirar as folhas secas que estavam sobre ela, esparramou a água com a concha por cima da pedra e colocou seu objeto embrulhado sobre ela.

De joelhos, ele desembrulhou o artefato, dobrou o pano e o depositou à sua esquerda. Van Helsing conseguiu ver o que era. Uma magnífica *Katana*, espada japonesa usada pelos samurais. Sueshiro jogou a água por cima dela, continuou ajoelhado da maneira tradicional do Budismo, recitou um mantra zen-budista, e fez uma reverência com as mãos espalmadas ao solo e encostando sua cabeça no chão.

Levantou-se e abriu outro embrulho que trazia contendo placas de armadura samurai. Continha somente o *do*, que consistia no colete frontal e traseiro, e *sode*, largas ombreiras que protegiam dos ombros até os braços. Vestiu-o por cima de seu fardamento. Eram feitas de tiras de metal laqueado amarradas por cordas de seda. Diferentemente das peças das armaduras ocidentais, essas davam ao usuário maior mobilidade. Não o protegeriam de um tiro, mas certamente o livrariam de um primeiro golpe de garras ou dentes afiados.

O jovem nipônico amarrou uma faixa em sua cintura prendendo a bainha de sua espada, pegou sua *katana* e embainhou-a de forma magnífica; sem olhar para a arma nem para sua bainha, ajeitou-a sobre a faixa.

Sua imagem era espetacular, parecia um *bushi* em pleno início do século XX. Apesar de ter pouco mais de 1,70 metro, aparentava ser um gigante.

Apenas quando Van Helsing certificou-se de que o ritual havia terminado é que se deixou ser visto.

– Professor – faz uma reverência.

– Olá, Sueshiro, ainda não tivemos tempo para conversar.

– *Hi*. Espero que minhas vestes não lhe desagradem, professor.

– De forma alguma, isso até demonstra sua real personalidade, sem contar que é uma ótima proteção para o que vamos enfrentar. Só uma curiosidade, observei seu ritual e acredito que não deve agradar muito à Igreja Católica.

Sueshiro nota o tom sarcástico, típico do humor de Van Helsing. Já havia percebido que o professor, apesar de cristão, possui um pensamento aberto quanto à liberdade religiosa, então fica à vontade para falar sobre o assunto.

– É um ritual budista, eu estava purificando minha *Katana*.

– Então você não é católico?

– Eu respeito muito sua religião, acredito em muito do que é pregado, mas não sigo a doutrina católica. Os portugueses e os espanhóis tentaram catequizar o Japão a partir do século XVI; em 1587, foi oficialmente proibido, mas, na verdade, continuou sendo difundido, e por interesses políticos ocorreu uma perseguição aos cristãos. Finalmente, em 1873, o Cristianismo foi reconhecido no Japão. O Budismo ficou alheio a essa perseguição, mas minha crença não se envolve com toda essa violência em busca de poder. Sou um guerreiro, já matei e matarei novamente, mas não me escondo atrás de dogmas.

O que nem Van Helsing nem seu grupo sabiam é que, em virtude da grave situação, a Igreja Católica não fez restrições de cunho religioso. Com muita luta, o cardeal Polanski convenceu os que detinham poder de decisão de que, se apenas utilizassem aliados levando em conta serem católicos ou não, perderiam tempo e homens valiosos. A questão religiosa ocidental dava-se em torno principalmente de católicos e protestantes, em seus mais variados segmentos. Reuniões secretas entre as instituições religiosas firmaram uma aliança importante, e graças aos protestantes conquistaram valiosas vitórias.

Van Helsing compreende o ponto de vista de Sueshiro e continua:

– Entendo o que quer dizer, mas não julgue a todos por alguns, somos humanos. Mas o que trouxe você do outro lado do mundo até aqui?

– Eu sou descendente de Misawa Iori, o qual acreditam ter sido discípulo de Miyamoto Musashi,[49] o maior *samurai* do Japão. Porém,

---

49. Miiamoto Musashi é reconhecido como o maior samurai do Japão, criou o estilo de luta com duas espadas. Além de guerreiro, também se dedicou à caligrafia, escultura e pintura. Escreveu o livro *O Segredo dos Cinco Anéis*, utilizado hoje por executivos.

Iori na verdade era sobrinho de Musashi, isso quer dizer que eu compartilho do mesmo sangue e espírito do lendário *bushi*. Como ele, iniciei minha jornada em busca de aprimoramento; o destino me levou além das fronteiras de meu país, e quando cheguei à China me deparei com algo que eu pensava ser apenas lenda para assustar crianças que ficam na rua à noite. Por causa dos conflitos entre China e Japão, não era sempre que eu era bem recebido. Por sorte, conheci um ancião chinês, nobre pertencente à realeza, que permitiu que eu me hospedasse em sua mansão e me ensinou muito sobre vampiros. Com meu treinamento e o conhecimento adquirido, consegui matar uma dessas criaturas, que aterrorizava as cidades ao redor de Pequim.

– Por Deus! Que coincidência, eu também conheci esse lorde chinês – lembra-se Van Helsing, que começa a acreditar que coincidências não existiam de fato.

– Depois disso, tornei-me amigo dele, e apesar da rivalidade entre China e Japão o povo expressou muita gratidão para comigo. Ele me apresentou um italiano ligado à Igreja e me indicou para o Vaticano, então viajei para Roma e aqui estou.

O professor observa a arma do jovem oriental e admira suas linhas suaves e mortais, lembrando mais o trabalho de uma artista do que de um ferreiro. O cabo é revestido de pele de tubarão entrelaçada com fios de seda.

– Responda uma coisa, ouvi você se referir à sua espada como *katana*; é a tradução para espada em japonês?

– *Katana* é um tipo de espada cuja medida fica entre 60 e 90 centímetros de lâmina. O *bushi* a carrega junto à *wakizushi*, que possui uma lâmina entre 30 e 60 centímetros. O conjunto chama-se *daichô*, porém optei em utilizar apenas a *katana* pela mobilidade. Para um *samurai*, a espada é muito mais do que apenas uma arma, ela representa nossa alma.

– Compreendi. E o que quer dizer *bushi*?

– Literalmente quer dizer guerreiro, mas, na verdade, é muito mais que isso. O *bushi-do*, caminho do guerreiro, é um estilo de vida, uma conduta a ser seguida, parecido com o código de seus cavaleiros medievais. O *bushi* é o *samurai*, que quer dizer "aquele que serve". O guerreiro tem a tendência de ser arrogante e prepotente. O verdadeiro *samurai* é humilde, pois a arrogância e o uso da força contra os mais fracos servem apenas para mascarar a covardia.

Suas palavras são ditas de forma tranquila; seus gestos harmoniosos parecem guardar uma grande energia dentro daquele homem tão diferente aos olhos ocidentais.

– Admirável sua filosofia. Quem tem o poder tende ao abuso, não respeita nem mesmo as leis que propõe, não enxerga limites. Nobre é aquele que preserva sua humildade. "Bem-aventurados os humildes de espírito, porque deles é o reino dos céus."

– Notei que o senhor também carrega uma bela arma, é balestra o nome dela, não? – pergunta, apontando para a arma que está pendurada às costas do professor.

– Sim. Também é chamada de besta. Foi denominada dessa forma pela Igreja Católica, e no Segundo Concílio de Latrão foi proibido seu uso em conflitos entre cristãos. Se fosse utilizada por um cristão contra um "infiel" não havia problema. O rei Ricardo Coração de Leão[50] ignorou essa determinação e armou sua infantaria com a arma; e, por uma ironia do destino, morreu em decorrência de um ferimento causado por uma flecha arremessada por uma besta. Acredita-se que ela foi inventada na China, muito antes de ser utilizada na Europa.

– Já sabia da existência desse tipo de arma no Oriente, mas nunca tinha visto uma – diz, enquanto mexe na besta, admirando seu mecanismo. – Ouvi até dizer que existia uma desse tipo desenvolvida na China, e que era capaz de atirar várias setas sem precisar recarregar.

– Certamente. Havia muitas variações dessa arma; era comum também o uso de uma maior, cuja utilização requeria dois soldados. Diga-me uma coisa: como você é um típico guerreiro, ou *bushi*, como disse, também já deve ter lido a *Arte da Guerra*, não é mesmo?

---

50. Ricardo I, rei da Inglaterra, nascido em 1157 e morto em 1199. Líder da Terceira Cruzada, foi considerado um herói, porém foi autor de vários atos de crueldade. Nas histórias de Robin Hood, ele sempre é citado com orgulho por Robin. Também é retratado no épico *Ivanhoé*.

– *Hai*. Como também estudei a obra escrita por Musashi *san*, *O Livro dos Cinco Anéis*,[51] que, apesar de ser dedicado ao *kenjutso*,[52] pode ser interpretado para nos auxiliar em diversos desafios que a vida nos apresenta.

– Interessante. Quando eu voltar, irei procurar uma versão traduzida. Após minha passagem pela China, fiquei tentado a conhecer o restante do Oriente e aprender sobre sua cultura, que tem muito a nos ensinar.

– Pode deixar, professor. Se eu retornar, dar-lhe-ei esse presente, nem que eu mesmo tenha de traduzir – sorri Sueshiro.

– Vamos retornar sim, meu rapaz – responde o professor, batendo com a mão amigavelmente contra a armadura do guerreiro.

Após essa troca de conhecimento bélico, prosearam por mais uns instantes e cada um retornou a seus afazeres, carregando consigo um pouco mais de admiração e respeito pelo outro.

Pela manhã, um aldeão se aproxima do acampamento; os irmãos Wilhelm e Jacob Gelier o avistam de longe e avisam Van Helsing.

– Temos de impedir que ele nos aviste – ordena o professor.

Van Helsing é experiente e prático, muitas vezes essa qualidade é assustadora. Ele sabe que não podem correr risco. Muito está em jogo. O destino de todo um continente. Entende o peso dessa responsabilidade. Drácula tem muitos espiões ou pessoas sem escrúpulos que dariam qualquer informação em troca de dinheiro. Em tempos estranhos, parece que a tendência do vampiro é mais gratificar que aterrorizar, pelo menos no momento.

O professor sabe que, se forem descobertos, terão poucas alternativas. Poderia levar o aldeão à força, mas isso os atrasaria. Outra possibilidade era deixá-lo amarrado até voltarem, mas ele poderia se libertar ou ser morto por lobos ou ursos. Ele só não poderia ir embora com essa informação.

A alternativa mais plausível seria matá-lo. Van Helsing sabia que esse ato seria impactante para os membros do grupo, que

---

51. Livro com ensinamentos de estratégia militar e combate com espadas, influência zen e xintoísta.
52. Arte marcial de combate com espadas, também conhecida como *Kendo*.

ficariam abalados já nesse início de jornada. Ele também não gostaria nada de ter de fazer isso, e seria um tormento até o fim de seus dias.

– Calma, me deixe ver se o conheço – diz a srta. Ghena.

Ela foi com o professor e os alemães aonde o viram e os acalmou.

– Esse é Theodor Hoffmann, nosso contato. Theodor! – chama-o.

– Ghena! Já estou há quase duas horas procurando o acampamento – diz o rapaz, aliviado.

Ele conhece bem o local. Usa roupas típicas e carrega poucas coisas em sua bolsa de couro. Está protegido apenas com uma faca presa à cintura. No pesoço, carrega um crucifixo de madeira.

– Quais são as ordens? – pergunta Ghena.

– A operação foi iniciada, boa parte dos exércitos dos países dominados por Drácula está amotinada, os bispos da Igreja Negra foram identificados e localizados, os vampiros também. O cronograma será seguido e a partir de amanhã eles começarão a ser neutralizados. Drácula retornou a seu castelo para retomar o controle da situação. Vocês devem partir agora; a viagem deve durar dois dias e pela madrugada ou pela manhã do terceiro dia devem invadir o castelo.

– Desde que não encontremos resistência pelo caminho – disse Van Helsing.

– Se por qualquer motivo atrasarem-se, devem invadir o castelo mesmo que seja durante a noite; caso contrário, a falta de sincronismo poderá pôr em risco a missão.

– Está bem, Theodor. Volte em segurança – despediu-se Ghena.

– Boa sorte a todos vocês. Que Deus os abençoe.

Ele virou-se e partiu, enquanto o professor, Ghena, Wilhelm e Jacob retornaram ao acampamento.

– Resolveram? – perguntou Jonathan.

– Era nosso contato. Temos de partir agora e, no terceiro dia, devemos invadir o castelo pela manhã – diz o professor.

– Não nos depararemos com o exército romeno? – pergunta Alex.

– Não, os poucos pelotões que poderiam estar em nosso caminho foram redirecionados para conter as revoltas. O imperador

Francisco José está esperando que sua família, sob o cárcere de Drácula, esteja segura para retomar o comando de suas tropas. Portanto, levantar acampamento!

Imediatamente seguiram para seu destino. A caminhada era longa e tensa. Todos que estavam ali já tiveram experiências reais com vampiros ou com lobisomens, mas nunca na proporção que sabiam que iriam encontrar.

A adrenalina percorria o corpo de todos, com mais intensidade nos mais jovens, mas nem tanto em Jonathan, John Seward, lorde Godalming, pois a experiência e a maturidade os mantinham mais controlados.

Alex também mantinha a frieza. Graças ao tempo que passou com Van Helsing, adquiriu alguns traços de sua personalidade.

Van Helsing era o oposto de todos. Sua ansiedade era tranquila, mas ele era o que mais estava ávido a encontrar Drácula. Caminhava com um discreto sorriso no rosto, fazendo maquinações mentais sobre várias maneiras que poderiam enfrentar seu inimigo.

Racional e frio, alguns diriam que ele e o Conde eram faces de uma mesma moeda, exceto pela maldade do Conde. O que mais os diferenciava talvez fosse o humor sarcástico e irônico do professor, inexistente em Drácula.

Nesse primeiro dia, a marcha é mais acelerada. Jonathan, Seward e lorde Godalming estão bem fisicamente, mas nada comparado ao restante do pelotão, que teve um árduo treinamento.

Van Helsing não contava com esse treinamento nem com a juventude deles, mas suas últimas viagens o prepararam para longas caminhadas, e ainda mantinha o efeito da experiência que teve na China com as sanguessugas, que lhe proporcionaram maior vitalidade.

A juventude da maioria de seu grupo e a espera para um confronto para o qual havia anos foram preparados faziam surgir uma certa tensão até nas conversas e brincadeiras entre eles durante toda a viagem.

Rolf sente-se incomodado com Sueshiro, talvez por preconceito racial ou pelo fato de ele não ser cristão. As vestes diferenciadas por partes de sua armadura são algo irritante para o austríaco. Sempre que pode o provoca. Costuma chamá-lo de "china".

– Será que os vampiros vão querer tomar o sangue do china? Acho que não, deve ser amarelo – fala Rolf rindo, enquanto seguem em fila.

Sueshiro fica em silêncio e não responde.

Ao entardecer já haviam caminhado cerca de 40 quilômetros e, quanto mais se aproximavam de seu destino, mais sentiam a presença do mal rondando pelos bosques.

Pararam para descansar e ouviram uivos cada vez mais constantes. Não sabiam até que ponto os poderes da fé dos padres que rezavam por eles conseguiriam ocultar suas presenças dos aliados de Drácula.

Retiraram as mochilas das costas e aliviaram o peso dos equipamentos.

Rolf continua importunando Sueshiro, que mantém sua tranquilidade zen.

– Não entendo qual a serventia de um china, que nem cristão é, para a Igreja.

– Chega, Rolf – diz Ghena.

– Tá protegendo o chinesinho?

– Não, estou protegendo a todos nós de sua voz insuportável.

Todos riram, até Sueshiro.

– Agora achou graça, hein? – diz Rolf a Sueshiro, que está de costas, batendo em seu ombro com força, de maneira provocativa.

Sueshiro, em um ato reflexo, segura seu braço, encaixa seu quadril e arremessa Rolf por cima de seu corpo. O austríaco cai pesadamente de costas, mas levanta-se rapidamente de forma ágil para seu tamanho.

Sueshiro coloca seu pé esquerdo à frente, firma sua base ao solo, flexiona levemente os joelhos e fecha as mãos. Sua fisionomia é tranquila, inspira total confiança em si; parece que uma aura de energia circula seu corpo.

– Sou japonês, e você é patético.

Todos riem novamente. Rolf também era um guerreiro, alto, forte. Inconformado com o golpe que sofreu, já havia se erguido e com os punhos cerrados posicionara-se para avançar. O sangue bárbaro de seus ancestrais ainda pulsava em sua veia.

– Você fez exatamente o que eu queria, agora vou parti-lo ao meio, chinesinho.

Van Helsing interpôs-se bem no meio dos dois. Seu sobretudo de couro marrom parecia lhe conferir ainda mais autoridade. Segurava sua besta pela coronha, com ela jogada sobre seus ombros.

– Chega. Já se divertiram bastante, crianças.

– Ele me agrediu, foi covarde – reclama Rolf, apontando para Sueshiro.

– Ele foi rápido, não covarde. E você o provocou. Eu falei chega, e não vou repetir.

O olhar de Van Helsing era frio e penetrante, mas ele mantinha um leve sorriso sarcástico no canto de sua boca. Aquele maldito sorriso parecia desafiar qualquer um. Sua fisionomia indicava que ele mataria sem pestanejar. Alex conhecia bem o professor, mas ficou surpreso ao sentir o poder de sua atitude. Nada nem ninguém o atrapalharia nessa empreitada, muito menos alguns jovens querendo impor suas personalidades.

– Está bem. O chinesinho foi rápido mesmo, ele merece estar aqui – diz Rolf, rindo.

– Agora peguem suas mochilas novamente. Pelo que vi, não devem estar cansados. Então vamos caminhar mais alguns quilômetros para gastar essa energia – determina o professor.

Rolf fica mais encabulado com a ordem do professor do que quando caiu ao solo.

– Obrigado, Rolf – diz ironicamente Pierre Méliès, batendo em seu ombro.

Tocaia

Mais uma noite que eles tinham de acampar; precisavam descansar e alimentar-se bem para que no dia da grande batalha de suas vidas estivessem alertas.

A refeição que preparavam não podia ser feita sob o fogo, pois a fumaça poderia denunciar sua posição. Suas provisões consistiam basicamente em água, pão, queijo, carne defumada e amêndoas. Apesar de simples, as porções continham a quantidade de calorias mais que necessárias para mantê-los saudáveis e fortes para o combate.

Rolf e Pierre estavam em seu turno de vigilância, já haviam patrulhado ao redor e estava quase na hora de serem substituídos por Christopher e Peter.

Estavam sentados e Pierre, encostado em um tronco de uma velha árvore. Caso alguém se aproximasse, teria de passar por eles. O sono se apoderava de Pierre, como se o próprio Morfeu[53] estivesse à sua volta.

– Vai dormir agora no finalzinho de nosso turno? – perguntou Rolf em tom de brincadeira.

– O sono está me consumindo.

– Então, levante e vá buscar o chinesinho e Peter, que já é o horário deles. Eu fico aqui até eles chegarem.

Pierre levanta-se agradecido e vai ao acampamento para buscar os dois.

Rolf fica só, afasta-se mais um pouco e escolhe um local para urinar. Está tudo em silêncio, exceto pelos sons naturais de uma floresta

---

53. É o deus grego do sono (ou dos sonhos). A droga morfina possui essa denominação em referência a esse deus.

que convidam todos ao mais profundo sono. Imagina que chegarão até o castelo sem maiores problemas. Está ansioso aguardando o momento para executar o que treinou intensamente. Quer explodir alguma coisa. Após se aliviar, suspirou e fez a volta, dando de cara com um vampiro que saltou sobre ele com as garras expostas.

A criatura havia se aproximado sorrateiramente. Apesar de ter se transformado há pouco tempo, já estava com as características de um predador assassino.

O austríaco foi de costas ao chão com o vampiro sobre seu corpo, mas ele segurava seus pulsos, mantendo suas garras longe de si.

Os olhos do vampiro estavam vermelhos como brasas, seus dentes caninos aguçados como os de um leopardo e seu hálito quente fazia sentir-se no rosto de Rolf.

– Criatura maldita! – diz Rolf, ao mesmo tempo em que consegue arrancar o vampiro de cima de seu corpo, empurrando-o com sua perna graças à própria força do impulso que a criatura exerceu.

O vampiro é arremessado, mas cai de pé com facilidade; tudo acontece em poucos segundos.

Rolf, em um movimento rápido e treinado, passa o fuzil, preso à bandoleira de lona, das costas para a frente de seu corpo, mas antes que pudesse posicioná-lo para o ataque o vampiro o arranca de suas mãos com um tapa e quebra a presilha da bandoleira, fazendo com que a arma caia ao chão. Dessa vez é ele quem segura os pulsos de Rolf. Aperta com tanta força que impede a circulação sanguínea. O austríaco se vê impotente perante a criatura, que lhe fala:

– Todos vocês morrerão e nos servirão como alimento. Serão apenas gado.

Abre a boca, mostrando suas presas, e mira em sua jugular, apreciando o momento que tinha sua vítima em posição desfavorável. Sua força está sobrepujando a de Rolf.

O vampiro está prestes a dar seu golpe final. Sente prazer imenso com a situação de sua vítima. Sangue jorra por todo o rosto de Rolf, mas não é o seu.

O vampiro cai com a cabeça separada de seu corpo. Foi decepada pela espada de Sueshiro, que permanece em posição de defesa, pernas abertas, joelhos levemente flexionados, empunhando sua *katana* com as duas mãos e olhando ao redor.

– Obrigado – diz Rolf, respirando aliviado.

– Pegue o fuzil, não estamos sós – respondeu Sueshiro.

Com o barulho causado pela breve confusão, os outros haviam levantado, mas não conseguiram chegar até onde eles estavam, pois encontravam-se sob ataque também.

Apesar da surpresa, eles reagiram rápido e de forma instintiva, pois foram treinados para isso.

Jovens vampiros se atiravam sobre eles com velocidade e violência, mas eram rechaçados pelas baionetas de prata.

A impetuosidade da juventude atua em todos os seres, e não era diferente com os vampiros, que não possuíam os anos necessários para desenvolver seus poderes e aguçar sua astúcia.

O pouco tempo que tinham nessa nova condição lhes deu a errônea sensação de que seriam invencíveis, e as vítimas que haviam feito até aquele momento não possuíam condições de enfrentá-los.

Agora era diferente. Aquele seleto grupo era treinado para combater uma ameaça bem maior do que esses recentes vampiros, e a raça humana não seria tão facilmente sobrepujada.

Um a um foram sendo eliminados, e o pavor que pensaram em impor aos jovens guerreiros se voltou contra eles. Não esperavam ser abatidos dessa forma e os poucos sobreviventes fugiram.

– Estão todos bem? – gritou Van Helsing, olhando à sua volta com a lâmina em punho.

A resposta foi afirmativa, apenas alguns leves ferimentos causados por garras. No chão, os corpos de alguns vampiros. Não estavam todos mortos, mas, sim, moribundos em razão dos ferimentos.

– Temos de terminar o que começamos. Eles recuperam-se com rapidez e acredito que seremos atacados novamente.

Dito isso, Van Helsing inicia algo que poderia até mesmo ser considerado como crime de guerra para alguns, mas a situação não é semelhante a uma guerra comum.

Situações extremas pedem medidas extremas. Cravaram estacas nos corações dos feridos e os decapitaram. Não haveria prisioneiros.

Ninguém contestou as ordens de Van Helsing. Em um passado recente o professor teve de ser paciente e compreensivo ao explicar e convencer Quincey, Arthur e Seward que deveriam realizar esse procedimento com a doce srta. Lucy, depois de ela ter sido possuída por Drácula e velada após sua morte. Arthur, um cristão convicto, foi relutante e até agressivo quando o professor disse que pretendia cravar uma estaca em seu coração, arrancar-lhe a cabeça e encher sua boca com alho. Até seu pupilo, Seward, mesmo presenciando o caixão vazio em seu jazigo e posteriormente tendo testemunhado que o corpo havia retornado com os caninos assustadoramente protuberantes e afiados, relutou em acreditar. Hoje é desnecessária qualquer explicação. Não há leigos sobre o assunto nessa equipe.

Van Helsing determina que se reagrupem e fiquem atentos. Sem que os outros tenham percebido suas intenções, o professor afasta-se para onde um dos vampiros fugiu ferido.

Encontrou-o tentando se ocultar atrás de um grande tronco de árvore. Está fraco em razão do ferimento sofrido por uma das baionetas, não consegue prosseguir nem subir nas árvores para esconder-se melhor.

Parece ser mais forte do que a maioria dos vampiros que atacaram. Provavelmente é um pouco mais antigo que os outros ou talvez tenha maior propensão a desenvolver seus poderes. Um macho alfa. Dentro de algumas horas já estará recuperado, se conseguir se alimentar.

O vampiro olha fixamente para o professor com feições de ódio. O cenho está tão franzido que transforma todo o seu rosto. Mesmo que possuísse o poder da hipnose, não conseguiria vencer Van Helsing. Mostrando seus dentes como um animal encurralado, emite um som semelhante a um réptil.

Mas, para a surpresa do monstro, o professor não realizou o procedimento de destruição. Em vez de transpassar uma estaca em seu corpo e decapitá-lo, Van Helsing abriu sua maleta de couro e retirou algumas hóstias. Proferindo algum trecho bíblico em latim, repartiu-as em pedaços, com os quais circulou o corpo do vampiro, para que ele não conseguisse sair de lá.

Também cravou no chão quatro crucifixos de madeira, um em cada ponta do círculo. Não sabia com certeza se isso daria certo, mas por algum motivo esperava manter o vampiro ferido preso naquele local. O professor retornou junto aos outros de seu grupo.

– Não há mais nenhum, vamos prosseguir. Ghena, na medida do possível, leve-nos para campo aberto, já que fomos descobertos; árvores e rochas só servirão para sermos atocaiados.

– Certo, professor – respondeu a atraente jovem.

– Christopher, Vincent e Peter, fiquem um em cada ponta enquanto outro segue pelo meio, já que vocês estão com as metralhadoras.

Prosseguiram atentos a tudo. A noite era sua inimiga e seus adversários contavam com sentidos mais aguçados do que os dos seres humanos. O silêncio imperava em seu caminhar, quebrado apenas por gravetos e folhas secas quando pisados.

Ao amanhecer, sentiram-se mais seguros, sabiam que os vampiros recém-transformados podiam caminhar durante o dia, mas seus poderes eram reduzidos e não tentariam nenhum ataque, mas Drácula contava com outros aliados.

– Agora temos de procurar um terreno que nos dê melhor cobertura, pois durante o dia o perigo é outro; temos de nos esconder dos ciganos que permanecem fiéis ao vampiro ou de qualquer meio de defesa convencional que Drácula tiver à sua disposição – observou Van Helsing.

Continuaram a marcha e pararam por volta das 13 horas, exaustos e famintos. Grandes cânions percorriam o caminho; em alguns pontos chegavam a 70 metros de altura. Uma magnífica obra da natureza esculpida por milhares de anos tinha sua beleza completamente ignorada pelo grupo em virtude da concentração que todos mantinham em suas missões.

O dia, como de costume, está frio e cinzento, aparenta uma pintura na qual o artista depressivo utiliza apenas as tonalidades derivadas do branco e do preto. O vento sopra, e ao longe se ouve o uivo dos lobos, sintonia animal que parece acompanhá-los.

– Aqui parece um bom lugar para pararmos. Vamos nos alimentar e dormir. Agora devemos trocar o dia pela noite, pois, se nossos inimigos nos encontrarem, será na escuridão que nos atacarão, portanto devemos estar fortes e alertas. Procurem pontos estratégicos para os sentinelas ficarem postados; enquanto um terço de nosso grupo fica de vigia, o restante come e descansa – determina o professor.

Apesar da tensão, o dia passou tranquilo. A localização deles era difícil não só pela geografia do terreno, mas também pela emanação de energia espiritual que o Vaticano enviava, por meio de rezas e ritos, que camuflava todo o grupo; porém, a chegada da escuridão noturna ampliava as forças do mal.

As nuvens foram se dissipando e, no céu, despontava a lua que iluminava o bosque. Em outra ocasião essa imagem noturna iluminaria o coração dos amantes apaixonados, mas para o grupo todo o cenário era tenebroso, fosse um dia de sol ou uma noite estrelada.

Ainda não estavam em campo aberto; essa transposição de terreno era uma ótima estratégia, no entanto de difícil concretização. Eram conscientes de que em dado momento não conseguiriam se valer da geografia como se pudessem controlar os caminhos que dariam ao castelo.

Faltavam ao menos dois quilômetros de percurso entre floresta e pequenos rochedos até que chegassem a um campo com uma visualização mais fácil do perigo.

A sensação do grupo mudou, pelo instinto de autopreservação ou talvez pelas energias emanadas das orações dos clérigos a seu favor, mas era fato que o nível de adrenalina subiu no corpo de todos.

Estavam atentos a tudo; a calmaria era uma mentira, pois pressentiam que seriam atacados a qualquer momento.

Essa situação era terrível. Ao contrário do que qualquer soldado sentia em uma batalha, o que eles sentiam era diferente, pois não sabiam o que estava por vir.

Seriam atacados agora pelos ciganos? Haveria mais vampiros? Ou seriam atacados por animais selvagens? Quais surpresas Drácula estaria reservando?

Até mesmo uma força de ataque liderada pelo próprio Conde era possível naquele momento.

A marcha por si só era exaustiva, agora muito mais, pelo fato de caminharem com suas armas em posição de atenção com todos os sentidos em alerta. Isso tornava a incursão muito mais cansativa.

Alguns morcegos sobrevoavam próximo a eles, parecia até que serviam para indicar sua localização.

O silêncio pairou em um determinado instante. Os morcegos sumiram e nem uma folhagem balançava com a repentina falta de vento. Sem uivo de lobos nem piados de corujas. Alguns dos rapazes sentiam vontade de gritar apenas para quebrar o maldito silêncio antinatural.

Sob Unhas e Dentes

Faltava pouco para chegarem a campo aberto, longe de locais propícios a uma emboscada. Caminhar perto de rochas, despenhadeiros ou árvores centenárias fazia com que vislumbrassem perigos em todos os cantos, o que realmente era prudente.

A paisagem do caminho que agora percorriam era perturbadora. Assemelhava-se a um retrato, tamanha a imobilidade, quebrada apenas pelo lento caminhar do grupo de Van Helsing.

Ao mesmo tempo que um rosnar tenebroso quebra o silêncio, sangue espirra no rosto de Peter Wells.

É o sangue de Robert Stevenson, que cobria a retaguarda. Ele foi atingido por trás e sua cabeça quase se desprendeu do corpo, que tombou ao solo.

Ao lado do corpo, uma figura grotesca olha ao redor, com os olhos vermelhos e as garras e a boca cobertas de sangue.

Era um amálgama de lobo e homem, mas a fisionomia mostrava-se demoníaca, muito mais aterrorizadora do que qualquer animal acuado ou prestes a abater uma presa. Rugas profundas circundam o rosto da criatura, acentuando seu aspecto aterrador. A simples visão da fera faria o caçador mais corajoso ficar paralisado.

A intenção natural desses seres amaldiçoados não se prende a alimentação por carne humana, mas, sim, pelo abate, pela matança. Saciar a fome é secundário, e muitas vezes não concretizam esse ato. Não era seu objetivo preservar sua presa abatida.

Não havia tempo de tentar compreender como a criatura chegou ao grupo em tamanho silêncio. Muito rapidamente Peter efetuou disparos na direção da fera, que saltou antes de ser atingida.

O silêncio foi quebrado não só pelos disparos, mas por rugidos, uivos, acionamento dos mecanismos bélicos e uma correria organizada, em que cada um buscava tomar a melhor posição de defesa.

Os vultos de outras feras começaram a surgir, sendo certo que o ataque orquestrado estava apenas no início.

– Façam um círculo, rápido! – gritou Van Helsing. – Christopher, cubra o norte; Vincent, cubra o leste; e Peter, o oeste. Disparem com as metralhadoras para limpar a área.

Eles obedecem de forma orquestrada. Apesar da situação que poria em desordem até mesmo soldados veteranos, essas pessoas foram programadas para esse tipo de enfrentamento. As criaturas monstruosas ziguezagueiam para se aproximar do grupo sem ser atingidas pelos primeiros disparos que são dados pelos fuzis e pela pistola Luger de Van Helsing; mas agora as metralhadoras Medsen entram em ação.

Van Helsing fica na base sul do círculo, que é o ponto mais vulnerável, pois, sendo apenas três metralhadoras, essa área estava com menor potencial de fogo.

Naturalmente foi o local mais suscetível de ataque, porém a fera teve a impressão errada sobre ser lá o melhor ponto para penetrar na defesa do grupo.

É o primeiro lobisomem a tombar, diante dos tiros certeiros do professor. Ele cai agonizante ao chão com seu peito largo perfurado por alguns tiros. Ele se contorce esganiçando de dor, mas seu sofrimento é ignorado por todos que prosseguem no combate. Outros dois monstros são atingidos pelos disparos das metralhadoras.

Wilhem tenta acertar alguma fera com os tiros de seu fuzil Mauser, enquanto uma delas vem em sua direção com velocidade espantosa. Suas patas musculosas permitem que ele ziguezagueie de forma que consiga desviar dos tiros desferidos e salte sobre ele, cravando suas garras e presas em seu corpo.

Mesmo entre os tiros, foi possível ouvir o som tenebroso de seu crânio rachando. A fera não perde tempo e prepara-se para um novo ataque, mas Ghena age mais rápido e a elimina com disparos certeiros de sua pistola, atingindo-a na cabeça e no peito.

Apesar de todo o treinamento, Jacob perde a concentração ao ver seu irmão cair morto e corre a seu encontro, ajoelhando-se diante do corpo já sem vida. Observando isso, Jonathan e lorde Godalming se postam de maneira defensiva protegendo Jacob, que chora a morte do irmão.

A lâmina da *katana* de Sueshiro reluz à luz da lua, enquanto corta o ar da noite em busca de sangue. Sua velocidade é incrível, e, mesmo equipado com peitoral e ombreiras de uma armadura samurai, ele é quase tão veloz quanto as feras que os atacam. O sangue tinge a noite de vermelho.

Os sobreviventes estão ofegantes e ainda alertas, mas seus agressores já estão tombados ao chão. Não há relatos nem nos contos mais sombrios, repassados oralmente entre as gerações, sobre um ataque de uma matilha de lobisomens. Sobreviver a isso é quase um milagre, mas esses homens fizeram muito mais que isso: eles rechaçaram o ataque com violência semelhante à que lhes foi infligida.

Dessa vez não estavam dormindo, como quando foram atacados pelos vampiros. Estavam em marcha e atentos. Mesmo com o poder dos lobisomens, que não dependem de tempo para chegar ao ápice, reagiram com eficiência e tiveram poucas baixas.

Uma das criaturas ainda está moribunda e tenta rastejar para longe, mas um tiro de misericórdia é disparado por Van Helsing acertando a nuca da fera, que morre imediatamente.

Enquanto o professor pergunta se todos estão bem, ele observa se alguém foi ferido por dentes ou garras. Nesse caso, ele saberia exatamente qual atitude deveria tomar, por mais difícil que fosse. É questão de dias alguém ferido por um lobisomem completar a maldição que o acompanhará por toda a vida. A questão é se decidirá o destino do companheiro ferido imediatamente ou ainda o utilizará em combate, visto que necessita de todo o efetivo à sua disposição. O raciocínio frio e estratégico de Van Helsing não raramente é incompreendido, mas esse era um dos motivos de ser o homem certo para o serviço.

A visão que tinham dos corpos ao chão era curiosa, ainda que todos ali fossem estudiosos pesquisadores. Nada desse tipo havia sido relatado anteriormente em livros com teor científico, apenas em relatos cheios de misticismo e crendices que, no entanto, se mostravam verdadeiros.

Ocorria uma transmutação que surpreendia não apenas por ser a alteração da amálgama entre lobo e homem retornando à figura humana, como também era surpreendente a rapidez que ocorria, comparando com a metamorfose de uma simples lagarta em borboleta, que pode durar semanas.

Cabelos e pelos retornando a seu tamanho natural, a estrutura óssea diminuindo, a musculatura avantajada retrocedendo, garras e presas retraindo-se.

– Jesus Cristo! – vocifera Arthur.

Seward refletia imaginando se uma fera dessas fosse morta por alguém em uma capital como Londres. Como explicariam às autoridades? Como convencer que aquele corpo nu ou maltrapilho caído ao chão era um monstro há poucos minutos?

Provavelmente quem matasse a fera correria o risco de ser preso e condenado à forca por não conseguir provar os reais motivos de seu feito.

Apesar do ocorrido, todos se comprometeram a enterrar os corpos pregando uma cruz feita com galhos ao centro. Acreditavam que talvez essas criaturas estivessem agindo pela vontade de Drácula e mereciam um alívio para a alma.

A tristeza abateu o grupo quando enterraram Robert e Wilhelm. Foram os primeiros a tombar. Silenciosamente, cada um se perguntava qual seria o próximo. Ou mesmo se algum sobreviveria.

O tempo foi fechando e já não era possível ver a esplendorosa lua. Nenhum brilho de estrela perfurava o negro véu da noite.

Jacob colocou a cruz sobre a cova de seu irmão, enxugou as últimas lágrimas. Após breves palavras em respeito aos mortos, retornaram à sua marcha. A cada combate a posição do grupo ficava comprometida.

Passados alguns quilômetros, o sol desponta encoberto por nuvens no horizonte indicando uma nova manhã; aproveitam para descansar, pois o castelo está próximo e, a partir de agora, enfrentarão um caminho em aclive.

Diferentemente da noite anterior, que estava clara e apresentava uma lua esplendorosa, o dia iniciou com o tempo fechado. A temperatura diminuiu abruptamente e uma fina neve começou a cair de maneira incessante.

Recomeçaram sua jornada temendo os perigos futuros que estavam por vir.

Mal tiveram tempo de chorar pelos amigos tombados nos últimos dias, já começam a pensar na possibilidade de que ninguém voltaria vivo dessa missão. A morte começou a parecer uma certeza que os aguardava, aproximando-se a cada légua.

Seria de bom tamanho apenas que conseguissem matar o Conde, dessa forma suas conquistas certamente cairiam por terra.

A marcha torna-se mais cansativa por causa da inclinação do terreno, do frio e da camada de neve que já começava a se acumular ao chão. O vento gélido parece lâminas cortando suas faces.

Ao longe avistam três vultos de pessoas caminhando vagarosamente ao seu encontro, mas não se assustam, pois estão a pé e não portam armas. A essa altura, se aldeões os virem, já não conseguirão avisar ninguém e denunciar suas posições antes que iniciem o ataque.

Enxergar a distância torna-se difícil, pois os pequenos flocos de neve batem nos olhos e deixam ao longo do caminho uma visão embaçada.

Um pouco mais perto, tem-se a impressão de que as figuras que se aproximam estão embriagadas ou talvez feridas; têm dificuldade de seguir uma linha reta e seus corpos estão levemente curvados.

– São ciganos? – pergunta Jonathan.

– Parece que não. Talvez aldeões que moram aqui por perto – responde Ghena.

Quando as três figuras se dão conta do grupo, param abruptamente.

Estão a cerca de cem metros da equipe. Encararam-nos e, em seguida, partem para cima deles em disparada com um vigor que não coincide com aqueles corpos cambaleantes. Correm de forma mais equilibrada, com os braços esticados à frente e emitindo sons guturais.

– Professor...? – indagou o dr. Seward.

– Apontem suas armas, quando chegarem mais perto teremos certeza de suas intenções – diz Van Helsing.

Inacreditavelmente, as três figuras demoraram menos de dez segundos para ultrapassar a primeira metade do caminho que os separava; agora nessa distância já era possível visualizá-las detalhadamente.

– Meu Deus! – exclama Pierre ao visualizar as figuras com maior nitidez.

Mesmo sem saber exatamente o que eram aquelas criaturas, era nítido que não eram humanas, mas um dia foram.

Seus corpos apresentavam estados diversos de decomposição. Os músculos estavam definhados, a pele enrugada e escurecida, dentes acinzentados, gengivas retraídas que davam a aparência de presas em vez de dentes humanos.

As vestimentas eram envelhecidas e surradas, rasgadas em algumas partes. Era nítido que haviam sido sepultadas com elas.

– Não atirem, usem as baionetas! – ordena Van Helsing, quando estavam a cerca de 15 metros de distância.

A capacitação profissional do grupo impediu que as armas de fogo fossem acionadas; não havia necessidade de tamanha desproporção para apenas três alvos desarmados, e o som de disparos poderia alertar algum aliado do inimigo a milhas de distância.

As criaturas foram varadas pelas baionetas que atingiram diversas partes dos corpos que vinham em sua direção, retardando momentaneamente o avanço das estranhas figuras. O poder dos golpes, aliado à pouca massa corpórea que elas possuíam, apresentava uma visão aterradora.

O braço de um foi decepado pela *katana* de Sueshiro; os golpes do restante do grupo fizeram com que a perna de outro fosse arrancada abaixo do joelho, e o braço esquerdo do terceiro ficou pendurado por uma tira de músculo e pele. Apesar da aparência decrépita, a consistência de seus corpos apresentava uma resistência considerável. Dos corpos escorria um líquido viscoso e esverdeado, mas não era sangue.

Dois deles se desequilibram e tombam com os golpes; rapidamente cravam as baionetas fixadas aos fuzis no peito das criaturas, atravessando-as e fazendo com que ficassem presos ao solo; mas seus corpos, mesmo imobilizados, continuam se movendo e tentando atacar.

Todos estão surpresos. Criaturas, que em um determinado momento aparentam fraqueza, mostram que só pararão com a morte de suas vítimas, ou quando seus corpos forem completamente destruídos.

A maioria do grupo não notou que a terceira criatura havia caído inerte ao chão, após ter sido atingida na cabeça pela baioneta de Alex Cushing.

– Acertem na cabeça – determina o professor, enquanto utiliza sua besta acertando uma flecha no olho de um deles.

O último finalmente tem seu crânio feito em pedaços com um golpe da coronha do fuzil de Rolf e para de se mover.

– Que coisa nojenta – diz Ghena para Rolf, mas termina a frase com um delicado sorriso, que curiosamente deixa o austríaco ruborizado.

– Como o senhor sabia que eles seriam destruídos se fossem atingidos na cabeça? – perguntou Seward.

– Não sabia. Imaginei que, se a gente mirasse em suas cabeças, eles teriam seus olhos atingidos ou ficariam desorientados, o que nos daria uma boa vantagem para que pudéssemos fugir.

– O que eram essas criaturas, professor? – indaga Alex.

– Não tenho certeza, mas, pelo estado de seus corpos e de suas vestimentas, também são mortos-vivos, mas diferentes dos vampiros. Eu já tinha lido a respeito de algo parecido nas ilhas do Caribe, onde eram chamados de zumbis, mas nada semelhante na Europa ou no Oriente.

Van Helsing ajoelha-se e observa de perto as criaturas pútridas. Com a ponta da faca, verifica sua dentição.

A curiosidade médica natural de Seward faz com que ele também examine o outro cadáver. Se tivesse possibilidade, ele levaria os três para Londres a fim de dissecá-los, apesar de sua especialidade ser a psiquiatria.

– Pelo estado de composição e olhando a arcada dentária, creio que a arma deles contra nós seria a mordida – diz Seward.

– Tentariam nos matar a dentadas? Mas seria muito ineficaz – questiona Christopher.

– Como eu disse, o estado em que eles se encontram faz com que sua dentição e essa espécie de saliva que escorre por sua boca contenham bactérias mortais. Uma mordida deles seria pior do que ser mordido por um dragão-de-komodo.

– Será que Drácula dispõe de mais seres como esse? – questiona Peter.

– Provavelmente. Suas conquistas estão pautadas em forças sobrenaturais – responde Jonathan.

– Mas qual a extensão de seus poderes sobre os mortos? Será que é possível que ele consiga erguer os corpos enterrados em todos os cemitérios da Transilvânia? – indaga lorde Godalming.

– Sr. Arthur, por essa região não há cemitério, estes devem ter sido enterrados a esmo pela estrada, por motivos diversos que nunca saberemos – diz Ghena.

– Bom, seguindo essa teoria, não nos depararemos com nenhum exército de zumbis, exceto se Drácula trouxer os mortos para seu castelo, o que é bem possível – vislumbra Van Helsing. – Como a srta. Ghena raciocinou, esses cadáveres deveriam estar enterrados por perto. Apesar de aterradores, seus poderes são apenas sombras perto dos licantropos e vampiros que nos atacaram. Então, creio que nesse caso Drácula prime pela quantidade. É realmente provável que em algum lugar haja centenas ou até milhares iguais a esses, e, se a tese sobre a infecção causada por suas mordidas estiver correta, então isso causaria uma epidemia e espalharia o terror por todo o mundo.

– De qualquer forma, vamos matar novamente qualquer um desses que trombarem nosso caminho, quantas vezes forem necessárias – fala Rolf.

– Sabemos agora como derrotar tais criaturas e, como dizia Sun Tzu, se você conhece seu inimigo e a si mesmo vencerá cem batalhas entre cem batalhas – diz Sueshiro, enquanto limpa sua espada antes de embainhá-la.

– Sábias palavras, Sueshiro. Apesar de nossa curiosidade, não dispomos de tempo para ficar examinando esses cadáveres. Vamos prosseguir. – O professor retomou a marcha, sendo seguido pelo restante do grupo.

– Será que não deveríamos enterrá-los, como fizemos com os outros, professor? – pergunta o dr. Seward.

– Não, John. O clima está piorando, estamos nos aproximando do castelo e não podemos ficar expostos ao perigo. Temos de esquecer a emoção e agir estrategicamente.

Todos concordam e prosseguem sem demora.

A Invasão

A neve cobria os picos dos Montes Cárpatos e também o pátio do castelo e seu telhado. O reflexo causado pela lua dava uma cor azulada ao ambiente.

Durante a noite, Drácula observa de uma grande sacada do alto do castelo ao redor.

Ao seu lado está Talbot na forma da fera licantropa que é sua maldição; o ar quente sai por suas narinas e tansforma-se em fumaça em razão do frio.

O Conde sabia que seria atacado por Van Helsing e seus amigos, na verdade estava ansioso por esse confronto, pois era um guerreiro em busca de sua vingança.

O professor não desapontaria Drácula, pois havia se tornado um incômodo quase tão grande quanto a Igreja Católica para a concretização de seus planos.

Drácula tentava não permitir que a euforia da batalha que estava prestes a ocorrer fizesse com que ele novamente subestimasse seus inimigos.

– Por qual lado do castelo Van Helsing tentará invadir, Talbot? – fala ao lobisomem, sabendo que não ouvirá a resposta. – Se pudesse me atacaria, não é mesmo, fera? Gostaria de me estraçalhar com seus dentes e garras como vem fazendo com quem cruza seu caminho há anos. Eu o entendo. Isso faz parte de sua natureza, da mesma forma que a minha é reinar. Em breve, meu controle sobre você será absoluto e descobrirei alguma maneira de sua forma grotesca ser preservada tanto durante o dia como à noite.

A fera emitia um rosnar baixo, com os dentes à mostra, mas sem menção de atacar seu mestre. Se no fundo do subconsciente de Lon Talbolt ele soubesse do plano do Conde, sua alma arderia em desespero, pois assim sua maldição seria eterna, sem os dias claros e outras estações da lua para amenizá-la.

O controle era exercido com sucesso, e, mesmo querendo atacar Drácula, não o faria e ainda obedeceria suas ordens. Aos olhos do vampiro, Talbot era uma espécie fenomenal, talvez por sua insistência em viver, o que o fazia muito forte.

– Tenho apenas de fortalecer minhas defesas durante o dia, mas creio que Van Helsing imagina que somente me encontraria aqui à noite; sabe que durante o esplendor do Sol não teria essa possibilidade, pois eu estaria repousando em algumas das diversas áreas secretas do castelo. Não me decepcione, velho inimigo. Deixe sua arrogância falar mais alto e venha a meu encontro. Nada mais importa para você do que apenas saciar sua vaidade. Se sua real preocupação fosse como quem detém ou deterá o poder sobre a Europa, tentaria uma estratégia menos arriscada. Talvez bastasse apenas minar meus aliados que a Europa Oriental se livraria sozinha, mas não é isso o que quer. Logo descobrirá que nada além de sorte foi o que tiveram há alguns anos. Venha a mim, você e seus malditos amigos, para que eu possa empalá-los em meu pátio – pensava em voz alta.

Alheia às reflexões do Conde, Mina goza de sua relativa liberdade distraindo-se na vasta biblioteca do castelo. Leitora voraz, não havia pensado até aquele momento em escolher alguns livros para distrair-se trancada em seu quarto enquanto fosse cativa.

Suas preocupações não a deixavam à vontade para isso, mas a fim de diminuir sua ansiedade resolveu tentar se acalmar com a leitura. Talvez até entendesse melhor as estratégias de Drácula.

Havia prateleiras de livros escritos em inglês, as quais ela lia os títulos em suas capas. Os assuntos eram no mínimo instigantes. Livros de vários países, com assuntos muitas vezes semelhantes, mas com a versão que se identificava com a região em que foi escrito.

História, geografia, alquimia, bruxaria, religiões, lendas, misticismos eram os assuntos mais repetidos. Parte da estante continha muitos mapas e livros recentes com fotos das principais capitais da Europa. Os maiores jornais das maiores metrópoles do mundo também se faziam presentes.

Encontrou sobre a mesa um apanhado de mapas e anotações referentes à quantidade do efetivo das Forças Armadas das maiores potências da Europa, junto a uma estimativa da quantidade e do tipo de armas que possuíam.

Ao canto, várias fotos e desenhos de armamentos divididos em amontoados, por cima dos quais havia estampada a bandeira da nação detentora do referido material.

Localização de portos, estaleiros e fábricas metalúrgicas importantes e localização dos maiores efetivos. Quantidades e tipos de navios mercantes e de guerra.

Um livro com os nomes dos oficiais mais importantes das Forças Armadas separados por países. Em alguns havia observações pessoais, como endereço particular e até mesmo nomes e endereços de amantes e filhos não declarados. Casos desabonadores, relações incestuosas ou com outros homens eram destacados.

Outro livro parecia conter nomes de possíveis aliados, e as anotações mostravam seus gostos pessoais e as melhores opções para comprá-los.

Aquilo era o sonho de qualquer espião que pudesse ter em mãos todas aquelas informações, mas para Mina servia apenas para que ela entendesse quão orquestrada era a empreitada de Drácula.

Mina era detentora de uma inteligência invejável, e sua astúcia foi apurada depois do que passou. Sentia-se muito diferente das outras mulheres. Mesmo assim, estratégias de guerra e política não eram assuntos de seu interesse; sua leitura era dada a romances e poesias, no entanto estava claro que aquelas informações talvez fossem mais valiosas do que qualquer tesouro que Drácula tivesse escondido no castelo. Ela devia destruir tudo caso surgisse a oportunidade.

Poderia até parecer egoísta de sua parte após essa reflexão, mas naquele momento toda a preocupação de Mina estava voltada para Jonathan e seus amigos.

Um vento gélido passa porta adentro. As chamas dançam como demônios do fogo sobre os pavios das luminárias. As sombras produzidas sobre a luz parecem tomar vida e risos ecoam pelos corredores.

Mina sabe que aquilo não é um bom sinal. Naquele castelo não há o riso sincero de alegria. Por trás de uma gargalhada ou de um leve sorriso sempre há uma maldade. Quando ela se vira, disposta a retornar a seu quarto, dá de frente com Tânia, que sorrindo faz questão de mostrar as presas pontiagudas passando a língua por cima de maneira voluptuosa.

– Então só agora que eu tenho o privilégio de conhecê-la – diz avançando lentamente sobre Mina.

Mina a encara, mas recua passos para trás e bate com as costas em Verônica, que a abraça por trás tocando suas mãos suavemente em sua cintura e subindo até acariciar seus seios.

– Não me toque! – grita Mina, livrando-se da vampira.

– O que foi? Não gosta de ser acariciada? – responde Verônica, soltando uma gargalhada.

Do teto da biblioteca salta Valeska, caindo silenciosamente de pé ao solo.

As três se divertem como um felino que brinca com a presa. Lentamente vão cercando Mina, que se arma com um castiçal.

– Não se assuste conosco, Mina. Junte-se a nós, vamos nos divertir. Logo você será como nós, então vamos nos conhecer melhor esta noite. Vamos começar a partir de hoje a ser sangue do mesmo sangue – diz Tânia, abrindo suas mãos e mostrando as longas unhas pintadas de vermelho enquanto se aproxima.

Na grande porta da biblioteca surge Igor, que adentra com seus passos pesados.

– Parece que vocês ainda não sabem qual seu lugar nesta casa – diz Igor às sedutoras vampiras.

– Vai nos enfrentar por causa dela, corcunda? – pergunta Tânia.

– Não. Façam o que quiserem com ela. As três são muito novas aqui para essa insubordinação. Vão ter um fim tão doloroso que nunca imaginaram. Nem nas histórias que seus antigos mestres da Igreja do Demônio lhes contaram.

Elas sentiram a verdade nas palavras de Igor e subitamente voltaram à realidade dos fatos. Instintivamente, lembraram-se do que já viram quando Drácula estava enfurecido, e tamanha ousadia delas em ferir Mina seria retribuída com intenso sofrimento. A sede maligna é vencida pela razão, pois sabem que, após tocar na mulher protegida por seu mestre, estarão penduradas em estacas como foi feito com os ciganos traidores.

Valeska empurra Mina, que cai sobre um divã, e as três saem da biblioteca contrariadas. Tânia encara Igor, passa a língua nos lábios e as três riem.

– Obrigada – diz Mina agradecida ao corcunda.

– Deveria ficar em seu quarto – Igor responde indiferente e vai embora, deixando-a só.

Horas depois do ocorrido é dia, e Drácula já se recolhe em seu caixão. Talbolt está enclausurado em sua cela. Igor reúne os poucos ciganos que se mantêm fiéis ao Conde e vão para o lado de fora do castelo.

Apesar do tempo que se encontram a serviço do vampiro, estão com medo de sua tenebrosa missão.

– Não tenham medo, covardes. O mestre já disse que eles estão sob controle e irão nos ajudar, caso sejamos atacados pelos estrangeiros – vocifera o corcunda.

O trabalho deles é baixar as grandes estacas que rodeiam o castelo e mantêm os corpos dos ciganos empalados ao alto. Os corpos expostos e carcomidos por corvos mexem-se e gemem presos às lanças.

Igor derruba o primeiro. O zumbi cai ao solo e levanta-se lentamente; os ciganos tremem, mas o corpo permanece vagando pelas proximidades sem se afastar, ignorando-os. Agora, tranquilizados, os lacaios do Conde descem as outras estacas.

Havia formado um cinturão de mortos-vivos na entrada do castelo. Alguns foram levados para dentro e colocados no pátio por cima da muralha, cercando a estrutura como sentinelas em todos os arredores.

Como são controlados pela magia negra da velha bruxa, só oferecem perigo para estrangeiros ou para quem os atacasse.

O dr. Jekyll há dias não se apresenta, deixando em seu lugar o grotesco sr. Hyde, que se diverte com toda a movimentação. Ele faz parte da linha de defesa diurna.

Tânia, Valeska e Verônica estão acordadas com dificuldade. Como ainda estão em desenvolvimento, utilizam os dias dormindo em seus ataúdes em transe. Indispostas e com má vontade, ficam jogadas sobre os divãs do salão do castelo. Mesmo durante o dia e com seus poderes diminuídos, elas são assassinas eficazes.

Os ciganos estão armados e atentos, revezam-se entre o serviço de sentinelas, seus afazeres rotineiros e descanso. Estão exaustos por seu número estar reduzido.

São 15 horas quando o grupo de Van Helsing avista o castelo. Eles sabem que se atacarem durante o dia terão mais chances de destruir seus inimigos, mas também sabem que não encontrarão Drácula; e se ele sobreviver, retomará o poder facilmente ou poderá contra-atacar na mesma noite, enquanto retornarem.

– Senhores, vamos revisar nosso plano pela última vez – diz Van Helsing reunindo todo o grupo.

Terminaram sua última refeição antes da fase final do plano. Sentaram-se em círculo a fim de ouvirem as últimas instruções.

– Todos estudaram a planta do castelo por meio dos relatos de alguns ciganos; obviamente não está completa, pois com certeza foi realizada apenas com base até onde foi permitido a eles adentrarem. Alguns locais foram deduzidos, e as passagens secretas, túneis ou rotas de fuga não há como sabermos. Ghena conhece muito bem a geografia externa do castelo; eu também estive aqui há alguns anos, mas Jonathan conhece o castelo por dentro melhor que todos nós. Por questões óbvias, a entrada da frente deve ser a mais bem vigiada, a subida pelo vale é o local mais provável que escolheríamos para a invasão; então, subiremos pelo penhasco, pois acredito ser a maior possibilidade de surpreendê-los.

– Mas, se formos pegos durante a escalada, estaremos muito expostos – diz Rolf.

– Torcemos para isso não acontecer. A visualização do castelo por onde escalaremos é difícil, sem desconsiderar que estamos lidando com forças que não seguem a lógica. Vamos ter fé que nossos amigos da Igreja estejam trabalhando nisso.

— Certamente, professor, mas devemos estar preparados para o pior — diz o americano Peter Wells.

— Sim. Esse é o espírito, meu jovem. Caso sejamos apanhados logo no início, iremos recuar e a missão reiniciará pela manhã, mesmo prejudicada. É claro que teremos uma noite infernal, pois virão atrás de nós.

— E se já estivermos a meio caminho ou nos muros do castelo? — questiona agora Vincent Cameron.

— Bem observado — diz o francês Pierre Méliès.

— Senhores, pensei que já não haveria mais dúvidas. Pois bem, se estivermos perto do topo, a descida sob ataque seria perigosa, então iremos com nossa força e fé ao ataque, até que o último de nós caia.

— Isso! — bradou Jonathan, que não segura mais sua ansiedade em resgatar a esposa.

— Mesmo sendo muito perigoso, há um caminho menos tortuoso de escalada um pouco mais amena, que facilitará nossa subida; porém, não se enganem, o caminho é tão mortal quanto o Conde — alertou Ghena.

— Quando estivermos no sopé do penhasco, levaremos conosco somente o necessário. Devemos subir de forma camuflada, ou morreremos antes de entrar no castelo. Na parte de dentro, devemos ser silenciosos. Nosso maior objetivo é salvar os sequestrados e matar Drácula, o resto é irrelevante. Portanto, evitem os disparos para não serem localizados — diz Van Helsing.

— Vejam pela última vez o desenho da planta do castelo, que distribuí a todos. Os pontos assinalados são os mais prováveis de encontrarem Drácula; há também seu quarto que não possui porta, somente uma janela. Como bem lembrou o professor, deve haver muitos locais secretos que desconhecemos — disse Jonathan.

Jacob apenas acena positivamente com a cabeça. Pensa em seu irmão e que sua morte não seria em vão, tampouco a de Stevenson.

Todos estão com a planta aberta em mãos. Visualizam, dobram a folha e guardam junto aos equipamentos que vão levar.

– Vamos! A hora derradeira está prestes a chegar – conclui Van Helsing.

Partiram em direção ao castelo, suas energias pareciam revitalizadas às vésperas de travarem a batalha de suas vidas.

A copa das árvores e a neve que caía contribuem para camuflar a chegada do pequeno grupo com as vestes esbranquiçadas.

Ao iniciarem a escalada, sentem que seria um dos momentos mais delicados da missão, pois estariam completamente expostos naquela situação. Se fossem avistados, não conseguiriam se defender de maneira adequada, e tudo seria posto a perder.

Moviam-se com cautela, ignorando o medo e o frio. A cada metro, cada fresta de rocha em que se apoiam é um pequeno desafio ultrapassado. Escalavam com o máximo cuidado, nenhum deles permitiria que a morte chegasse nesse momento. Esse não era um fim adequado para quem chegou até aqui. Se tivessem de tombar, que fosse em combate.

Era noite quando chegaram ao topo do penhasco. Agora faltava escalar os muros do castelo. Van Helsing reuniu todos e deu ordens:

– Rolf, verifique o melhor local para instalar os explosivos.

– Já havia observado, professor. A construção é antiga e parece que não é reformada há séculos. Foi projetada para resistir a tiros de catapultas; após a utilização de canhões, somente a parte da frente do castelo foi reforçada. O penhasco é uma defesa natural que impedia a chegada dos tiros de canhões antigos, portanto seu reforço foi negligenciado. Resumindo, estamos no melhor local para instalar os explosivos.

– Mas qual será a proporção da destruição? Não esqueça que temos de resgatar os reféns – diz Jonathan, certamente preocupado com a segurança de Mina.

– A parte do castelo a ser destruída provavelmente não serve como prisão, nem afeta os quartos. Porém, existe uma pequena probabilidade de alguém, por um motivo qualquer, estar transitando na área de detonação, ou a estrutura estar em pior estado de conservação do que eu imagino e a área desmoronada ser maior.

As palavras de Rolf não aliviaram a preocupação de Jonathan.

– A principal função da explosão é desviar a atenção de nossa invasão, atraindo os aliados de Drácula para a parte atingida enquanto procuramos por ele e pelos reféns. É claro que isso anunciará nossa chegada, mas eles não saberão o tamanho da proporção de nosso ataque. Se com a explosão conseguirmos matar alguns deles, será um bônus. Lembrem-se: se tivermos a sorte de matar Drácula, o restante não será problema – disse Van Helsing.

Rolf, na medida em que escalava os muros, acoplava bananas de dinamite em pontos estratégicos, a fim de utilizar a estrutura arquitetônica do castelo para potencializar o efeito dos explosivos.

Alcançaram o topo da muralha sem serem percebidos. A partir desse momento, o perigo aumentaria a cada minuto.

– Rolf, você fica com Sueshiro. Detone os explosivos em 20 minutos, exceto se ouvir tiros; nesse caso, detone imediatamente. Christopher e Vincent, posicionem-se e disparem com suas metralhadoras quando vierem verificar os estragos da explosão. Caso não atraia muitos deles, saiam daqui e dirijam-se para as proximidades do salão principal, onde acredito que será por lá que encontraremos maior resistência, e, se precisarmos fugir com os reféns, a saída principal é próxima. Para nossa fuga, iremos utilizar os cavalos e as carruagens de nossos inimigos. Eu, Jonathan, Pierre, Alex e Jacob seguiremos para o salão; antes, a gente se divide para verificar os aposentos, onde é provável que os reféns estejam. Levaremos também algumas bananas de dinamite para explodir o portão da saída, caso ele esteja trancado. Lorde Godalming, Seward, Ghena e Peter, sigam contornando as extremidades e desçam até o calabouço, onde Drácula poderá refugiar-se ou pode ter aprisionado outros reféns. Cuidado, poderão encontrar outros vampiros ou qualquer outro perigo.

Todos acenaram de forma positiva com a cabeça e partiram para suas missões.

Rolf esticou o fio para a detonação até um local seguro e ficou junto a Sueshiro.

Christopher e Vincent escalaram uma das torres, de onde têm uma visão melhor e que não são abaladas pela explosão. Parou de nevar, mas o vento gelado parece açoitar suas faces.

Em grande parte do topo dos muros que rodeiam o castelo, é possível se locomover, sendo construído dessa forma para que soldados fizessem a guarda e tivessem uma visão ao redor da área construída.

Por esse passadiço vinha em direção de Rolf e de Sueshiro uma fileira de cinco zumbis.

O caminho por onde seguiam seria destruído em poucos minutos pelos explosivos, mas ainda não era a hora de detoná-los.

Assim que os zumbis avistam os invasores, avançam velozmente em direção a eles.

– Deixe-os comigo, serei silencioso – diz Sueshiro.

O caminho é estreito, o que obriga os mortos-vivos a correrem enfileirados.

Com uma técnica perfeita, Sueshiro desembainha sua espada; ouve-se o tilintar da lâmina sendo desferida de sua bainha. Segue determinado de encontro aos inimigos.

Apesar de portar somente uma *katana*, foi treinado para utilizar duas espadas. Essa técnica foi desenvolvida pelo lendário Miyamoto Musashi, pela qual não precisa segurar sua arma com as duas mãos, bastando empunhá-la com uma. Dessa forma, utiliza o braço esquerdo para equilíbrio ou como complemento de seus golpes.

A *katana* é uma extensão de seu corpo. Move-se em harmonia, como se já tivesse nascido com armadura e espada.

Sabe que devia acertá-los na cabeça para que sua fúnebre trajetória seja interrompida.

Quando se aproxima do primeiro, em vez de golpeá-lo com a lâmina, desvia seu corpo para a esquerda e, quando o zumbi está a seu lado, golpeia-o com o cabo da espada, fazendo com que seu corpo em decomposição tombe por cima do parapeito da muralha e seja arremessado ao abismo. Em seguida, crava a lâmina no crânio do segundo, sendo obrigado a dar um passo para trás por conta da queda do corpo inerte.

As criaturas não sentem dor nem medo, ou qualquer outra emoção, sendo isso o que os torna mais mortais.

O próximo zumbi continua sua trajetória indiferente aos dois primeiros que foram liquidados. Este tem a cabeça decepada por um golpe aplicado com perfeição.

A cabeça da criatura é atirada ao precipício, seu corpo desequilibra-se e cai à frente, mas agarra Sueshiro pelas pernas, fazendo com que o rapaz oriental caia sentado.

Imediatamente o próximo zumbi se joga em sua direção com o objetivo de morder seu rosto exposto.

Sueshiro levanta a ponta de sua espada, a qual perfura abaixo do maxilar da criatura, transpassando seu crânio; porém, sua arma fica presa e ele fica imobilizado pelo abraço do outro corpo sem cabeça que continua ativo.

O último monstro já está prestes a atacá-lo e ele permanece indefeso. Bastaria apenas uma mordida para ser o fim de sua existência.

Está prestes a encarar seu destino sem medo, com os olhos abertos fixos a seu executor, quando vê uma baioneta de prata perfurar o olho da horrenda criatura até sair por trás do crânio.

O último zumbi cai pesadamente ao solo, mas o decapitado ainda abraça as pernas de Sueshiro com força.

– Esqueceu que é preciso esmigalhar os miolos deles? – diz Rolf, que acaba de salvar sua vida e agora o ajuda a arremessar o corpo sem a cabeça penhasco abaixo.

– Obrigado. Realmente foi um descuido.

– Deixe de ser tão exigente, você acabou com quatro deles sem suar. Ainda bem que não fazem muito barulho e não denunciaram nossas posições.

Retornam a seus postos, já está quase na hora de detonarem a carga de explosivos.

O Anfitrião

Drácula está desperto. Essa noite será crucial para o futuro de seus planos. Além da questão com Van Helsing, os próximos dias trarão os resultados de suas novas estratégias. Ele sabe que grandes guerras são feitas com várias batalhas, e algumas são perdidas. Em uma das alas do castelo, Drácula para seu andar abruptamente.

– Meus convidados chegaram – pressente o vampiro.

Finalmente seus sentidos aguçados o alertam do perigo previsto. O mal no interior do antigo castelo acumula energias que anulam o poder emanado pelos clérigos do Vaticano.

O Conde caminha rapidamente e é seguido por Talbot em sua forma de homem-lobo. Ele ordena que Ashra vá ao quarto de Mina e a traga para o salão principal.

Mina sentia-se relativamente segura em seu quarto, tentando manter sua sanidade e entender seus sentimentos. Trazia presa em sua perna uma pequena faca que conseguiu esconder após uma de suas refeições.

Era consciente de que uma lâmina seria inútil contra Drácula, e, mesmo que ela talvez fosse incapaz de usá-la com a eficiência necessária para matá-lo, nem mesmo sabia ao certo se era esse seu desejo. Porém, poderia ser-lhe útil em algum momento e dava-lhe a sensação de segurança.

Durante o tempo em que ficou encarcerada nunca tinha sido incomodada em seu quarto, mas agora ele é invadido pela velha bruxa. Ashra entra no quarto com um curto cordão de couro em suas mãos.

– Venha, moça bonita. Dê-me suas mãos para que eu as amarre e leve você ao mestre.

– Não. Ninguém vai me amarrar, sua velha nojenta.

A cigana ri. Fecha a porta às suas costas e avança. Mina se posta à frente, encarando-a com firmeza e mostrando-se disposta a resistir. Afinal, o que pode uma velha contra uma mulher saudável e corajosa? Para sua surpresa, em um único movimento rápido, a bruxa atira Mina violentamente na cama e lhe segura os braços, começando a amarrá-la. A força demonstrada pela bruxa é incompatível com seu corpo de aspecto frágil. Os dedos finos e longos de Ashra juntam os dois pulsos de Mina com tanta pressão que impedem a circulação sanguínea. Ela não consegue resistir à força de Ashra, mas sente que não é o melhor momento para usar sua faca.

– Você se acha melhor do que eu por sua juventude e beleza? Isso não é nada. Meu tempo neste corpo está no fim. Serei recompensada por Lúcifer no momento certo e possuirei um corpo jovem e lindo que escolherei. Tenho fortuna, poder e serei linda. Escolherei um príncipe herdeiro de algum país, conquistarei seu coração e farei o que quiser sem ser incomodada. Só não tomarei seu corpo, pois é a escolhida do mestre. Tudo tem seu tempo, e o meu está chegando.

Com a mesma força que atirou Mina em cima de sua cama, ela agora a levanta pelo braço e a conduz para fora de seu quarto. Mina para de resistir, acredita ser melhor economizar suas energias para quando for o melhor momento de atacar, com um único golpe, se é que esse momento irá acontecer. Ela chega ao salão puxada pela velha.

– Não a machuque, bruxa. Sente-se, Mina, me perdoe, mas é necessário que seja assim. Aguardaremos aqui seus pretensiosos salvadores – diz Drácula.

Mina senta-se e a seu lado a velha bruxa fica segurando-a pela corda com um riso estampado no rosto.

Era assustador o que estava por vir. Ela olhava para a grande fera meio homem meio lobo ao lado do Conde, a qual parecia contida por alguma força sobrenatural, pois em alguns momentos fitava Drácula como se quisesse atacá-lo, entretanto algo o impedia.

Enquanto isso, a equipe formada por lorde Goldalming, dr. Seward, Ghena e Peter está na área inferior do castelo.

O ambiente era úmido e quase tão frio quanto do lado de fora. Ratos passavam por eles constantemente, mas apenas fugiam; isso mostra que no momento estavam alheios aos acontecimentos e sem a influência de Drácula. Ele não está tão poderoso como no início de sua campanha.

As sombras pareciam figuras macabras que, por vezes, não acompanhavam o movimento do corpo naquele local, o que ficava mais aterrorizante à medida que uma fina névoa começava a cobrir o chão. Todos sabiam que esse fenômeno era sinal de perigo.

– Fiquem atentos! – fala lorde Godalming em voz baixa.

Em seguida, Peter profere um grito de dor e medo; quando olham, veem-no ao chão com uma linda morena de olhos verdes segurando sua cabeça e olhando para todos. É Tânia, que havia saltado do teto em sua retaguarda sem que ninguém percebesse. Agora ela se assemelha a uma pantera sobre sua presa. A Madsen que Peter carregava foi arrastada para longe, tamanho o impacto de sua queda.

Ela mostra seus dentes afiados cobertos com o sangue que ainda jorra da jugular de Peter. Seus olhos agora brilham como brasa.

O jovem americano não poderá compartilhar suas arrepiantes experiências com seus compatriotas, como esperava.

Lorde Godalming e dr. Seward erguem seus fuzis em posição de ataque, mas são arremessados violentamente ao chão e desarmados pelas outras duas belas vampiras, Verônica e Valeska, que se aproximaram sorrateiramente pelos lados, saindo das sombras do ambiente penumbroso.

As duas caminham em direção a Ghena enquanto Tânia, sentindo-se segura, continua deliciando-se com o sangue ainda quente de Peter.

Apesar da situação dramática, Ghena tem a frieza de colocar sua pistola no coldre, a fim de não disparála para não denunciar sua localização, o que poderia atrair mais inimigos. Sabe também que pela posição que está não conseguiria acertar todas elas.

Essa reação de Ghena foi, em um primeiro momento, interpretada como uma desistência da própria vida pelas vampiras, o que aumentou a confiança delas.

Então se entreolham e gargalham de maneira tenebrosa. Caminham na direção de sua vítima calmamente até que a encurralam contra a parede. Deliciam-se com a situação de impotência de sua presa. Faz parte da natureza das vampiras fêmeas. Um apreciador de vinho se delicia não só com o sabor, mas com o odor e o aspecto da bebida. Da mesma forma, elas agora têm a oportunidade de apreciar a sensação de poder e superioridade, subjugando sua presa. Mesmo armados e em maior número, não significaram nada para elas e foram abatidos facilmente. A escolha de deixar a única mulher por último não foi ao acaso. Querem vê-la chorando, implorando por sua vida, sabendo que nada irá salvá-la. A situação é tão excitante para elas que ignoram Arthur e John Seward, que ficaram ao chão.

Para a surpresa das amantes do Conde, as feições de Ghena mudaram de vítima para uma agressora confiante no momento em que ela retira de suas vestes uma cruz de prata de 15 centímetros.

Elas se assustam, colocam suas mãos à frente de seus rostos, em defesa, e dão um passo para trás. Foi a primeira vez que tiveram contato com o artefato religioso após terem se transformado. A agonia que sentem é uma surpresa, tão grande e assustadora como quando o homem se fere pela primeira vez com fogo em sua infância.

Ghena sabe que isso não será suficiente para detê-las, mesmo elas ainda não sendo tão poderosas.

Nesse momento ouvem uma explosão e o chão treme. As vampiras ficam ainda mais surpresas. Os explosivos colocados por Rolf foram detonados.

Prestes a se recuperarem e preparadas para enfrentar a cruz e matar Ghena, são surpreendidas novamente por baionetas que atravessam suas costas e rasgam seus corações. Foram mortas por lorde Godalming e pelo dr. Seward, que já tinham se recuperado de sua queda.

Antes que pudesse retirar seu fuzil com a baioneta espetada no corpo de Valeska, o dr. Seward é atacado por Tânia, que já havia largado o corpo inerte de Peter.

John Seward cai novamente ao solo, e, antes que seu amigo Arthur possa reagir, este também é derrubado. Tânia monta seu corpo sobre o dele segurando seus punhos, prestes a proporcionar-lhe o mesmo fim de Peter.

Ela está com seus dentes próximos à sua garganta, mas Ghena se aproxima e encosta a cruz em sua testa. A pele branca de Tânia foi tão queimada que aparentou ter sido derretida, e a marca da cruz fica afundada em sua fronte. Ela solta um tenebroso grito e se afasta, mas, enquanto ainda sente a agonia sofrida pelo ataque com o objeto religioso, lorde Godalming lhe dá o mesmo fim de suas amigas, empunhando seu fuzil e cravando a baioneta de prata no peito da vampira.

Seu grito foi o mais aterrador dentre as três, seu olhar era mortal e encarava lorde Godalming enquanto a vida em morte lhe era retirada.

Eles respiram aliviados, mas ainda terão de decapitá-las rapidamente antes de prosseguirem.

Engana-se quem confunde a beleza e feminilidade de Ghena com fraqueza, pois é a primeira a retirar uma lâmina afiada e começar a decapitação.

Lorde Godalming pega a metralhadora de Peter, mas ao manuseá-la nota que a arma ficou inutilizada com a queda.

Logo após a explosão, Rolf, Sueshiro, Christopher e Vincent aguardam a chegada dos aliados de Drácula ao local.

A estrutura do castelo em geral até resistiu bem, mas parte de uma grande torre veio abaixo.

Eles não sabiam, mas os bispos da Igreja Negra estavam reunidos lá a fim de se protegerem, prevendo que haveria uma invasão, e foram mortos soterrados. Dessa vez o acaso foi a favor da equipe de Van Helsing.

Não era intenção dos seguidores de Satã participarem do combate. Na verdade, pretendiam apenas sobreviver para se reorganizarem, em caso de uma derrota. Guerrear de forma direta não fazia parte da natureza deles.

Não demorou para que os zumbis que estavam na parte interna do castelo se aproximassem, atraídos pelo barulho. Os poucos ciganos fiéis ao vampiro também foram averiguar.

Ao sinal de Rolf, os quatro guerreiros disparam simultaneamente contra os inimigos.

Rajadas de metralhadora acertam os ciganos que não tiveram tempo de reação, nunca souberam da existência de uma arma dessas que podia ser carregada por um único soldado. Tiros certeiros disparados pelo fuzil Mauser de Rolf e pela pistola Luger de Sueshiro estouram os miolos de alguns mortos-vivos. Esse tipo de estratégia de guerrilha foi intensamente treinado entre eles.

Saem de seus postos e partem seguindo o caminho por cima da muralha. Sueshiro corre à frente, seguido por Rolf, Christopher e Vincent.

Próximos a uma sacada com plataforma mais larga, construída para acomodar um número maior de pessoas, ouvem o som seco de uma pancada logo atrás. Ao olharem, ainda têm tempo de ver o corpo de Vincent sendo atirado ao precipício.

Christopher, ao tentar atacar a monstruosa criatura que tinha assassinado seu amigo, não tem tempo e é atingido pela grotesca mão de seu algoz, que faz com que sua cabeça bata contra a parede.

Seu copo cai ao chão, e, antes que esboce qualquer reação, a criatura pisa com tremenda força em seu crânio, que faz um som de garrafa quebrando. É o fim de sua vida.

Christopher e Vincent eram astutos e capazes de sozinhos vencerem um grupo de homens, mas foram abatidos sem ao menos se darem conta.

– Calma, rapazes, agora tenho um tempo a mais com vocês – diz a enorme figura com um largo sorriso aos dois remanescentes.

É o sr. Hyde quem os ataca. Já está tão próximo que não há espaço para Rolf erguer seu fuzil e efetuar um disparo ou atingi-lo com a baioneta.

Hyde segura o fuzil com uma das mãos e o arranca de Rolf, jogando a arma ao precipício; fez o mesmo com as metralhadoras.

– Vamos ser justos, são dois contra um e ainda querem usar armas contra mim? – resmunga Hyde em tom sarcástico.

Os dois jovens recuaram até conseguirem chegar ao ponto mais espaçoso. Sueshiro foi o primeiro a pisar na sacada, largou sua pistola que já estava sem munição e desembainhou sua espada. Sentia-se mais seguro com ela, e também acreditava ser a arma mais honrada. Ainda não consegue atacar, pois Rolf está à sua frente.

Hyde vê que Sueshiro está com a espada na mão, então empurra Rolf em cima de seu amigo, fazendo-o se esquivar.

Ao mesmo tempo, Hyde bate com o dorso de sua poderosa mão contra o braço direito de Sueshiro, acertando seu antebraço e a espada. A força foi tanta que a *katana* foi arremessada para longe. O braço da figura grotesca é ferido pela lâmina, mas Hyde não parece se incomodar.

Rolf tenta sacar sua pistola, mas essa também é tomada por Hyde, que rindo diz:

– Já não lhe falei, garoto? Nada de armas.

Ele esbofeteia Rolf, que bate com as costas na parede, quase indo ao chão, no mesmo momento em que Sueshiro ergue o joelho direito, gira seu quadril e chuta as costelas de Hyde com a sola de seu pé, com técnica perfeita, assim como velocidade e força superiores a alguém de sua estatura.

Hyde, indiferente ao golpe sofrido, revida com um soco em seu peito, que o atira ao chão. Se não fosse pelo peitoral da armadura samurai e pelo preparo físico, teria quebrado várias costelas.

Hyde, para atingir Sueshiro, dá as costas a Rolf, que lhe aplica um estrangulamento usando os dois braços em volta do musculoso pescoço do monstruoso ser e utilizando todo o seu peso a seu favor. Hyde é somente alguns centímetros mais alto que Rolf, mas o *alter ego* do dr. Jekyll o supera muito em força, embora não fosse invulnerável.

Enquanto ele está momentaneamente imobilizado, Sueshiro solta um *kiai*,[54] fazendo toda a sua energia ser transferida para sua perna; gira seu corpo sobre o próprio eixo e acerta com seu calcanhar as costelas de Hyde utilizando seu *ki*.[55]

Hyde dessa vez sente a potência do golpe, geme e sente ódio. Não acredita que alguém de quase a metade de seu tamanho poderia lhe infringir dor com um chute ou outro golpe qualquer. Ele golpeia com sua cabeça para trás e acerta o rosto de Rolf, livrando-se de seu estrangulamento.

Avança com velocidade e fúria em direção a Sueshiro, que está de costas para o parapeito.

O jovem samurai se mantém imóvel e impassível até o último instante, então se esquiva para o lado e Hyde desequilibra-se no parapeito, mas não cai.

---

54. *Kiai* é um grito utilizado nas artes marciais japonesas e em outras artes marciais orientais, variando apenas a denominação. Não é um simples grito, mas uma técnica de energia disparada pelo grito simultaneamente com o golpe desferido.

55. *Ki*, ou *chi* para os chineses, é a força vital ou energia vital que o ser possui. Os lutadores de artes marciais orientais acreditam ser possível concentrar essa energia em um ponto do corpo, como nas mãos ou pés, e energizar seu golpe aumentando muito a potência.

Quando está prestes a restabelecer o equilíbrio, Rolf joga seu corpo contra o dele, que soltando um grito despenca ao precipício.

Com o impulso Rolf quase cai também, mas é amparado por Sueshiro, que o segura pelo cinto, impedindo que ele tombe à frente.

– China, acho que você é meu melhor amigo – diz Rolf, recuperando o fôlego sentado ao chão.

Os dois riem em um breve momento de alívio por não terem morrido, mas lamentam pela morte de seus companheiros.

Não há tempo para tristeza. Eles recuperam o fôlego e partem para tentar encontrar os outros, mesmo sem conhecerem o caminho ao certo.

Covil do Lobo

Drácula é frio e calculista. Em contraposição, explode em fúria quando provocado. Ele aguarda em pé, pacientemente, a chegada de seus inimigos, atento a todas as entradas e saídas possíveis.

Apesar de latente a atenção que mantém, sua postura é quase imóvel e aparenta a tranquilidade de quem se julga muito superior a seus inimigos.

Mina está tensa, teme pela vida de seus amigos e o conflito que está prestes a presenciar.

Van Helsing, Jonathan Harker e Pierre estão próximos ao salão principal do castelo, onde será provável o encontro com Drácula ou alguns de seus aliados.

Separaram-se de Alex e Jacob, que saíram em direção dos quartos, a fim de encontrar os cativos do vampiro.

Ouviram a explosão e o chão tremeu levemente sob seus pés. Era o sinal de que enfrentariam o vampiro com força e disposição. Não podem perder esse momento de distração.

Já haviam percorrido diversas alas do castelo, de modo a impedir que alguém saísse sem ser notado por eles, a não ser que fugissem ou se escondessem em alguma passagem secreta. Porém Van Helsing pressente que o vampiro quer eliminá-los e não fugiria de sua própria morada, pois essa petulância deveria ser punida com a morte. Conhecendo bem o vampiro, sabia que ele era o tipo de líder que gostava de estar à frente.

O rapto de Mina foi um convite a Harker e seus amigos. De uma forma ou outra, é desejo de Drácula que se encontrem, mas ele não esperava que eles tivessem ajuda e que estariam tão bem preparados.

O salão principal possui três entradas: a que dá acesso ao saguão da entrada e saída para o pátio do castelo; a escada que dá acesso a outro piso; e uma porta menor, que fica na lateral direita, normalmente utilizada pelos empregados. Grande parte de uma das paredes é feita de vitrais com vista para o precipício. Cortinas longas decoram o ambiente e protegem o local da luz durante o dia. Nessa noite, o salão está especialmente iluminado.

Talbot, em sua forma de lobisomem, pressente primeiro a chegada deles; seus pelos ficam eriçados enquanto o corpo permanece imóvel, a respiração fica mais curta e rápida, a pulsação aumenta o ritmo e todos os dentes ficam à mostra. Pelo canto da boca escorre um grosso fio de saliva. Sua musculatura saliente fica retesada, mostrando que está pronto para a ação, em uma explosão de força e fúria. Suas feições pavorosas refletem a morte certa.

Van Helsing, à frente de Jonathan e Pierre, entra pela porta menor rapidamente. Adentram o salão empunhando suas armas, prestes a atacar.

Jonathan e Pierre mantêm seus fuzis apoiados com a coronha ao ombro e apontados ora no vampiro, ora no monstruoso lobisomem que está prestes a atacar. Preocupam-se também com a velha bruxa que segura Mina, com as mãos unidas à frente de seu corpo e amarradas por uma corda de couro.

Van Helsing concentra a mira de sua besta em apenas um alvo: Drácula.

– Vocês entraram por sua livre e espontânea vontade em minha casa. Daqui não sairão com vida.

– Não venha com suas falácias diabólicas, maldito. Solte Mina agora – diz Jonathan.

Mina fica em pé e a bruxa puxa a corda, fazendo com que ela sente novamente no grande sofá. Talbot rosna com os dentes à mostra, flexiona seus músculos prestes a saltar, apenas aguardando ser liberado para a matança. A excitação faz seus pelos eriçarem. Ele sente no ar odores que indicam medo e adrenalina pairando por toda parte, e isso o deixa um tanto confuso.

Uma tempestade anunciada começa a cair e raios iluminam a noite.

– Como esperam sair daqui? Mesmo que consigam fugir de mim, já devem ter percebido que os mortos andam por essas terras, e ordenei há pouco que todos eles venham para perto de meu castelo. Dentro de algumas horas serão milhares deles atrás da carne dos estrangeiros.

– Duvido que eles sigam essas ordens após você ser destruído – diz Van Helsing ao disparar uma flecha contra o coração do Conde.

Drácula, com um movimento veloz, movendo apenas o braço, segura a flecha em pleno percurso com uma das mãos antes de o atingir.

– Tolos. Mate-os.

Por trás de uma das cortinas, Igor sai e acerta as costas de Pierre com seu machado. Ele tomba pesadamente ao chão. O golpe é tão profundo que atinge seu pulmão e ele começa a afogar-se com o próprio sangue.

Talbot salta sobre Jonathan, que dispara, mas não o atinge. Harker se defende bloqueando a mandíbula da fera com o corpo de seu fuzil, mas vai ao solo com o monstro sobre si tentando partir o fuzil ao meio com o poder de suas mandíbulas. Jonathan luta para não desmaiar, pois, com a queda, bateu a cabeça com força contra o chão.

O controle exercido por Drácula, sua luta interna e o ódio que Talbot nutre por ele fazem com que a fera fique mais lenta, mas nada que reduza sua letalidade.

Drácula sente o gosto da vitória iminente, enquanto Igor ataca Van Helsing antes que ele consiga recarregar a besta. O professor desvia da lâmina do machado e tenta sacar sua pistola, mas em movimento contínuo o corcunda acerta sua mão com o cabo de seu machado arremessando sua Luger para longe.

Nesse momento chegam Ghena, o dr. Seward e lorde Godalming. Mina tenta livrar-se das amarras, mas é esbofeteada pela bruxa, que ri entretida com a luta.

Os três disparam contra Drácula, que, ao vê-los, arremessa um divã contra eles, transforma-se em um enorme morcego com feições diabólicas e voa ao redor do salão. Eles nunca haviam visto uma metamorfose tão diabólica e ao mesmo tempo espetacular.

O dr. Seward e lorde Godalming correm para socorrer Jonathan. Eles atacam com suas baionetas, que não causam muitos danos. A fera sai de cima de Jonathan, mas se recupera e avança contra os três.

A arma de Jonathan está inutilizada, a do dr. Seward trava o ferrolho, fato raro em um Mauser, e a de lorde Godalming é arremessada para longe com um golpe da fera. Seward tenta manter distância de Talbot com a baioneta em seu fuzil.

Ghena dispara com sua pistola contra Igor, que tenta acertar Van Helsing com seu machado. O corcunda cai e toca o chão já sem vida, crivado de balas. Chegam ao fim anos de servidão e auxílio às crueldades do Conde. Drácula, agora em uma forma intermediária entre homem e morcego, com aspecto demoníaco, apresenta mandíbulas enormes e com todos os dentes pontiagudos e afiados, mãos magras com dedos compridos e finos apresentando garras pontiagudas em suas pontas. Asas de couro estão ligadas aos braços. Ao presenciar a cena da morte de seu servo mais fiel, solta um urro demoníaco e ataca Ghena, que se protege com os braços inutilmente e é arremessada, chocando-se de forma violenta contra a parede.

Talbot acua em um canto o dr. Seward, lorde Godalming e Jonathan, que continua atordoado e com a cabeça sangrando.

Do outro lado da sala, Drácula está face a face com Van Helsing. Ele dita ordens à sua criatura.

– Não os mate ainda, Talbot. O fim deles não será tão indolor assim.

A forma humana de Drácula vai retornando pouco a pouco. Ele cruza os braços, cobrindo seu corpo com suas asas de morcego, e a pele vai transformando-se em tecido até voltar a ser sua negra capa. Seus olhos ainda estão vermelhos como um luminoso rubi, seus dentes como presas de um leopardo, dedos compridos com garras expostas, orelhas pontiagudas, ódio no olhar. Entretanto, há satisfação na expectativa de sua vingança estar prestes a ser concluída.

Ele quer preservar o momento, não quer que morram ainda. Um raro sentimento de euforia e realização toma seu corpo. Por alguns segundos, seguro de sua vitória, imagina as opções. Capturá-los, transformá-los em lobisomens, empalá-los. O que lhe daria mais satisfação?

Outra explosão, agora menor, é ouvida. Causada por Alex e Jacob, a fim de arrombarem o portão da saída, para sua fuga. Logo em seguida tiros são disparados pelo pátio; eles são encontrados por um grupo numeroso de zumbis.

Aproveitando-se da breve distração, Van Helsing retira de um de seus bolsos uma grande cruz de prata e avança sobre Drácula.

– Em nome de Deus Todo-poderoso tu retornarás ao inferno, besta.

– Não em minha casa – diz Drácula, segurando no pulso do professor, impedindo que a cruz lhe encostasse.

Van Helsing era agora mais forte fisicamente que em seu último encontro, graças à sua experiência com as sanguessugas, mas nada comparado a Drácula.

A proximidade do sagrado objeto de prata faz o precioso sangue escorrer pelo nariz do vampiro, mas a pressão aplicada de suas mãos apertando o pulso de seu inimigo acaba fazendo com que Van Helsing largue a cruz ao chão, e Drácula a chuta para longe.

Talbot mantém Jonathan, Seward e lorde Godalming acuados e impedidos de auxiliarem o professor. Ashra segura Mina com força, e ela está apreensiva por seu amado marido. Drácula diz:

– Acredita mesmo que seria tão fácil assim? Acredita que não teve sorte da última vez que me encontrou? Tolo mortal, sua arrogância é digna de piedade. Eu, que já comandei nações e venci o tempo, carrego em minhas veias o sangue de gerações de guerreiros. O sangue de Átila.

– O sangue que você carrega é o que suga de suas vítimas, maldito. Você é o covarde que se esconde nas sombras e refugia-se em passagens secretas de seu covil. Teme a luz do dia e dorme recolhido em um caixão.

– Uma nova ordem está se erguendo. Todos aqueles que conhece prestarão obediência a mim. A Ordem do Dragão irá imperar sobre toda a Europa. Mas, antes, você verá seus amigos serem empalados vivos e Mina compartilhar de meu sangue novamente e ser minha rainha. Aí, então, será a vez de você e Jonathan serem erguidos por mim em uma lança.

Van Helsing, com surpreendente rapidez, puxa uma curta e afiada estaca de dentro de seu casaco, usando sua mão esquerda que estava livre, e a crava em Drácula, que é atingido acima do peito no lado direito.

– Você é patético. Como conseguiu sobreviver por todo esse tempo? – diz o vampiro.

Drácula esbofeteia o rosto do professor, que cai com a potência do golpe.

O professor se levanta vigorosamente já com sua faca com lâmina revestida de prata, que carregava na bota, em punho. Ele sabe que aquela estaca não é suficiente para deter o vampiro, não sem o uso de um martelo, mas serviu para se livrar dele.

Drácula facilmente retira a estaca, que não atingiu seu coração. Van Helsing nota que a ferida provocada pela estaca está se fechando e quase não há sangue escorrendo.

– Eu sou o poder encarnado – diz o Conde.

Jonathan, ainda atordoado, está atento a tudo o que acontece, mas tanto ele como Seward e lorde Godalming estão sendo vigiados por Talbot em sua terrível forma, que ronda de um lado para o outro como um cão raivoso prestes a atacar.

Mina observa aflita toda a situação. A bruxa a seu lado ri, entretida com a cena.

– Agora, como punição à sua ousadia, vou arrancar apenas um olho seu, para que você veja tudo o que lhe disse que acontecerá com o olho que lhe restar – ameaça Drácula.

O vampiro ergue as mãos com suas garras em direção a Van Helsing, ao mesmo tempo em que ele ergue sua faca de prata.

Mina, que prestava atenção em tudo, percebe que a bruxa finalmente se distraiu o bastante e afrouxa a corda. Ela retira a faca que carrega escondida e mesmo com os pulsos amarrados à frente de seu corpo investe contra a velha Ashra, acertando seu corpo magro com toda força e atingindo em cheio seu coração. Seus olhos ficam imediatamente esbranquiçados e opacos, suas feições são de inconformidade com esse fim, dado pelas mãos de uma mulher aparentemente delicada, e a vida se esvai de seu corpo como um sopro.

Drácula ouve o grito aterrador da bruxa, olha em sua direção e grita.

– Não!

Talbot imediatamente muda o olhar que mantinha nos três amigos de Van Helsing e vira-se para o vampiro. Van Helsing não perde a oportunidade, aproveita a distração do Conde e crava a faca em seu tórax, mas novamente não consegue atingir diretamente seu coração.

Antes que Drácula possa revidar, Talbot avança contra o vampiro com um rugido mortal, expressando toda a raiva contida na magia de Ashra, que se foi com sua morte.

A luta que se inicia é mortal. Antigos imperadores romanos pagariam metade de suas fortunas para apreciar esse duelo no Coliseu.

Livres da fera, Jonathan, um pouco zonzo, corre ao encontro de Mina, e lorde Godalming apanha uma das lamparinas a óleo e atira de encontro ao vampiro, que luta contra Talbot; Seward faz o mesmo com outra lamparina.

Adentram o salão Rolf e Sueshiro, a tempo de presenciarem a cena.

O fogo se alastra pelos corpos de Drácula e Talbot. Com um grande salto que parece burlar as leis da Física, eles atravessam violentamente os vitrais e caem envoltos em chamas no precipício.

Os mortos-vivos que caminhavam sob a magia vodu perdem suas forças no momento da morte da bruxa e caem ao chão para nunca mais se levantar.

Ghena se recupera; está com um grande hematoma na cabeça e alguns cortes provocados pelas garras do Conde.

É carregada gentilmente por Rolf, que sorri feliz ao perceber que os ferimentos dela não são tão sérios. Ela corresponde com um delicado sorriso e descansa o rosto sobre o peito do austríaco.

O fogo se apodera das cortinas e tapeçaria do salão.

– Vamos – diz Jonathan, puxando Mina.

– Espere – ela se solta, corre até uma das cortinas e rasga um pedaço em chamas, levando-o consigo para fora do salão.

– Aonde você vai? – grita Jonathan.

– Venha comigo.

Ele a acompanha até a biblioteca. Joga a cortina em chamas por cima da mesa onde estão mapas e outros documentos. O fogo se alastra diante do material inflamável.

– Agora vamos sair daqui.

– Mas por que você fez isso? – pergunta Jonathan enquanto correm.

– Naquela biblioteca havia informações tão perigosas quanto Drácula.

Já no pátio, Van Helsing ainda tem uma preocupação.

– Precisamos encontrar o arquiduque Francisco Ferdinando e os outros cativos.

Eis que eles aparecem trazendo as carruageus que pertenciam a Drácula e aos bispos. Ambas são conduzidas por magníficos cavalos com pelos brilhantes e crinas bem escovadas. Alex e Jacob soltam todos os outros cavalos de uma carruagem que sobrou e da pequena charrete e montam em dois deles.

– Graças a Deus vocês estão aqui. Estávamos cercados por mortos semelhantes aos que encontramos no caminho, então, quando estávamos encurralados, eles caíram ao chão – diz Alex.

– Deve ter sido por conta da morte de quem os mantinha de pé – diz o professor, enquanto organiza a retirada.

Van Helsing e lorde Godalming tomam as rédeas da antiga condução do vampiro e dentro levam Ghena, Rolf, Kovács, Stephenie e seu filho.

Seward e Sueshiro conduzem a que pertencia aos bispos, levando o arquiduque Francisco Ferdinando, sua esposa Sofia, Jonathan e Mina.

– Vamos – determina Van Helsing.

– Esperem. Parece que não estão todos aqui – observa Jacob.

– Infelizmente alguns valorosos amigos tombaram, mas não podemos correr o risco de voltar e resgatar seus corpos. O castelo está começando a arder e não sabemos se ainda há perigos reservados pelo Conde.

O íngreme caminho que trilha até a saída do castelo é percorrido com velocidade, e para trás permanece a imagem do castelo iluminado pelo fogo que toma conta de algumas alas da construção.

Um grande gato negro foge portão afora.

A imagem das chamas parece desenhar a figura de demônios, que ardem na escuridão da noite.

– Dessa vez ele foi destruído, professor? – pergunta lorde Godalming.

— Certamente, Arthur. As pesquisas sempre foram decisivas na eliminação do vampiro por meio da estaca e da decapitação, porém também falam sobre fogo e água corrente. Ele caiu ferido, em chamas e abaixo do precipício fica o Rio da Princesa. Sem contar a fera que caiu junto e aparentava querer ele morto tanto quanto nós. Creio que nenhum deles sobreviveu.

— Mas eu gostaria mesmo de ter arrancado sua cabeça para ter certeza — diz Lorde Godalming.

— Temos de ter fé. De qualquer forma, o mundo se livrou de seu domínio, e seus aliados foram eliminados — conclui o professor.

Já distantes da antiga morada de Drácula, conduzidos em velocidade amena, Mina permanece em silêncio, de mãos dadas com Jonathan; contempla o sol que nasce no horizonte, trazendo luz para um novo dia, até cair em um sono profundo. O sono dos justos.

A viagem segue tranquila.

Um Novo Amanhecer

AMSTERDAM

Após saírem do castelo de Drácula, em Bistritz, havia uma escolta austro-húngara à espera.

Muito agradecidos, o arquiduque e sua esposa se despediram de todos e os convidaram à sua residência quando desejassem.

Na estação ferroviária, todos embarcaram a seus destinos. Stephenie e seu filho acompanharam o arquiduque até parte do caminho, para depois retornarem ao anonimato. O mundo não mudaria tão facilmente.

Mina, Jonathan, Seward e lorde Godalming partiram rumo a Londres. Naturalmente, Alex, Jacob, Ghena, Rolf e Sueshiro, para Roma, mais precisamente ao bairro do Vaticano. Exaustos e feridos, mas com a alma lavada.

O professor Van Helsing havia acompanhado todos com a carruagem de Drácula. Conforme combinado, seus pertences tinham chegado com a escolta. Ele disse que iria até próximo de Klausenburg, onde se hospedaria em um hotel que conhece. Ficaria mais um ou dois dias para se recuperar e se reorganizar, e então partir para casa. Assim o fez.

Amsterdam é uma rica nação que vivencia o "segundo século de ouro", com a ampliação de estações de trem, teatros e museus.

A Revolução Industrial segue a passos largos, com a construção e ampliação de vias marítimas e canais.

Intelectuais, artistas e cientistas são atraídos como abelhas ao doce pólen.

A Estação Ferroviária Central de Amsterdam, inaugurada em 1889, é a mais moderna dos Países Baixos e demonstrara toda a riqueza da cidade em sua arquitetura. Carregadores contratados estavam à espera do professor.

Entre as bagagens havia um caixão comum, que surpreende os carregadores, e um deles pergunta:

– Senhor, alguma recomendação quanto a essa bagagem? Ninguém nos orientou nada a respeito de solenidade fúnebre.

– Não, meu jovem, é apenas uma relíquia arqueológica que trouxe de minhas viagens; levarei à minha residência para estudá-la melhor.

Outro carregador pega com certo descuido uma mala de couro e ouve o som de vidro batendo.

– Cuidado com isso – alerta Van Helsing.

– Desculpe. Não sabia que era frágil, senhor.

– Não a bagagem propriamente, mas, sim, as sanguessugas que trago em pequenos potes de vidro.

O carregador achou muito estranho, mas não cabia a ele fazer perguntas. O semblante do professor mostrava que ele se divertia com o espanto dos carregadores com suas bagagens.

Agora, finalmente partirá para sua nova residência na cidade onde seu filho o espera, descansará alguns dias antes de retornar a seu trabalho na universidade. Tentará compensar o tempo longe de seu garoto. Sabe que esse tempo afastado era para fazer do mundo um lugar um pouco mais seguro para ele.

Sobrará tempo de reviver as experiências que provou na China e refletir muito sobre tudo o que aconteceu.

LONDRES

Velha Londres, porém tão moderna. Coração da Revolução Industrial, locomotiva do mundo.

Todos esses adjetivos escondiam a desigualdade social que tomava conta do país, com um êxodo rural.

Nas recentes fábricas, trabalhadores viviam em piores condições do que alguns escravos africanos nas Américas. Não havia condições de higiene e qualquer garantia ou direito trabalhista. Alguns recebiam apenas o necessário para a própria alimentação.

Apesar de a lei inglesa ter proibido há décadas a função dos pequenos limpadores de chaminés, ainda era possível encontrar quem burlasse essas leis e empregasse crianças nessa tenebrosa função. Elas ficavam negras com fuligem, intoxicando seus jovens pulmões e adoecendo de diversas maneiras. No século passado, crianças eram vendidas e até raptadas para esse fim.

Homens sem futuro ganhavam dinheiro limpando os esgotos pútridos da cidade e ficavam suscetíveis a inúmeras doenças que a maioria desconhece.

Prostitutas vendiam seu corpo por muito pouco, caso contrário morreriam de fome. Se não bastassem as dificuldades por que passavam, ainda eram exploradas por gigolôs.

A Inglaterra foi o berço da Revolução Industrial, que findou sua segunda fase na virada do século XX. Alguns pensadores imaginavam que o ser humano não seria capaz de grandes inovações para o futuro, outros mais visionários sabiam que era só o começo.

Talvez esse seja o preço do progresso. Mas o terror também faz parte dessa dívida?

Essa metrópole não era assolada, há muitas décadas, por bruxas ou lobisomens, mas, recentemente, fora o sofrimento cotidiano dos menos abastados, sendo palco de misteriosos e sangrentos acontecimentos.

Mesmo antes da breve passagem de Drácula por Londres, quando teve o primeiro encontro com os amigos de Jonathan Harker, a cidade e imediações sofreram com os ataques sanguinários de Jack, o Estripador.[56]

Talvez até mesmo pelo fato de a imprensa ter dado maior notoriedade aos casos do estripador, os eventos macabros que envolveram o Conde desde sua chegada ao Demeter não foram tão noticiados como os de Jack.

---

56. Como ficou conhecido o assassino em série que atacava prostitutas. Suas vítimas tiveram seus corpos estripados e alguns órgãos nunca foram encontrados. As investigações abrangeram 11 assassinatos ocorridos desde a metade de 1888 até 1891, mas há pelo menos mais sete assassinatos violentos que também podem ter sido cometidos por Jack.

Longe dos graves problemas típicos de uma capital, agora vivem mais tranquilos Mina, Jonathan e Seward.

Arthur Holmwood, também conhecido como lorde Godalming, retornou à sua vida um pouco mais estressante; além de dar prosseguimento a seus negócios, acumulava preocupações com sua fundação e a criação da filha.

Não há palavras que expressem sua felicidade. Sentia-se como um maratonista que, depois de tanta dificuldade, conseguiu chegar bem na reta final.

O dr. Seward administrava calmamente seu hospício, o qual prefere que denominem de asilo. Situa-se em Purflet, um subúrbio londrino ideal para seu ramo da Medicina. O único detalhe inconveniente é que ficava bem próximo a Carfax, residência adquirida pelo Conde. Mas isso já não o incomodava tanto. Madeleine Rice, sua esposa, estava grávida e feliz. Para ele, nesse momento, era tudo o que importava.

Jonathan e Mina estavam mais unidos do que nunca. Acompanhavam a infância do filho Quincey e se admiravam com a esperteza e inteligência do menino. Por vezes, tomaram algum susto com as peraltices e ferimentos, tão comuns em uma criança agitada. Sua bem construída residência ficava em Devonshire, perto de seu antigo e agora ampliado escritório. Mercedidamente, as dificuldades e os problemas da capital londrina não os afetavam.

HUNGRIA

Outubro de 1908.

Durante uma noite na qual a lua parecia se ausentar, transformando alguns locais sem iluminação artificial em um véu de trevas, cinco homens adentram as ruínas do castelo Cachtice. A estrutura está em péssimas condições, não é uma sombra da fortaleza imponente que um dia foi. A deterioração se iniciou após a captura e o saque do castelo pelo príncipe da Transilvânia Francisco Rákóczi II.

O povo húngaro tenta ignorar tal lugar, o qual acreditam ser atormentado por espíritos malignos e almas penadas, em razão do que ocorreu há séculos quando serviu de morada à condessa Elizabeth Bathory.

A carroça e os cavalos que trouxeram as cinco figuras ficam um pouco mais afastados, obrigando-os a terminar o percurso a pé. Aparentavam ser homens distintos, liderados por um visivelmente mais velho, porém, não menos vigoroso.

Eles levavam consigo uma caixa contendo ferramentas, marretas, talhadeiras e uma picareta. Carregavam também um caixão simples de madeira.

Com uma planta do castelo desenhada à mão, eles procuravam por algo inusitado e sinistro.

– Bispo Adan, será que essas informações que possuímos são confiáveis? – pergunta um dos homens ao seu líder.

– Certamente. Os homens que fizeram essa descoberta foram mortos recentemente, então caberá a nós encontrar o que viemos buscar.

Adan Moore é um sobrevivente da luta entre o grupo de Van Helsing e os seguidores de Drácula. No momento da explosão causada por Rolf, todos os bispos da Igreja Negra que estavam no castelo foram soterrados, exceto ele, que aproveitou e empreendeu uma fuga solitária. Era o mais jovem dos que estavam ali presentes e também o mais ambicioso.

Após um reconhecimento pelo interior da fortaleza, o homem que carrega a planta indica o local apontando para uma parede.

– Vamos começar nosso trabalho – determina Moore.

Eles retiram marretas e talhadeiras da caixa e, com a ajuda da picareta, começam a quebrar a resistente parede.

O trabalho é árduo; a parede é grossa e o concreto, muito resistente às pancadas sofridas. Estilhaços golpeiam de volta os agressores da construção, como se tentassem impedir o que estavam fazendo.

– Acredito que só atravessaremos essa parede quando amanhecer – diz o rapaz que está trabalhando duro, enquanto enxuga o suor que escorre de seu rosto.

– Essa é justamente minha intenção. Se entrarmos nesse cômodo oculto durante a noite, correremos o risco de ser todos mortos. Por trás dessa parede está a condessa, hibernando há mais de 300 anos, mas não está morta, se é que podemos dizer assim de um morto-vivo – explica o bispo Adan Moore.

— Provavelmente ela está em um estado de coma, então – afirma um dos integrantes do misterioso grupo.

— Um urso não entra em coma quando hiberna. No caso da hibernação de vampiros, durante o dia seu sono se torna muito mais profundo e, mesmo protegidos da luz do dia, eles não conseguem oferecer perigo. Mas, à noite, nada garante que não sintam o pulsar de nossas veias, e imaginem a sede que a consome nesses séculos.

Durante a destruição da parede, eles perceberam que a massa foi misturada com pepitas de prata. Finalmente conseguiram abrir um buraco e avistaram um corpo de mulher deitado em uma bela cama digna de seu título de condessa.

— Descansem um pouco, vamos esperar o sol levantar-se mais para não corrermos riscos desnecessários – ordena o experiente bispo.

Após algum tempo, retornaram ao serviço e abriram espaço suficiente para entrarem com o caixão.

Era uma visão aterradora que deslumbraram. Uma mulher muito bem vestida, embora os tecidos estivessem desgastados e sem brilho pelo tempo. O cadáver era adornado com uma tiara de ouro branco cravejada com diamantes, correntes de ouro com pingente, brincos de pérolas negras e perfeitas, anéis de rubi, esmeralda e safiras. As joias que adornam seu corpo somam uma pequena fortuna.

Seu aspecto fez com que evitassem fitá-la diretamente. Sua pele estava enrugada e desidratada, mantinha uma tonalidade escura entre amarelada e esverdeada. Era possível visualizar seus grandes caninos, que ficavam à frente de seu lábio inferior. Ela não exalava cheiro, mas o ambiente, sim, por causa do tempo que estava lacrado.

O quarto é circulado por crucifixos presos às paredes, a fim de que ela não tente se aproximar e escavar com suas garras.

Com cuidado e um pouco temerosos, eles passaram o corpo da cama para o caixão que trouxeram.

— Quando o senhor pretende reanimá-la? – pergunta outro de seus homens.

— Somente quando estivermos mais estruturados. Os bispos foram mortos, muitos dos nossos também foram assassinados por membros da maldita Igreja; aqueles que tínhamos por certo se tornarem novos associados ficaram amedrontados e mantiveram distância. Mas as coisas logo mudarão. Há previsões de que esse será o século em que haverá o maior derramamento de sangue da história humana. Será a vingança de Lúcifer contra aqueles que atacaram seus seguidores. Essas terras ficarão poluídas com tantas mortes, nada que dê bons frutos nascerá. Rios ficarão vermelhos de sangue, como a praga de Moisés fez ao Rio Nilo, e assim o mal se fortalecerá. Esse futuro está próximo, e levaremos vantagem sobre o que está prestes a acontecer. Enganamo-nos com Drácula, que apesar de ter um imenso poder não se mostrou digno em ser nosso mestre maior. Suas ambições não incluíam nossa organização religiosa, a suprema Igreja Negra, e ele não compartilhava de nossa fé. De fato, ele não era o anticristo, apenas mais uma ferramenta do mal. Quando estivermos organizados novamente, faremos com que a condessa Elisabeth ressurja e nos ajude a deixar este mundo preparado para a chegada do verdadeiro anticristo. Dessa vez, porém, será diferente; ela será somente um instrumento, e nós estaremos no controle. Nesse tempo, eu já estarei morto ou muito velho, mas a Igreja Negra prevalecerá perante o mundo e minha alma será recompensada.

CHINA

Novembro de 1911.

Um chinês idoso, trajando elegantes roupas típicas feitas com a mais nobre seda, medita tranquilamente em seu jardim. Assiste ao gracioso balé aquático que suas carpas realizam ao nadar no pequeno lago construído para seu deleite. Seu nome é Liu Chan Wong. Quando conheceu o professor Abraham Van Helsing, pediu sigilo sobre sua identidade em qualquer tratativa com autoridades ou qualquer tipo de escritos, pois o momento pedia essa precaução, da qual não enxerga mais a necessidade. Notificou seu amigo sobre isso, deixando-o livre desse segredo. Gostaria até de ser incluído na história como alguém que ajudou a combater um mal terrível.

Desde que ajudou Van Helsing, manteve contato com o novo amigo por meio de correspondências.

Sentiu-se livre de um fardo após saber da vitória do professor e seus amigos diante de Drácula. Ficou muito contente em saber que um jovem que tinha acolhido por um breve período havia participado da empreitada e saíra vitorioso, com longos anos pela frente. Era o jovem *bushi*, Sueshiro.

Liu Chan Wong afastou-se de seu governo poucos anos atrás, alegando problemas de saúde. Sentia que ali não conseguiria mudar nada e já estava cansado.

Quanto às suas preocupações referentes aos vampiros, elas também diminuíram bastante. Há algum tempo não tinha notícias de ataques desses seres que lhe chamassem a atenção.

Havia parado seu tratamento com as sanguessugas e envelhecera rapidamente com o passar dos dias. Chegou à conclusão de que deveria deixar a natureza seguir seu curso. Nunca teve a pretensão de viver para sempre e não desejava partilhar seu segredo com mais ninguém. Sonhava com um mundo livre daquele mal, que com o passar dos anos fosse visto apenas como histórias para assustar forasteiros ou crianças. Quem sabe, até mesmo a maldade humana, em alguns séculos fosse superada, tão distante que seria difícil no futuro alguém acreditar realmente que o homem fora capaz de tanta atrocidade.

Durante todo aquele tempo, o único com quem compartilhou o mistério das sanguessugas foi com Van Helsing. Havia prometido a si mesmo que só dividiria essa experiência com quem fosse obstinado a caçar aquelas criaturas.

Por um tempo ainda sonhava passar esse cargo de geração em geração, mas nunca mais teve outro filho. Apenas guardava na memória seu único descendente direto já falecido.

Na verdade, sua decisão já havia sido tomada desde o dia em que parou com as sanguessugas. Definitivamente decidiu que chegou o momento de deixar a natureza tomar seu curso. Sua missão havia sido cumprida; caberia a Van Helsing dar continuidade.

A China estava politicamente conturbada, mas, infelizmente, isso já havia se tornado uma rotina nos últimos anos.

Dessa vez a Dinastia Qing havia sido derrubada, pela revolta que ficou conhecida como Revolução de Xinhai, com a pretensão de proclamar uma república.

Liu Chan Wong era experiente o suficiente para saber que era apenas o início de vários conflitos que seu país sofreria, sem falar no que ocorria mundo afora.

Estudioso do *I Ching*,[57] em suas consultas vislumbrou um futuro triste e deprimente para as próximas décadas. Imaginava que a destruição de Drácula impediria isso e a história tomaria outro rumo, mas o destino se mostrava inflexível. A cada peça trocada, outra surge em seu lugar.

Refletindo sobre sua pátria, às vezes pensava que os vampiros não eram os piores inimigos do povo chinês, mas, sim, alguns de seus próprios governantes. Isso era algo que estava fora de seu alcance. Rezou pelo bem de seu povo.

O sol já estava se pondo. Após sua meditação, tomou chá de ervas calmamente, como alguém cuja passagem do tempo não mais o preocupa. Ouvia o cantar dos pássaros em suas gaiolas de bambu, espalhadas em seu jardim. Em uma pequena gaiola mantinha um grilo, símbolo da sabedoria e prosperidade, que também entoava seu canto.

Agora só faltava pôr fim à carcaça seca do vampiro que mantinha em seu poder, pois não seria mais necessário e sua existência era perigosa demais.

Fazia bem mais de um mês que não entrava na sala secreta de sua mansão, onde guardava o caixão com o vampiro.

De certa forma, foi uma displicência de sua parte, pois as flores de alho secam e sanguessugas podem morrer.

Quando adentrou a sala, percebeu imediatamente que os objetos religiosos tinham sido retirados e as flores realmente haviam secado, apesar de persistir um leve odor.

Deu um passo à frente e levou um leve escorregão; ao olhar para o chão, descobriu que o motivo de seus pés deslizarem era sangue.

Pegou na parede uma adaga de prata, que ficava ao lado de outras armas letais contra um vampiro.

---

57. Ou *Livro das Mutações*, é uma obra clássica milenar chinesa baseado na ideia do equilíbrio com a natureza e as mutações por meio das forças cósmicas. Pode ser estudado como um livro de sabedoria ou oráculo. É possível realizar rituais para previsão com moedas ou varetas.

Andou rápido em direção ao caixão e, preparado para espetar a adaga no coração do corpo da criatura, surpreendeu-se ao encontrar dentro do caixão, em vez do vampiro, o corpo sem vida de um de seus empregados.

Antes de se recuperar da surpresa, o vampiro que Chan mantinha cativo salta do teto e o desarma facilmente.

– Achava que iria me ferir com essa faca, velho? – diz o vampiro em cantonês.[58]

Apresentava um aspecto mais forte graças ao sangue que sugou do serviçal, mas ainda estava longe de estar completamente restabelecido. Muito magro, com as maçãs do rosto à mostra, curvado para a frente. Suas feições chinesas com aspecto mortal lhe davam a aparência de um demônio mitológico.

– Mesmo fraco e suportando esse odor maldito, posso facilmente matá-lo. Agora vejo que há tempos não se alimenta de mim, mas vou tomar as últimas gotas de sangue que lhe restam, velho – fala a criatura enquanto ergue o corpo do idoso chinês pelo pescoço com apenas uma das mãos.

Erguido do solo, Chan, fraco pelo peso da idade que não mais impedia seu avanço, esperneia-se na vã esperança de se livrar das garras do monstro. Tamanho esforço e emoção fizeram com que seu coração não aguentasse e ele morreu, não pelas mãos do vampiro, mas por uma última e forte bombeada do sangue.

– Desgraçado. Morreu antes que eu o sugasse. Preciso de sangue pulsando para acelerar minha recuperação. Irei procurar outros servos – ele abre a porta e sai do cômodo que foi seu cativeiro por longo tempo.

– Ar fresco, finalmente. Acho que irei morar aqui por algum tempo – fala consigo mesmo a criatura, enquanto sai em busca de outras vítimas.

A moradia afastada, a ausência de familiares e o momento político fariam com que o vampiro ficasse seguro por ali durante um bom tempo.

O idoso Chan morreu antes de descobrir como seu cativo se libertou. Em parte, por sua própria displicência na manutenção das medidas de contenção. Por outro lado, seu empregado tinha descoberto a sala,

---

58. Dialeto chinês.

ficando tempo suficiente para que fosse influenciado telepaticamente para retirar os objetos que mais impediam que o vampiro levantasse.

O criado havia entrado ali na esperança de encontrar algo de valor e subtraí-lo. Realmente acreditou que o que estava à sua frente era bem valioso, mas ainda não havia compreendido o que ocorria. No entanto, antes de descobrir, foi atraído para perto do caixão; após se livrar dos objetos e, com tremendo esforço, o vampiro o puxou e cravou suas presas em seu pescoço.

Agora era tarde, e a criatura sabia ao certo como se aproveitar de toda a situação.

BÓSNIA – SARAJEVO

28 de junho de 1914.

Fazia um clima ameno nessa data em comemoração ao primeiro ano do final da Segunda Guerra dos Bálcãs.

O arquiduque Francisco Ferdinando vai à capital da Bósnia, Sarajevo, a fim de observar as manobras militares de seu império nas montanhas aos arredores.

– Alteza, devemos redobrar nossa cautela. Alguns ativistas alegam que não se tornarão escravos de outra nação novamente – alerta um de seus oficiais.

– Fique tranquilo, capitão. Minha presença representa o poder do Império Austro-húngaro, mas não a tirania – responde, demonstrando segurança e controle.

Ele trajava seu uniforme azul, de general de cavalaria, com botões dourados, gola alta de bordas vermelhas e três estrelas despontando na frente. Em seu peito, algumas de suas condecorações. Seu carro conversível, sob escolta, transitava nas ruas da capital sob o olhar do povo. As expressões dos transeuntes variavam entre a curiosidade e agressividade.

De repente, um jovem aproxima-se pela frente do carro e arremessa uma granada que acertaria em cheio o arquiduque, caso ele não tivesse se desviado. A granada explode na rua e seus estilhaços causam ferimento nos integrantes da comitiva que seguiam no carro logo atrás e em vários transeuntes.

Eles saem em disparada, a fim de se livrarem de outro possível ataque, e, quando chegam à Câmara Municipal, o arquiduque interrompe o discurso de boas-vindas do prefeito.

– É assim que vocês recebem seus visitantes? Arremessando bombas contra eles? – grita o arquiduque para as autoridades presentes.

A situação é delicada, e o prefeito, encabulado, não disfarça o mal-estar. Poucas horas depois, quando os feridos já estavam hospitalizados e a situação parcialmente controlada, o arquiduque insiste em visitá-los no hospital.

– Senhor, seria prudente retornarmos ao palácio.

– Harrach, eu já sobrevivi a situações que você não imaginaria em seus piores pesadelos. Não será um grupo de jovens delinquentes que porá medo no futuro imperador.

– Como quiser, Sua Alteza.

– Não tema, meu amor. Com certeza, após essa tentativa frustrada, esses terroristas já estão escondidos e apavorados com a retaliação que sofrerão – fala o arquiduque à sua amada.

– Está bem, querido. Creio que faz parte de nossa obrigação verificar o estado dos feridos – responde Sofia.

O raciocínio do arquiduque é plausível. Quem tentaria um novo atentado no mesmo dia?

Prosseguiram atentos, mas o deslocamento foi tenso, embora sem incidentes, até o hospital.

Nenhum dos feridos apresentou estado grave: todos foram visitados pelo imperador e sua esposa. Uma visita educada, diplomática e muito bem correspondida.

Durante o retorno, estavam sentindo-se mais seguros e já conversavam um pouco mais distraídos.

– Exigirei uma resposta dura do governo contra esses terroristas – diz o arquiduque.

– Ouvi dizer que são tão jovens – diz Sofia.

– Jovens ou não, sabem muito bem o que estão fazendo. Eles não se importam com quantos matam ou ferem, apenas para atingir seus objetivos. Covardes traiçoeiros. Esse grupo terrorista deve ser destruído.

Enquanto conversam, o veículo entra em uma rua diferente, pela qual não haviam passado, e o arquiduque, ao notar a indecisão ao volante, questiona o motorista.

– Errou o caminho, Leopold?

– Perdão, senhor, já me localizei.

Enquanto o motorista faz uma manobra para adentrar uma rua secundária, um jovem de terno escuro se aproxima. Ele saca uma pistola 7,65 milímetros Browning.

Antes de qualquer reação por parte de alguém dentro do automóvel, ele efetua alguns disparos que acertam Sofia no abdômen e o arquiduque Francisco Ferdinando no pescoço.

Sem titubear, o rapaz acionou o gatilho fazendo com que pequenas ogivas de chumbo fossem cuspidas pelo cano, carregando em seu trajeto fatal a dor da morte consigo. As armas de fogo fizeram o ato de matar fácil. Distante, sem contato físico, sem o sangue escorrer pelas mãos nem espirrar no rosto do algoz.

O jovem terrorista tenta engolir uma pílula de cianureto a fim de pôr fim à própria vida antes de ser capturado. O suicídio é a fuga dos covardes. Ele não consegue, é imobilizado pela escolta do arquiduque e preso.

Enquanto a comitiva vai a socorro do casal, o sangue escorria pela boca do arquiduque.

– Meu Deus, o que aconteceu? – diz Sofia, ao ver a situação do marido, pondo seu rosto entre os joelhos dele.

Mesmo sangrando pela jugular, o arquiduque consegue ainda falar à querida esposa.

– Querida Sofia, não morra! Fique viva para nossos filhos.

O conde Harrach, que acompanhava o arquiduque, limpa o sangue de sua boca e tenta estancar o sangue de sua jugular sem sufocá-lo.

– Está sentindo muita dor, Sua Alteza?

– Não... não é nada – responde repetidas vezes com a voz fraca.

Ao chegarem à Câmara Municipal, onde médicos os aguardam, sua esposa já está morta.

Logo ao entrarem com o arquiduque, ele também falece.

Seu assassino foi identificado como Gavrilo Princip, um jovem ativista do Mão Negra,[59] com apenas 19 anos de idade.

O casal que havia poucos anos se vira em situação de perigo que poucos suportariam, cercado por criaturas malignas que desafiavam a própria natureza e as regras da criação do Todo-poderoso. Testemunhas de maldades que poderiam abalar sua sanidade. E, ao final, acabam vítimas de alguém que mal conheceu a vida, em nome de algo que acredita e se julga executor. Mal sabia o que estava por vir.

O atentado gerou comoção por toda a Europa, e em pouco tempo todos os envolvidos foram capturados.

Esse foi o estopim para a eclosão de uma guerra envolvendo diversos países do globo, que ficou conhecida como a Primeira Guerra Mundial.

O mundo conheceria, a partir de então, a capacidade do ser humano de infligir sofrimento em uma extensão jamais vista, com o surgimento de um poderio bélico capaz de tirar vidas de forma eficaz e impensável até algumas décadas.

A escuridão paira sobre o mundo. Haviam se livrado de Drácula, mas não foi possível livrar-se do próprio mal impregnado na alma humana.

Esse era o momento de tormenta pelo qual o planeta passaria. Ele fora previsto pela bruxa cigana Ashra, o qual ela interpretou erroneamente como sendo obra do Conde Drácula.

Ironicamente, a onda nacionalista que Drácula espalhou pela Europa também foi um dos grandes motivos fomentadores da eclosão do conflito. O mal havia deixado rastros.

Mas o bem há de vencer. Não será o último sofrimento em massa pelo qual o homem passará, mas servirá para aprender com a experiência adquirida, e talvez um dia todos cheguem à conclusão de que, independentemente da nação em que vivemos, somos seres humanos iguais perante Deus.

---

59. Grupo terrorista sérvio fundado em 1910 com o objetivo de unir os territórios da população eslava do sul anexados ao Império Austro-húngaro. Considerada a primeira organização terrorista do mundo.

SÃO PETERSBURGO

16 de dezembro de 1916.

Grigóri Rasputin ficou surpreso ao saber do desenrolar das questões referentes a Drácula. Havia se sentido mal durante a noite em que o castelo estava sendo atacado. Suava e delirava trancado em seu quarto. Somente alguns dias depois, quando recebeu uma carta contando todo o ocorrido, entendeu o motivo de seu estado.

O dom da premonição não é 100% preciso, e as cartas que o destino distribui passam de mão em mão com um formato distinto. Uma decisão diferente pode alterar toda uma estrutura anteriormente prevista.

O destino é como a planta de uma construção, a arquitetura em si será construída por seus atores. Isso se deve ao livre-arbítrio; apesar de o homem poder ser influenciado por diversos fatores, sua vontade é soberana.

As previsões de Raputin estavam nebulosas, mas ele acreditava na vitória do Conde. Mesmo assim, não se abalou com a derrota do vampiro. Tinha outros planos, não dependia de Drácula e de certa forma agora estava livre de prestar contas ao soberano da Valáquia. Passaram-se os anos, e mesmo sem qualquer ajuda exterior ele galgava cada vez mais o poder na corte russa.

Como havia planejado, foi atribuído a ele o poder de cura sobre o filho dos czares, Alexei Romanov, hemofílico.

Mais influente do que nunca, atraía o ódio de vários membros da monarquia russa, mas era blindado pela proteção da czarina Alix.

Rasputin, estava cada vez mais devasso, e suas bebedeiras e orgias com mulheres da nobreza faziam com que o czar Nicolau fosse vítima de todo o tipo de chacota.

A situação da Rússia estava cada vez pior, depois da humilhante derrota da guerra contra o Japão.

Em 1914, com a Guerra Mundial, o Império Russo entrou em guerra com o Império Austro-húngaro e a Alemanha.

A influência de Rasputin é espantosa; ele consegue nomear Vladmir Sukumlinov, seu amigo íntimo, ministro da guerra.

Incompetente e corrupto, Vladmir causa desastres no exército russo. Com isso, indiretamente, Rasputin decreta a morte de milhares de soldados durante a Primeira Guerra Mundial, pois, de cada três enviados ao *front*, somente um carregava arma e munição.

Rasputin tinha de morrer para que a Rússia sobrevivesse.

Apesar de toda a influência do monge, graças à simpatia da czarina, Rasputin não contava com a proteção dos membros da Igreja Negra, pois estavam sendo caçados e os poucos sobreviventes tentavam se esconder.

Mesmo se não estivessem sofrendo uma perseguição, talvez não o ajudassem, pois ele era presunçoso; e, como os planos de Drácula não se concretizaram, ele tinha seus próprios planos profanos, os quais não incluíam os satanistas.

Todas as religiões do bem, mesmo com seus equívocos, de uma forma ou de outra levam a Deus. O mal tem seus próprios caminhos egoístas. Drácula era avesso a qualquer religião, a Igreja Negra queria transformar a Terra no inferno e louvava Lúcifer, Rasputin tinha seus próprios interesses.

O grão-duque Dimitri Pávlóvitch sabia como atrair o monge louco a uma emboscada, e um dia jogou a isca para uma armadilha. Todo homem tem suas fraquezas; Rasputin, então, colecionava várias.

– O senhor precisa fazer uma visita à princesa Irina, ela anseia por uma consulta espiritual – dizia Dimitri.

Irina Iussupova era uma das mulheres mais belas de São Petesburgo, e Rasputin não perderia a chance de seduzi-la.

Dimitri, ao saber que a isca foi mordida, determinou que redecorassem um conjunto de quartos do andar térreo do palácio onde ele seria ansiosamente aguardado por seus algozes.

Móveis esculpidos, objetos de arte e tapetes persas faziam o elegante cenário para um assassinato. Até mesmo um suntuoso tapete de pele de urso polar ficava exposto ao chão.

Bolos recheados, repletos de cobertura de creme, foram confeitados com cianureto de potássio.

Vinhos marsala e madeira eram os preferidos de Rasputin; eles seriam servidos em copos já com veneno. Não poderiam vacilar com ele. Mesmo descrentes, no fundo de seu ser, sabiam que algo de sobrenatural aquele homem carregava.

Quase meia-noite; Rasputin chega.

– Entre, fique à vontade, a princesa Irina está com alguns convidados no andar de cima e logo que eles se forem ela virá a seu encontro – diz Dimitri.

O som de uma canção vem do andar de cima. Um fonógrafo toca para dar a impressão de estar acontecendo uma festa.

– Sirva-se.

Rasputin comia e bebia com a gula de sempre. À medida que se embebedava com o vinho envenenado, pedia que tocassem músicas ciganas e dançava sozinho na sala.

– Como as coisas mais simples do mundo podem ser tão boas? Bebida, comida e sexo – diz Rasputin, rindo e bebendo à espera de Irina, que nem mesmo imagina que ele a está aguardando. Continua com suas grosserias.

– Como podem tantos homens morrer tendo deflorado apenas uma única mulher? Não vão me dizer que vocês são desse tipo? – diz rindo.

Felix Iussupov olhava com espanto para Rasputin, que já havia ingerido uma enorme quantidade de veneno e não demonstrava qualquer indisposição.

O medo começou a tomar seu corpo, pois via que os poderes atribuídos a ele eram verdadeiros.

O príncipe subia constantemente ao andar de cima para confabular com seus comparsas, enquanto Rasputin continuava bebendo, rindo e cantando. Parecia zombar de seus inimigos, como se soubesse que eles o estavam observando.

Iussupov não aguenta mais tanta tensão e decide usar um revólver. Com a arma em punho, desce as escadas ao encontro do beberrão.

Rasputin, ao vê-lo com a arma na mão e uma expressão gélida em seu rosto, derruba sua taça de vinho ao chão.

Antes que tenha chance de dizer qualquer coisa, Iussupov dispara, atingindo-o no peito. Seu corpo tomba sobre o branco e macio tapete de pele de urso, agora manchado com vinho tinto e sangue.

Iussupov sobe e dá a boa notícia ao restante dos conspiradores, que, aliviados, se abraçam em comemoração.

Entretanto, o monge havia se levantado, e, cambaleando, saiu ao pátio por uma porta lateral. Apavorados, os conspiradores fazem mais dois disparos e erram o alvo. Quando Rasputin está quase no portão, Purichkevitch, um dos líderes da conspiração, dispara mais dois tiros, atingindo suas costas e sua cabeça.

Rasputin tomba novamente. Mas ainda há vida em seu corpo.

– Santo Deus, como é possível? – balbucia Purichkevitch.

Eles correm ao seu encontro, amarram suas mãos e o atiraram no Rio Neva, que está parcialmente congelado.

Ele ainda se debate e, com a cabeça para fora, solta um urro que foi engasgado pela água gélida que entrou por sua boca. Finalmente, seu fim foi por afogamento.

O povo russo recebe com alegria a notícia de sua morte, e, apesar das juras de vingança da czarina Aleksandra, os assassinos não foram punidos.

Pouco antes de seu assassinato, Rasputin escreveu ao czar prevendo sua morte.

Na carta dizia que, se fosse morto por assassinos comuns, o czar não teria nada a temer; porém, se seus algozes pertencessem à aristocracia, nenhum membro da família do czar continuaria vivo por mais de dois anos.

A última previsão do monge Rasputin foi certeira. Após a Revolução Russa, na madrugada de 16 para de 17 de julho de 1918, o czar Nicolau, sua esposa Alix, seus cinco filhos, seu médico, empregada, cozinheira e o criado foram executados a tiros e golpes de baionetas pelos revolucionários que os mantinham cativos.

Se foi obra do destino, previsão de um acontecimento imutável ou uma maldição lançada por Rasputin, jamais saberão.

Epílogo

A missão foi extremamente bem-sucedida, Drácula foi destruído, os reféns resgatados, a Igreja Negra quase totalmente desarticulada – se não for extinta, pelo menos demorará séculos para ter a força e a organização que possuía.

Poucos vampiros conseguiram sobreviver e estão sendo perseguidos pelos membros do Vaticano.

Os aliados mais poderosos do Conde, que infernizaram a Europa nesse século, também foram destruídos. O mal pereceu.

A grande massa da população mal percebeu o que aconteceu, e as informações ficaram desconexas.

Os países diretamente envolvidos retornaram a seu cotidiano e a política europeia já estava bem complicada antes da intervenção do Conde; assim, seus governantes precisavam reocupar seu espaço rapidamente.

O território romeno, logo após sua volta ao normal, com a ajuda do Vaticano, começou a reconstruir seus monastérios e igrejas, que haviam sido forçados a abandonar ou a destruir. Tinham fé de que não seriam mais aterrorizados.

Mas, na mente de muitos, ainda ficou preservada a propaganda nacionalista, na qual o príncipe Vlad foi um herói nacional. A maioria, na verdade, nem mesmo sabia que Vlad era Drácula enquanto em vida.

Como tudo tem um lado bom, beneficiaram-se com o breve desenvolvimento industrial que fazia parte dos planos do Conde, como a ampliação da malha ferroviária e até mesmo uma linha telefônica. Comunicação veloz fazia parte da estratégia dos telégrafos.

Não houve tempo hábil para que as nações diretamente envolvidas entendessem completamente o que ocorreu, pois a inquietação política, tanto na Europa quanto na Ásia, obrigava seus líderes a se preocuparem com os eventos que viriam.

Com a eclosão da Primeira Guerra Mundial, os acontecimentos pareceram pertencer a um passado distante, apesar de tão próximos, pois o número de perdas de vidas e a devastação da economia foram muito maiores com esse conflito generalizado.

MUNIQUE

Maio de 1919.

O povo alemão não se conformava com a derrota no conflito que viria a ser conhecido como a Primeira Guerra Mundial.

Acreditavam que essa derrota não foi causada por ineficiência militar, mas, sim, pela revolução alemã, que forçou o imperador Guilherme II a abdicar, o que enfraqueceu o país naquele momento.

A Alemanha era um país moderno, culto, tecnologicamente avançado e altamente burocrático. Mas começava a se afundar economicamente, e o pior ainda estava por vir com o Tratado de Versalhes,[60] programado para ser assinado em junho.

Um homem com um quadro nas mãos se retira de uma cervejaria. Ele não é alto, possui cabelos lisos e negros e olhos de um profundo azul penetrante.

Suas roupas são um tanto surradas. Aparenta possuir aproximadamente 30 anos de idade.

Lá dentro, ele acabou de discursar fervorosamente, como de costume, sobre diversos assuntos políticos.

Sua excelente oratória parece fazer ferver o sangue dos ouvintes, em um momento em que o povo alemão procura conforto em palavras que exaltem seu glorioso passado e coloquem a culpa de seus problemas sobre os ombros de alguém.

---

60. Tratado assinado em Paris, que foi uma continuação do armistício assinado em novembro de 1918 e pôs fim ao confronto. Os termos impostos à Alemanha, em razão de sua derrota na guerra, foram considerados humilhantes.

Concomitantemente vendia quadros de sua autoria, que não possuíam tanta qualidade artística como seus inflamados discursos.

Enquanto caminhava pela rua, distanciando-se da cervejaria, atrás dele vinha um homem alto, magro e elegante. Trajava um impecável sobretudo negro com a gola um pouco levantada escondendo a nuca. Em seu dedo chama a atenção o grande anel de ouro com um brasão esculpido.

Ele caminhava a passos largos para alcançar o homem que carrega o quadro. Quando se aproxima, o rapaz pressente sua presença e olha para trás em sua direção.

— Boa-noite. Eu estava na cervejaria e apreciei muito o modo com que discursava — aborda o homem de preto.

— Ah!, obrigado. Às vezes eu me inflamo com minhas convicções políticas. Tenho certeza de que essa grande nação merece um destino muito melhor do que está tendo — responde o artista.

— Senti em você o dom de influenciar pessoas. Isso é um bem que não pode ser ignorado.

— Nem tanto. Talvez, se eu tivesse todo esse poder, conseguiria vender esse meu último quadro — responde em tom de brincadeira e aproveita para mostrar a obra ao distinto senhor, a fim de não perder a oportunidade com seu ganha-pão.

O homem segura o quadro pela moldura de madeira simples e dá uma rápida olhada. Seu conhecimento sobre arte é muito amplo, mas o autor não faz ideia. E o objetivo do diálogo está distante da arte.

— Meu rapaz, dentro de você há talentos muito maiores que seus pincéis, e eu posso ampliá-los.

O pintor ficou mais interessado no assunto do que em vender seu despretensioso quadro. O homem alto prosseguiu.

— Eu tenho um compromisso esta noite, mas voltaremos a nos encontrar, caso queira falar a respeito de galgar uma carreira política, como dizem hoje em dia.

— Certamente, senhor. Podemos marcar um dia em algum café.

— Não se preocupe. Eu encontro você. Por ora, comprarei seu quadro. Acredito que conversaremos muito nos próximos anos.

Epílogo

O homem pagou 500 marcos[61] pelo quadro que mal valia oito. Aquilo era uma pequena fortuna para o rapaz que tinha uma economia de apenas 15 marcos e 70 pfennig.[62]

– Obrigado, senhor. Mas qual é seu nome?

– Já fui conhecido por outros nomes, mas hoje em dia me chamam de Alucard. E como posso chamá-lo?

– Adolf, senhor. Adolf Hitler.

---

61. Moeda corrente alemã.
62. Unidade monetária divisionária alemã, equivalente a 100/1 marcos.

Personagens e Homenagens

Do romance de Bram Stoker
- **Conde Drácula** – Príncipe Vlad Tepes, Alucard
- **Abraham Van Helsing**
- **Jonathan Harker**
- **Mina (Wilhelmina) Harker**
- **Dr. John "Jack" Seward**
- **Arthur Holmwood** – Lorde Godalming
- **Quincey Morris** – na obra de Stoker, morto no confronto com Drácula
- **Quincey Harker** – filho de Mina e Jonathan
- **Lucy Westenra** – amiga de Mina, vítima de Drácula na obra de Stoker

De outras literaturas
- **Lon Talbot (Thomas)** – homenagem a Lon Shaney e Lon Shaney Jr.
- **Sr. Edward Hyde** e **dr. Henry Jackyll** – *O Médico e o Monstro, de Robert Louis Stevenson*

Da história
- **Grigóri Rasputin** – o monge louco
- **Francisco José** – imperador austro-húngaro
- **Arquiduque Francisco Ferdinando** – sobrinho do imperador Francisco José
- **Sofia Chotek** – esposa de Francisco Ferdinando, duquesa de Hohemberg
- **Conde István Tirza** – primeiro-ministro hungáro

– **Giuseppe Melchiore Sarto** – papa Pio X
– **Cardeal Merry del Val**, secretário de Estado do papa.
– **Ilona Ferenc** – esposa de Drácula
– **Conde Harrac** – oficial que acompanhava o arquiduque Francisco Ferdinando
– **Leopold Loyka** – motorista do arquiduque Francisco Ferdinando
– **Gavrilo Princip**, ativista do Mão Negra, assassino do arquiduque Francisco Ferdinando
– **Condessa Elizabeth Bathory** – A Condessa de Sangue
– **Dimitri Pávlóvitch** – grão-duque, neto do czar Alexandre II
– **Czar Nicolau II** – Nikolái Alieksándrovich Románov, imperador da Rússia
– **Alexei Romanov** – filho do czar Nicolau
– **Felix Iussupov** – conde de Sumarokov-Elston

Da ficção dessa obra

– **Igor** – corcunda lacaio de Drácula, estereótipo imortalizado no cinema
– **Tânia** – amante de Drácula
– **Valeska** – amante de Drácula
– **Verônica** – amante de Drácula
– **Ashra** – bruxa cigana
– **Kovács Stephenie** – amante do imperador austro-húngaro – homenagem a Stephenie Meyer, escritora da trilogia *Crepúsculo: Amanhecer, Eclipse, Lua Nova*
– **Oscar Karloff** – homenagem a Oscar Wilde e a Boris Karloff
– **Filip Lugosi** – homenagem ao ator Bela Lugosi, que personificou a imagem tradicional de Drácula, com *smoking* e capa
– **Adan Moore** – homenagem a Alan Moore, escritor premiado de quadrinhos, entre suas obras: *A Liga Extraordinária, Watchmen, V de Vingança, Monstro do Pântano, Criador de Constantine*, etc.
– **Will Blake** – homenagem ao poeta e ilustrador Willian Blake
– **Dario Polanski** – homenagem ao cineasta Roman Polanski, ator e diretor do filme cult *A Dança dos Vampiros*
– **Icaro Argento** – homenagem ao cineasta Dario Argento

- **Flávio Fulci** – homenagem ao cineasta Lucio Fulci
- **Oscar Ferrino** – homenagem ao escritor Oscar Wilde
- **Carlo Bava** – homenagem ao diretor de filmes de terror Mario Bava
- **Alex Cushing** – homenagem ao ator Peter Cushing, que interpretou diversas vezes Van Helsing no cinema, sendo a maioria dessas atuações ao lado de Christopher Lee como Drácula
- **Wilhelm Gelier** e **Jacob Gelier** – homenagem aos irmãos Grimm, escritores famosos por adaptações de fábulas infantis
- **Rolf Meyrink** – homenagem a Gustav Meyrink, grande escritor de literatura fantástica
- **Pierre Méliès** – homenagem ao ilusionista e produtor George Méliès
- **Peter Wells** – homenagem a Herbert George Wells
- **Christopher Wallie** – inglês, homenagem ao ator considerado o maior intérprete de Drácula, Christopher Lee, e inspiração para este livro
- **Vincent Cameron** – homenagem ao ator Vincent Price
- **Robert Stevenson** – homenagem a Robert Louis Stevenson, escritor de *O Médico e o Monstro*
- **Ghena Shelley** – homenagem a Mary Shelley, escritora de *Frankenstein*
- **Takezo Sueshiro** – Homenagem ao samurai Miyamoto Musashi e a Sueshiro Maruo, desenhista e roteirista de quadrinhos no estilo mangá. Entre suas obras está *O Vampiro que Ri*
- **Liu Chan Wong** – homenagem a Gordon Chan Kar-seung, diretor, produtor e roteirista de cinema. Entre suas obras, *Painted Jein*.
- **Franco Romero** – homenagem a George Andrew Romero, diretor dos considerados melhores filmes sobre zumbis
- **Theodor Hoffmann** – homenagem a Ernest Theodor Amadeus Hoffmann, escritor alemão, compositor e artista
- **Tabitha Lindemberg** – homenagem a Tabitha, esposa de Stephen King
- **Madeleine Rice** – homenagem à escritora Ane Rice, autora de *Entrevista com o Vampiro*